De eerstverlorene

3135

Van dezelfde auteur

Meisjes plagen...
Slaap kindje, slaap...
Pak me dan...
Kat en muis
Wie het laatst lacht...
De eerstverlorene
Een hart van glas
Rozen verwelken
Mijn wil geschiede
Schepen vergaan
Slotpleidooi
De derde aanslag

James Patterson

De eerstverlorene

Zwarte Beertjes
Utrecht / Amsterdam

Oorspronkelijke titel: 1st to die

Vertaling: Ineke van den Elskamp
Omslagontwerp: Myosotis Reclame Studio

ISBN 90 461 1059 1
NUR 313

Proloog

Inspecteur Lindsay Boxer

Het is een ongewoon warme avond in juli, maar ik sta op het grote leistenen terras van mijn flat kou te lijden. Ik kijk uit over het schitterende San Francisco en hou mijn dienstrevolver tegen de zijkant van mijn slaap gedrukt.

'Van mij mag je doodvallen, God!' fluister ik. Een stevige verwensing, maar volkomen terecht naar mijn mening.

Ik hoor Lieve Martha janken. Ik draai me om en zie dat ze door de glazen terrasdeuren naar me zit te kijken. Ze weet dat er iets aan de hand is. 'Het is goed,' roep ik naar haar door de deur. 'Het gaat goed met me. Ga liggen, meisje.'

Maar Martha wil niet weggaan, wil niet wegkijken. Ze is een goede, trouwe vriendin die me de laatste zes jaar elke avond met haar natte neus welterusten heeft gewenst.

Ik kijk in de ogen van de bordercollie, en bedenk dat ik misschien beter naar binnen kan gaan om de meiden te bellen. Claire, Cindy en Jill zouden hier al zijn voordat ik de telefoon had neergelegd. Ze zouden me vasthouden, knuffelen, al de goede dingen zeggen. Je bent bijzonder, Lindsay. Iedereen houdt van je, Lindsay.

Maar ik ben er eigenlijk van overtuigd dat ik morgenavond of de avond daarna weer hierbuiten zou staan. Ik zie gewoon geen uitweg uit deze ellende. Ik heb het allemaal al honderd keer doorgenomen. Ik kan zo logisch zijn als de pest, maar ik ben ook uiterst emotioneel, dat moge duidelijk zijn. Dat was mijn kracht als inspecteur bij de politie van San Francisco. Het is een zeldzame combinatie en ik denk dat het de reden is dat ik meer succes had dan mijn mannelijke collega's bij Moordzaken. Natuurlijk staat geen van hen hier op het punt zich met zijn eigen wapen voor zijn kop te schieten.

Ik laat de loop van de revolver lichtjes langs mijn wang naar beneden glijden en daarna weer omhoog naar mijn slaap. O god, o god, o god. Het doet me denken aan zachte handen,

aan Chris, en dat maakt me aan het huilen.
Er komen een heleboel beelden boven, veel te snel om ze te kunnen verwerken.
De verschrikkelijke, onuitwisbare moorden op de bruidsparen die onze stad opschrikten, vermengd met close-ups van mijn moeder en zelfs een paar keer van mijn vader. Mijn hartsvriendinnen – Claire, Cindy en Jill – onze idiote club. Ik kan ook mezelf zien, zoals ik vroeger was tenminste. Ik heb nooit iemand ontmoet die vond dat ik eruitzag als een inspecteur van politie, de enige vrouwelijke inspecteur Moordzaken in het hele korps van San Francisco. Mijn vrienden zeiden altijd dat ik meer op Helen Hunt in *Mad About You* leek, de serie waarin ze met Paul Reiser is getrouwd. Ik ben ooit getrouwd geweest. Ik was geen Helen Hunt, en hij was zeker geen Paul Reiser.
Dit is zo moeilijk, zo fout, zo verkeerd. Dit is helemaal niets voor mij. Ik zie de hele tijd David en Melanie Brandt voor me, het eerste paar dat werd vermoord, in de Mandarinsuite van het Grand Hyatt. Ik zie weer die afschuwelijke hotelkamer, waar ze zinloos en nodeloos de dood vonden.
Dat was het begin.

Boek 1

David en Melanie

1

De hotelsuite stond vol prachtige, lange rode rozen, werkelijk het volmaakte cadeau. Alles was volmaakt.
Ergens op de wereld was er misschien een gelukkigere man, dacht David Brandt, terwijl hij zijn armen om Melanie, zijn jonge bruid, sloeg. Ergens in Jemen misschien, een Allah-aanbiddende boer die er nog een geit bij had gekregen. Maar in San Francisco zeker niet.
Het paar keek uit het raam van de zitkamer van de Mandarin-suite in het Grand Hyatt. Ze konden in de verte de lichtjes van Berkeley zien en Alcatraz en het sierlijke silhouet van de verlichte Golden Gate Bridge.
'Het is ongelooflijk.' Melanie straalde. 'Ik zou helemaal niets aan vandaag willen veranderen.'
'Ik ook niet,' fluisterde hij. 'Alhoewel... misschien zou ik mijn ouders niet hebben uitgenodigd.' Ze lachten allebei.
Enkele momenten geleden hadden ze in de balzaal van het hotel afscheid genomen van de laatste van de driehonderd gasten. De bruiloft was eindelijk voorbij. De toasts, het dansen, het kletsen, de gefotografeerde zoenen boven de taart. Nu waren ze alleen. Ze waren allebei 29 en hadden de rest van hun leven voor zich.
David pakte een paar volle champagneglazen die hij op een tafeltje van Chinees lakwerk had gezet. 'Een toast,' verklaarde hij, 'op de op één na gelukkigste man ter wereld.'
'Op één na?' zei ze, en ze glimlachte gemaakt geschrokken. 'Wie is dan de gelukkigste?'
Ze haakten hun armen in elkaar en namen een grote, genotzuchtige teug uit de kristallen glazen. 'Een boer met twee geiten. Ik vertel het je nog wel eens.
'O, ik heb iets voor je,' herinnerde David zich opeens. Hij had haar al de volmaakte vijfkaraats diamant aan haar vin-

ger gegeven, maar hij wist dat ze die alleen droeg om zijn ouders een plezier te doen. Hij liep naar zijn smokingjasje, dat over een hoge stoel hing, en kwam terug met een juwelendoosje van Bulgari.

'Nee, David,' protesteerde Melanie. 'Jij bent mijn cadeau.'

'Maak het toch maar open,' zei hij tegen haar. 'Deze vind je wel mooi.'

Ze deed het deksel open. In een suède zakje zat een paar oorbellen, een stel grillige manen, gemaakt van diamanten, in grote zilveren ringen.

'Zo zie ik jou,' zei hij.

Melanie hield de manen tegen haar oorlelletjes. Ze waren volmaakt, en zij ook.

'Jij bent mijn eb en mijn vloed,' mompelde David.

Ze kusten elkaar. Hij maakte de ritssluiting van haar jurk open en liet de hals net onder haar schouders zakken. Hij kuste haar nek. Daarna de bovenkant van haar borsten.

Er werd op de deur van de suite geklopt.

'Champagne,' riep een stem.

Even overwoog David om gewoon te roepen: 'Zet daar maar neer!' De hele avond had hij ernaar verlangd om de kanten jurk voorzichtig van de zachte witte schouders van zijn vrouw te laten glijden.

'O, pak het toch aan,' fluisterde Melanie, terwijl ze de oorbellen voor zijn gezicht liet bungelen. 'Dan doe ik deze in.'

Ze wurmde zich uit zijn greep en schoof achteruit in de richting van de grote badkamer van de Mandarin-suite, met een twinkeling in haar glanzende bruine ogen. God, wat hield hij van die ogen.

Terwijl hij naar de deur liep, bedacht David dat hij met niemand ter wereld zou willen ruilen.

Zelfs niet voor nog een geit.

2

Phillip Campbell had zich dit moment, deze prachtige scène, zo vaak voorgesteld. Hij wist dat de bruidegom de deur zou opendoen. Hij stapte de kamer in.
'Gefeliciteerd,' mompelde Campbell terwijl hij de champagne overhandigde. Hij keek strak naar de man met het openhangende smokingoverhemd en het zwarte vlinderdasje dat los om zijn nek bungelde.
David Brandt keek nauwelijks naar hem, maar inspecteerde de met een vrolijk gekleurde strik versierde doos. Krug. Clos du Mesnil, 1989.
'Wat is het ergste wat iemand ooit heeft gedaan?' mompelde Campbell bij zichzelf. 'Ben ik ertoe in staat? Heb ik dat in me?'
'Zit er geen kaartje bij?' zei de bruidegom, die in zijn broekzakken naar een fooi zocht.
'Alleen dit, meneer.'
Campbell deed een stap naar voren en stootte een mes diep in de borstkas van de bruidegom, tussen de derde en vierde rib, de snelste weg naar het hart.
'Voor de man die alles heeft,' zei Campbell. Hij drong verder de kamer in en trapte de deur snel achter zich dicht. Hij draaide David Brandt om, duwde hem met zijn rug tegen de deur en dreef het lemmet dieper naar binnen.
De bruidegom verkrampte van schrik en pijn. Geluiden ontsnapten uit zijn borst: korte, gorgelende ademstootjes. Zijn ogen puilden uit van ongeloof.
Dit is wonderbaarlijk, dacht Campbell. Hij kon echt voelen hoe de kracht van de bruidegom wegsijpelde. De man had zojuist een van de grote momenten van zijn leven beleefd en nu, een paar minuten later, was hij stervende.
Campbell deed een stap achteruit en het lichaam van de

bruidegom zakte op de vloer in elkaar. De kamer hing scheef als een boot die slagzij maakt. Toen begon alles ook nog te draaien en door elkaar te lopen. Hij had het gevoel dat hij naar een flikkerende film zat te kijken. Wonderlijk. Heel anders dan hij had verwacht.

Campbell hoorde de stem van de vrouw en had de tegenwoordigheid van geest om het mes uit de borst van David Brandt te trekken.

Hij handelde snel om haar op te kunnen vangen op het moment dat ze, nog steeds in haar lange kanten jurk, uit de slaapkamer kwam.

'David?' zei ze met een verwachtingsvolle glimlach die verstarde toen ze Campbell zag. 'Waar is David? Wie bent u?' Haar blik gleed panisch over hem heen en bleef op zijn gezicht, op het mes en daarna op het lichaam van haar man op de vloer rusten.

'O, mijn god! David!' schreeuwde ze. 'O, David, David!'

Campbell wilde zich haar zo herinneren. De wijd opengesperde ogen met de starre blik. De toekomst die zojuist nog vol belofte en hoop gloorde, lag nu in scherven.

De woorden tuimelden uit zijn mond. 'Wil je weten waarom? Nou, ik ook.'

'Wat hebt u gedaan?' schreeuwde Melanie weer. Het kostte haar moeite het te begrijpen. Haar ogen schoten angstig heen en weer en zochten in de kamer naar een uitweg.

Ze sprintte naar de deur van de zitkamer. Campbell greep haar bij haar pols en bracht het bloederige mes omhoog naar haar keel.

'Alstublieft,' jammerde ze. 'Laat me alstublieft gaan.'

'Eerlijk gezegd ben ik hier ook om je te redden, Melanie,' zei hij, en hij glimlachte naar haar van angst vertrokken gezicht.

Campbell liet langzaam het lemmet zakken. Het slanke

lichaam schokte en er klonk een gil. Haar ogen flakkerden als een zwak elektrisch peertje. Waarom, vroegen haar smekende ogen. Waarom?

Het kostte hem een hele minuut om op adem te komen. De geur van Melanie Brandts bloed zat diep in zijn neusgaten. Hij kon bijna niet geloven wat hij had gedaan.

Hij droeg het lichaam van de bruid terug naar de slaapkamer en legde haar op het bed.

Ze was mooi. Fijne trekken. En zo jong. Hij herinnerde zich de eerste keer dat hij haar had gezien, hoe hij van haar onder de indruk was geweest. Ze had gedacht dat de hele wereld voor haar lag.

Hij wreef over het zijdezachte oppervlak van haar wang en nam een van de oorbellen in zijn hand: een lachende maan.

Wat is het ergste wat iemand ooit heeft gedaan, vroeg Phillip Campbell zich met bonzend hart nogmaals af.

Was dit het? Had hij het zojuist gedaan?

Nog niet, antwoordde een stemmetje vanbinnen. Nog niet helemaal.

Langzaam tilde hij de mooie, witte trouwjurk van de bruid op.

3

Het was even voor halfnegen op een maandagochtend in juni, een van die kille, grijze zomerochtenden waar San Francisco bekend om staat. Ik begon de week slecht. Ik bladerde oude nummers van *The New Yorker* door, terwijl ik wachtte tot mijn huisarts, dokter Roy Orenthaler, klaar was met de patiënt voor mij.

Ik kwam al bij dokter Roy, zoals ik hem soms nog noemde, sinds ik sociologie studeerde aan de universiteit van San

Francisco, en ik ging keurig een keer per jaar naar hem toe voor controle. Dat was afgelopen dinsdag geweest. Tot mijn verbazing had hij me aan het eind van de week gebeld met het verzoek om vandaag vóór mijn werk even langs te komen.

Ik had een drukke dag voor de boeg: twee open zaken en een depositie bij de rechtbank. Ik wilde om negen uur achter mijn bureau zitten.

'Mevrouw Boxer,' riep de assistente eindelijk naar me, 'u bent aan de beurt.'

Ik liep achter haar aan de spreekkamer in.

Meestal begroette dokter Orenthaler me met een goed bedoeld grapje over de politie, zoals: 'En als jij hier bent, wie is er dan boeven aan het vangen?' Ik was nu 34 en de laatste twee jaar teamleider op de afdeling Moordzaken, die was ondergebracht in het Paleis van Justitie.

Maar vandaag stond hij stijfjes op en mompelde ernstig 'Lindsay.' Hij gebaarde naar de stoel tegenover zijn bureau.

O, o.

Tot op dat moment had ik een eenvoudige kijk op artsen gehad: wanneer een van hen je zo ondoorgrondelijk en bezorgd aankeek en tegen je zei dat je moest gaan zitten, kon dat drie dingen betekenen. Maar één daarvan was erg. Of ze vroegen je mee uit, óf ze stonden op het punt om je slecht nieuws te vertellen, óf ze hadden net voor een fortuin de meubels opnieuw laten bekleden.

'Ik wil je iets laten zien,' begon dokter Orenthaler. Hij hield een dia omhoog tegen het licht.

Hij wees naar piepkleine spookachtige ronde vlekjes tussen een heleboel nog kleinere bolletjes. 'Dit is een uitvergroting van een uitstrijkje van het bloed dat we bij je hebben afgenomen. De grote druppeltjes zijn erytrocyten. Rode bloedlichaampjes.'

'Ze zien er gelukkig uit,' grapte ik nerveus.
'Dat zijn ze ook, Lindsay,' zei de arts zonder een spoor van een glimlach. 'Het probleem is dat je er niet veel hebt.'
Ik richtte mijn blik op de zijne in de hoop dat hij minder ernstig zou worden en dat we zouden overstappen op zoiets onbenulligs als: je zou eens wat minder hard moeten werken, Lindsay.
'Er is een ziekte, Lindsay,' ging dokter Orenthaler verder, 'die Negli's aplastische anemie heet. Deze ziekte komt zelden voor. Het komt erop neer dat het lichaam geen rode bloedlichaampjes meer aanmaakt.' Hij hield een foto omhoog. 'Zo ziet een plaatje van normaal bloed eruit.'
Op deze foto zag de donkere achtergrond eruit als een kruispunt in het centrum om vijf uur 's middags, een waarlijke opstopping van tegen elkaar gedrukte, energieke bolletjes. Gehaaste boodschappers, die allemaal zuurstof naar delen van iemand anders' lichaam brachten.
Daarbij vergeleken zag die van mij er ongeveer net zo volgepakt uit als het hoofdkantoor van een presidentskandidaat twee uur nadat hij de strijd heeft opgegeven.
'Dit is te behandelen, hè?' vroeg ik hem hoopvol.
'Het is te behandelen, Lindsay,' zei dokter Orenthaler na een korte stilte, 'maar het is wel ernstig.'
Een week geleden was ik alleen maar langsgekomen omdat mijn ogen traanden en vlekkerig waren en ik wat bloed in mijn slipje had ontdekt; en omdat ik elke dag om drie uur ineens het gevoel had dat een dwerg met een ijzergebrek binnenin me al mijn energie overhevelde. Ik, die regelmatig dubbele diensten draaide en dagen van veertien uur maakte. Die zes weken opgespaarde vakantie had staan.
'Hoe ernstig bedoel je?' vroeg ik met een kikker in mijn keel.
'Rode bloedlichaampjes zijn essentieel voor de zuurstofvoorziening van het lichaam,' begon dokter Orenthaler uit

te leggen. 'Hemopoëse, de vorming van bloedlichaampjes in het beenmerg.'
'Dokter Roy, dit is geen medisch congres. Hoe ernstig is het?'
'Wat wil je horen, Lindsay? Diagnose of prognose?'
'Ik wil de waarheid horen.'
Dokter Orenthaler knikte. Hij stond op, liep om het bureau heen en pakte mijn hand. 'Goed dan, de waarheid, Lindsay. Wat je hebt is levensbedreigend.'
'Levensbedreigend?' Mijn hart stond stil. Mijn keel was kurkdroog.
'Dodelijk, Lindsay.'

4

De koude, botte klank van het woord trof me als een dumdumkogel tussen mijn ogen.
Dodelijk, Lindsay.
Ik zweeg, in de verwachting dat dokter Roy me zou vertellen dat het allemaal een misselijke grap was. Dat hij mijn bloedonderzoek met dat van iemand anders had verwisseld.
'Ik wil je verwijzen naar een hematoloog, Lindsay,' ging dokter Orenthaler verder. 'Zoals bij veel ziekten, zijn er stadia. Bij stadium één is er een klein tekort aan bloedlichaampjes. Dat kan worden behandeld met maandelijkse transfusies. We spreken van stadium twee als er een systematisch tekort aan rode bloedlichaampjes is. Bij stadium drie is een ziekenhuisopname noodzakelijk voor een beenmergtransplantatie. Mogelijk moet je milt dan worden verwijderd.'
'En in welke fase zit ik?' vroeg ik terwijl ik krampachtig mijn longen vol lucht zoog.

'Je hebt net tweehonderd erytrocyten per cc bloed. Daarmee zit je in de overgang.'
'De overgang?'
'De overgang,' zei de arts, 'van stadium twee naar stadium drie.'
Er komt in je leven een moment dat je je realiseert dat er ineens andere dingen op het spel staan. De zorgeloze rit van je leven eindigt met een knal tegen een stenen muur; al die jaren die je door bent gehuppeld, dat het leven je bracht waar je heen wilde, komen abrupt tot een einde. In mijn werk zie ik voortdurend hoe mensen volkomen onverwacht met dit moment worden geconfronteerd.
Nu was ik aan de beurt.
'En wat betekent dat dan?' vroeg ik zwakjes. De kamer draaide nu een beetje.
'Het betekent dat je een langdurig regime van intensieve behandelingen zult moeten ondergaan, Lindsay.'
Ik schudde mijn hoofd. 'Wat betekent het voor mijn werk?'
Ik zat nu zes jaar bij Moordzaken, de laatste twee als teamleider. Met een beetje geluk maakte ik, wanneer mijn chef in aanmerking kwam voor promotie, een goede kans op zijn functie. Het korps had sterke vrouwen nodig. Ze konden ver komen. Tot op dat moment had ik verwacht dat ik ver zou komen.
'Voorlopig niets,' zei de arts. 'Zolang je je sterk voelt terwijl je behandeld wordt, kun je blijven werken. Het zou zelfs heel therapeutisch kunnen zijn.'
Opeens kreeg ik het gevoel dat de muren van de kamer op me af kwamen en dat ik stikte.
'Ik zal je de naam van de hematoloog geven,' zei dokter Orenthaler.
Hij ging verder over de kwalificaties van de arts, maar ik hoorde hem niet meer. Ik zat te denken: wie ga ik het ver-

tellen? Mijn moeder was tien jaar geleden aan borstkanker overleden. Mijn vader was al niet meer in beeld sinds ik dertien was. Ik had een zus, Cat, maar die leidde een keurig, leuk leven in Newport Beach, en voor haar was rechts afslaan bij een rood verkeerslicht al aanleiding voor een crisis.

De arts schoof de verwijzing naar me toe. 'Ik ken je, Lindsay. Je zult doen alsof dit iets is wat je kunt oplossen door nog harder te gaan werken. Maar dat kun je niet. Dit is buitengewoon ernstig. Ik wil dat je hem vandáág nog belt.'

Opeens ging mijn pieper af. Ik haalde hem uit mijn tas en keek naar het nummer. Het was het bureau, Jacobi.

'Kan ik ergens bellen?' vroeg ik.

Dokter Orenthaler wierp me een berispende blik toe, een die zei: ik heb je gewaarschuwd, Lindsay.

'Zoals je zei,' – ik glimlachte nerveus – 'therapeutisch.'

Hij knikte naar de telefoon op zijn bureau en liep de kamer uit. Ik draaide op het gevoel het nummer van mijn partner.

'Het is afgelopen met de pret, Boxer,' zei Jacobi nors. 'We hebben een dubbele één-acht-nul. In het Grand Hyatt.'

Mijn hoofd tolde van alles wat de arts me had verteld. Ik was de kluts kwijt en waarschijnlijk gaf ik daarom geen antwoord.

'Heb je me gehoord, Boxer? Tijd om aan de slag te gaan. Kom je?'

'Ja,' zei ik ten slotte.

'En trek iets leuks aan,' bromde mijn partner. 'Alsof je naar een bruiloft gaat.'

5

Hoe ik van de praktijk van dokter Orenthaler in Noe Valley helemaal naar het Hyatt op Union Square ben gekomen, weet ik niet meer.
Ik hoorde voortdurend de woorden van de arts in mijn hoofd: in ernstige gevallen kan Negli's dodelijk zijn.
Ik weet alleen dat nog geen twaalf minuten na het telefoontje van Jacobi mijn tien jaar oude Bronco piepend tot stilstand kwam voor de ingang van het hotel.
Op straat gonsde het van de politiemensen. Jezus, wat was er in hemelsnaam gebeurd?
Het hele blok tussen Sutter en Union Square was afgezet met een barricade van blauw-met-witte surveillancewagens. Bij de ingang van het hotel stond een groep agenten in uniform te controleren wie er kwamen en gingen en naar de omstanders te gebaren dat ze moesten doorlopen.
Ik liet mijn penning zien en liep naar binnen. Twee agenten in uniform die ik herkende, stonden vooraan in de hoge hal: Murray, een dikke politieman in het laatste jaar voor zijn pensioen, en zijn jongere partner, Vasquez. Ik vroeg Murray om details.
'Wat ik heb gehoord, is dat er twee vips zijn vermoord op de dertigste verdieping. Al het intellect is boven.'
'Wie heeft de leiding?' vroeg ik terwijl ik mijn krachten voelde terugkeren.
'Nu denk ik dat u die hebt, rechercheur.'
'In dat geval wil ik dat alle uitgangen van het hotel onmiddellijk worden afgesloten. En zorg dat je een lijst van de manager krijgt met alle gasten en personeelsleden. Er gaat niemand in of uit die niet op die lijst staat.'
Even later was ik met de lift op weg naar de dertigste verdieping.

Het spoor van agenten en ambtenaren leidde me door een gang naar een stel openstaande dubbele deuren met het opschrift MANDARIN-SUITE. Ik stuitte op Charlie Clapper, het hoofd van de technische recherche, die samen met twee rechercheurs zijn zware koffers naar binnen sjouwde. Dat Clapper hier was, betekende dat dit een grote zaak was. Door de open dubbele deuren zag ik overal rozen staan. Toen ontdekte ik Jacobi.

'Pas op waar je loopt, rechercheur,' riep hij luid dwars door de kamer.

Mijn partner was 47, maar hij zag er tien jaar ouder uit. Zijn haar was spierwit en hij begon kaal te worden. Hij keek altijd alsof hij op het punt stond te gaan grijnzen om een smakeloze grap. Hij en ik werkten nu tweeënhalf jaar samen. Ik had een hogere rang, brigadier, hoewel hij zeven jaar langer bij Moordzaken zat. Hij viel onder mij.

Toen ik de suite binnenstapte, struikelde ik bijna over de benen van lijk nummer één, de bruidegom. Hij lag vlak achter de voordeur, in elkaar gezakt, gekleed in een openhangend smokingoverhemd en een smokingbroek. De haren op zijn borst zaten aan elkaar geplakt van het bloed. Ik haalde even diep adem.

'Mag ik je voorstellen aan de heer David Brandt,' declameerde Jacobi met een scheve grijns. 'Mevrouw Brandt ligt daar.' Hij wees naar de slaapkamer. 'Het is bij hen kennelijk sneller bergafwaarts gegaan dan bij de meeste mensen.'

Ik knielde neer en bekeek de bruidegom lang en grondig. Hij was knap, had kort, donker, warrig haar en een zachte kaaklijn; maar de ogen die star wijdopen stonden en het straaltje opgedroogd bloed op zijn kin bedierven het beeld. Achter hem lag zijn smokingjasje op de vloer.

'Wie heeft ze gevonden?' vroeg ik terwijl ik in zijn zak naar een portefeuille zocht.

‘De assistent-manager. Ze zouden vanochtend naar Bali vertrekken. Het eiland, niet het casino, Boxer. Dit zijn mensen die ’s ochtends persoonlijk door de assistent-manager worden gewekt.’

Ik maakte de portefeuille open: een rijbewijs van de staat New York met een foto van een lachende bruidegom, platina creditcards en een paar biljetten van honderd dollar.

Ik stond op en keek om me heen. Het leek wel een chic museum voor oosterse kunst: zeegroene porseleinen draken, stoelen en banken versierd met taferelen van het keizerlijk hof. En de rozen natuurlijk. Ik was zelf meer het type voor een gezellig pensionnetje, maar als je ervan hield om indruk te maken, dan was dit beter.

‘Laten we met de bruid gaan kennismaken,’ zei Jacobi.

Ik liep achter hem aan door een stel openstaande dubbele deuren naar de slaapkamer en bleef staan. De bruid lag op haar rug op een groot hemelbed.

Ik was al bij honderd moorden geweest en kon net zo snel inzoomen op een lijk als ieder ander, maar hierop was ik niet voorbereid. Er schoot een rilling van afschuw langs mijn ruggengraat.

De bruid had haar trouwjurk nog aan.

6

Je ziet nooit zo veel vermoorde mensen dat het je niets meer doet, maar het was extra moeilijk om naar dit slachtoffer te kijken.

Ze was zo jong en mooi: stil, sereen en onbezoedeld, afgezien van de drie dieprode bloemen van bloed die zich op haar witte borst hadden uitgespreid. Ze zag eruit als een slapende prinses die op haar prins wachtte, maar haar prins lag in de andere kamer, zo dood als een pier.

'Wat wil je ook voor vijfendertighonderd dollar per nacht?' zei Jacobi schouderophalend. 'Het hele sprookje?'

Ik moest alles op alles zetten om niet te vergeten wat ik moest doen. Ik keek boos, alsof een enkele, giftige blik Jacobi de mond kon snoeren.

'Jeetje, Boxer, wat is er aan de hand?' Hij trok een lang gezicht. 'Het was maar een grapje.'

Zijn kinderlijke, berouwvolle blik bracht me weer bij de les. De bruid droeg een grote diamant aan haar rechterhand en kunstige oorbellen. Wat het motief van de moordenaar ook was, het was geen beroving.

Een lijkschouwer van het gerechtelijk lab wilde net aan zijn eerste onderzoek beginnen. 'Drie steekwonden, zo te zien,' zei hij. 'Ze moet veel verzet hebben geboden. Hij heeft de bruidegom met één steek vermoord.'

Wat door mijn hoofd schoot, was dat het bij minstens negentig procent van alle moorden om geld of seks ging. In dit geval scheen het niet om geld te gaan.

'Wanneer heeft iemand hen voor het laatst gezien?' vroeg ik.

'Even na tienen gisteravond. Toen was de gigantische receptie beneden afgelopen.'

'En daarna niet meer?'

'Ik weet dat dit niet echt jouw terrein is, Boxer,' zei Jacobi. Hij begon te grijnzen. 'Maar meestal ziet men de bruid en bruidegom na het feest een tijdje niet.'

Ik glimlachte flauwtjes, ging rechtop staan en keek de grote, luxueuze suite door. 'Help me dan eens, Jacobi. Wie dokt er voor een kamer zoals deze?'

'De vader van de bruidegom is een of andere hoge piet op Wall Street. Ze komen uit het oosten. Hij zit met zijn vrouw

in een kamer op de twaalfde verdieping. Ik heb me laten vertellen dat het een enorme fuif was beneden. Hier ook trouwens. Moet je al die rozen zien.'
Ik liep terug naar de bruidegom en zag iets op een marmeren console naast de deur staan, zo te zien een fles champagne in een geschenkdoos. De doos zat helemaal onder de bloedspatten.
'De assistent-manager heeft die gevonden,' zei Jacobi. 'Ik vermoed dat degene die dit heeft gedaan die doos heeft meegebracht.'
'Hebben ze iemand gezien?'
'Een heleboel mensen in smoking. Het was een bruiloft, hè?'
Ik las het etiket op de champagnefles. 'Krug. Clos du Mesnil, 1989.'
'Zegt dat je iets?' vroeg Jacobi.
'Alleen dat de moordenaar een goede smaak heeft.'
Ik keek naar het met bloed besmeurde smokingjasje. Er zat één scheur in aan de kant waar de dodelijke messteek erdoorheen was gegaan.
'Ik neem aan dat de moordenaar het heeft uitgetrokken nadat hij hem had neergestoken.' Jacobi haalde zijn schouders op.
'Waarom zou hij dat in godsnaam doen?' mompelde ik hardop.
'Kweenie. Dat zullen we hem moeten vragen.'
Charlie Clapper stond op de gang naar me te kijken om te zien of het goed was dat hij begon. Ik knikte dat hij mocht binnenkomen. Daarna liep ik terug naar de bruid.
Ik had een heel akelig voorgevoel. Als het niet om geld gaat, dan gaat het meestal om seks.
Ik tilde de elegante tulen voering van haar rok op. De bevestiging sneed koud en bitter door me heen.

Het slipje van de bruid was naar beneden getrokken en hing aan één voet.
Een heftige woede welde in me op. Ik keek in de ogen van de bruid. Ze had alles nog voor zich, alle dromen en verwachtingen. Nu was ze een lijk, onteerd, mogelijk verkracht tijdens haar huwelijksnacht.
Terwijl ik daar met mijn ogen stond te knipperen en naar haar gezicht keek, besefte ik ineens dat ik huilde.
'Warren,' zei ik diep ademhalend tegen Jacobi, 'ik wil dat jij met de ouders van de bruidegom gaat praten. Ik wil dat iedereen die gisteravond op deze verdieping was, wordt verhoord. Als ze al zijn vertrokken, wil ik dat ze worden opgespoord. En ik wil een lijst van al het hotelpersoneel dat gisteravond dienst had.'
Ik wist dat ik moest maken dat ik wegkwam, omdat ik anders de tranen niet meer zou kunnen tegenhouden. 'Nu, Warren... Alsjeblieft... nu.'
Ik ontweek zijn blik toen ik vlak langs hem de suite uitliep.
'Wat is er in godsnaam met Boxer aan de hand?' vroeg Charlie Clapper.
'Ach, vrouwen,' hoorde ik Jacobi antwoorden. 'Dat weet je toch. Die huilen altijd op bruiloften.'

7

Phillip Campbell liep door Powell Street in de richting van Union Square en het Hyatt. De politie had de straat zowaar afgezet en de menigte voor het hotel werd snel groter. Overal klonken de gillende sirenes van politie en hulpdiensten. Dit was zo ongebruikelijk voor het beschaafde en respectabele San Francisco. Hij genoot ervan!
Campbell kon bijna niet geloven dat hij terugging naar de

plaats van het misdrijf. Hij kon er niets aan doen. Door terug te gaan kon hij de vorige avond opnieuw beleven. Terwijl hij door Powell Street liep en steeds dichterbij kwam, kreeg hij een stoot adrenaline en zijn hart sloeg bijna op hol. Hij drong ongemerkt tussen de mensen door die zich vlak bij het Hyatt hadden verzameld, voor het merendeel goedgeklede zakenlui met zorglijke en gespannen gezichten. Hij hoorde de geruchten die door de menigte rondwervelden. Er gingen geruchten over een brand in het hotel, een springer, een moord, een zelfmoord, maar niets kwam in de buurt van de werkelijke gebeurtenis.
Uiteindelijk was hij zo dichtbij dat hij de bezigheden van de politie van San Francisco kon gadeslaan. Een paar agenten speurden de menigte af, op zoek naar hem. Hij was niet bang dat hij zou worden ontmaskerd, helemaal niet. Dat zou gewoon niet gebeuren. Hij zat waarschijnlijk bij de laatste vijf procent mensen die de politie zou verdenken. Dat stelde hem gerust, hoewel hij het ook een opwindende gedachte vond.
God, hij had het gedaan. Hij had ervoor gezorgd dat dit allemaal gebeurde en hij begon nog maar net. Hij had nog nooit iets ervaren wat leek op dit gevoel en dat gold ook voor San Francisco.
Een zakenman kwam uit het Hyatt en journalisten en andere mensen stelden hem vragen alsof hij een beroemdheid was. De man was begin dertig en hij grijnsde veelbetekenend. Hij beschikte over de informatie die zij allemaal wilden hebben en dat wist hij. Hij liet het hen allemaal goed voelen en genoot van zijn korte grote moment.
'Het was een stel, vermoord in het penthouse.' Hij kon horen wat de man zei. 'Dit was hun huwelijksnacht. Triest, hè?'
De mensen rondom Phillip Campbell hapten naar adem en hij werd helemaal warm vanbinnen.

8

Wat een toestand! Cindy Thomas drong tussen de mompelende menigte, tussen de sensatiezoekers bij het Grand Hyatt door. Toen kreunde ze bij de aanblik van de rij agenten die de doorgang blokkeerde.

Er stonden zeker honderd toeschouwers op elkaar gedrukt bij de ingang: toeristen met camera's, zakenlui op weg naar hun werk; schreeuwende mensen die met perskaarten zwaaiden en zich een weg naar binnen probeerden te praten. Aan de overkant van de straat werd al een busje van het televisiejournaal opgesteld met de voorgevel van het hotel op de achtergrond.

In de twee jaar dat Cindy op de redactie Binnenland van de *Chronicle* het lokale nieuws verzorgde, had ze een goede neus gekregen voor verhalen die haar carrière een duwtje in de goede richting konden geven. Van dit verhaal gingen haar nekharen overeind staan.

'Een moord in het Grand Hyatt,' had haar stadsredacteur, Sid Glass, haar verteld nadat een redactielid het politiebericht had opgevangen. Suzie Fitzpatrick en Tom Stone, de eigenlijke misdaadverslaggevers van de *Chronicle*, waren allebei uit huis. 'Als de donder ernaartoe,' blafte haar baas tot haar verbazing. Dat liet ze zich geen tweemaal zeggen.

Maar nu, bij het Hyatt aangekomen, had Cindy het gevoel dat het geluk haar alweer in de steek had gelaten.

De straat was afgesloten. Met de minuut kwamen er meer journalisten. Als ze niet snel met iets voor de dag kwam, zou Fitzpatrick of Stone het verhaal alsnog krijgen. Ze moest naar binnen. En daar stond ze, buiten op de stoep.

Haar oog viel op een rij limousines en ze liep naar de voorste, een grote beige zesdeurs. Ze tikte op het raampje.

'Wacht u op Steadman?' vroeg Cindy.

'Nee, nee,' antwoordde de chauffeur. 'Op Eddleson.'
'Sorry, sorry.' Ze wuifde. Maar vanbinnen straalde ze. Dit was de manier om binnen te komen.
Ze bleef nog even tussen de mensen staan en drong toen naar voren. Een jonge agent versperde haar de weg. 'Neemt u me niet kwalijk,' zei Cindy met een bezorgde uitdrukking op haar gezicht. 'Ik heb een afspraak in het hotel.'
'Naam?'
'Eddleson. Hij verwacht me.'
De agent bladerde door een computeruitdraai die op een klembord zat. 'Weet u een kamernummer?'
Cindy schudde haar hoofd. 'We hebben om elf uur in de Grill Room afgesproken.' De Grill Room in het Hyatt was een van de plaatsen in San Francisco waar de grote jongens ontbeten.
De agent bekeek haar nauwlettend van top tot teen. Cindy bedacht dat ze er met haar zwartleren jasje, spijkerbroek en sandalen van Earthsake niet bepaald uitzag als iemand die op weg was naar een belangrijke zakenbrunch.
'Mijn afspraak,' zei Cindy, op haar horloge tikkend. 'Eddleson.'
Afwezig gebaarde de agent dat ze mocht doorlopen.
Ze was binnen. De hoge hal van glas, goudkleurige pilaren die oprezen tot de tweede verdieping. Ze moest even lachen om al die bekende mensen die nog buiten op straat stonden. En Cindy Thomas was als eerste binnen. Nu moest ze alleen nog uitzoeken wat ze moest doen.
In de hal krioelde het echt van de mensen: agenten, vertrekkende zakenmensen, reisgezelschappen, hotelpersoneel in vuurrode uniformen. De baas had gezegd dat het om een moord ging. Een brutaal misdrijf, gegeven de reputatie van het hotel.
Ze wist niet op welke verdieping. Of wanneer het was ge-

beurd. Ze wist zelfs niet of het om een gast van het hotel ging.

Ze mocht dan binnen zijn, maar ze wist geen moer.

Aan de andere kant van de hal zag Cindy allemaal onbeheerde koffers staan. Zo te zien waren ze van een groot gezelschap. Een piccolo was bezig ze naar buiten te zeulen.

Ze liep ernaartoe en ging naast een van de tassen op haar hurken zitten alsof ze er iets uit wilde halen.

Een andere piccolo kwam langs. 'Moet ik een taxi voor u roepen?'

Cindy schudde van nee. 'Ik word opgehaald.' Daarna liet ze haar blik verbaasd over de chaos gaan. 'Ik ben net wakker. Wat heb ik gemist?'

'Hebt u het niet gehoord? Dan bent u waarschijnlijk de enige. We hebben gisteravond een beetje een toestand gehad in het hotel.'

Cindy zette grote ogen op.

'Twee moorden. Op de dertigste.' Hij liet zijn stem dalen alsof hij haar het geheim van haar leven ging vertellen. 'Hebt u gisteravond iets gezien van die grote bruiloft? Het waren de bruid en de bruidegom. Iemand is bij hen binnengedrongen in de Mandarin-suite.'

'Jezus!' Cindy deinsde achteruit.

'Moet ik deze echt niet voor u naar buiten brengen?' vroeg de piccolo.

Cindy glimlachte geforceerd. 'Nee, dank u. Ik wacht hier wel.'

Aan de andere kant van de hal zag ze een lift opengaan. Er kwam een piccolo uit met een karretje vol bagage. Het was waarschijnlijk een dienstlift. Voorzover ze kon zien, had de politie hem niet afgesloten.

Ze baande zich een weg tussen de mensen in de hal door

naar de lift. Ze drukte op de knop en de glimmende goudkleurige deur ging open. Gelukkig was hij leeg.
Cindy sprong naar binnen en de deur ging dicht. Ze kon het niet geloven. Ze kon niet geloven dat ze dit deed. Ze drukte op 30.
De Mandarin-suite.
Een dubbele moord.
Haar verhaal.

9

Toen de lift tot stilstand kwam, hield Cindy haar adem in. Haar hart klopte in haar keel.
Ze was op de dertigste verdieping. Ze was binnen. Ze deed het echt.
De lift kwam uit in een afgelegen hoekje van de verdieping. Ze was dolblij dat er geen agent voor de deur stond.
Ze hoorde geroezemoes aan de andere kant van de gang. Ze hoefde alleen maar op de herrie af te gaan.
Terwijl ze snel door de gang liep, werden de stemmen luider. Twee mannen in gele jasjes met in grote zwarte letters het opschrift TECHNISCHE RECHERCHE passeerden haar. Aan het einde van de gang stond een groepje agenten en rechercheurs voor een openstaande dubbele deur waarop MANDARIN-SUITE stond.
Ze was niet de enige die binnen was; ze zat er middenin.
Cindy wandelde in de richting van de dubbele deur. De agenten keken zelfs haar kant niet op; ze lieten net politiemensen binnen die uit de centrale lift waren gekomen.
Ze had het gehaald. De Mandarin-suite. Ze kon naar binnen kijken. Hij was enorm groot, weelderig, duur ingericht. Overal stonden rozen.

Toen stond haar hart bijna stil. Ze moest moeite doen om niet over te geven.

Daar lag de bruidegom in een met bloed besmeurd smokingoverhemd op de grond.

Cindy's knieën knikten. Ze had nooit eerder een slachtoffer van een moord gezien. Ze wilde zich naar voren buigen om elk detail in zich op te nemen, maar haar lichaam gehoorzaamde niet.

'En wie mag u dan wel zijn?' vroeg een norse stem plotseling. Een grote, boze agent keek haar recht in de ogen.

Opeens werd ze vastgepakt en hard tegen de muur geduwd. Het deed pijn. In paniek wees Cindy naar haar tas en haar portefeuille, waar een perskaart met foto in zat.

De boze agent begon door haar identiteitsbewijzen en creditcards te bladeren alsof het reclamefolders waren.

'Jezus.' De opgeblazen politieman fronste zijn voorhoofd als een kwijlende dobermann. 'Het is een journalist.'

'Hoe ben jij boven gekomen?' wilde zijn partner weten, die aan kwam lopen.

'Zorg dat ze hier weggaat,' blafte Dobermann tegen hem. 'En hou die perskaart hier. Die komt het eerste jaar nog niet in de buurt van een persconferentie.'

Zijn partner trok haar aan haar arm naar de centrale lift. Achteromkijkend kon Cindy nog net de gespreide benen van de dode man bij de deur zien. Het was afschuwelijk, doodeng en triest. Ze stond te trillen op haar benen.

'Breng deze journalist naar de uitgang,' instrueerde hij de agent die de lift bemande. Hij tikte tegen haar identiteitsbewijs alsof het een speelkaart was. 'Ik hoop voor je dat je tripje naar boven de moeite waard was, want deze ben je kwijt.'

Toen de deuren dichtgingen, riep een stem: 'Wacht even.' Een lange vrouw in een kobaltblauw T-shirt en gebrocheerd

vest met een penning aan haar broekband stapte naar binnen. Het was een knappe vrouw met zandkleurig haar, maar ze was duidelijk van streek. Ze slaakte een diepe zucht toen de deuren dichtgingen.
'Erg daarbinnen, rechercheur?' informeerde de agent die Cindy begeleidde.
'Ja,' zei de vrouw, zonder zelfs haar hoofd om te draaien.
Het woord rechercheur sloeg bij Cindy in als een bom.
Cindy kon het niet geloven. Het tafereel moest wel bijzonder afschuwelijk zijn, als een rechercheur er zo door van streek was. Terwijl de lift naar beneden ging, stond ze dertig verdiepingen lang alleen maar met haar ogen te knipperen en recht voor zich uit te kijken.
Toen de deuren opengingen in de hal, beende de rechercheur weg.
'Ziet u de voordeur?' zei de agent tegen Cindy. 'Daar gaat u doorheen. En kom niet terug.'
Zodra de liftdeuren dicht waren, draaide ze zich snel om en speurde de enorme hal af op zoek naar de rechercheur. Ze zag haar nog net het damestoilet binnengaan.
Cindy liep snel achter haar aan het toilet in.
De rechercheur stond voor een spiegel. Ze was zo'n een meter vijfentachtig lang, slank en indrukwekkend. Tot Cindy's grote verbazing was duidelijk te zien dat ze had gehuild.
Jeetje. Ze zat er weer middenin. Wat had de rechercheur gezien waardoor ze zo van streek was?
'Gaat het?' informeerde Cindy ten slotte met zachte stem.
De rechercheur vermande zich toen ze besefte dat ze niet alleen was. Maar ze keek alsof ze op het punt stond om zich helemaal te laten gaan. 'U bent die journalist, nietwaar?'
Cindy knikte.
'Hoe is het u gelukt om boven te komen?'
'Ik weet het niet. Mazzel, denk ik.'

De rechercheur haalde een papieren zakdoekje tevoorschijn en depte haar ogen. 'Ik ben bang dat u nu geen mazzel meer hebt. Van mij zult u niets horen.'
'Daar was ik ook niet op uit,' zei Cindy. 'Weet u zeker dat het gaat?'
De politievrouw draaide zich om. Haar ogen schreeuwden: ik heb je niets te zeggen, maar ze logen. Het was alsof ze dat juist het allerliefst wilde: met iemand praten.
Het was een van die vreemde momenten dat Cindy wist dat er meer speelde. Als ze een keer de kans kreeg onder andere omstandigheden, zouden ze zelfs misschien bevriend kunnen raken.
Cindy stak haar hand in haar zak, haalde er een kaartje uit en legde het op de wastafel voor de rechercheur. 'Als u ooit wilt praten...'
Het knappe gezicht van de rechercheur kreeg weer kleur. Ze aarzelde en wierp Cindy toen een uiterst flauw, bedeesd glimlachje toe.
Cindy lachte terug. 'Nu ik hier toch ben...' Ze liep naar de wasbak, haalde haar make-uptasje tevoorschijn en ving in de spiegel een blik van de politievrouw op.
'Leuk vest,' zei ze.

10

Ik werk vanuit het Paleis van Justitie. Het Paleis, zoals we het grijze brok graniet van tien verdiepingen noemen waarin het Openbaar Ministerie van San Francisco is gehuisvest, ligt vlak naast de snelweg op Sixth en Bryant. Als het gebouw zelf, met zijn vergeelde, steriele gangen, al niet duidelijk maakte dat de wetshandhaver geen gevoel voor stijl had, dan deed de omgeving dat wel. Handgeschilderde ke-

ten van handelaren in auto-onderdelen, parkeerplaatsen en smoezelige cafés.
Waar je ook last van had, je kon het in het Paleis vinden: autodiefstal, zedenmisdrijven, berovingen. De officier van justitie zat op de zevende etage, met kleine kamertjes vol snelle jonge openbaar aanklagers. De politiecellen bevonden zich op de negende etage. Eén adres waar je moest zijn, van arrestatie tot voorgeleiding. Naast ons zat zelfs het mortuarium.
Na een haastige, povere persconferentie spraken Jacobi en ik af dat we boven met elkaar zouden doornemen wat we tot nu toe te weten waren gekomen.
Wij twaalven, die alle moorden in de hele stad behandelden, deelden met elkaar een kamer van twintig bij dertig meter die werd verlicht met felle tl-buizen. Mijn bureau, dat ik had mogen kiezen, stond bij het raam, 'vrolijk' uitkijkend op de oprit van de snelweg. Het lag altijd vol mappen, stapels foto's en afdelingspublicaties. Het enige echt persoonlijke ding op mijn bureau was een plexiglazen kubus die mijn eerste partner me had gegeven. Op de kubus stond gegraveerd: JE KUNT NIET ZIEN WELKE KANT DE TREIN OP IS GEGAAN DOOR NAAR HET SPOOR TE KIJKEN.
Ik maakte een kop thee voor mezelf en ging naar Jacobi in Verhoorkamer 1. Ik tekende twee kolommen op een vrijstaand schoolbord: een voor wat we wisten, een voor wat we moesten uitzoeken.
Het eerste gesprek van Jacobi met de ouders van de bruidegom had niets opgeleverd. De vader was een hoge piet op Wall Street en had een bedrijf dat zich bezighield met internationale bedrijfsovernames. Hij zei dat hij en zijn vrouw waren gebleven totdat de laatste gasten waren vertrokken en 'de kinderen naar hun kamer hadden gebracht'. Ze hadden beslist geen vijanden. Geen schulden, verslavingen, be-

dreigingen. Niets wat zo'n afschuwelijke, onvoorstelbare daad kon uitlokken.
Bij het ondervragen van alle gasten op de dertigste verdieping hadden ze iets meer succes geboekt. Een paar uit Chicago had de avond ervoor omstreeks halfelf een man zien rondhangen op de gang in de buurt van de Mandarin-suite. Ze beschreven hem als iemand van gemiddelde lengte met kort donker haar en zeiden dat hij een donker kostuum of wellicht een smoking droeg. Hij had iets in zijn hand. Het zou een doos met sterkedrank geweest kunnen zijn.
Later waren twee gebruikte theezakjes en twee lege doordrukstrips van Pepcid-tabletten op de tafel het duidelijkste bewijs dat we een paar uur lang met deze vragen hadden zitten stoeien. Het was kwart over zeven. Onze dienst liep eigenlijk maar tot vijf uur.
'Geen afspraakje vanavond, Lindsay?' vroeg Jacobi ten slotte.
'Ik heb net zoveel afspraakjes als ik wil, Warren.'
'Ja, zoals ik al zei, geen afspraakje vanavond.'
Zonder te kloppen stak onze chef, Sam Roth, die we Cheery noemden, zijn hoofd om de deur. Hij gooide een exemplaar van de middageditie van de *Chronicle* op tafel. 'Hebben jullie dit gezien?'
De grote kop luidde: BLOEDERIGE HUWELIJKSNACHT IN HET HYATT. Ik las hardop van de voorpagina. 'Bij een magnifiek uitzicht op de baai, in een wereld zoals alleen de rijken die kennen, lag het lichaam van de 29-jarige bruidegom in elkaar gezakt bij de deur.' Hij fronste zijn voorhoofd. 'Hebben we deze journalist soms uitgenodigd voor een rondleiding? Ze weet namen, details.'
Op de naamregel stond Cindy Thomas.
Ik dacht aan het kaartje in mijn tas en slaakte een diepe zucht. Die verdomde Cindy Thomas.

'Misschien moet ik haar eens bellen om te vragen of we al aanwijzingen hebben,' ging Roth verder.
'Wil je niet binnenkomen?' vroeg ik. 'Naar het bord kijken. We kunnen wel wat hulp gebruiken.'
Roth bleef staan waar hij stond en kauwde op zijn dikke onderlip. Hij wilde net de deur achter zich dichttrekken toen hij zich bedacht. 'Lindsay, morgenochtend kwart voor negen op mijn kamer. We moeten in deze zaak voorzichtig te werk gaan. Voorlopig kun je doorgaan.' Daarna deed hij de deur dicht.
Ik ging aan de tafel zitten. Het was net of er een zwaar gewicht op me drukte. De hele dag was voorbij. Ik had geen moment tijd gehad om mijn eigen nieuws te verwerken.
'Is er iets?' vroeg Jacobi.
Ik keek hem aan. Ik stond op het punt om alles te vertellen, of misschien weer te gaan huilen.
'Het was een vreselijk gezicht, daar in het Hyatt,' zei hij bij de deur. 'Je moet naar huis gaan, een bad nemen of zo.'
Ik glimlachte dankbaar naar hem vanwege deze onverwachte, voor hem ongebruikelijke fijngevoeligheid.
Toen hij weg was, keerde ik me om naar de voornamelijk lege kolommen op het bord. Ik voelde me zo zwak en leeg dat ik nauwelijks uit mijn stoel kon opstaan. Langzaam kwamen de gebeurtenissen van de afgelopen dag, mijn bezoek aan dokter Orenthaler, weer bij me boven. In mijn hoofd weerklonk zijn waarschuwing: dodelijk, Lindsay.
Toen besefte ik ineens met een schok dat het al bijna acht uur was.
Ik had de specialist helemaal nog niet gebeld.

11

Toen ik die avond thuiskwam, volgde ik Jacobi's raad min of meer op.
Eerst liet ik mijn hond, Lieve Martha, uit. Twee buren van me zorgen overdag voor Martha, maar ze staat altijd klaar voor onze avondwandeling. Na ons ommetje schopte ik mijn Aerosole-pumps uit, gooide mijn wapen en kleren op het bed, schonk een biertje in, liep daarmee naar de badkamer en nam een lange, hete douche.
Het beeld van David en Melanie Brandt werd weggespoeld voor de nacht; ze mochten slapen.
Maar dan was er nog dokter Orenthaler, en Negli's. En het telefoontje naar de specialist waar ik de hele dag tegenop had gezien en dat ik niet had gepleegd.
Hoe vaak ik mijn gezicht ook onder de hete straal hield, ik kon de lange dag niet van me afspoelen. Mijn leven was veranderd. Ik vocht niet alleen meer tegen moordenaars. Ik vocht voor mijn leven.
Toen ik onder de douche uit kwam, haalde ik een borstel door mijn haar en keek lange tijd naar mezelf in de spiegel. Er kwam een gedachte bij me op die ik zelden had: ik was knap. Geen schoonheid, maar leuk om te zien. Lang, bijna een meter tachtig; behoorlijk figuur voor iemand die zich af en toe te buiten gaat aan bier en chocolade-ijs. Ik had van die levendige, lichtbruine ogen. Ik gaf nooit op.
Hoe kon het dan dat ik doodging?
Maar vanavond stonden mijn ogen anders. Bang. Alles leek anders. Kop op, hoorde ik een stem binnenin me zeggen. Schouders eronder. Je zet altijd je schouders eronder.
Hoe ik ook probeerde hem terug te dringen, de vraag kwam: waarom ik?
Ik trok een trainingspak aan, bond mijn haar in een staartje

en liep naar de keuken om water voor pasta op te zetten en een saus op te warmen die ik een paar dagen geleden in de koelkast had gezet.
Toen de saus stond te pruttelen, zette ik een cd op van Sarah McLachlan en ging bij het aanrecht zitten met een glas rode Bianco van een dag oud. Ik aaide Lieve Martha, terwijl de muziek speelde.
De twee jaar dat ik nu gescheiden was, had ik alleen gewoond. Ik haat het om alleen te wonen. Ik hou van mensen, vrienden. Ik hield vroeger meer van mijn man, Tom, dan van het leven zelf... totdat hij me verliet met de woorden: 'Lindsay, ik kan het niet uitleggen. Ik hou van je, maar ik moet weg. Ik heb iemand anders nodig. Meer valt er niet te zeggen.'
Ik vermoed dat hij de waarheid sprak, maar het was het stomste en treurigste wat ik ooit had gehoord. Het brak mijn hart in een miljoen stukjes. Het is nog steeds gebroken. Dus ook al vind ik het vreselijk om alleen te wonen – op Lieve Martha na natuurlijk – toch ben ik bang om een nieuwe relatie te beginnen. Als hij nu ineens niet meer van me zou houden? Ik zou het niet kunnen verdragen. Dus wijs ik, of schiet ik, zo ongeveer iedere man af die bij me in de buurt komt.
Maar, god, wat haat ik het om alleen te zijn.
Vooral vanavond.
Mijn moeder was aan borstkanker overleden toen ik net van de middelbare school was. Ik was van Berkeley naar de school in de stad overgestapt om haar te helpen en voor mijn jongere zus, Cat, te zorgen. Zoals bij de meeste dingen in haar leven, zelfs bij het vertrek van pa, begon ma zich pas druk te maken over haar ziekte toen het te laat was om er iets aan te doen.
Ik had mijn vader sinds mijn dertiende maar twee keer ge-

zien. Hij droeg twintig jaar het politie-uniform in Central. Stond bekend als een vrij goede politieman. Hij ging vroeger vaak naar een bar, de Alibi, en bleef daar na zijn dienst naar de wedstrijd van de Giants kijken. Soms nam hij mij, 'zijn kleine mascotte', mee om me door zijn vrienden te laten bewonderen.

Toen de saus klaar was, schonk ik hem over de fusilli en nam het bord en een salade mee naar buiten naar mijn terras. Martha liep met me mee. Sinds ik haar had geadopteerd van de Border Collie Rescue Society was ze me overal achternagelopen. Ik woonde op Potrero Hill, in een gerenoveerd blauw Victoriaans stadshuis met uitzicht op de baai. Niet met het prachtige uitzicht dat je uit de Mandarin-suite had.

Ik ging zitten, legde mijn voeten op een andere stoel en zette het bord op mijn schoot. Aan de overkant van de baai schitterden de lichtjes van Oakland als duizend onwelwillende oogjes.

Ik keek naar de melkweg van flikkerende lichtjes, voelde de tranen opwellen en besefte voor de tweede keer die dag dat ik huilde. Martha drukte zacht haar natte neus tegen me aan en at daarna de fusilli voor me op.

12

Om kwart voor negen de volgende ochtend tikte ik op de matglazen ruit van de kamer van hoofdinspecteur Roth in het Paleis. Roth houdt van me... als van een eigen dochter, zegt hij. Hij heeft geen idee hoe neerbuigend hij soms doet. Ik krijg wel eens de neiging om tegen Roth te zeggen dat ik van hem hou... als van een opa.

Ik verwachtte veel mensen, ten minste een paar jongens van

Interne Zaken, of misschien commissaris Welting, onder wiens toezicht de rechercheafdeling stond, maar toen Roth gebaarde dat ik mocht binnenkomen, zag ik dat er maar één andere persoon in zijn kamer was.

Een goed uitziend type, gekleed in een chambray overhemd en een gestreepte das, met kort, donker haar en brede schouders. Hij had een knap, intelligent gezicht dat tot leven leek te komen toen ik binnenkwam, maar het betekende voor mij maar één ding: hoge ambtenaar. Een persvoorlichter, of iemand van het stadhuis.

Ik had het akelige gevoel dat ze het net over mij hadden gehad.

Onderweg naar Roth had ik een overtuigend excuus voor de falende beveiliging tegen de pers gerepeteerd: dat ik zelf laat ter plekke was geweest en dat de echte kwestie het misdrijf was. Maar Roth verraste me. '"De bruiloftsblues" noemen ze het,' zei hij terwijl hij me de ochtendeditie van de *Chronicle* toegooide.

'Ik heb het gezien,' antwoordde ik, opgelucht dat we ons op de zaak concentreerden.

Hij keek naar meneer Stadhuis. 'De kranten zullen deze zaak op de voet volgen. Ze waren allebei rijk, uit vooraanstaande families, populair. Zoiets als de jonge Kennedy en die blonde vrouw van hem, hun tragedie.'

'Wie ze waren, maakt voor mij niet uit,' antwoordde ik. 'Moet je luisteren, Sam, over gisteren...'

Hij legde me met opgeheven hand het zwijgen op. 'Laat maar. Hoofdcommissaris Mercer heeft me al gebeld. Deze zaak heeft zijn volledige aandacht.'

Hij wierp een blik op het keurig geklede politieke type in de hoek. 'Hoe dan ook, hij wil dat de teugels strak worden aangehaald bij deze zaak. Wat er bij andere belangwekkende onderzoeken is gebeurd, mag nu niet gebeuren.'

Daarna zei hij tegen mij: 'We gaan deze keer de regels veranderen.'
Opeens werd het benauwd in de kamer. Ik kreeg het vervelende gevoel dat er spelletjes werden gespeeld.
Toen deed meneer Stadhuis een stap naar voren. Het viel me op dat rond zijn ogen de rimpels zaten van iemand met ervaring die zijn aandeel had geleverd. 'Het leek de burgemeester en hoofdcommissaris Mercer een goed idee dat we dit onderzoek als een gezamenlijk project zouden opvatten. Dat wil zeggen, als je bereid bent om met iemand anders samen te werken,' zei hij.
'Iemand anders?' Mijn ogen schoten tussen hen tweeën heen en weer en bleven uiteindelijk op Roth rusten.
'Mag ik je voorstellen aan je nieuwe partner?' verklaarde Roth.
Ik word verschrikkelijk genaaid, zei een stemmetje binnenin me. Dit zouden ze een man niet flikken.
'Chris Raleigh,' zei meneer hoge piet van het stadhuis en hij stak zijn hand uit.
Ik schudde hem niet.
'De laatste paar jaar,' vervolgde Roth, 'heeft commandant Raleigh voor de burgemeester gewerkt als contactpersoon burgerbevolking. Hij is gespecialiseerd in het managen van potentieel gevoelige zaken.'
'Managen?'
Raleigh sloeg zijn ogen ten hemel. Hij probeerde zich bescheiden voor te doen. 'Indammen... de schade beperken... naderhand eventuele gevolgen binnen de gemeenschap herstellen.'
'O,' vuurde ik terug, 'u bent een marketingman.'
Hij glimlachte. Alles aan hem straalde een geperfectioneerd arrogant zelfvertrouwen uit dat ik associeerde met het soort mannen dat in het stadhuis rond grote tafels zat.

'Daarvoor,' vervolgde Roth, 'was Chris korpschef in Northern.'
'Dat is de ambassadebuurt,' snoof ik. Iedereen maakte grapjes over de chique wijk Northern, die zich uitstrekte van Nob Hill tot Pacific Heights. De ergste misdrijven daar waren dure dames die buiten geluiden hoorden en laat terugkerende toeristen die hun pension niet meer in konden.
'We regelden ook het verkeer rond het Presidio,' verweerde Raleigh zich met alweer een glimlach.
Ik negeerde hem en wendde me tot Roth. 'En Warren dan?' Ik had de laatste twee jaar alle zaken samen met hem gedaan.
'Jacobi krijgt een nieuwe taak. Ik heb een fantastisch klusje voor hem en die grote mond van hem.'
Ik vond het, ondanks al zijn stomme grapjes, niet prettig om mijn partner in de steek te laten. Maar Jacobi was zelf zijn grootste vijand.
Tot mijn verbazing vroeg Raleigh: 'Bent u het hiermee eens, rechercheur?'
Ik had niet veel keus. Ik knikte. 'Als u niet in de weg loopt. Bovendien draagt u mooiere stropdassen dan Jacobi.'
'Cadeautje voor vaderdag.' Hij straalde. Ik vond het ongelooflijk, maar ik voelde een steek van teleurstelling. Jezus, Lindsay. Ik zag geen ring. Lindsay!
'Ik ontsla je van al je andere taken,' kondigde Roth aan. 'Geen tegenstrijdige verplichtingen. Jacobi kan het bureauwerk doen, als hij bij de zaak betrokken wil blijven.'
'En wie heeft de leiding?' vroeg ik aan Cheery. Ik was Jacobi's meerdere; ik was eraan gewend zelf de leiding te hebben.
Roth snoof. 'Hij werkt voor de burgemeester. Hij is een exkorpschef. Wie denk je dat de leiding heeft?'
'Wat dacht u ervan als u in het veld de leiding neemt?' stelde

Raleigh voor. 'Wat we doen met wat we vinden, is mijn zaak.'

Ik aarzelde even en keek hem onderzoekend aan. Jeetje, wat was dat een gladde jongen.

Roth keek me aan. 'Wil je dat ik aan Jacobi vraag of hij ook van dit soort bedenkingen heeft?'

Raleigh wierp me even een blik toe. 'Moet u luisteren, als we er niet uitkomen, laat ik het u weten.'

Meer zou ik niet uit deze onderhandelingen kunnen halen. Het was een heel nieuwe situatie. Maar ik hield mijn zaak tenminste. 'En hoe moet ik u noemen? Chef?'

Met achteloos gemak gooide Raleigh een lichtbruin jack over zijn schouder en stak zijn hand uit naar de deur. 'Waarom noemt u me niet bij mijn naam? Ik ben nu al vijf jaar burger.'

'Goed, Raleigh,' zei ik met een flauwe glimlach. 'Hebt u ooit een lijk gezien toen u in Northern zat?'

13

Het grapje bij Moordzaken over het mortuarium luidde dat het ondanks het beroerde klimaat goed voor de zaken was. Als iets het monnikenwerk van het natrekken van op niets uitlopende aanwijzingen een stimulerende bezigheid laat lijken, dan is het wel de scherpe lucht van formaldehyde en de deprimerende glans van gangen met ziekenhuistegeltjes. Maar zoals ze zeggen: daar zijn de lijken te vinden.

En dat niet alleen. Ik wilde ook mijn maatje Claire spreken. Er viel over Claire Washburn niet veel te zeggen, behalve dat ze geniaal, uiterst deskundig en mijn beste vriendin op de hele wereld was. Ze was nu zes jaar de hoofdpatholoog-anatoom van de stad, en iedereen bij Moordzaken wist dat

dat de onwaardigste titel was die er bestond, aangezien zij feitelijk leidinggaf aan het gerechtelijk lab in plaats van Anthony Righetti. Righetti is haar arrogante, machtswellustige baas die altijd met de eer gaat strijken, maar Claire klaagt zelden.

Voor ons is Claire het gerechtelijk lab. Maar misschien was het idee van een vrouwelijke patholoog-anatoom nog niet acceptabel, zelfs niet in San Francisco.

Vrouwelijk, en zwart.

Na aankomst werden Raleigh en ik naar Claires kamer gebracht. Ze droeg haar witte doktersjas, waarop op de zak linksboven de bijnaam VLINDER was geborduurd.

Het eerste wat je opviel aan Claire was dat ze 25 kilo meezeulde die ze niet nodig had. 'Ik ben in vorm,' grapte ze altijd. 'Rond is een vorm.'

Het tweede was haar vrolijke, zelfverzekerde manier van doen. Je wist direct dat ze zich van niemand iets aantrok. Ze had het lichaam van een Chinese Boeddha, het verstand van een havik en de zachtaardige ziel van een vlinder.

Toen we binnenkwamen, glimlachte ze vermoeid maar tevreden naar me, alsof ze het grootste deel van de nacht had doorgewerkt. Ik stelde Raleigh voor en Claire keek me even ondeugend en geïmponeerd aan.

De wijsheid die ik in de loop der jaren op straat had vergaard, was bij haar aangeboren. Hoe ze haar veeleisende werk en het tevredenstellen van haar eerzuchtige baas combineerde met het opvoeden van twee pubers was een wonder. En haar huwelijk met Edmund, percussionist bij het San Francisco Symphony Orchestra, gaf mij het vertrouwen dat er nog hoop voor het instituut was.

'Ik verwachtte je al,' zei ze, terwijl we elkaar omhelsden. 'Ik heb je gisteravond nog gebeld. Heb je de boodschap niet gekregen?'

Met haar troostende armen om me heen welde er een golf van emotie in me op. Ik wilde haar alles vertellen. Als Raleigh er niet bij was geweest, had ik alles – Orenthaler, Negli's – er waarschijnlijk direct uitgegooid.
'Ik was doodmoe,' antwoordde ik. 'En kapot. Lange, zware dag.'
'Volgens mij,' zei Raleigh grinnikend, 'kennen jullie elkaar al.'
'Gebruikelijke voorbereiding op een autopsie.' Claire lachte, terwijl we elkaar loslieten. 'Leren ze je dat niet op het stadhuis?'
Plagerig spreidde hij zijn armen.
'O, nee,' zei Claire terwijl ze in mijn schouder kneep. 'Dit moet je verdienen. Trouwens,' haar stem kreeg weer een serieuze klank, 'ik heb juist vanochtend het voorbereidend onderzoek afgerond. Willen jullie de lichamen zien?'
Ik knikte.
'Zet je maar schrap dan; deze twee komen beslist niet in aanmerking voor een foto in *Modern Bride*.'
Ze leidde ons door een reeks automatische deuren naar de Kluis: de grote, gekoelde ruimte waar de lichamen lagen opgeslagen.
Ik liep voorop met Claire, die me naar zich toe trok en fluisterde: 'Volgens mij heb je Jacobi een kusje op zijn neus gegeven en toen stond daar opeens deze charmante prins.'
'Hij werkt voor de burgemeester, Claire.' Ik glimlachte terug. 'Ze hebben hem gestuurd om ervoor te zorgen dat ik niet bij het eerste beetje bloed flauwval.'
'In dat geval,' antwoordde ze terwijl ze de zware deur naar de Kluis openduwde, 'zou ik me maar stevig vasthouden aan die man.'

14

Ik had nu al zes jaar regelmatig dode lichamen van zeer dichtbij mogen aanschouwen. Maar bij wat ik nu zag, rilde ik van afschuw.

De verminkte lichamen van de bruid en bruidegom lagen naast elkaar. Ze lagen op brancards met het schokkende moment van hun dood bevroren op hun gezicht.

David en Melanie Brandt.

De starre, spookachtige uitdrukking op hun gezicht was de sterkste aanwijzing die ik ooit had gekregen dat het leven wellicht niet wordt bestuurd door iets eerlijks of barmhartigs. Mijn blik bleef op het gezicht van Melanie rusten. Gisteren in haar trouwjurk had ze iets tragisch en sereens gehad.

Vandaag was haar gehavende lichaam star en naakt, een stilstaand beeld uit een groteske horrorfilm. Alles wat ik gisteren diep had weggestopt, kwam opeens weer boven.

Zes jaar bij Moordzaken en ik had nooit mijn hoofd afgewend. Maar nu deed ik dat wel.

Ik voelde dat Claire mijn arm ondersteunde en ik leunde tegen haar aan.

Tot mijn verrassing bleek het Raleigh te zijn. Ik herstelde me met een mengeling van boosheid en schaamte. 'Bedankt.' Ik zuchtte diep. 'Het gaat wel.'

'Ik doe dit werk nu al acht jaar,' zei Claire, 'maar deze keer had ik ook liever de andere kant op gekeken.'

Ze pakte een map van een onderzoekstafel tegenover David Brandt en wees naar de bloederige, gapende steekwond aan de linkerkant van zijn borst. 'Hij is eenmaal gestoken in de rechterventrikel. Je kunt zien dat het mes hier op weg naar binnen de verbinding tussen de vierde rib en het borstbeen heeft doorboord. Ging dwars door de atriaventriculaire knoop, waar de elektrische prikkels voor het hart van uitgaan. Technisch gezien kreeg hij een hartstilstand.'

'Dus hij is overleden aan een hartaanval?' vroeg Raleigh.

Ze trok een paar strakke chirurgische handschoenen over haar handen en roodgelakte nagels. 'Elektromechanische dissociatie. Gewoon een duur woord om aan te geven wat er gebeurt wanneer je in je hart wordt gestoken.'

'En het wapen?' vroeg ik.

'Op dit moment weet ik alleen dat het een gewoon, ongekarteld lemmet was. Geen opvallende sporen of wondranden. Ik kan je wel vertellen dat de moordenaar een middelmatig postuur had, ergens tussen de een zeventig en de een vijfenzeventig, en rechtshandig was, gezien de hoek waaronder is gestoken. Je kunt zien dat het lemmet hier in enigszins opwaartse richting is binnengedrongen. Hier,' zei ze, naast de wond porrend. 'De bruidegom was een drieëntachtig. Bij zijn vrouw, die een meter vijfenzestig was, loopt de eerste incisie in neerwaartse richting.'

Ik controleerde de handen en armen van de bruidegom op ontvellingen. 'Nog sporen van een worsteling?'

'Hij kon zich niet meer verweren. De arme man deed het in zijn broek van angst.'

Ik knikte toen mijn blik op het gezicht van de bruidegom viel.

Claire schudde haar hoofd. 'Dat bedoelde ik eigenlijk niet. De jongens van Charlie Clapper hebben monsters van een vloeistof van de schoenen van de bruidegom en de hardhouten vloer in de hal waar hij werd gevonden, geschraapt.' Ze hield een klein flesje omhoog waarin een paar druppels troebele vloeistof zaten.

Vol onbegrip keken Raleigh en ik ernaar.

'Urine,' legde Claire uit. 'De arme man heeft het blijkbaar echt in zijn broek gedaan. Moet een flinke plas zijn geweest.'

Ze trok een wit laken over het hoofd van David Brandt en schudde haar hoofd. 'Ik neem aan dat dat een geheim is dat we voor ons kunnen houden. Helaas,' zei ze met een zucht, 'ging het voor de bruid lang niet zo snel.' Ze voerde ons mee naar de brancard met de bruid. 'Misschien heeft ze hem verrast. Er zitten wondjes op haar handen en polsen die duiden op een worsteling. Hier,' ze wees naar een rode ontvelling in haar hals. 'Ik heb geprobeerd om wat weefsel onder haar nagels vandaan te halen, maar we zullen moeten afwachten wat dat oplevert. Hoe dan ook, de eerste messteek was in de bovenbuik en ging door haar longen. Daaraan zou ze, gezien het bloedverlies, na enige tijd al zijn overleden.'
Ze wees naar een tweede en derde lelijke snee onder de linkerborst op vrijwel dezelfde plaats als bij de bruidegom. 'Er zat zoveel bloed in haar pericardium dat je het had kunnen uitwringen als een natte vaatdoek.'
'Je wordt weer te technisch,' zei ik.
'Het vlies rondom het hart, een soort zakje. Het bloed hoopt zich daarin op en drukt de spier zo in elkaar dat het hart zich niet meer met bloed uit de hoofdaders kan vullen. Uiteindelijk wurgt het zichzelf.'
Het beeld van het hart van de bruid dat in zijn eigen bloed stikte, deed me huiveren. 'Het is net of hij twee keer dezelfde verwonding wilde toebrengen,' zei ik terwijl ik de plaatsen waar het mes naar binnen was gedrongen aandachtig bekeek.
'Daar heb ik ook aan gedacht,' zei Claire. 'In een rechte lijn naar het hart.'
Raleigh fronste zijn voorhoofd. 'Dus de dader zou een beroepsmoordenaar kunnen zijn?'
Claire haalde haar schouders op. 'Gezien het technische karakter van de verwondingen zou dat kunnen. Maar ik denk het niet.'

Er klonk enige aarzeling in haar stem. Ik keek op en vestigde mijn blik op haar ernstige ogen. 'Wat ik moet weten, is of ze seksueel is misbruikt.'

Ze slikte. 'Er zijn duidelijk aanwijzingen voor een soort postmortale penetratie. Het slijmvlies van de vagina was ernstig uitgerekt en ik heb kleine scheurtjes rond de ingang van de schede gevonden.'

Mijn lichaam verstrakte van afschuw. 'Ze werd verkracht.'

'Als ze werd verkracht,' antwoordde Claire, 'dan gebeurde dat op een heel afschuwelijke manier. Ik heb nog nooit zo'n wijde schede gezien. Eerlijk gezegd denk ik niet dat we het hier over penetratie met een penis hebben.'

'Stomp voorwerp?' zei Raleigh.

'Zeker wijd genoeg... maar er zitten over de hele lengte van de schede ontvellingen die duiden op een soort ring.' Claire haalde diep adem. 'Persoonlijk zou ik zeggen dat het om een vuist ging.'

De wrede, schokkende aard van Melanie Brandts dood deed me nogmaals huiveren. Ze was verminkt, onteerd. Met een vuist. Alsof de dader een laatste barbaarse daad had willen stellen. Haar aanvaller had niet alleen zijn nachtmerrie willen opvoeren, maar haar ook willen onteren. Waarom?

'Als je nog één ding aankunt, kom dan mee,' zei Claire.

Ze liep voor ons uit door een klapdeur naar een aangrenzend lab.

Op een stuk wit steriel papier lag het met bloed besmeurde smokingjasje dat we vlak naast de bruidegom hadden gevonden.

Claire pakte het vast bij de kraag. 'Clapper heeft het me geleend. Ik heb natuurlijk gekeken wiens bloed erop zit. Dat ligt voor de hand'.

Het linkervoorpand was gescheurd op de plaats waar het

mes erdoor was gegaan en er zaten donkere bloedvlekken op. 'Wat hier zo interessant aan is,' zei Claire, 'is dat het bloed op de voorkant van het jasje niet alleen dat van David Brandt is.'

Raleigh en ik gaapten haar verbaasd aan.

'Is het van de moordenaar?' zei hij met grote ogen.

Ze schudde haar hoofd. 'Nee, van de bruid.'

Ik haalde me snel de hotelsuite voor de geest. De bruidegom was vermoord bij de deur; zijn vrouw negen meter verderop, in de slaapkamer.

'Hoe kan het bloed van de bruid op zijn jasje terechtgekomen zijn?' vroeg ik verbijsterd.

'Met die vraag heb ik ook zitten worstelen. Daarom heb ik het jasje tegen het bovenlichaam van de bruidegom aan gelegd. De scheur komt niet precies overeen met de steekwond. Kijk maar. De wond zat hier bij de bruidegom. Bij de vierde rib. De scheur in het jasje zit zeven centimeter hoger. Toen ik verder ging kijken, bleek dat dat jasje niet eens van hetzelfde merk is als de pantalon. Dit jasje is van Joseph Abboud.'

Claire knipoogde toen ze zag dat mijn hersens op volle toeren begonnen te draaien.

Het jasje was niet van de bruidegom. Het was eigendom van de man die hem had vermoord.

Claire keek ons aan en zei: 'Geen enkele beroepsmoordenaar die ik ken, zou dat laten liggen.'

'Hij kan de bruiloft gebruikt hebben om niet op te vallen,' zei Raleigh.

Een nog ijzingwekkender mogelijkheid was al bij mij opgekomen.

'Misschien was hij wel een van de gasten.'

15

In het gebouw van de *San Francisco Chronicle* wist het voortrazende brein van Cindy Thomas haar vingers maar nauwelijks voor te blijven.

De deadline voor de middageditie was al over een uur.

Van een piccolo in het Hyatt had ze de namen gekregen van twee gasten die op de bruiloft van de Brandts waren geweest en nog steeds in het hotel verbleven. Nadat ze de avond daarvoor nogmaals naar het hotel was gegaan, had ze een hartverscheurend, tragisch plaatje van de laatste momenten van de bruid en bruidegom kunnen samenstellen, compleet met het jawoord, de toasts en een romantische laatste dans.

Alle andere verslaggevers waren nog steeds bezig om de spaarzame details die door de politie waren vrijgegeven aan elkaar te breien. Voorlopig was ze iedereen een stap voor. Ze liep op kop en dat gaf haar een fantastisch gevoel.

Ze wist ook zeker dat dit het beste stuk werd dat ze sinds haar komst bij de *Chronicle*, en misschien wel sinds haar studententijd in Michigan, had geschreven.

Bij de krant was Cindy door haar slimme zet in het Hyatt meteen een beroemdheid geworden. Mensen die ze nauwelijks kende, kwamen opeens langs om haar te feliciteren. Zelfs de uitgever, die ze zelden op de stadsredactie zag, kwam naar beneden om te zien wie ze was.

De stadsredactie deed verslag van protesten tegen een omlegging in Mill Valley, waardoor de hoeveelheid verkeer in de buurt van een aantal scholen sterk was toegenomen.

Zij schreef de voorpagina.

Onder het tikken zag ze dat Sidney Glass, haar stadsredacteur, naar haar bureau toe kwam. Glass stond bij de krant

bekend als El Sid. Hij ging zwaar zuchtend tegenover haar zitten. 'We moeten praten.'
Haar vingers kwamen langzaam tot rust terwijl ze opkeek. 'Ik zit met twee heel boze misdaadverslaggevers die staan te popelen om deze zaak over te nemen. Suzie zit op het stadhuis te wachten op een verklaring van de hoofdcommissaris en de burgemeester. Stone heeft een kort achtergrondartikel over de beide families geschreven. Ze hebben met elkaar twintig jaar ervaring en twee Pulitzers. En het is hun terrein.'
Cindy voelde haar hart een slag overslaan. 'Wat heb je tegen hen gezegd?' vroeg ze.
In de hard geworden ogen van El Sid kon ze de inhalige misdaadredactie zien, ervaren journalisten met hun eigen onderzoeksteam die zich naar binnen probeerden te vechten en dit verhaal onder elkaar wilden verdelen. Haar verhaal.
'Laat eens zien wat je hebt,' zei de stadsredacteur ten slotte. Hij kwam naar de andere kant van het bureau, keek over haar schouder, las een paar regels van het beeldscherm. 'Het is goed. Dat weet je waarschijnlijk wel. "Gekweld" moet hier staan,' zei hij, naar het scherm wijzend. 'Het zegt iets over de vader van de bruid. Ida wordt nergens zo kwaad om als om verkeerd geplaatste bepalingen.'
Cindy voelde dat ze bloosde. 'Dat weet ik, dat weet ik. Ik probeer het op tijd af te krijgen. De deadline is om...'
'Ik weet wanneer de deadline is.' De redacteur keek boos. 'Maar bij ons geldt: als je het erin kunt krijgen, dan kun je het er goed in krijgen.'
Hij keek Cindy naar haar gevoel eindeloos lang strak aan met een donkere, vorsende blik die haar in spanning hield. 'Vooral als je van plan bent om hiermee door te gaan.' Het meestal onvermurwbare gezicht van Glass verzachtte en hij

glimlachte bijna. 'Ik heb hun gezegd dat het jouw verhaal is, Thomas.'
Cindy onderdrukte de neiging om de chagrijnige, bazige redacteur zomaar midden op de werkvloer om de hals te vliegen. 'Moet ik naar het stadhuis?' vroeg ze.
'Het echte verhaal ligt in die hotelsuite. Ga terug naar het Hyatt.'
El Sid liep weg met zijn handen, zoals altijd, in zijn broekzakken.
Na een paar passen draaide hij zich om. 'Als je van plan bent om door te gaan met dit verhaal, zou ik maar een bron bij de politie zelf zoeken… en snel ook.'

16

Na ons bezoek aan het mortuarium wandelden Raleigh en ik in stilte terug naar het bureau. Veel details aan de moorden zaten me niet lekker. Waarom zou de moordenaar het jasje van het slachtoffer meenemen? Waarom had hij de champagnefles laten staan? Ik begreep er niets van.
'We hebben nu een zedenmisdrijf. En ernstig ook,' zei ik ten slotte tegen hem op het geasfalteerde wandelpad dat naar het Paleis voerde. 'Ik wil de resultaten van de autopsie met Milt Fanning doornemen en ze invoeren in de computers van de FBI. We moeten ook de ouders van de bruid spreken. We moeten informatie hebben over iedereen met wie ze vóór David iets heeft gehad. En een lijst van alle mensen op die bruiloft.'
'Waarom wachten we niet tot we op dat punt meer zekerheid hebben,' zei mijn nieuwe partner, 'voordat we ons daarop concentreren?'
Ik bleef staan en keek hem aan. 'Wil je soms nagaan of

iemand bij de afdeling Gevonden voorwerpen naar een bebloed jasje heeft geïnformeerd? Ik begrijp je niet. Waar ben je bang voor?'
'Ik wil niet dat de recherche de familie in deze verdrietige tijd lastigvalt met allerlei hypothesen totdat we meer aanknopingspunten hebben,' zei Raleigh. 'Misschien is dat het jasje van de moordenaar, maar misschien ook niet. Misschien was het een van de gasten, maar misschien ook niet.'
'Van wie denk je dat het was, van de rabbi?'
Hij glimlachte even naar me. 'Misschien heeft de dader het laten liggen om ons op een dwaalspoor te brengen.'
Zijn stem klonk ineens anders. 'Wil je het erbij laten zitten?' vroeg ik hem.
'Ik wil het er niet bij laten zitten,' zei hij. 'Maar tot we iets tastbaars hebben, kunnen we alle oude vriendjes van de bruid en slachtoffers van bedrijfsreorganisaties waar Gerald Brandt de hand in heeft gehad op de lijst met verdachten zetten. Ik wil gewoon niet dat de familie in het middelpunt van de belangstelling komt te staan, tenzij we echt iets hebben.'
Daar had je het. Het spel. Indammen, de schade beperken. Brandt en rector Weil, de vader van de bruid, waren hoge pieten. Zorg ervoor dat je die boeven te pakken krijgt, Lindsay. Maar zorg dat je de recherche niet in opspraak brengt.
Opgewekt zei ik: 'Ik dacht dat de mogelijkheid dat de moordenaar op de bruiloft was geweest ons enige aanknopingspunt was.'
'Ik wil alleen maar zeggen dat we eerst wat meer zekerheid moeten zien te krijgen, Lindsay, voordat we in het seksleven van de ceremoniemeester gaan spitten.'
Ik knikte, terwijl ik mijn ogen de hele tijd op die van hem

gericht hield. 'En in de tussentijd, Chris, concentreren we ons gewoon op onze ándere sterke aanwijzingen.'
Er viel een ongemakkelijke stilte.
'Goed, waarom heeft de moordenaar volgens jou met de bruidegom van jasje geruild?' vroeg ik hem.
Hij leunde met zijn rug tegen de rand van een betonnen muurtje. 'Ik vermoed dat hij het jasje aanhad toen hij ze vermoordde. Het zat onder het bloed. Hij moest ongemerkt naar buiten zien te komen. Het jasje van de bruidegom lag in de kamer en hij heeft ze gewoon omgeruild.'
'Dus jij denkt dat hij al die moeite heeft gedaan vanuit de gedachte dat het niemand zou opvallen? Andere maat, ander merk. Dat het gewoon aan de aandacht zou ontsnappen. Waarom heeft hij het laten liggen, Raleigh? Waarom heeft hij het bebloede jasje niet in een tas gestopt? Of opgerold onder zijn nieuwe jasje?'
'Ik weet het niet,' gaf Raleigh toe. 'Wat denk jij?'
Ik wist niet waarom hij het had laten liggen, maar een verschrikkelijke mogelijkheid begon bij me op te komen. 'Mogelijkheid één,' antwoordde ik, 'hij raakte in paniek. Misschien ging de telefoon of kwam er iemand aan de deur.'
'In hun huwelijksnacht?'
'Je begint op mijn ex-partner te lijken.'
Ik liep naar het Paleis en hij haalde me in. Hij hield de glazen deuren voor me open. Toen ik erdoor naar binnen liep, pakte hij me bij mijn arm. 'En de tweede mogelijkheid?'
Ik bleef staan en keek hem recht aan, in een poging vast te stellen hoever ik kon gaan. 'In welk opzicht ben jij nou eigenlijk de deskundige in dit geval?' vroeg ik.
Hij glimlachte met een zelfverzekerde en onverstoorbare blik in zijn ogen. 'Ik ben ooit getrouwd geweest.'
Ik gaf geen antwoord. Mogelijkheid twee. Ik begon een angstig voorgevoel te krijgen. Liet de moordenaar zijn

handtekening achter? Speelde hij met ons? Liet hij met opzet sporen achter? Eenmalige lustmoordenaars lieten geen aanwijzingen achter. Beroepsmoordenaars ook niet. Seriemoordenaars lieten sporen achter.

17

Het raam waardoor Phillip Campbell naar buiten zat te staren bood een verrassend uitzicht op de baai, maar hij zag de bezienswaardigheden niet echt. Hij was in gedachten verzonken.

Het is eindelijk begonnen. Alles is in gang gezet, dacht hij. De stad aan de baai zal nooit meer dezelfde zijn. Ik zal nooit meer dezelfde zijn. Dit was ingewikkeld: niet wat het leek, maar mooi op zijn eigen manier.

Hij had de deur van zijn kantoor dichtgedaan, zoals hij altijd deed wanneer hij druk bezig was met een onderzoek. De laatste tijd ging hij ook niet meer lunchen met zijn collega's. Ze ergerden hem. Hun leven draaide alleen om triviale zaken. De aandelenmarkt. De Giants en de 49'ers. Waar ze naartoe gingen met vakantie. Ze hadden zulke kleine, simpele, burgermansdromen. Die van hem hadden vleugels. Hij leek op de grote jongens die verderop in Silicon Valley hun splinternieuwe dingen zaten te bedenken.

Hoe dan ook, dat was allemaal verleden tijd. Nu had hij een geheim. Het grootste geheim ter wereld.

Hij schoof zijn paperassen naar de hoek van zijn bureau. Dat is de oude wereld, dacht hij. Mijn oude ik. De saaie piet. Het werkpaard.

Hij draaide de linkerbovenla van zijn bureau van het slot. Achter de gebruikelijke persoonlijke rommel stond een

klein grijs kistje. Het was nauwelijks groot genoeg voor een pakje systeemkaartjes van tien bij vijftien centimeter.
Dit is nu mijn wereld.
Hij dacht terug aan het Hyatt.
Het mooie, doorschijnend witte gezicht van de bruid, de bloemen van bloed op haar borst. Hij kon nog steeds niet geloven wat er was gebeurd. De scherpe knak van het mes toen het door het kraakbeen ging. De snik van haar laatste ademhaling. En die van hem natuurlijk.
Hoe heetten ze ook alweer? O, jezus, hij was het vergeten. Nee, hij wist het nog. De Brandts. Ze stonden in elke krant; ze waren op elk journaal.
Met een sleutel van zijn sleutelbos maakte hij het kistje open. De bedwelmende betovering van zijn dromen stroomde de kamer in.
Een stapeltje systeemkaartjes. Netjes en geordend. Op alfabet. Een voor een bekeek hij ze. Nieuwe namen. King... Merced... Passeneau... Peterson.
Allemaal bruiden en bruidegoms.

18

Toen ik terugkwam van het mortuarium lagen er enkele dringende boodschappen op mijn bureau. Prima, want ik had haast.
Charlie Clapper van de technische recherche. Voorlopig rapport binnen. Een paar journalisten van de Associated Press en lokale televisiezenders. Zelfs de vrouw van de *Chronicle* die me haar kaartje had gegeven.
Ik at een salade van gegrilde kip en peer die ik mee naar boven had genomen, terwijl ik Clapper belde. 'Alleen goed nieuws,' grapte ik toen ik hem aan de lijn kreeg.

'Dan kan ik je beter een negenhonderd-nummer geven. Voor twee dollar per minuut vertellen ze je daar alles wat je wilt horen.'
Ik kon het aan de toon van zijn stem horen. 'Je hebt niets?'
'Honderden stukjes, Lindsay,' zei het hoofd van de technische recherche, doelend op de weinig belovende vingerafdrukken die zijn team in de suite had verzameld. 'Die van de bruid, van de bruidegom, van de assistent-manager, van de kamermeisjes.'
'Heb je vingerafdrukken van de lichamen genomen?' vroeg ik met nadruk. De moordenaar had Melanie Brandt van de grond getild. 'En van de doos met champagne?'
'Natuurlijk. Niets. Iemand is heel voorzichtig geweest.'
'En van de vloer? Vezels, schoenafdrukken.'
'Afgezien van de pis.' Clapper lachte. 'Denk je dat ik iets voor je achterhoud? Je bent een schatje, Lindsay, maar ik vind het leuker om moordenaars te arresteren. Ik laat trouwens dat smokingjasje onder de microscoop bekijken door iemand. Je hoort het wel.'
'Bedankt, Charlie,' mompelde ik teleurgesteld.
Toen ik mijn stapel boodschappen verder doorbladerde, kwam de boodschap van Cindy Thomas bovenop te liggen.
Normaal gesproken was het niet mijn gewoonte om midden in een lopend onderzoek verslaggevers terug te bellen. Maar deze was op een slimme en doortastende manier doorgedrongen tot de plaats van het delict en toch zo vriendelijk geweest niet verder aan te dringen toen ze me in het nauw had gedreven op het damestoilet.
Ik trof haar achter haar bureau. 'Fijn dat u me terugbelt, rechercheur,' zei ze op waarderende toon.
'Dat was ik u verplicht, vindt u ook niet? Bedankt dat u me met rust liet in het hotel.'

'Dat spreekt vanzelf. Maar ik vroeg me wel af of u altijd zo geëmotioneerd op een misdrijf reageert. U bent toch rechercheur Moordzaken?'
Ik had geen tijd, noch zin in een wedstrijdje 'Wie maakt de geestigste opmerking', dus gebruikte ik Jacobi's uitspraak. 'Het was een bruiloft. Bij bruiloften huil ik altijd. Wat kan ik voor u doen, mevrouw Thomas?'
'Cindy. Ik ga u een dienst bewijzen. Misschien bewijst u mij er dan ook wel een.'
'We hebben het hier over moord, twee heel gruwelijke moorden. Ik ben niet van plan om een deal met iemand te sluiten. En als we elkaar nog eens tegenkomen, zult u merken dat ik niet op mijn vrolijkst ben als ik het gevoel heb dat ik bij iemand in het krijt sta.'
'Waar ik eigenlijk op hoopte,' zei ze, 'was uw mening over de bruid en de bruidegom.'
'Is Tom Stone niet de misdaadverslaggever van de *Chronicle*?' vroeg ik.
Ik hoorde haar diep ademhalen. 'Ik zal niet tegen u liegen. Normaal gesproken doe ik het lokale nieuws op de stadsredactie.'
'Nou, u hebt nu een echt verhaal te pakken. "Hemels huwelijk eindigt in hel." U hebt er geen gras over laten groeien.'
'Om eerlijk te zijn, rechercheur,' – haar stem werd zachter – 'had ik nog nooit zoiets gezien. Toen ik David Brandt daar zo zag liggen... Ik weet wat u denkt, maar het gaat me niet alleen om het verhaal. Ik zou alles willen doen wat in mijn vermogen ligt om te helpen.'
'Dat stel ik op prijs, maar ja, we hebben hier al die enthousiaste mensen met penningen rondlopen. Moeten we die niet eerst een kans geven? U mag trouwens best weten dat u door naar de dertigste verdieping te sluipen me nou niet bepaald een uitnodiging voor een brunch met de commissa-

ris hebt bezorgd. Ik was verantwoordelijk voor de plaats van het delict.'

'Ik had nooit verwacht dat het me zou lukken.'

'Dus we kunnen het erover eens zijn dat we niet weten wie bij wie in het krijt staat. Maar omdat het mijn kwartje is...'

De stem van de journaliste kreeg weer een hautaine klank. 'Ik heb u gebeld om uw reactie te vragen op een artikel dat we vandaag gaan publiceren. U weet dat de vader van de bruidegom een bedrijf op het terrein van overnames heeft. Onze economisch redacteur heeft op de Bloomberg-site ontdekt dat ze zich op het laatste moment hebben teruggetrokken uit een overeenkomst met Kolya-Novgorod, de op twee na grootste Russische autofabrikant. Brandt leverde zo'n tweehonderd miljoen dollar voor een aanzienlijk aandeel. Kolya is een van die Russische conglomeraten die zijn overgenomen door een nieuwe tak van duistere kapitalisten. Zonder het geld, heb ik me laten vertellen, is Kolya zogoed als failliet. Mijn bronnen vertellen me dat er inmiddels een nogal vervelende sfeer heerst.'

Ik lachte. 'Vervelend, mevrouw Thomas? Als u niet oppast, word ik zelf een beetje vervelend.'

'Kennelijk stonden enkele Russen na afloop nogal voor aap.'

Ik lachte nogmaals. 'Het beramen van een moord is strafbaar,' zei ik tegen haar. 'Als er een luchtje aan zit, zou u justitie moeten bellen.'

'Het leek me handig voor u om te weten. Zou u me trouwens iets willen vertellen over andere mogelijkheden die u onderzoekt?'

'Natuurlijk. Ik zeg niet te veel als ik u vertel dat het onderzoek loopt.'

'Bedankt.' Ze zuchtte. 'Hebt u al bepaalde verdachten op het oog?'

‘Zeggen ze bij de *Chronicle* dat u dat moet vragen? U weet dat ik dat niet mag vertellen.’
‘Onofficieel. Geen bronvermelding. Als vriendendienst.’
Terwijl ik luisterde, dacht ik terug aan de tijd dat ik een beginneling was die zich een weg naar binnen probeerde te banen. Hoe hermetisch gesloten en ontoegankelijk de politiewereld was geweest, totdat iemand een piepklein openingetje maakte waar ik doorheen kon kruipen. ‘Zoals ik al zei, mevrouw Thomas,’ zei ik op iets vriendelijkere toon, ‘ik beloof niets.’
‘Cindy,’ zei de journaliste. ‘Noem me dan tenminste Cindy. Voor het geval u de volgende keer weer op het toilet in een hoek wordt gedreven als u niet op uw best bent.’
‘Goed, Cindy. Ik zal zeker aan je denken.’

19

Ik wilde niet naar huis. En ik wist dat ik niet langer in het Paleis kon blijven.
Ik pakte mijn tas, stormde naar de ondergrondse parkeergarage en startte mijn ouwe trouwe Bronco zonder precies te weten waar ik naartoe ging.
Ik ging gewoon rijden, Fourth, Third, Mission op, langs het Moscone Center, cafés, gesloten winkels. Het hele eind in de richting van de Embarcadero.
Ik stak Battery over en verliet de baai. Ik moest nergens heen, maar mijn handen leken uit zichzelf te handelen en me ergens heen te leiden. Door mijn hoofd schoten beelden van de vermoorde bruid en bruidegom. De dingen die dokter Orenthaler had gezegd. Ik had uiteindelijk dokter Medved, de hematoloog, gebeld voor een afspraak.

Ik kwam in de buurt van Sutter en nam de afslag. Ineens wist ik waar ik naar op weg was.
Ik reed Union Square op. Zomaar ineens stond ik voor de felverlichte ingang van het Hyatt.
Ik liet de manager mijn penning zien en nam de lift naar de dertigste verdieping.
Een agent in uniform zat voor de Mandarin-suite. Ik herkende hem: David Hale van Central. Hij stond op toen hij me aan zag komen. 'Loopt u een beetje met uw ziel onder uw arm, rechercheur?'
Een kruislingse barrière van geel tape blokkeerde de toegang tot de Mandarin-suite. Hale gaf me de sleutel. Ik trok een paar stukken tape los en dook onder de rest door, draaide de deur van het slot en stond binnen.
Als je nooit alleen hebt rondgelopen op de plaats waar kortgeleden een moord is gepleegd, ken je het gevoel van onbehaaglijke rusteloosheid dat dat teweegbrengt niet echt.
Ik had het gevoel dat de geesten van David en Melanie Brandt nog steeds in de kamer waren.
Ik was ervan overtuigd dat ik iets over het hoofd had gezien. Ik was er ook van overtuigd dat het hier was. Wat?
De suite zag er nog vrijwel hetzelfde uit als de vorige keer. Het Perzische tapijt uit de zitkamer was naar Clappers lab. Maar de posities van de lijken en de bloedvlekken waren duidelijk gemarkeerd met blauw krijt.
Ik keek naar de plek waar David Brandt was gestorven. In gedachten ging ik na wat er waarschijnlijk was gebeurd.
Ze toasten met elkaar. Dat wist ik door de halfvolle champagneglazen op een tafeltje vlak bij het terras. Misschien heeft hij haar net de oorbellen gegeven. Het doosje stond namelijk open op de wastafel in de badkamer.
Er wordt geklopt. David Brandt gaat opendoen. Het was

net of het in de benauwde kamer gonsde van de geheimen, van de fluisterstemmen.
De moordenaar komt binnen met de doos champagne. Misschien kent David hem. Het mes komt tevoorschijn. Slechts één steek. De bruidegom wordt verlamd van angst tegen de deur aan gedrukt. Het gaat zó snel dat hij niet kan schreeuwen. 'De arme man deed het in zijn broek,' had Claire gezegd.
Gilt de bruid niet? Misschien is ze in de badkamer. Misschien ging ze naar de badkamer om de oorbellen in te doen.
De moordenaar speurt de suite af. Hij wacht de bruid op die nietsvermoedend uit de badkamer komt.
Ik haal me Melanie Brandt voor de geest: stralend, vol levensvreugde. Hij ziet het ook. Was hij iemand die ze kende? Had ze net afscheid van hem genomen? Kende Melanie haar moordenaar?
De Navaho hebben een gezegde dat luidt: zelfs de stille wind heeft een stem. Ik luisterde naar de geluidloze biecht van de hotelkamer.
Vertel het me, Melanie. Ik ben hier voor jou. Ik luister.
Mijn huid tintelt van afgrijzen wanneer ik elk detail van de moord opnieuw tot leven breng. Ze vecht – er zaten blauwe plekken en kleine ontvellingen op haar armen en in haar hals –, probeert te vluchten. De moordenaar steekt haar neer bij het voeteneinde van het bed. Hij is ontzet, maar ook opgewonden door wat hij heeft gedaan. Ze sterft niet direct. Hij moet nog een keer steken. En nog een keer.
Wanneer hij klaar is, draagt hij haar naar het bed. Hij sleept haar niet over de grond want er is geen bloedspoor te zien. Dit is belangrijk. Hij is voorzichtig met haar. Daarom denk ik dat hij haar kent.
Heeft hij misschien ooit van Melanie gehouden? Hij legt

haar armen in een vredige houding op haar buik. Een slapende prinses. Misschien doet hij net alsof alles wat er is gebeurd alleen maar een nare droom is.
Nergens in de kamer bespeur ik het koele plan van een beroeps- of huurmoordenaar. Zelfs niet dat van iemand die eerder heeft gedood.
Ik luister.
Een felle woede laait in hem op. Hij realiseert zich dat hij haar nooit meer zal zien. Zijn prinses...
Hij is zo boos. Hij wil voor deze ene keer met haar naar bed. Haar voelen.
Maar dat mag hij niet doen. Dan zou hij haar bezoedelen. Maar hij wil haar hebben. Dus tilt hij haar japon op. Gebruikt zijn vuist.
Hij schreeuwt het me allemaal toe. Ik weet zeker dat er nog iets is wat nog verborgen is. Wat zie ik over het hoofd? Wat heeft iedereen tot nu toe over het hoofd gezien?
Ik ga naar het bed. Ik haal me Melanie voor de geest, haar afschuwelijke steekwonden, maar haar blik is kalm, niet beschuldigend. Zo laat hij haar liggen. Hij neemt de oorbellen niet mee. Hij neemt de ring met de enorme diamant niet mee.
Toen drong het tot me door met de kracht van een trein die uit een donkere tunnel tevoorschijn dendert. Wat er ontbrak. Wat ik niet had gezien. Jezus christus, Lindsay. Ringen!
Ik zag voor me hoe ze daar lag. Haar fijne, met bloed besmeurde handen. De diamant was er nog, maar... Jezus!
Ik rende terug naar de hal en haalde me het in elkaar gezakte lichaam van de bruidegom voor de geest.
Ze waren een paar uur eerder getrouwd. Ze hadden elkaar net hun jawoord gegeven. Maar ze hadden geen gouden ring om.

De trouwringen!
De moordenaar neemt de oorbellen niet mee, besefte ik.
Hij pakt de ringen.

20

De volgende ochtend om negen uur zat ik in de spreekkamer van dokter Victor Medved, een vriendelijke, vrij kleine man met een smal, scherp gezicht, die me met een licht Oost-Europees accent de stuipen op het lijf joeg.
'Negli's is dodelijk,' verklaarde hij effen. 'Het ontneemt het lichaam de mogelijkheid om zuurstof te transporteren. Het begint met lusteloosheid, verzwakking van het afweersysteem en lichte duizeligheid. Uiteindelijk kunt u last krijgen van dezelfde problemen als na een beroerte en zullen ook uw geestelijke vermogens achteruitgaan.'
Hij stond op, kwam naar me toe, nam mijn gezicht voorzichtig tussen zijn handen. Hij keek me aan door zijn dikke bril. 'U bent al bleekjes,' zei hij terwijl hij met zijn duimen op mijn wangen duwde.
'Het kost me 's ochtends altijd een beetje moeite om mijn bloed aan het stromen te krijgen,' zei ik met een glimlach, in een poging de angst in mijn hart te verhullen.
'Toch zullen we het moeten terugdraaien,' zei dokter Medved, 'anders ziet u er over drie maanden uit als een geest. Een knappe geest, maar niettemin een geest.'
Hij liep terug naar zijn bureau en pakte mijn status. 'Ik zie dat u bij de politie werkt?'
'Moordzaken,' zei ik tegen hem.
'Dan hoeven we geen valse voorstelling van zaken te geven, neem ik aan. Ik wil u niet bang maken. Aplastische anemie is reversibel. Zeker dertig procent van de patiënten reageert

op een behandeling bestaande uit tweewekelijkse transfusies met erytrocytenconcentraat. Van degenen die niet reageren, kan eenzelfde percentage uiteindelijk worden geholpen met een beenmergtransplantatie. Maar daarvoor moeten ze eerst een pijnlijk proces van chemotherapie ondergaan om de witte bloedlichaampjes te stimuleren.'

Ik verstijfde. Dokter Orenthalers nachtmerrieachtige voorspellingen kwamen uit. 'Kunt u van tevoren bepalen wie er op de behandeling zal reageren?'

Medved sloeg zijn handen in elkaar en schudde zijn hoofd. 'We kunnen alleen maar beginnen. Dan zien we het vanzelf.'

'Ik ben met een belangrijk onderzoek bezig. Dokter Orenthaler zei dat ik mocht blijven werken.'

Medved trok een zuinig mondje. 'U mag blijven werken zolang u zich sterk genoeg voelt.'

Ik slaakte een diepe, moeizame zucht. Hoelang kon ik dit geheimhouden? Wie kon ik het vertellen? 'Als het werkt, hoelang duurt het dan voor we verbetering zien?' vroeg ik enigszins hoopvol.

Hij fronste zijn wenkbrauwen. 'Dit is iets anders dan een aspirientje slikken tegen de hoofdpijn. Ik ben bang dat we over een lange periode praten.'

Een lange periode. Ik dacht aan wat Roth waarschijnlijk zou zeggen, mijn kans om hoofdinspecteur te worden.

Dit is het, Lindsay. Dit is de grootste uitdaging van je leven.

'En als het niet werkt, hoelang duurt het dan... voordat er van alles gaat gebeuren?'

'Voor alles achteruitgaat? Laten we optimistisch blijven en de moed niet laten zakken. Daar hebben we het nog wel over als we verder zijn.'

Alles lag nu open. De zaak, mijn carrière, alle doelen in mijn leven. Er stonden ineens andere dingen op het spel.

Ik liep rond met een strak opgewonden, licht ontvlambare, tikkende tijdbom in mijn borst. En de langzaam door het vuur verteerde lont was wellicht alles wat ik was.
Ik vroeg zacht: 'Wanneer beginnen we?'
Hij schreef de locatie op van een afdeling in hetzelfde gebouw. Tweede verdieping. Moffett-polikliniek. Er stond geen datum bij.
'Als het u niet uitmaakt, zou ik nu direct willen beginnen.'

21

Het verhaal over Gerald Brandts zakelijke overeenkomst met de Russen was bekend geworden. Je zag het bij elke nieuwskiosk; een vetgedrukte kop die luidde: VADER BRUIDEGOM WELLICHT OORZAAK VAN RUSSISCHE WRAAK.
De *Chronicle* schreef dat de FBI de kwestie ernstig opnam. Fantastisch.
Twee halveliterzakken bloed verrijkt met rode bloedlichaampjes stroomden door me heen toen ik eindelijk om ongeveer halfelf achter mijn bureau zat. Het kostte me moeite om het beeld van het dikke, rode bloed dat langzaam in mijn ader druppelde uit mijn hoofd te krijgen.
Roth riep mijn naam. Hij had zoals altijd een chagrijnige, boze uitdrukking op zijn gezicht. 'De *Chronicle* zegt dat het de Russen waren. De FBI is het daar blijkbaar mee eens,' zei hij, op mijn bureau leunend. Hij schoof een exemplaar van de ochtendkrant naar me toe.
'Ik heb het gezien. Zorg dat de FBI zich er niet mee bemoeit,' zei ik. 'Dit is onze zaak.'
Ik vertelde hem over de vorige avond: dat ik was teruggegaan naar de plaats van het misdrijf; dat ik er vrij zeker van was dat de aanranding van het lijk, het bebloede jasje,

de ontbrekende ringen erop wezen dat de moorden het werk van een maniak waren.
'Het is geen Russische beroepsmoordenaar. Hij heeft zijn vuist in haar gestopt,' bracht ik hem in herinnering. 'Dat deed hij in haar huwelijksnacht.'
'Ik moet van jou tegen de FBI zeggen dat ze zich erbuiten moeten houden,' zei Roth, 'omdat jij uitgesproken ideeën over de zaak hebt?'
'Dit is een moordzaak. Een pervers, zeer ernstig zedenmisdrijf, niet een of andere internationale samenzwering.'
'Misschien moest de Russische moordenaar een bewijs hebben. Of misschien wás hij een seksmaniak.'
'Een bewijs waarvan? Elke krant en elk televisiestation in het land heeft er aandacht aan besteed. Trouwens, die Russische moordenaars snijden toch meestal ook een vinger af?'
Roth slaakte een reutelende zucht van frustratie. De zenuwtrek die hij altijd kreeg wanneer hij zich opwond, was erger dan anders.
'Ik moet ervandoor,' zei ik. Ik stak mijn vuist in de lucht en hoopte dat Roth begreep dat dat een grapje was.
Gerald Brandt was nog in het Hyatt. Hij wachtte tot het lichaam van zijn zoon werd vrijgegeven. Ik ging naar zijn suite en trof hem daar alleen.
'Hebt u de kranten gezien?' vroeg ik hem toen we onder een parasol aan de terrastafel zaten.
'De kranten, Bloomberg, een of andere journaliste van de *Chronicle* die de hele avond heeft gebeld. Het is volkomen krankzinnig, wat ze beweren,' zei hij.
'De moord op uw zoon was een krankzinnige daad, meneer Brandt. Wilt u dat ik eerlijk tegen u ben over het onderzoek?'
'Wat bedoelt u, rechercheur?'

'We hebben u een paar dagen geleden gevraagd of u iemand kende die u kwaad zou willen doen...'
'En ik heb tegen uw rechercheur gezegd: niet op deze manier.'
'U denkt niet dat bepaalde groepen in Rusland wellicht een béétje boos zijn omdat u zich uit de deal hebt teruggetrokken?'
'We doen geen zaken met groepen, mevrouw Boxer. Onder de aandeelhouders van Kolya bevinden zich enkelen van de machtigste mannen in dit land. U doet het trouwens voorkomen alsof ik een verdachte ben. Het was zakelijk. Onderhandelingen. In ons bedrijf hebben we wekelijks van dit soort akkefietjes. Davids dood heeft niets met Kolya te maken.'
'Hoe kunt u daar zo zeker van zijn, meneer Brandt? Uw zoon en zijn vrouw zijn dood.'
'Omdat de onderhandelingen nooit zijn afgebroken, rechercheur. Dat was een list die we voor de media hebben gebruikt. We hebben gisteravond het definitieve contract getekend.'
Hij stond op en ik wist dat het gesprek afgelopen was.
Daarna belde ik Claire. Ik wilde toch al met haar praten. Ik smachtte naar mijn dagelijkse dosis Claire. Ik had ook hulp nodig bij de zaak.
Haar secretaresse zei dat ze midden in een telefonische vergadering zat toen mijn telefoontje binnenkwam. Ze zei tegen me dat ik even moest wachten.
'Forensisch specialisten,' mopperde Claire toen ze aan de telefoon kwam. 'Moet je nou horen... Een vent rijdt negentig waar je vijftig mag, knalt tegen een bejaarde man in een Lexus die dubbel staat geparkeerd omdat hij op zijn vrouw wacht. Al dood voor hij in het ziekenhuis was. Nu begint die bestuurder een rechtszaak omdat het slachtoffer fout

geparkeerd stond en hij laat beslag leggen op de nalatenschap van die vent. Het enige wat ze allemaal willen, is een deel van de erfenis, de deskundigen incluis. Righetti schuift mij erin omdat de zaak wordt gepubliceerd in het tijdschrift van de Vereniging voor forensische wetenschap. Die klootzakken, je geeft ze een dubbeltje voor hun gedachten en weet je wat je terugkrijgt?'
'Wisselgeld,' antwoordde ik met een glimlach. Claire wás grappig.
'Je snapt hem. Ik heb ongeveer een halve minuut. Hoe is het met je?' informeerde ze. 'Ik hou van je, lieverd. Ik mis je. Wat wíl je van me, Lindsay?'
Ik aarzelde. Eigenlijk zou ik alles eruit willen gooien, maar ik vroeg alleen of de Brandts hun trouwringen om hadden toen ze werden binnengebracht.
'Bij mijn weten niet,' antwoordde ze. 'We hebben oorbellen en een diamant zo groot als een oogbal genoteerd. Maar geen trouwringen. Dat was mij ook al opgevallen. Dat was eerlijk gezegd ook de reden waarom ik je gisteravond belde.'
'Grote geesten denken hetzelfde,' zei ik.
'Drukke geesten in elk geval wel,' reageerde ze. 'Hoe loopt het met je gruwelijke zaak?'
Ik zuchtte. 'Ik weet het niet. We moeten nu driehonderd gasten onder de loep nemen om te zien of er één misschien bepaalde grieven had. Je hebt de indianenverhalen in de pers wel gezien. Russische wraak. De FBI sluipt rond en hoofdcommissaris Mercer zit in Roths oor te blaffen dat hij er een échte rechercheur op moet zetten. Nu we het daar toch over hebben, ik heb Jacobi op pad gestuurd om uit te zoeken waar dat jasje vandaan komt. Afgezien daarvan loopt de zaak als een trein.'
Claire lachte. 'Hou vol, lieverd. Als íemand deze moorden kan oplossen, ben jij het.'

'Ik wilde alleen dat...' Ik liet mijn stem dalen.
'Gaat het wel goed met je?' reageerde Claire. 'Je klinkt niet als de onbeschaamde kletskous die ik ken.'
'Eerlijk gezegd... ik moet met je praten. Misschien kunnen we zaterdag afspreken?'
'Tuurlijk,' zei Claire. 'O, nee... dan hebben we Reggies examenfeest. Kan het een dag wachten? Ik zou zondag met je kunnen brunchen.'
'Natuurlijk kan het wachten,' zei ik, mijn teleurstelling verbijtend. 'Zondag is prima. Ik verheug me erop.'
Ik hing glimlachend op. Even voelde ik me echt beter. Alleen al doordat ik een afspraak met Claire had gemaakt, leek het alsof er een last van me af was gevallen. Zondag gaf me wat tijd om na te denken. Over hoe ik de behandeling en mijn werk zou aanpakken.
Raleigh kwam aan lopen. 'Trek in een kop koffie?'
Ik dacht dat hij me wilde stangen omdat ik zo laat op mijn werk was verschenen. Waarschijnlijk had hij wel door dat ik boos werd.
Hij wapperde met een grote bruine envelop voor mijn neus en haalde zijn schouders op. 'De gastenlijst voor de bruiloft van de Brandts. Ik dacht dat je wel wilde zien wie er door de selectie zijn gekomen.'

22

We gingen naar Roma's, een van die koffietentjes in Europese stijl, met hoge, versierde stucplafonds, tegenover het Paleis. Ik ga liever naar Peet's, maar Roma's is dichterbij. Ik bestelde thee en Raleigh kwam terug met een of andere luxe mokkakoffie met melk en een snee vers viergranenbrood die hij voor me neerzette.

'Heb je je ooit afgevraagd hoe deze bedrijfjes het hoofd boven water houden?' vroeg hij.
'Hè?' Ik keek hem aan.
'Er zit er een op elke hoek van de straat. Ze hebben allemaal dezelfde kaart en de gemiddelde klant zal er, hoeveel... twee dollar besteden?'
'Dit is geen uitje, Raleigh,' zei ik bits. 'Laten we die lijst doornemen.'
'Misschien eerder drie of drieënhalve dollar. Je mag al blij zijn als je een omzet van vierhonderdduizend haalt.'
'Raleigh, alsjeblieft,' zei ik, mijn geduld verliezend.
Hij schoof de envelop naar me toe.
Ik maakte hem open en spreidde een stuk of negen vellen officieel briefpapier van het bedrijf van Gerald Brandt met namen en adressen uit. Sommige gasten van de zijde van de bruidegom herkende ik direct. Bert Rosen, voormalig minister van Financiën. Sumner Smith, een miljardair die zijn fortuin had gemaakt in de jaren tachtig met grote bedrijfsovernames. Chip Stein, van E-flix, Spielbergs maatje; Maggie Sontero, de populaire ontwerpster uit SoHo in New York. Heel veel grote namen en narigheid.
Aan de kant van de bruid stonden enkele prominente namen uit San Francisco en omgeving. Burgemeester Fernandez voor mij. Arthur Abrams, de vooraanstaande advocaat. Ik had een paar keer tegenover hem gestaan toen ik moest getuigen in een moordzaak. Willie Upton, hoofd van de Onderwijsinspectie.
Raleigh trok zijn stoel naar mijn kant van de tafel. Naast elkaar gezeten namen we de rest van de lijst door. Rijen indrukwekkend klinkende paren met doctor of edelachtbare voor hun naam.
Het was een lange, weinig opleverende, schijnbaar ondoorgrondelijke lijst.

Ik weet niet wat ik verwachtte, waarschijnlijk dat iets me zou opvallen. Een naam die in het oog sprong omdat de schuld ervan afdroop, hoewel de families dat zelf niet zagen.
Raleigh slaakte een zorgelijke zucht. 'Wat een vreselijke lijst. Jij neemt er vijftig, ik neem er vijftig en de rest geven we aan Jacobi. We treffen elkaar hier over twee weken om te zien wat we hebben gevonden.'
Ik liep niet over van vreugde of hoge verwachtingen bij het vooruitzicht dat ik deze mensen, die allemaal ontzet en verontwaardigd zouden reageren gezien de reden waarom we hen natrokken, onder vuur zou moeten nemen.
'Zou burgemeester Fernandez volgens jou een lustmoordenaar kunnen zijn?' mompelde ik. 'Volgens mij namelijk wel.'
Wat er daarna uit mijn mond kwam, was een complete verrassing. 'Dus je bent getrouwd geweest?'
Als we dan toch met elkaar moesten werken, konden we net zo goed open kaart spelen. En eerlijk gezegd was ik nieuwsgierig.
Raleigh knikte na een korte stilte. Ik meende verdriet in zijn ogen te zien. 'Eigenlijk ben ik dat nog. De scheiding wordt volgende maand uitgesproken. Zeventien jaar.'
Ik wierp hem een blik vol medeleven toe. 'Dat spijt me. Laten we maar ophouden met het vraag- en antwoordspel.'
'Het geeft niet. Die dingen gebeuren. Opeens leek het net of we allebei in een andere wereld leefden. Of beter gezegd, Marion werd verliefd op de vent die eigenaar was van de makelaardij waar ze werkte. Het bekende verhaal. Ik heb, geloof ik, nooit echt geleerd welke vork je moet gebruiken.'
'Dan had ik je een hoop ellende kunnen besparen,' zei ik. 'Je gaat van buiten naar binnen. Kinderen?'
'Twee fantastische jongens. Veertien en twaalf. Jason is de

sportman van de familie. Teddy is de studiebol. Heeft een homepage voor zijn klas gemaakt. Ze zijn één keer in de veertien dagen het weekend bij mij. De lichtpuntjes in mijn leven, Lindsay.'

Ik kon Raleigh ook echt voor me zien als de ideale vader. Beetje voetballen op zaterdag, de computer in de studeerkamer installeren. Bovendien had hij vriendelijke ogen. Het begon me langzamerhand te dagen dat hij geen vijand was.

'Maar zo te zien,' – hij grijnsde naar me – 'heb jij er ook niet veel aan gehad dat je de volgorde van het bestek wist. Je bent toch gescheiden?'

'O, o. Iemand heeft zitten snuffelen,' zei ik. 'Ik was net van de politieacademie. Tom zat in het tweede jaar van zijn studie rechten op Berkeley. Eerst zou hij strafrecht gaan doen. We leken een beetje op Carville en Matalin. Ik stelde me al voor dat ik moest getuigen en dat Tom de Geweldige me het vuur na aan de schenen legde. Uiteindelijk koos hij voor bedrijfsrecht.'

'En?'

'Het was zijn plaatje, niet het mijne. Ik was niet klaar voor de golfclub. Het is een bekend verhaal, nietwaar?' Ik glimlachte. 'De waarheid is dat hij me heeft laten zitten. Hij heeft mijn hart in duizend stukjes gebroken.'

'Kennelijk hebben we een paar dingen gemeen,' zei Raleigh zacht. Hij had echt aardige ogen. Hou op, Lindsay.

'Als je het dan echt wilt weten,' antwoordde ik met een stalen gezicht, 'ik heb al zes maanden een stormachtige relatie met Warren Jacobi.'

Raleigh lachte en keek zogenaamd verbaasd. 'Jeetje, Jacobi lijkt me niet echt jouw type. Wat maakt hem zo aantrekkelijk?'

Ik dacht aan mijn ex-man, Tom, en daarna aan één andere

man met wie ik min of meer serieuze plannen had gehad. Wat me altijd aantrok wanneer ik iemand dichtbij liet komen. 'Zachte handen. En een zacht karakter, denk ik.'
'Weet je wat,' zei Raleigh. 'Je zet een paar potten eigengemaakte jam op de planken. Geeft de koffie wat zwoelere namen. Arabische bries, Sirocco. Denk je dat we de omzet dan zouden kunnen opkrikken?'
'Waarom maak je je er druk om, Raleigh?'
Hij keek me aan met een blik in zijn helderblauwe ogen die ergens tussen een verlegen grijns en enthousiasme in lag. 'Ik doe al zestien jaar politiewerk. Dus dan ga je nadenken... Ik weet een heel mooi plekje. In Tahoe. Misschien een franchise...'
'Sorry, maar ik zie je niet achter de toonbank de appeltaart klaarzetten.'
'Dat is het aardigste wat je tot nu toe tegen me hebt gezegd.'
Ik stond op, stopte de envelop onder mijn arm en liep naar de deur. 'Bij nader inzien zou je het als bakker misschien beter doen dan als politieman.'
'Zo ken ik je weer.' Hij glimlachte. 'Altijd je woordje klaar. Laat je niet in de kaart kijken, hoor.'
Toen we de koffiezaak uit liepen, ontdooide ik een beetje en zei tegen hem: 'Ik heb ook zo'n plekje.'
'Misschien neem je me er op een dag mee naartoe.'
'Misschien wel.'
Ik stond verbaasd van Raleigh, elke dag leer je wel wat. Hij was eigenlijk een heel aardige vent. Ik vroeg me af of hij zachte handen had.

23

Toen Rebecca Passeneau zichzelf zag in de volle glorie van haar trouwjapon wist ze dat ze niet langer haar moeders kleine meisje was.

Je bent mijn kindje. Ze had die woorden vanaf haar eerste dag op aarde gehoord.

Met drie oudere broers was het niet zo moeilijk te begrijpen waarom. Haar moeder had altijd een meisje gewild. Papa ook; maar naarmate de jaren verstreken, hadden ze aangenomen dat het er niet meer van zou komen. De oudste – Ben, de durfal – was vóór haar geboorte overleden. Haar ouders waren er kapot van. De gedachte aan meer kinderen kwam niet eens bij hen op. Toen, als door een wonder, kwam Becky.

'Kindje,' hoorde ze haar moeder, die achter haar stond, uitroepen.

'O, mam.' Becky zuchtte, maar ze glimlachte ook.

Ze bleef zichzelf bekijken. Ze was mooi. In haar lange, witte strapless japon, een overdaad aan tule, straalde ze als het lieftalligste en mooiste meisje ter wereld. Michael zou zo gelukkig zijn. Door alle voorbereidingen – het hotel in Napa, de bloemen, de veranderingen aan de japon op het laatste moment – had ze het gevoel gekregen dat de dag nooit zou komen. Maar nu was het bijna zover. Vrijdag.

Mevrouw Perkins, de verkoopster van Saks, was een en al bewondering. 'Ze zullen sprakeloos zijn, lieverd.'

Becky draaide rond en bekeek zichzelf van alle kanten in de driedelige spiegel. Ze grinnikte. 'Dat zullen ze zeker, hè?'

'Je vader en ik wilden je nog iets geven,' zei haar moeder. Ze pakte haar tas en haalde er een klein suède zakje uit. In het zakje zat haar diamanten broche, een vierkaraats ovaal

aan een streng parels, die zij op haar beurt weer van háár moeder had gekregen.
Ze liep naar Becky toe en maakte de streng vast om haar hals.
'Wat prachtig.' Becky zuchtte diep. 'O, mam.'
'Ik heb hem op mijn trouwdag gekregen,' zei haar moeder. 'Hij heeft me veel geluk gebracht. Nu is hij voor jou.'
Becky Passeneau stond als betoverd voor de spiegel. De schitterende japon, de diamant in het kuiltje van haar hals. Ten slotte stapte ze van het paskrukje af en omhelsde haar moeder. 'Ik hou van je, mam. Je bent de liefste moeder van de hele wereld.'
'Nu is het helemaal af,' zei haar moeder met tranen in haar ogen.
'Nee, nog niet helemaal,' zei mevrouw Perkins. Ze liep snel naar achteren en kwam terug met een boeket bloemen. Een boeket van kunstbloemen, etalagemateriaal, maar op dat moment leek het het schitterendste boeket ter wereld.
Ze gaf het aan Becky, die weer op het krukje ging staan en het tegen zich aan drukte. Ze zag haar stralende glimlach drie keer weerkaatst. Ze deden allemaal een stap achteruit en bewonderden haar.
'Nú is het af,' zei mevrouw Perkins.
Even verderop in Saks was Phillip Campbell, die naar Becky in haar prachtige japon stond te kijken, het roerend met mevrouw Perkins eens.
'Je grote dag is bijna gekomen,' fluisterde hij zacht. 'Je ziet er prachtig uit.'

24

De volgende ochtend meldde Milt Fanning van Zedenmisdrijven van de FBI zich. Zijn computer had een handjevol vergelijkbare misdrijven opgehoest, maar hij liet me weten dat er weinig aanknopingspunten waren.

Ze hadden eerst het gebruik van vuisten bij aanrandingen onderzocht en dat had enkele zaken opgeleverd, voornamelijk homoseksuele misdrijven. Eén geval hield verband met een paar vermoorde prostituees in Compton en dateerde uit 1992, maar daarvoor zat Nicholas Chito een levenslange gevangenisstraf in Quentin uit.

Er waren verschillende hotelmoorden geweest, zelfs een met een pasgetrouwd stel in Ohio, waarbij de bruidegom zijn geliefde met een 30-30 in de baarmoeder had geschoten toen hij ontdekte dat hij niet de eerste was. Maar er waren geen lokale of onopgeloste zaken, niets tastbaars dat ons op weg kon helpen.

Ik was teleurgesteld, maar niet verbaasd. Alles wat we tot nu toe hadden ontdekt, overtuigde mij ervan dat David en Melanie Brandt hun moordenaar niet voor het eerst ontmoetten op die avond in het Hyatt.

Ik zag Jacobi binnenkomen. Hij ontweek me al twee dagen en was druk bezig met zijn taken, met name het zoeken naar de champagne en het jasje.

In de afgelopen twee jaar had ik één ding geleerd: als Jacobi me niet plaagde, was hij niet gelukkig.

'Lukt het een beetje?' vroeg ik.

Hij keek me even meesmuilend aan. 'Chin en Murphy bellen elke godvergeten slijter binnen een straal van zestig kilometer. Dacht jij dat die gasten dat soort dingen bijhielden? Ze zeggen allemaal dat die fles overal in het land kan zijn besteld. Dan moet je ook nog aan postorders denken. Internet. Mijn god!'

Ik wist dat het een gok was. Maar hoeveel mensen betalen tweehonderd dollar voor een fles champagne?

'Toch,' – eindelijk keek hij me aan met een zelfvoldane glimlach – 'hebben we een paar namen gevonden.'

Tergend langzaam bladerde Jacobi door zijn blocnote tot bladzij dertig zo ongeveer. Toen kneep hij zijn ogen samen, schraapte zijn keel en zei: 'Ja, daar hebben we het... Golden State Wine Shop, op Crescent. Krug. Clos du Mesnil,' sprak hij, het Frans verbasterend. 'Negentien negenentachtig. Iemand heeft afgelopen maart een hele kist van dat spul besteld. Ene Roy C. Shoen.'

'Heb je hem nagetrokken?'

Hij knikte. 'Hij heeft nooit van de Brandts gehoord. Hij is tandarts. Rijke tandartsen houden kennelijk ook van dure wijn.' Hij sloeg het vel om. 'Dan hebben we Wineyard Wines in Mill Valley. Dat heeft Murphy uitgezocht.' Voor het eerst in een paar dagen lachte hij warempel naar me. 'De man die de wijn kocht, heette ook Murphy. Vaste klant daar. Hield een diner ter ere van de verjaardag van zijn vrouw. Als je me een ochtend kunt missen, kan ik met hem gaan praten, maar ik dacht erover om Murphy zelf te sturen. Lijkt me leuk.'

'Nog succes met het smokingjasje?'

'We hebben de fabrikant gebeld. Vijftien winkels in de omgeving verkopen dit merk. Als het al hier in de buurt is gekocht. We hebben hun vertegenwoordiger gevraagd om langs te komen. Het zal niet eenvoudig zijn de eigenaar van dat ding op te sporen...'

'Als je toch naar die winkels gaat, Warren,' plaagde ik, 'kijk dan meteen of je een behoorlijke das voor jezelf kunt vinden.'

'Ha. Ha. En red je het een beetje zonder mij?' vroeg Jacobi,

me recht aankijkend. Zijn mond werd strak en de teleurstelling stond op zijn gezicht te lezen. Ik vond het vreselijk.
'Het gaat.' En daarna ernstig: 'Het spijt me, Warren. Je weet dat ik niet om die vent heb gevraagd.'
Hij knikte verlegen.
'Moet ik iedereen die we tegenkomen die van dure champagne houdt, natrekken?'
Ik schudde mijn hoofd. Ik stond op en legde een kopie van de gastenlijst van de Brandts op zijn bureau. 'Nee, ik wil dat je kijkt of ze op deze lijst voorkomen.'
Hij bladerde de lijst door en floot even bij enkele van de prominentere namen. 'Helaas, Boxer. Geen Shoen of Murphy. Misschien moeten we gewoon wachten en het bij paar nummer twee nog eens proberen.'
'Waarom zeg je dat?' vroeg ik. Jacobi was een lastpak, maar hij was een uitstekend politieman die goed was in het ontdekken van patronen.
'We zoeken een chique jongen die van vieze spelletjes met dode bruiden houdt, nietwaar?'
Ik knikte. Ik dacht aan iets wat mijn eerste partner tegen me had gezegd: 'Worstel nooit met een varken, Lindsay. Jullie worden allebei vuil en het varken geniet ervan.'
'Ik dacht zo dat het voor zo'n vent wel moeilijk zal zijn om een vriendinnetje te vinden,' zei Jacobi.

25

De eerste week van het onderzoek naar de moord op het bruidspaar was voorbij. Ongelooflijk.
Jacobi's team had zich vol overgave op de zoektocht naar het jasje en de champagne gestort, maar was tot nu toe met lege handen teruggekomen. Raleigh en ik hadden met

twintig bruiloftsgasten gesproken, van de burgemeester tot de beste vriend van de bruidegom. Ze waren allemaal sprakeloos en geschokt, maar niet in staat om de vinger op iets te leggen wat ons verder kon helpen.
Het enige waar ik aan dacht, was dat we iets tastbaars moesten hebben, en snel, voordat deze vent die de ringen meenam weer een moord pleegde.
Ik onderging mijn tweede transfusie. Ik zag het dikke rode bloed in mijn ader druppelen. Ik hoopte dat het me sterker zou maken, maar ik wist niet of het zo was. Het druppelde met het langzame, gestage ritme van een tikkende klok.
En de klok tikte ook werkelijk. De mijne en die van hoofdcommissaris Mercer.
Zaterdag om zes uur sloeg Jacobi zijn blocnote dicht, hij trok zijn jack aan en stak zijn wapen bij zich. 'Ik ga ervandoor, Boxer,' zei hij.
Raleigh kwam bij me langs voordat hij naar huis ging. 'Ik ben je nog een biertje schuldig. Heb je zin?'
Een biertje zou lekker zijn, dacht ik. Ik begon zelfs gewend te raken aan Raleighs gezelschap. Maar ik had zo het gevoel dat als ik nu met hem meeging, ik alles eruit zou gooien: Negli's, mijn behandelingen, de angst in mijn hart.
Ik schudde mijn hoofd. 'Ik denk dat ik nog even blijf,' zei ik met een beleefd schouderophalen.
'Heb je plannen voor morgen?'
'Ja. Ik heb afgesproken met Claire. En daarna kom ik hierheen. En jij?'
'Jason doet mee aan een voetbaltoernooi in Palo Alto. Ik neem ze er allebei mee naartoe.'
'Leuk.' Het klonk ook leuk. Het klonk als iets wat ik in mijn leven wellicht niet zou meemaken.
'Ik ben morgenavond terug.' Hij had me het nummer van zijn pieper gegeven op de dag dat we elkaar hadden ont-

moet. 'Ik zit hier een uur vandaan. Bel me als er iets is.'
Toen Raleigh weg was, was mijn hoekje op de afdeling gehuld in stilte. Het onderzoek was gesloten voor de nacht. Op de gang stonden een paar mensen uit de nachtdienst te praten.
Ik had me nog nooit zo eenzaam gevoeld. Ik wist dat ik een zeer belangrijk detail van de zaak zou vergeten als ik nu naar huis ging. Dat ik een stille belofte die ik Melanie had gedaan niet zou nakomen. Nog één keer kijken, zei ik. Nog één keer alles doornemen.
Waarom zou de moordenaar de ringen meenemen?
Een golf van misselijkheid spoelde over me heen. Mijn nieuwe vechtende cellen slokten al mijn energie op terwijl ze me verdedigden, zich vermenigvuldigden. De hulptroepen kwamen snel erbij. Hoop die de twijfel aanviel. Het leek idioot.
Ik moest David en Melanie laten rusten voor de nacht. Ik deed het elastiek om het dikke misdaaddossier en legde het in het grijze bakje met het opschrift ONOPGELOSTE ZAKEN. Bij vergelijkbare dossiers, met vergelijkbare namen.
Daarna bleef ik nog een paar minuten in het donker achter mijn bureau zitten. Ik begon te huilen.

Boek twee

The Women's Murder Club

26

Stralend van geluk op haar eerste dag als Michaels vrouw wandelde Becky DeGeorge de hal van het hotel uit met haar kersverse echtgenoot naast zich. Ze snoof de koele avondlucht op, de eerste frisse lucht die ze die dag inademde.

In de korte spanne van hun huwelijk hadden zij en Michael een paar keer de liefde bedreven en waren ze twee keer samen onder de douche geweest. Ze hadden even hun hoofd naar buiten gestoken voor een verplichte, maar, eindelijk, laatste brunch met de familie. Ze hadden zich geëxcuseerd voor het bezoek aan de wijnmakerij Opus One, waren naar boven gerend en hadden de laatste fles champagne ontkurkt. Michael had een seksvideo opgezet en terwijl ze naar de film keken, deden ze een ongebruikelijk en opwindend rollenspel. Hij bleek een aantal fantasieën over het dragen van vrouwenkleding te hebben.

Morgen zouden ze naar Mazatlan gaan, voor een hemelse week waarin ze al die nog onbekende sexy plekjes op zijn lichaam ging ontdekken. Misschien zouden ze zelfs een paar keer uit hun kamer komen.

Tot nu toe, concludeerde ze, was alles fantastisch.

Vanavond gingen ze naar de French Laundry, het beste restaurant in Napa. Iedereen zei dat je er geweest móést zijn, en ze hadden bijna zes maanden van tevoren gereserveerd. Het water liep Becky in de mond toen ze fantaseerde over een heerlijke opeenvolging van smaken: foie gras, eend met wilde bessen, dure champagne.

Tijdens de korte wandeling naar de auto kwam een zwarte limousine naast hen tot stilstand. Het passagiersraampje ging open en een chauffeur in uniform stak zijn hoofd naar buiten. ‘Meneer en mevrouw DeGeorge?’

Ze keken elkaar verbaasd aan en glimlachten toen. 'Dat klopt.'
'Ik sta tot uw beschikking,' verklaarde de chauffeur. 'Aangeboden door het hotel.'
Becky was door het dolle. Eenmaal was ze voor haar werk als secretaresse op een advocatenkantoor in een enorme limousine naar de rechtbank gereden, maar toen had ze op de achterbank klem gezeten tussen vier advocaten.
'Voor de hele nacht,' zei de chauffeur met een knipoog.
Het pasgetrouwde stel wisselde een vrolijke, opgewonden blik.
'Niemand heeft hier iets over gezegd,' zei Michael, die er genoegen in leek te scheppen dat hij als een vip behandeld werd.
Becky keek naar binnen. 'O, Michael.' Er zaten zachte leren stoelen en een glanzende mahoniehouten bar met kristallen glazen in. Het licht was gedimd tot een romantische gloed. Er stond zelfs een fles chardonnay op ijs. Ze zag zichzelf al in deze prachtige auto bij het chicste restaurant in Napa aankomen.
'Kom op, Michael.' Ze lachte en trok hem bijna naar binnen. 'Dit is toch fantastisch!'
'Ik kan voor het restaurant staan als u naar buiten komt,' zei de chauffeur, 'en het toeval wil dat u te maken hebt met iemand die de mooiste routes door Napa kent.'
Ze zag dat Michaels lichte aarzeling bijna was overwonnen.
'Wilt u uw prinses niet in stijl mee uit nemen?'
Net zoals die eerste keer dat ze op kantoor naar hem had gelachen, net zoals in bed die avond ervoor, zag ze hem langzaam bijdraaien. Hij was soms een beetje voorzichtig. Dat waren accountants wel meer. Maar ze had altijd een manier gevonden om hem te ontdooien.
'Becky mag het zeggen,' zei Michael ten slotte.

27

'Pasgetrouwd?' vroeg Phillip Campbell, en zijn hart sloeg een keer over.

De felle lichten van het tegemoetkomende verkeer schoten door hem heen als röntgenstralen die zijn diepste verlangens blootlegden.

'Zesentwintig uur, tweeëntwintig minuten en... vijfenveertig seconden,' kraaide Becky.

Campbells hart bonsde luid. Ze was volmaakt. Ze waren volmaakt samen. Nog beter dan hij had gehoopt.

De weg was saai en leek nergens heen te leiden, maar hij wist waar hij naartoe ging. 'Schenk iets voor uzelf in. Die fles in de emmer is een Palmeyer. Sommige mensen vinden het de beste wijn uit de streek.'

Terwijl hij reed, was de moordenaar gespannen en opgewonden. Wat is het ergste wat iemand ooit heeft gedaan? Kan ik het nog een keer? En bovenal: kan ik er ooit weer mee ophouden?

Hij wierp een blik naar achteren en zag dat Becky en Michael de Palmeyer inschonken. Hij hoorde het getinkel van geheven glazen en daarna iets over jaren van geluk. Met een kil gevoel in zijn hart zag hij hoe ze elkaar kusten. Hij haatte elke zelfvoldane, begoochelde porie in hun lichaam. Wilt u uw prinses niet in stijl mee uit nemen? Hij voelde aan het pistool dat op zijn schoot lag. Hij had een ander moordwapen gekozen.

Na een tijdje draaide Campbell de limousine een steile heuvel naast de hoofdweg op.

'Waar gaan we heen, chauffeur?' klonk de stem van de echtgenoot achterin.

Hij keek even in het spiegeltje en glimlachte zelfverzekerd naar de DeGeorges. 'Het leek me leuk om de toeristische

route te nemen. Mooiste uitzicht in de vallei. En ik zorg ervoor dat u om acht uur bij het restaurant bent.'
'We willen niet te laat komen,' waarschuwde de bruidegom. 'Het tafeltje was moeilijker te krijgen dan het hotel.'
'O, toe nou, lieverd,' merkte Becky precies op tijd op.
'Even verderop kun je heel ver kijken,' vertelde hij hun. 'Een heel mooi uitzicht. Geniet er maar van. Zet een muziekje op. Ik zal u de mooiste plekjes laten zien. Heel romantisch.'
Hij drukte op een knop en achter in de auto begonnen knipperende lampjes over het dak heen en weer te schieten: een zachte, romantische lichtshow.
'Ooo,' zei Becky toen de lampjes aangingen. 'Wat fantastisch.'
'Ik zal het tussenscherm voor de rest van de rit omhoog doen. U bent maar één keer pasgetrouwd. Doe gewoon waar u zin in hebt. Beschouw het maar als úw avond.'
Hij liet het scherm een klein stukje openstaan, zodat hij hen nog kon zien en horen terwijl hij dieper de heuvels in reed. Ze zaten nu te vrijen, elkaar te kussen. De hand van de bruidegom gleed omhoog over Becky's dij. Ze duwde haar onderlichaam tegen hem aan.
De weg werd hobbelig en zo hier en daar maakte het ruwe, gebarsten beton plaats voor zand en grind. Ze reden omhoog. Aan beide kanten waren de hellingen bedekt met keurige rijen donker geworden wijnstokken.
Becky's gegiechel maakte plaats voor gekreun diep uit haar keel. De ademhaling van Phillip Campbell ging steeds sneller. Maar een klein stukje bij hem vandaan kon hij haar horen hijgen. Een warm, zacht gevoel begon te branden tussen zijn dijen, zoals het een week geleden in het Grand Hyatt ook had gedaan. Michael drong bij Becky binnen en ze kreunde.

Wat is het ergste?
Bij een open plek zette hij de auto stil en deed hij de koplampen uit. Hij pakte het pistool en zette de veiligheidspal om. Toen liet hij het tussenscherm zakken.
In het sfeervolle licht zag hij Becky liggen met haar zwarte cocktailjapon omhooggeschoven tot aan haar middel.
'Bravo!' riep hij uit.
Ze keken geschrokken op.
Hij zag een vonk van angst in de ogen van de bruid. Ze probeerde zichzelf te bedekken.
Pas toen begreep de moordenaar dat het warme vocht dat tussen zijn dijen en zijn knieën brandde zijn eigen urine was.
Hij schoot het pistool leeg op Becky en Michael DeGeorge.

28

Die zondagochtend ontwaakte ik voor het eerst die week met een gevoel van optimisme. Zo ben ik... of was ik.
Het was helder en mooi buiten; de baai glinsterde alsof hij ook vrolijk was. En het was de dag van mijn brunch met Claire. Mijn bekentenis aan haar.
Op zondagochtend ging ik altijd naar een bepaalde plek. Mijn mooiste plekje, had ik tegen Raleigh gezegd.
Eerst reed ik naar het centrum, naar de Marina Green, in mijn joggingbroek en ging ik hardlopen in de schaduw van de brug.
Op ochtenden als deze genoot ik van al het moois dat het leven in San Francisco te bieden had. De bruine kust van Marin, de geluiden van de baai, zelfs het waakzame Alcatraz.
Ik liep mijn gebruikelijke vijf kilometer en nog wat langs de

haven en daarna de 212 stenen treden naar Fort Mason Park op.
Zelfs met Negli's kon ik het nog steeds. Deze ochtend leek ik er niet veel last van te hebben.
Ik holde langs loslopende blaffende honden, verliefde stelletjes op hun ochtendwandeling, in het grijs geklede, kale Chinese mannen die over mahjong zaten te kibbelen. Altijd naar hetzelfde plekje, hoog op het klif, naar het oosten uitkijkend over de baai. Het was kwart voor acht.
Niemand wist dat ik hier kwam. Of waarom. Zoals elke zondag trof ik een kleine groep mensen aan die tai chi beoefenden. Het waren voornamelijk Chinezen, die, zoals elke week, werden aangevoerd door een oude man met een grijze gebreide muts en een trainingsjack.
Ik kwam hijgend tot stilstand en begon mee te doen, zoals ik de laatste tien jaar, sinds de dood van mijn moeder, elke zondag had gedaan.
Ze kenden me niet. Wat ik deed. Wie ik was. Ik kende hen niet. De oude man gaf me hetzelfde korte, vriendelijke knikje als altijd.
Er staat een passage in Thoreau: 'De tijd is slechts de stroom waarin ik uit vissen ga. Ik drink ervan, maar terwijl ik drink, zie ik de zanderige bodem en ontdek hoe ondiep het is. De rivier stroomt verder, maar de eeuwigheid blijft. Ik zou dieper willen drinken, willen vissen in de lucht, waarvan de bodem bekiezeld is met sterren.'
Ik denk dat ik dat wel honderd keer gelezen heb. Zo voel ik me hierboven. Deel van de stroom.
Geen Negli's.
Geen misdrijven, geen verwrongen gezichten.
Geen moorden op bruiden en bruidegoms.
Ik deed mijn Ochtendzwaan, mijn Draak, en ik voelde me zo licht en vrij als ik me had gevoeld voordat dokter Oren-

thaler me het nieuws voor het eerst vertelde.
De leider knikte. Niemand vroeg me of het goed met me ging. Of hoe mijn week was geweest.
Ik begroette de dag en wist dat ik blij mocht zijn dat ik dat kon.
Mijn mooiste plekje.
Ik kwam even voor elven thuis met een half opgedronken beker koffie en de zondageditie van de *Chronicle* in mijn hand. Ik was van plan om de rubriek Stadsnieuws door te kijken om te zien of er nog een artikel van mijn nieuwe vriendin Cindy Thomas over de zaak in stond, te douchen en om één uur klaar te zijn voor mijn afspraak met Claire.
Het was vijf voor halftwaalf toen de telefoon ging. Tot mijn verbazing was het Raleigh.
'Ben je aangekleed?' vroeg hij.
'Min of meer. Hoezo? Ik heb plannen.'
'Zeg maar af. Ik kom je ophalen. We gaan naar Napa.'
'Napa?' Er zat niets luchtigs of olijks in zijn stem. 'Wat is er aan de hand?'
'Ik ging vanochtend even naar het bureau om te zien of er nog iets was. En toen ik er was, verbond de centrale meldkamer een zekere Hartwig door. Hij is hoofdinspecteur in Napa. Er worden daar twee personen vermist, een pasgetrouwd stel op huwelijksreis.'

29

Tegen de tijd dat ik Claire had gebeld om af te zeggen, had gedoucht, mijn natte haar onder een omgedraaide Giantspet had gestopt en wat had aangetrokken, stond Raleigh in zijn witte Explorer beneden al te toeteren.
Toen ik beneden kwam, zag ik dat hij me van top tot teen

bekeek: nat haar, spijkerbroek, zwartleren jasje. 'Wat zie je er leuk uit, Boxer,' zei hij. Hij glimlachte, terwijl hij de auto in de versnelling zette.

Hij droeg vrijetijdskleding: een gekreukelde kakibroek en een verschoten blauw poloshirt. Hij zag er ook leuk uit, maar dat ging ik hem niet vertellen.

'Dit is geen uitje, Raleigh,' zei ik tegen hem.

'Dat zeg je steeds,' zei hij, zijn schouders ophalend, en daarna trapte hij het gaspedaal in.

Een uur en een kwartier later, exact op het moment dat ik mijn hart zou uitstorten bij Claire, constateerde ik, kwamen we voor de Napa Highlands Inn tot stilstand.

Het hotel bleek een van die luxe, exclusieve kuuroorden te zijn waar ik altijd al eens een keer naartoe had gewild. Het stond verscholen in de bergen aan Stag's Leap Road. Aan het kuuroord met zijn hoofdgebouw van gestapelde blokken roodhout en boogramen met zonwerend glas te zien waren de gasten hier geen types die zichzelf veel ontzegden. Twee groen-met-witte surveillancewagens stonden geparkeerd op het ronde pleintje voor de ingang van het hotel.

In de hal werden we verwezen naar de kamer van de directeur, waar een roodharig managementtype, dat de indruk wekte dat hij net enkele dagen geleden de opleiding had afgerond, nerveus stond te praten met een paar lokale politiemensen.

'Ik ben Hartwig,' zei een lange, slungelige man in burger. Hij had een plastic koffiebekertje in zijn hand. 'Sorry dat ik jullie weekend heb verpest,' verontschuldigde hij zich op vriendelijke, lijzige toon.

Hij overhandigde ons een trouwfoto van het vermiste paar. De foto zat in een van die sneeuwbollen van plexiglas met de Golden Gate Bridge op de voorgrond. 'Een attentie van het hotel,' erkende hij. 'Meneer en mevrouw DeGeorge. Bij jullie uit de buurt. Ze werkten allebei in het centrum bij een groot accountantskantoor. Vrijdagavond getrouwd.'

Het was eigenlijk een lieve foto. Zij met heldere ogen, dik bruin haar; hij rossig, met een serieus gezicht en metalen montuur. O, god, niet weer.

'Wanneer zijn ze voor het laatst gezien?' vroeg ik.

'Gisteravond om kwart over zeven. Hotelmedewerkers zagen ze naar beneden komen. Ze zouden gaan eten in de French Laundry,' zei Hartwig. 'De receptionist heeft voor ze opgeschreven hoe ze er moesten komen, maar ze zijn er nooit gearriveerd.'

'Ze reden weg om te gaan eten en daarna heeft niemand meer iets van ze gehoord?'

Hartwig stond voortdurend over zijn wang te wrijven. 'De directeur zei dat ze de dag ervoor zijn aangekomen in een goudkleurige Lexus. De portier bevestigt dat ze daar die middag kort in gereden hebben.'

'En?' zei ik, om hem te laten opschieten.

'De auto staat nog op de parkeerplaats.'

Ik vroeg: 'Nog telefoontjes of zo van buiten die voor ons van belang kunnen zijn?'

Hartwig liep naar een bureau en overhandigde me een klein stapeltje strookjespapier. Ik keek het door. Ma. Pa. Julie en Sam. Vicky en Don. Goede reis.

'We hebben het terrein rond het hotel uitgekamd. Daarna hebben we de zoektocht uitgebreid. Het lijkt een beetje op die moorden bij jullie. Grote bruiloft, feest. En dan poef, weg zijn ze.'

'Een beetje zoals bij ons,' zei ik. 'Alleen hadden wij lijken.'

Het gezicht van de politieman uit Napa verstrakte. 'Ik heb u heus niet helemaal hiernaartoe laten komen om ons te helpen met de formulieren voor vermiste personen. Geloof me.'

'Waarom bent u daar zo zeker van?' vroeg Raleigh.
'Omdat de receptionist gisteravond een telefoontje heeft gekregen. Het kwam van het restaurant, om hun reservering te bevestigen.'
'En?'
Hartwig nam een slokje van zijn koffie voordat hij ons aankeek. 'Er heeft helemaal niemand van het restaurant gebeld.'

30

Het bruidspaar had geen onverwacht bezoek ontvangen, geen vreemde uitstapjes gepland. De reservering in de French Laundry was gewoon voor twee personen.
Wat het allemaal nog erger maakte, was dat ze hun lijnvlucht naar Mexico hadden gemist.
Terwijl Raleigh buiten rondsnuffelde, inspecteerde ik snel hun kamer. Er stond een enorm, keurig opengeslagen, roodhouten bed. Ik zag een uitgepakte koffer, stapeltjes kleren, toiletspullen. Er stonden een heleboel bloemen, voornamelijk rozen. Misschien had Becky DeGeorge ze meegenomen van de receptie.
Niets wees erop dat de DeGeorges niet van plan waren om de volgende ochtend in dat vliegtuig te stappen.
Ik voegde me buiten weer bij Raleigh. Hij stond te praten met een piccolo, klaarblijkelijk de laatste persoon die de DeGeorges had zien vertrekken.
Toen we weer alleen waren, zei Raleigh: 'Ik ben met twee jongens van hier zo'n honderd meter het bos in gelopen.' Hij schudde geërgerd zijn hoofd. 'Nog geen voetafdruk. Ik heb ook de auto bekeken. Hij zit op slot. Geen bloed, geen sporen van een worsteling. Maar er is iets met hen ge-

beurd hierbuiten. Iemand spreekt ze aan. Twintig, dertig meter van het hotel.'
Gefrustreerd keek ik om me heen naar de oprijlaan en de nabijgelegen parkeerplaats. Een surveillancewagen van de plaatselijke politie stond geparkeerd voor het hek van het hotel. 'Nee, hij spreekt ze niet aan. Veel te riskant. Misschien werden ze door iemand opgehaald.'
'Ze hadden maar voor twee gereserveerd,' wierp hij tegen. 'En de piccolo houdt vol dat ze in de richting van hun auto liepen.'
'En verdwijnen ze?'
Onze aandacht werd afgeleid door het geruis van een lange zwarte limousine die de grindweg naar het hotel op draaide. Hij kwam onder het roodhouten afdak voor de ingang tot stilstand.
Raleigh en ik keken naar de portier, die naar buiten kwam met een karretje met koffers. De chauffeur van de limousine stapte uit om de kofferbak open te doen.
Het zette ons allebei meteen aan het denken.
'De kans is klein,' zei Raleigh, me recht aankijkend.
'Ja,' stemde ik in, 'maar het zou wel verklaren hoe iemand op het terrein kon komen zonder de aandacht te trekken. Ik denk dat we moeten nagaan of er de laatste tijd in de Bay Area aangifte is gedaan van een gestolen limousine.'
Er kwam nog een auto de oprijlaan op rijden, een zilverkleurige Mazda, die aan de andere kant van het pleintje tot stilstand kwam. Tot mijn ontzetting stapte er een vrouw in een slobberbroek en een sweater van de universiteit van Michigan uit.
'Zeg, Raleigh, je zei toch dat je zo goed was in indammen?'
Hij keek me aan alsof ik de zelfmoordarts dokter Kevorkian had gevraagd of hij goed was in het mengen van chemicaliën.

'Mooi,' zei ik, terwijl ik de naderende gedaante in het oog hield, 'dam dít dan maar eens in.'
Degene die naar ons toe kwam lopen was Cindy Thomas.

31

'Of je hebt de beste neus voor een verhaal die ik ooit heb gezien,' zei ik boos tegen Cindy Thomas, 'of ik moet je als een verdachte gaan beschouwen.'
Dit was de tweede keer dat ze zomaar opeens op de plaats van een delict opdook.
'Je wilt toch niet zeggen dat ik stoor bij een intercollegiale romance, hè?' kaatste ze terug.
Daar werd ik pisnijdig om. We zaten met een onduidelijke situatie. Als het te snel in het nieuws kwam, zouden we de zaak onmogelijk in eigen hand kunnen houden. Ik zag de koppen al voor me: BRUID- EN BRUIDEGOMMOORDENAAR SLAAT OPNIEUW TOE. En Roth zou woest zijn. Het zou de tweede keer zijn dat ik er niet in was geslaagd om een en dezelfde journaliste van de plaats van een delict te weren.
'Zou je me willen voorstellen aan je vriendin?' vroeg Raleigh.
'Cindy Thomas,' verklaarde ze, terwijl ze haar hand uitstak.
'Cindy is van de *Chronicle*,' waarschuwde ik hem.
Stomverbaasd keek Raleigh haar nog een keer goed aan en hij bleef met zijn hand in de hare staan als een ontslagen werknemer die de hand van zijn vervanger vasthoudt.
'Nou moet u eens goed luisteren, mevrouw Thomas,' zei ik ferm. 'Ik weet niet of u al lang genoeg meedraait om te begrijpen hoe de dingen werken. Maar als u mij niet vertelt

waarom u hier bent en daarna uw journalistenplunje bij elkaar raapt en vertrekt, dan staat u binnen de kortste keren op de zwarte lijst van de politie van San Francisco. Daar kunt u van op aan.'
'Cindy,' bracht ze me in herinnering. 'Maar eerst de interessantere vraag: waarom kom ik u hier tegen?'
Raleigh en ik keken haar allebei boos aan. We begonnen ons steeds meer te ergeren. 'Geef eerst antwoord op mijn vraag,' zei ik.
'Mij best.' Ze tuitte haar lippen. 'U duikt hier samen op een zondag op, chef Raleigh zwerft rond in het bos en over het parkeerterrein, u verhoort het hotelpersoneel, u ziet eruit alsof u met stomheid bent geslagen. Dan moet ik wel een paar conclusies trekken. Bijvoorbeeld dat het terrein niet is afgezet, dus dat er nog geen misdrijf is gepleegd. Maar dat er misschien iemand wordt vermist. Aangezien we allemaal weten waar u aan werkt, is het niet onlogisch om aan te nemen dat het wellicht een pasgetrouwd stel is. Er bestaat een kans dat onze bruid- en bruidegommoordenaar weer heeft toegeslagen.'
Mijn ogen werden groot van verbazing.
'Het is of dat' – ze glimlachte – 'of ik heb me schromelijk vergist en u bent hier alleen om voor te proeven voor de wijnclub van de afdeling.'
'Hebt u dat allemaal ontdekt door alleen naar ons te kijken?' vroeg ik haar.
'Eerlijk gezegd niet.' Ze knikte naar het hek van het hotel. 'Het meeste kwam van de loslippige agent met wie ik daar heb staan kletsen.'
Ook al was het mijn bedoeling niet, ik moest toch lachen.
'Even serieus. Ik neem aan dat u begrijpt dat u hier niets van mag publiceren?' zei Raleigh.
'Weer een dode bruid en bruidegom? Zelfde modus ope-

randi?' Ze snoof vastberaden. 'Reken maar dat ik dat ga publiceren.'
Ik begreep dat de situatie lelijk uit de hand begon te lopen. 'Als ik u was zou ik in mijn auto stappen en terugrijden naar de stad.'
'Zou u dat ook tegen Fitzpatrick of Stone zeggen?'
'Als u terugging naar de stad, dan zou ik echt bij u in het krijt staan.'
Ze glimlachte flauwtjes. 'U maakt een grapje, nietwaar? Gewoon weglopen?'
'Ja, gewoon weglopen.'
Cindy schudde haar hoofd. 'Sorry. Ten eerste word ik dan waarschijnlijk ontslagen en ten tweede kan ik dit gewoon niet aan mijn neus voorbij laten gaan.'
'En als ik met u mee terugrijd?' zei ik impulsief. 'Als u kunt krijgen wat u wilt, informatie uit de eerste hand, terwijl u tegelijkertijd ook een beetje rekening met mij houdt?'
Raleighs ogen rolden bijna uit zijn kassen, maar ik wierp hem een waarschuwende blik toe dat hij het mij moest laten regelen.
'Als dit verhaal bekend wordt,' hield Cindy vol, 'heeft het zulke vérstrekkende gevolgen dat we het geen van allen meer in de hand kunnen houden.'
'En als het zover is, dan is het úw verhaal.'
Haar ogen vernauwden zich. Ze overwoog bij zichzelf of ze me kon vertrouwen. 'Bedoelt u dat ik het van u krijg, exclusief?'
Ik verwachtte dat Raleigh bezwaar zou maken. Tot mijn stomme verbazing protesteerde hij niet.
'Dat klopt. Alle publieke informatie.'
Ik keek trillend van de zenuwen naar Raleigh. Als ik hem niet kon vertrouwen, dan kon ik rekenen op een fikse berisping wanneer we weer in het Paleis waren. Ik zou met Roth

te maken krijgen, of erger nog, met Mercer. Maar ik had al het gevoel dat ik hem kon vertrouwen.
'Dus ik rij met mevrouw Thomas mee terug,' zei ik, en ik wachtte op zijn reactie.
'Cindy,' zei de journaliste, met nog meer nadruk dan daarvoor.
Raleigh knikte langzaam. 'Ik maak alles wel rond met Hartwig. Ik spreek je binnenkort. Mevrouw Thomas, een onverwacht genoegen.'
Ik wierp hem een dankbare glimlach toe. Daarna nam ik de journaliste bij de arm en zei: 'Kom mee, Cindy, ik zal je onderweg de regels uitleggen.'

32

Ik weet niet waarom ik het deed.
Het was riskant en onbezonnen, precies het tegenovergestelde van alles wat me zover had gebracht.
Misschien wilde ik gewoon tegen het gezag zeggen dat ze de pot op konden. Tegen Roth, Mercer. Het op mijn eigen manier doen.
Misschien werd de zaak steeds ingewikkelder en wilde ik de illusie bewaren dat ik alles in de hand had.
Of misschien wilde ik alleen maar iemand anders erbij betrekken.
'Voordat we ook maar ergens heen gaan,' zei ik terwijl ik Cindy bij de pols greep toen ze de auto startte, 'wil ik iets van je weten. Hoe ben je erachter gekomen wat er hier aan de hand was?'
Ze haalde diep adem. 'Tot nu toe heb je alleen maar geprobeerd om me weg te houden bij het verhaal van mijn leven. En nu moet ik ook nog mijn bronnen vrijgeven?'

'Wat we van nu af aan doen, hangt hiervan af.'
'Ik vind het eigenlijk prettiger als ik je een beetje in het ongewisse kan laten,' zei Cindy.
'Dit kan alleen maar werken op basis van vertrouwen.'
'Maar het vertrouwen moet wederzijds zijn, nietwaar, rechercheur?'
Daar zaten we, te koken in de hete Mazda die vol lag met kartonnen koffiebekertjes, als twee kemphanen tegenover elkaar.
'Goed,' gaf ik ten slotte toe. Ik vertelde haar het weinige wat we wisten over de reden dat we die middag in Napa waren. De DeGeorges, vermist in de strijd. Dat ze vrijdagavond waren getrouwd. De mogelijkheid dat ze paar nummer twee waren. 'Niets hiervan wordt gepubliceerd,' zei ik, 'totdat we zekerheid hebben. Ik zal je zeggen wanneer je deze informatie naar buiten mag brengen.'
Haar ogen straalden nu haar vermoedens ineens bevestigd werden.
'Nu is het jouw beurt. Er was hier niemand van de pers. Zelfs niet van de lokale pers. Hoe ben je erachter gekomen?'
Cindy zette de Mazda in de eerste versnelling. 'Ik heb je al verteld dat ik van de stadsredactie ben,' zei ze, terwijl de auto de hoofdweg opreed, 'en ik heb moeten vechten om dit verhaal te houden. Mijn baas heeft me het weekend gegeven om met iets substantieels te komen. Je had me al een keer afgepoeierd. Daarom heb ik sinds gisteren in mijn auto bij jou in de straat zitten wachten tot er iets gebeurde.'
'Je hebt me gevolgd?'
'Een nogal wanhopige actie, hè? Maar het werkte wel.'
Ik liet de afgelopen twee dagen de revue passeren. 'Naar de film? Naar de haven vanochtend?'
Ze bloosde licht. 'Ik wilde het net opgeven toen je partner langskwam. Ik ben jullie alleen voor de lol achternagereden.'

Ik leunde achterover in mijn stoel en begon te lachen. 'Zo'n wanhopige actie was het niet,' mompelde ik. 'De slechteriken trappen er al jaren in.' Ik schaamde me, maar ik was ook opgelucht.

Tijdens de terugreis naar de stad werkte ik de regels van onze overeenkomst verder uit. Ik had dit vaker gedaan wanneer een journalist te dicht bij een verhaal kwam en een onderzoek in gevaar bracht. Ze mocht dit verhaal pas publiceren wanneer we zekerheid hadden. Zodra we die hadden, zou ik ervoor zorgen dat zij het verhaal als eerste kreeg. Ik zou zorgen dat ze eerder op de hoogte werd gebracht dan alle anderen, maar niet zoveel eerder.

'Er is één voorwaarde,' zei ik ferm. 'Wat wij nu hebben, is wat je noemt een prioritaire relatie. Onze afspraak gaat vóór alles wat je al hebt afgesproken met je vriend of met iemand op je werk. Zelfs voor afspraken met je baas. Alles wat ik je geef, is vertrouwelijke informatie, en die blijft onder ons totdat ik je toestemming geef om die te publiceren.'

Cindy knikte, maar ik wilde er zeker van zijn dat ze het begreep.

'Als je baas je vraagt waar je informatie vandaan komt, haal je je schouders op. Als een hoge piet van de politie – al is het hoofdcommissaris Mercer, maakt me niet uit – zijn limousine voor je deur parkeert en je naar binnen roept over een of ander lek, zeg je: bedankt voor de lift. Als het Openbaar Ministerie je oproept om voor de Kamer van inbeschuldigingstelling te verschijnen, je vraagt om je bronnen bekend te maken en een rechter gooit je in de cel, dan zorg je maar dat je genoeg leesvoer bij je hebt om de tijd te doden.'

'Ik snap het,' zei Cindy. Ik kon aan haar ogen zien dat ze het ook echt begreep.

De rest van de reis praatten we over onszelf, ons werk en

onze hobby's, en er tekende zich een onverwachte ontwikkeling af. Ik begon Cindy aardig te vinden.
Ze vroeg me hoelang ik al bij de politie was en ik vertelde haar meer van het verhaal dan ik van plan was geweest. Dat mijn vader politieman was en dat hij was vertrokken toen ik dertien was. Dat ik sociologie had gestuurd aan de universiteit van San Francisco. Dat ik wilde bewijzen dat ik iets kon bereiken in een mannenwereld. Dat veel van wie ik was en wat ik deed eigenlijk werd bepaald doordat ik probeerde te bewijzen dat ik erbij hoorde.
Ze vertelde op haar beurt dat ze ook sociologie had gestudeerd, in Michigan. En we waren nog niet eens bij Marin of we hadden al een paar andere opzienbarende dingen ontdekt die we gemeen hadden.
Haar jongere broer was geboren op mijn verjaardag, 5 oktober. Ze deed ook aan yoga, en de vrouw die mij eerst had lesgegeven, jaren geleden in San Francisco, was nu haar yogalerares in Corte Madera. We hielden allebei van reisboeken en detectives: Sue Grafton, Patricia Cornwell, Elizabeth George. We waren dol op het restaurant Gordon's House of Fine Eats.
Cindy's vader was jong gestorven – zo'n zeventien jaar geleden – opmerkelijk genoeg toen zij pas dertien was.
Maar het vreemdste toeval, het toeval dat mij bang maakte, was dat hij was gestorven aan leukemie, een broertje van dezelfde degeneratieve ziekte die in mij woedde.
Ik overwoog haar mijn geheim te vertellen, maar zag ervan af. Dat zou ik alleen aan Claire vertellen. Maar toen we de Golden Gate Bridge naderden, had ik het gevoel dat het was voorbestemd dat we elkaar zouden ontmoeten.
In de buurt van het centrum belde ik Claire. Het tijdstip waarop we oorspronkelijk hadden afgesproken, lag al uren achter ons, maar ze leek er nog steeds veel zin in te

hebben om me te zien... en ik had haar veel te vertellen. We spraken af dat we elkaar bij Susie's zouden treffen, nu voor een vroeg diner in plaats van een brunch. Ze wilde weten wat ik die dag had ontdekt. 'Ik zal je alles vertellen als ik er ben,' zei ik tegen haar.
Daarna deed ik voor de tweede keer die dag iets wat me verbaasde.
Ik vroeg: 'Vind je het erg als ik een vriendin meebreng?'

33

Cindy en ik zaten al aan onze tweede margarita tegen de tijd dat Claire binnenkwam. Van drie meter afstand leek haar glimlach de hele zaak op te fleuren. Ik stond op en omhelsde haar.
'Konden jullie niet even op het oude moedertje wachten?' zei ze, met een blik op de lege glazen.
'Het was een lange dag,' legde ik uit. 'Dit is Cindy.'
'Aangenaam,' zei Claire opgewekt terwijl ze Cindy's hand schudde. Hoewel we oorspronkelijk van plan waren geweest om samen te gaan eten, was Claire een van die mensen die er geen punt van maakte als zich iets anders aandiende.
'Lindsay heeft me alles over je verteld,' zei Cindy boven het lawaai uit.
'Het meeste is waar, tenzij ze heeft gezegd dat ik een kei van een forensisch patholoog ben,' zei Claire met een grijns.
'Eigenlijk heeft ze alleen gezegd dat je een heel goede vriendin van haar bent.'
Susie's was een levendig, feestelijk café met trompe-l'oeils op de muur en redelijk goed Caraïbisch eten. Ze draaiden een beetje reggae, een beetje jazz. Het was een tent waar je

je kon ontspannen, praten, schreeuwen en zelfs een potje poule spelen.
Onze vaste serveerster, Loretta, kwam aanlopen en we haalden Claire over zelf ook een margarita te nemen en bestelden nog een portie pikante kippenvleugeltjes.
'Vertel eens over Reggies diploma-uitreiking,' zei ik.
Claire pikte een vleugeltje van onze schaal en schudde treurig haar hoofd. 'Het is fijn om te weten dat ze na al die jaren op school blijkbaar nog iets meer kunnen zeggen dan "lekker stuk" en "da's vet". Het was net een stel straatschoffies dat een optreden voor de Grammy's moest doen, maar de rector zweert dat ze er uiteindelijk overheen zullen groeien. En als dat niet gebeurt, is er altijd nog de politieschool.' Ik grinnikte opgewekt.
Claire glimlachte. 'Ik ben blij dat jij weer wat vrolijker bent. Toen we elkaar een paar dagen geleden spraken, klonk het alsof Cheery met die grote, lelijke schoenen van hem op je tenen stond te dansen.'
'Cheery?' vroeg Cindy.
'Mijn baas. We noemen hem Cheery omdat hij ons inspireert met zijn humane zorgzaamheid ten opzichte van degenen die aan zijn leiding zijn toevertrouwd.'
'O, ik dacht dat jullie het over mijn stadsredacteur hadden.' Cindy hinnikte. 'Die vent is pas echt blij als hij kan dreigen dat hij je je privileges zal afnemen. Hij heeft geen idee hoe betuttelend hij kan zijn.'
'Cindy werkt bij de *Chronicle*,' zei ik tegen Claire, en ik zag haar verbaasde reactie. Hoewel het nooit met zoveel woorden werd gezegd, lag er tussen de politie en de pers een verboden gebied. Om dat als journalist over te steken, moest je je plaats verdienen.
'Ben je je memoires aan het schrijven, lieverd?' vroeg Claire me met een voorzichtige glimlach.

'Zou kunnen.' De korte versie. Maar met veel nieuwe informatie.

Claires margarita kwam en we hieven onze glazen.

'Op de hoge pieten,' toastte ik.

Cindy lachte. 'De hoge pieten die uit hun nek kletsen, die opgeblazen klootzakken, die je eronder proberen te houden.'

Claire knikte instemmend en we klonken met elkaar alsof we al jaren bevriend waren.

'Weet je, toen ik pas bij de krant werkte,' zei Cindy, knabbelend aan een vleugeltje, 'vertelde een van de oudere medewerkers me dat die-en-die redacteur jarig was. Dus ik e-mail hem een verjaardagskaart. Hij was mijn baas en het leek me een goede manier om het ijs te breken. Later die dag moet ik bij die klootzak komen. Hij is uiterst beleefd en vriendelijk. Hij heeft borstelige wenkbrauwen zo groot als eekhoornstaarten. Hij knikt naar de stoel tegenover zijn bureau. En ik denk: hé... hij is ook maar een mens.'

Claire glimlachte. Geestdriftig dronk ik mijn tweede glas leeg.

'De schoft knijpt zijn ogen samen en zegt: "Zo, Thomas. In het komende anderhalf uur zit ik met zestig journalisten om de tafel die alle onbegrijpelijke dingen uit deze klotewereld in veertig pagina's proberen te proppen. Maar het is een heel geruststellende gedachte dat jij tijd hebt mij te feliciteren, terwijl iedereen als een gek tegen de klok werkt." Uiteindelijk liet hij me een week lang inzendingen beoordelen van middelbare scholieren die meededen aan de wedstrijd "Waarom ik een dag redacteur wil zijn".'

Ik lachte en hoestte een beetje van mijn margarita op. 'Valt onder het kopje "Geen enkele goede daad blijft ongestraft". Wat heb je gedaan?'

Cindy glimlachte breed. 'Ik mailde iedere vent op de afdeling dat de baas jarig was. En daarna kwamen er de hele dag klootzakken met wit weggetrokken gezichten zijn kamer uit wankelen.'

Loretta kwam weer langs en we bestelden ons eten: kip in hete saus, fajita's en een grote salade. Drie biertjes om erbij te drinken. We goten Toasty Lady, een dodelijk hete saus, over de kippenvleugeltjes en keken hoe de tranen in Cindy's ogen sprongen bij de eerste hap.

'Initiatierite.' Ik grinnikte. 'Nu hoor je erbij.'

'Je mag bij ons altijd kiezen: of de hete saus, of een tatoeage,' verklaarde Claire met een stalen gezicht.

Cindy kneep haar ogen samen alsof ze nadacht en trok toen de hals van haar T-shirt naar beneden. Ze onthulde twee kleine G-sleutels die achter op haar schouder waren getatoeëerd. 'Het nadeel van een klassieke opleiding,' zei ze met een scheve glimlach.

Mijn ogen ontmoetten die van Claire... en we knikten allebei goedkeurend.

Toen trok Claire blozend haar eigen shirt omhoog. Vlak onder haar bruine middel was de omtrek van een piepklein vlindertje te zien.

'Lindsay heeft me een keer uitgedaagd,' bekende ze. 'Toen je het had uitgemaakt met die aanklager uit San Jose. We zijn een dagje naar Big Sur geweest. Alleen de meiden. Om stoom af te blazen. Kwamen uiteindelijk met die dingen terug.'

'Waar zit de jouwe dan?' vroeg Cindy, naar mij kijkend.

'Kan ik je niet laten zien.' Ik schudde mijn hoofd.

'Kom op,' drong ze aan. 'Laat zien.'

Met een zucht ging ik op mijn linkerbil zitten en klopte op mijn rechterbil. 'Het is een twee centimeter grote gekko. Met een heel leuk staartje. Als een verdachte het me moeilijk maakt, druk ik hem tegen de muur en zeg hem dat ik

hem er zo dicht met zijn neus op zal duwen dat hij even groot lijkt als Godzilla.'
Er viel een prettige stilte. Even leken de gezichten van David en Melanie Brandt, en zelfs Negli's, mijlenver weg. We hadden gewoon plezier.
Ik voelde iets wat ik al tijden niet meer had gevoeld, iets wat ik heel hard nodig had.
Ik voelde me niet meer alleen.

34

'Nu we toch allemaal vrienden zijn,' zei Claire, nadat we hadden gegeten, 'waar zijn jullie elkaar tegengekomen? Het laatste wat ik heb gehoord, was dat je naar Napa ging omdat er een pasgetrouwd stel werd vermist.'
Michael en Becky DeGeorge, die daarnet nog zo ver weg hadden geleken, waren in een klap terug.
Ik had haar heel veel te vertellen, maar de dag was zo anders verlopen dan ik had voorzien. Ik voelde me bijna achterbaks, oneerlijk, toen ik haar op de hoogte bracht van wat er in Napa was gebeurd, maar de belangrijke ontwikkeling die binnenin me plaatsvond verzweeg.
Claire luisterde en verwerkte het allemaal met dat scherpe verstand van haar. Ze was bij verschillende seriemoorden adviseur geweest, als patholoog en als getuige-deskundige.
Er spookte een idee door mijn hoofd. In mijn zwakke toestand vond ik het geen prettig vooruitzicht dat ik in mijn eentje de verantwoordelijkheid zou dragen voor een publiciteitsgevoelig onderzoek naar meervoudige moorden. Wat ik bedacht, verbaasde zelfs mij.
'Hoe zouden jullie het vinden om mij een beetje te helpen?'
'Helpen?' Claire knipperde met haar ogen van verbazing.

'Hoezo?'
'Het ziet ernaar uit dat het een gigantische zaak wordt, Claire,' zei ik. 'Als er een bruid- en bruidegommoordenaar rondloopt, dan zal dat in het hele land de aandacht trekken. We zijn allemaal betrokken bij deze zaak. Misschien zouden we bij elkaar kunnen komen zoals nu. Wij drieën... onofficieel.'
Claire keek me bedachtzaam aan. 'Wil jij zeggen dat we dit op eigen houtje moeten doen?'
'We zitten hier met de beste mensen van het gerechtelijk lab, afdeling Moordzaken en zelfs de pers tot aan hun oren in de margarita's aan tafel.' Hoe meer ik erover nadacht, des te meer raakte ik ervan overtuigd dat het zou kunnen werken. We konden alle aanwijzingen verzamelen die uit het officiële onderzoek kwamen, elkaar op de hoogte brengen van wat we hadden, het politieke gekonkel en de bureaucratie omzeilen. Drie vrouwen die het heerlijk zouden vinden om al die over het paard getilde mannen eens een poepje te laten ruiken. En het allerbelangrijkst was wel dat we allemaal oprecht meevoelden met de slachtoffers.
Ineens leek het een geniaal idee.
Claire schudde ongelovig haar hoofd.
'Toe nou,' drong ik aan. 'Zou het niet kunnen werken?'
'Daar gaat het helemaal niet om,' antwoordde ze. 'Het is alleen dat ik je nu al tien jaar ken en je nog nooit bij iets om hulp heb horen vragen.'
'Verrassing!' zei ik terwijl ik haar recht in de ogen keek. 'Want ik vraag het nu.'
Ik probeerde haar te laten merken dat ik ergens mee zat, met iets wat wellicht ingrijpender was dan deze zaak. Dat ik niet zeker wist of ik het aankon. Dat ik de hulp kon gebruiken. Dat er meer aan vastzat.
Langzaam brak er een heel klein, berustend glimlachje door

op Claires gezicht. 'In margarita's veritas. Ik doe mee.'
Ik wierp haar dankbaar een stralende glimlach toe en richtte me toen tot Cindy.
'En jij? Doe je ook mee?'
Ze stamelde: 'Ik.. ik heb geen idee wat Sid Glass zou zeggen, maar hij kan de pest krijgen. Ik doe mee.'
We klonken met onze glazen.
Onze club was geboren.

35

De volgende ochtend kwam ik rechtstreeks van een transfusie om acht uur op mijn werk met een licht en enigszins duf gevoel in mijn hoofd. Allereerst keek ik de ochtendeditie van de *Chronicle* door. Tot mijn opluchting stond er niets op de voorpagina wat verband hield met de vermissing in Napa. Cindy had zich aan haar woord gehouden.
Ik zag Raleigh uit Roths kamer komen. Zijn mouwen waren opgerold, zodat zijn dikke onderarmen te zien waren.
Hij wierp me een voorzichtige glimlach toe, een glimlach die me vertelde dat hij zijn bedenkingen had over het feit dat ik gisteren met Cindy een afspraak had gemaakt. Hij liet me met zijn ogen weten dat hij me op de gang iets wilde zeggen.
'We moeten praten,' zei hij toen we dicht bij elkaar bij het trappenhuis stonden.
'Moet je luisteren, Raleigh,' zei ik. 'Het spijt me van gisteren. Ik dacht dat we er wat tijd mee konden winnen.'
Er smeulde iets in zijn donkere ogen. 'Misschien moest je me maar eens vertellen waarom je voor haar het risico wilt nemen dat we de controle over de zaak verliezen.'

Ik haalde mijn schouders op. 'Heb jij iets over Napa in de krant van vanochtend zien staan?'
'Je hebt een direct bevel van de hoofdcommissaris van politie aan je laars gelapt. Als je je eigen positie daarmee niet in gevaar hebt gebracht, dan die van mij toch zeker wel.'
'Dus je zou liever een verhaal in de *Chronicle* over een seriemoordenaar zien?'
Hij leunde met zijn rug tegen de muur. 'Dat is iets wat Mercer moet oplossen.'
Een politieman die ik kende, kwam langs ons de trap op en bromde gedag. Ik knikte bijna onmerkbaar terug.
'Goed,' zei ik, 'hoe wil je het dan spelen? Wil je dat ik naar Sam Roth ga en alles opbiecht? Dan doe ik dat.'
Hij aarzelde. Ik kon zien dat hij in tweestrijd stond en de gevolgen de revue liet passeren. Na een stilte die eindeloos leek te duren, schudde hij zijn hoofd. 'Wat heeft het nu nog voor zin?'
Ik voelde me enorm opgelucht. Ik raakte zijn arm aan en keek hem even glimlachend aan. 'Bedankt.'
'Lindsay,' vervolgde hij, 'ik heb navraag gedaan bij de verkeerspolitie. Er heeft de laatste week niemand aangifte gedaan van een gestolen limousine.'
Dat nieuws, het doodlopende spoor dat het betekende, ontmoedigde me.
Een stem schreeuwde van de afdeling. 'Is Boxer daar?'
'Ik ben hier,' riep ik terug.
Het was Paul Chin, een van de slimme, efficiënte agenten die aan ons team waren toegewezen. 'Er is een zekere hoofdinspecteur Frank Hartwig aan de telefoon. Zegt dat u hem kent.'
Ik rende de afdeling op en pakte de telefoon van onze bureau-assistent. 'Met Lindsay Boxer.'
'We hebben ze gevonden, rechercheur,' zei Hartwig.

36

'De opzichter heeft ze ontdekt,' mompelde Hartwig, moedeloos zijn hoofd schuddend. We liepen over een zandpad dat naar een kleine wijnmakerij leidde. 'Ik hoop dat u er klaar voor bent. Het is het ergste wat ik ooit heb gezien. Ze zijn gedood terwijl ze aan het vrijen waren.'

Raleigh en ik waren naar St. Helena gescheurd, van 'de wijnweg' in oostelijke richting Hawk Crest Road op, totdat deze hoog de bergen in kronkelde en niet meer bestraat was. We waren ten slotte bij een onopvallend houten bord terechtgekomen: SPARROW RIDGE.

'De opzichter komt hier twee keer per week. Heeft ze om zeven uur vanochtend gevonden. De wijnmakerij wordt niet veel meer gebruikt,' vervolgde Hartwig. Ik kon zien dat hij zenuwachtig en aangeslagen was.

De wijnmakerij was niet veel meer dan een grote verroeste loods vol glimmende, moderne benodigdheden: wijnpersen, gisttanks, rijen met wankele stapels oude vaten.

'U bent waarschijnlijk gewend aan dit soort moorden,' zei Hartwig toen we naar binnen liepen. De scherpe, ranzige lucht drong in onze neusgaten. Mijn maag draaide zich om. Moord went nooit.

Ze zijn gedood terwijl ze aan het vrijen waren.

Enkele medewerkers van de plaatselijke technische recherche stonden gebogen over een grote, roestvrij stalen druivenpers. Ze onderzochten twee bloederige hoopjes. De hoopjes waren de lichamen van Michael en Becky De-George.

'Ah, shit, Lindsay,' mompelde Raleigh.

De man, gekleed in een kakibroek en een blazer, staarde omhoog naar ons. Midden op zijn voorhoofd zat een wond ter grootte van een kwartje. Zijn vrouw, van wie de zwarte jurk tot aan haar hals omhoog was geduwd, lag boven op hem. Pure angst stond op haar gezicht te lezen. Haar bh was omlaaggetrokken tot aan haar middel en ik kon haar met bloed bespatte borsten zien. Haar slipje hing op haar knieën.

Het was een vreselijk, walgelijk gezicht. 'Hebt u een indicatie van het tijdstip van overlijden?' vroeg ik Hartwig. Hij zag eruit alsof hij elk moment onpasselijk kon worden.

'Uit de degeneratie van de verwondingen leidt de lijkschouwer af dat ze vierentwintig tot zesendertig uur dood zijn. Ze zijn vermoord op de avond dat ze zijn verdwenen. Mijn god, het waren nog maar kinderen.'

Ik staarde naar het zielige, bebloede lichaam van de vrouw en mijn ogen gleden naar haar handen.

Niets. Geen trouwring.

'U zei dat ze aan het vrijen waren toen ze werden gedood,' zei ik. 'Weet u dat zeker?'

Hartwig knikte naar de assistent-patholoog. Hij rolde Becky DeGeorges' lichaam voorzichtig van dat van haar man af.

Uit de openstaande kakibroek stak het perfect bewaarde restant van zijn laatste erectie.

Ik werd witheet van woede. De DeGeorges waren inderdaad nog kinderen. Ze waren allebei in de twintig, net als de Brandts. Wie zou zoiets verschrikkelijks doen?

'Hier kunt u zien hoe ze werden versleept,' zei Hartwig, en hij wees naar vegen opgedroogd bloed op de vloer van stortbeton. De vegen leidden naar sporen van autobanden die duidelijk stonden afgetekend in het zand van het zelden gebruikte pad. Een paar politiemannen waren de sporen aan het afzetten met geel lint.

Raleigh bukte zich en bekeek ze. 'Brede wielbasis, maar 14 inch banden. Het profiel is goed, niet versleten. Een terrein-

wagen zou 16 inch wielen hebben. Ik zou zeggen een luxe personenauto.'
'Ik dacht dat jij altijd bureauwerk had gedaan,' zei ik tegen hem.
Hij grinnikte. 'Ik heb tijdens mijn studie een zomer in de pits gewerkt op het circuit van NASCAR. Ik kan sneller een band verwisselen dan een barman een pilsje kan tappen. Ik denk een Caddy. Of een Lincoln.' Limousine, zeiden zijn ogen.
Door mijn hoofd speelde iets wat Claire ooit had gezegd: zoek de overeenkomsten tussen de misdrijven.
Het was ongebruikelijk dat een seriemoordenaar overschakelde op een andere methode. Lustmoordenaars hielden ervan om dicht bij hun slachtoffer te zijn: wurgen, aftuigen, een mes. Ze wilden voelen hoe hun slachtoffer tegen de dood vocht en hoe hij zijn laatste adem uitblies. Ze drongen graag binnen in het huis van het slachtoffer. Neerschieten was afstandelijk, klinisch. Het gaf geen kick.
Even vroeg ik me af of er twee moordenaars waren, die elkaar na-aapten. Dat was onmogelijk.
Niemand anders wist van de ringen.
Ik liep naar Becky DeGeorge op het moment dat de arts de ritssluiting van de lijkenzak dichttrok. Ik keek in haar ogen. Ze waren aan het vrijen. Had hij hen gedwongen? Had hij hen verrast?
Een seksuele psychopaat die overgaat op een andere methode. Een moordenaar die sporen achterlaat.
Wat had hij hier achtergelaten?
Wat zagen we over het hoofd?

37

Frisse lucht stroomde mijn longen in zodra we naar buiten stapten. Chris Raleigh, Hartwig en ik wandelden over de onverharde weg. Het lappendekenpatroon van het dal strekte zich beneden ons uit. Rijen geelbruine druiven koesterden zich op de heuvels aan weerszijden. We waren stil. Geschokt.

Een akelige gedachte schoot door me heen. We zaten op driehonderd meter hoogte, volledig geïsoleerd. Er klopte iets niet. 'Waarom hier, Hartwig?'

'Nou, het ligt afgelegen en er komt nooit iemand, denkt u niet?'

'Nee, ik bedoel waarom hier precies,' zei ik. 'Waarom juist deze plek. Wie kent deze plek?'

'Overal op deze heuvels liggen afgelegen wijnmakerijen. De consortiums hebben het dal opgeslokt. Deze wijngaarden vragen meer arbeid dan kapitaal. Liefdewerk. Kijk het maar na. Elk jaar drogen er tientallen op. Iedereen hier uit de buurt kent van dit soort plekken.'

'De eerste moorden werden in de stad gepleegd. Toch wist hij precies waar hij moest zijn. Wie is de eigenaar van dit stuk grond?'

Hartwig schudde zijn hoofd. 'Geen idee.'

'Dat zou ik maar eens uitzoeken. En ik zou ook nog een keer hun kamer doorzoeken. Iemand hield ze in de gaten. Kende al hun plannen. Reisfolders, visitekaartjes, kijk of er iets is van een bedrijf dat limousines verhuurt.'

Van beneden kwam het geluid van een grote wagen die de onverharde weg opreed. Ik ving een glimp op van een witte Bronco van het gerechtelijk lab van San Francisco die tot stilstand kwam.

Claire Washburn zat achter het stuur. Ik had gevraagd of ze

wilde komen, in de hoop dat we het bewijsmateriaal uit beide zaken naast elkaar konden leggen.

Ik maakte haar portier open en zei dankbaar: 'Fijn dat je kon komen, Claire.'

Claire schudde somber haar hoofd. 'Ik wilde alleen dat ze op een andere manier waren gevonden. Ik ben nooit blij met dit soort telefoontjes.' Ze hees haar zware gestel met verbazend veel gemak uit de auto. 'Ik heb straks een vergadering, maar het leek me beter om de plaats van het delict even te bekijken en mezelf voor te stellen aan de persoon die hier de leiding heeft.'

Ik stelde Claire voor aan Frank Hartwig. 'Uw lijkschouwer is Bill Toll, nietwaar?' vroeg ze autoritair.

Hij knipperde duidelijk zenuwachtig met zijn ogen. Hij had Raleigh en mij hier al als adviseurs. Maar hij had ons zelf erbij gehaald. Nu kwam het gerechtelijk lab van San Francisco ook ineens aanzetten.

'Rustig maar. Ik heb hem al op zijn mobieltje gebeld,' zei Claire. 'Hij verwacht me.' Ze ontdekte het medische team dat over de gele lijkenzakken gebogen stond. 'Ik ga maar eens even kijken.'

Hartwig, die het gevoel wilde houden dat hij nog iets te vertellen had, volgde haar op de voet.

Raleigh kwam naast me staan. Hij zag er moe uit.

'Gaat het een beetje?' vroeg ik.

Hij schudde zijn hoofd. Hij hield zijn ogen gericht op de loods waar de lichamen waren gedumpt.

Ik herinnerde me hoe hij mij had ondersteund in het mortuarium. 'Lang geleden dat je zoiets gruwelijks hebt meegemaakt?'

'Dat is het niet,' zei hij met nog steeds die onzekere blik. 'Wat ik je wilde zeggen... waar dit ook toe leidt, het gaat me niet om het terugkoppelen naar het stadhuis. Of het be-

perken van de schade, Lindsay. Ik wil die vent pakken.'
Zover was ik allang. Het ging hierbij niet om de mooiste arrestatie uit mijn carrière. Of om mijn ambities om hoofdinspecteur te worden. Zelfs niet om mijn gevecht tegen Negli's.
We stonden een tijdje stil naast elkaar.
'Wat niet wil zeggen,' verbrak hij ten slotte de stilte, 'dat een van ons nou de aangewezen persoon is om de laatste verdedigingslinie voor het instituut huwelijk te zijn.'

38

Phillip Campbell had sinds het ochtendgloren aan één stuk door gereden in de grote gehuurde limousine. Hij was nerveus, gespannen... en hij vond het heerlijk.
Half verdoofd verslond hij de kilometers in een gestaag, resoluut tempo en reed over de Bay Bridge en daarna over de 80 verder naar het oosten. Bij Vallejo ontsnapte hij eindelijk uit de ochtendspits en hij hield de snelheidsmeter constant keurig op tachtig terwijl hij in oostelijke richting reed.
Hij wilde niet aangehouden worden.
De dagbladen noemden hem een monster. Een psychoot, een sociopaat. Deskundigen verschenen op tv en analyseerden zijn motieven, zijn verleden, zijn eventueel volgende moorden.
Ze weten niets. Ze hebben het allemaal mis. Ze vinden alleen wat ik ze wil laten vinden. Ze zien alleen wat ik ze wil laten zien.
Vanaf de grens van Nevada was het een klein stukje naar Reno, dat hij beschouwde als een vulgair, verouderd cowboystadje. Hij bleef op de snelweg en vermeed de Strip. Brede boulevards met aan weerszijden gepleisterde gebou-

wen, benzinestations, wapenhandelaren, pandjeshuizen. Je kon hier alles krijgen zonder dat er veel vragen werden gesteld. Hier moest je zijn om een wapen te kopen, of je van een auto te ontdoen, of allebei.

Bij het congrescentrum sloeg hij af en reed het terrein van Lumpy's op. Hij parkeerde de auto op een lege plaats, opende het handschoenenkastje, haalde er de opgevouwen papieren uit en slaakte een zucht van verlichting.

De limousine was helemaal schoon. Smetteloos. Er waren geen fluisterende schimmen. Gisteren had hij de hele dag gepoetst en geboend, de bloedvlekken eruit geschrobd totdat het laatste spoortje bewijs verdwenen was. Nu was de auto stil, even onmededeelzaam als de dag dat hij hem had opgehaald.

Hij kon weer opgelucht ademhalen. Het was alsof Michael en Becky DeGeorge nooit hadden bestaan.

Binnen een paar minuten had hij de huur van de auto betaald en een taxi aangehouden om hem naar het vliegveld te brengen.

Op de luchthaven checkte hij in en daarna bladerde hij bij een kiosk een krant uit San Francisco door. Niets over Becky en Michael. Hij liep naar de gate.

Hij kocht een flesje abrikozendrank van Fruitopia en een vegetarische wrap bij een snelbuffet.

Hij meldde zich bij Gate 31, Reno Air naar San Francisco. Hij ging zitten en begon zijn lunch op te eten.

Een aantrekkelijke jonge vrouw kwam naast hem zitten. Blond haar, strak kontje, net genoeg opgedirkt om zijn aandacht te trekken. Om haar hals droeg ze een gouden ketting met haar naam: BRANDEE. Een ring met een heel kleine diamant.

Hij groette haar met een snelle, achteloze glimlach.

Ze maakte een Kipling-rugzak open, nam een slok uit een

plastic waterfles en haalde een boek tevoorschijn: *Dagboek van een geisha*. Hij vond het interessant dat ze juist over een onderworpen vrouw las. Dat waren tekenen.
'Goed boek?' Hij glimlachte in haar richting.
'Dat zeggen ze,' antwoordde ze. 'Ik ben er net in begonnen.'
Hij boog zich naar haar toe en ademde de goedkope, citrusachtige geur van haar parfum in.
'Ongelooflijk eigenlijk,' ging hij verder, 'dat het door een man is geschreven.'
'Ik zal u laten weten hoe het is.' Ze sloeg een paar bladzijden om en vervolgde toen: 'Mijn verloofde heeft het me gegeven.'
Phillip Campbell voelde dat de korte, dunne haartjes op zijn armen overeind gingen staan.
Zijn hart begon te bonzen. Hij liet zijn vinger trillend langs de rand van zijn sikje glijden.
'O... wanneer is de grote dag?'

39

Raleigh ging met onze auto terug naar de stad. Ik bleef nog even en reed met Claire mee. Ik moest haar vertellen wat er met me aan de hand was. Claire is al jaren mijn beste vriendin. We spreken elkaar minstens één keer per dag. Ik wist waarom ik er moeite mee had om haar over mijn ziekte te vertellen: ik wilde haar geen verdriet doen. Of haar met mijn problemen opzadelen.
Toen de bestelbus van het gerechtelijk lab over de bergweg naar beneden hobbelde, vroeg ik of ze iets wijzer was geworden op de plaats van het misdrijf.
'Er was zeker sprake van seksuele activiteit voordat ze werden gedood,' antwoordde ze zelfverzekerd. 'Ik kon zien dat

de schaamlippen rond de vagina gezwollen waren. Afscheiding op haar dijen.
Ik weet het niet zeker – ik had maar een paar minuten – maar ik denk dat de echtgenoot als eerste werd gedood. Die ene keurige verwonding aan het hoofd duidt erop dat hij zich niet heeft verzet. Van voren doodgeschoten. De verwondingen van Rebecca wijzen op iets anders. Ze werd van achteren neergeschoten. Door de schouderbladen, de nek. Van een afstand van niet meer dan één tot anderhalve meter, schat ik. Als het zaad inderdaad van Michael is en ze waren bezig toen het gebeurde, duidt dat erop dat zij bovenop lag. Dat zou betekenen dat iemand onopgemerkt vrij dichtbij moest kunnen komen toen zij aan het vrijen waren. Vanachter haar naar hen toe. Aangezien jij zei dat ze die avond niet hun eigen auto hadden gebruikt, waren ze kennelijk op weg ergens naartoe. Volgens mij klopt dat met jouw theorie dat ze in een wagen zaten toen dit gebeurde. De moordenaar zat voorin. Dus waarom geen limousine?'
'Is dat alles?' Ik schudde mijn hoofd en glimlachte naar Claire.
'Zoals ik al zei, ik had maar een paar minuten. Het was trouwens jouw theorie. Als die uiteindelijk blijkt te kloppen, heb ik alleen alles met elkaar in verband gebracht.'
We reden een tijdje door. Ik zocht nog steeds naar een manier om het te zeggen.
Claire vroeg: 'En hoe is je nieuwe partner?'
Ik lachte naar haar. 'Blijkt een prima vent te zijn. Hij heeft me gedekt tegenover Roth en Mercer.'
'En je was er zo zeker van dat hij alleen maar een waakhond van de burgemeester was.'
'Kennelijk had ik het mis.'
'Zou niet de eerste keer zijn dat je het mis had bij een vent,' zei Claire.

Ik trok een lelijk gezicht alsof ik beledigd was en negeerde haar grijns.
'Trouwens, waakhond of niet,' ging Claire verder, 'hij is veel leuker om te zien dan Jacobi.'
'Slimmer ook. Toen we gisteren naar Napa reden, zette ik de stereo in zijn Explorer aan. Bleek er een cd van *Scheepsberichten* in te zitten.'
'En,' hernam Claire met een onderzoekende blik, 'is er al wat gebeurd?'
'Je bedoelt afgezien van het feit dat er vier onschuldige mensen zijn vermoord?'
'Ik bedoel met Chris Raleigh, Lindsay. Hij werkt voor de burgemeester, hij is aantrekkelijk en zo vaak ga je nu ook weer niet uit. Je kunt mij niet wijsmaken dat hij je type niet is.'
'We hebben het druk gehad met de zaak, Claire.'
'Ja.' Ze snoof. 'Hij is niet getrouwd, hè?'
'Hou nou op, Claire,' smeekte ik. 'Ik ben er gewoon nog niet aan toe.'
Toen Claire knipoogde, kwam ik tot de ontdekking dat ik me zat voor te stellen hoe het zou zijn als ik iets met Raleigh had; als ik met hem mee teruggereden was uit Napa in plaats van met Claire. Als ik hem mee naar boven had gevraagd, omdat het toch maar gewoon een eenzame zondag was, iets te eten had gemaakt met een paar dingen uit de koelkast. Samen met hem een biertje had gedronken op het terras, terwijl de zon in de baai zakte. In gedachten zag ik weer voor me hoe hij me had bekeken. Je ziet er leuk uit, Boxer. Het was hem opgevallen. De waarheid was dat mij ook dingen aan hem waren opgevallen. Geduldige, gevoelige ogen. *Scheepsberichten* helemaal beluisterd. Het zou niet zo moeilijk zijn om verliefd op hem te worden.

Maar terwijl ik me zat in te beelden dat ik verliefd op iemand kon worden, spatte de dagdroom al uit elkaar.
Iets met Raleigh, of wie dan ook, was nu gewoon niet mogelijk.
Ik keek even naar Claire, die de auto de 101 op stuurde. Ik haalde diep adem.
'Heb jij wel eens gehoord van Negli's aplastische anemie?' vroeg ik.

40

Het kwam uit het niets, zo onverwacht dat het niet echt tot Claire doordrong wat ik zojuist had gezegd.
Ze antwoordde alsof ze een medische vraag in haar lab afhandelde. 'Bloedziekte. Vrij zeldzaam, ernstig. Het lichaam maakt geen erytrocyten meer.'
'Rode bloedlichaampjes,' zei ik.
Claire wierp me een blik toe. 'Hoezo? Het gaat toch niet om Cat?' doelend op mijn zus.
Ik schudde mijn hoofd. Ik zat stijf rechtop en staarde strak voor me uit. Mijn ogen waren glazig.
Het kwam waarschijnlijk door de lange stilte dat het Claire langzaam begon te dagen.
Claire fluisterde: 'Jij toch niet?'
Er viel een akelige stilte in de auto.
'O, Lindsay.' Claires mond viel open.
Ze zette de Bronco langs de kant van de weg en sloeg direct haar armen om me heen. 'Wat heeft de dokter tegen je gezegd?'
'Dat het ernstig is. Dat het dodelijk kan zijn.'
Ik zag dat haar gezicht een sombere trek kreeg door deze opmerking. Door het verdriet, de pijn. Claire was arts, pa-

tholoog. Ze had al begrepen wat er op het spel stond voordat mijn ogen de hare ontmoetten.
Ik vertelde haar dat ik al twee keer per week een transfusie met erytrocytenconcentraat kreeg.
'Daarom wilde je een paar dagen geleden met me afspreken,' verklaarde ze. 'O, Lindsay. Waarom heb je dat niet gewoon gezegd?'
De redenen die ik daarvoor had bedacht, kwamen mij nu ook vreemd voor. 'Ik wilde het je zo graag vertellen. Ik was bang. Misschien nog meer om het tegenover mezelf toe te geven. Daarna heb ik mezelf laten opslokken door de zaak.'
'Weet iemand het? Jacobi? Roth?'
Ik schudde mijn hoofd.
'Raleigh?'
Ik zuchtte. 'Denk je nog steeds dat ik klaar ben voor de ware Jacob?'
'Arme schat,' zei Claire zacht. 'O, Lindsay, Lindsay, Lindsay.'
Haar lichaam schokte. Ik voelde het. Ik hád haar verdriet gedaan.
Plotseling kwam het er allemaal uit. Gevoelens van angst, schaamte en onzekerheid schoten door me heen.
Ik klampte me vast aan Claire en besefte dat het alleen aan haar te danken was dat ik niet volkomen hysterisch werd. Ik begon te huilen en daarna huilden we allebei. Maar het gaf een goed gevoel. Ik was niet meer alleen.
'Ik ben er voor je, lieverd,' fluisterde Claire. 'Ik hou van je, meisje.'

41

Door de moord in Napa werd alles anders.
Er werd vernietigende kritiek geuit op de manier waarop de politie van San Francisco de zaak probeerde op te lossen. We werden van alle kanten aangevallen.
Sensationele krantenkoppen spraken van het handwerk van een sadistisch, gestoord, volkomen nieuw soort moordenaar. Nieuwsploegen van buiten de stad dromden rond het Paleis. Alle nieuwsuitzendingen begonnen met tragische trouwfoto's en hartverscheurende familietaferelen.
Het team waarover ik de leiding had, kwam twee keer per dag bij elkaar. Twee andere rechercheurs van de Speciale Eenheid en een forensisch psycholoog werden eraan toegevoegd. We moesten onze dossiers aan de FBI overleggen. Het onderzoek richtte zich niet meer alleen op een of andere verbitterde figuur uit het verleden van David of Melanie Brandt. Het was breder, dieper, tragischer en omineuzer geworden.
Jacobi en zijn mensen hadden tijdens hun tocht langs slijters in de omgeving een paar namen gevonden, meer niet.
Het bebloede smokingjasje leidde ook tot niets. Het probleem was dat het een model van vier of vijf jaar oud was. Geen van de vijftien winkels in de Bay Area hield gegevens bij over kledingstijlen, zodat het vrijwel onmogelijk was om het na te trekken. We moesten hun archief rekening voor rekening doornemen.
Mercer verdrievoudigde het aantal mensen dat meewerkte aan het onderzoek.
De moordenaar koos zijn slachtoffers zeer zorgvuldig uit. Beide moorden hadden nog geen dag na de bruiloft van de slachtoffers plaatsgevonden; beide getuigden van specifieke kennis van de slachtoffers, hun hotel, hun reisschema.

Beide paren hadden het grootste deel van hun kostbaarheden nog: horloges, portefeuilles, juwelen. Het enige wat ontbrak, waren de trouwringen.

Hij had de DeGeorges achtergelaten op een op het eerste gezicht afgelegen plek, waar ze echter zeker gevonden zouden worden.

Hij had andere belangrijke sporen voor ons achtergelaten.

Ik begreep er niets van.

De moordenaar weet precies wat hij doet, Lindsay.

Hij weet wat jij doet.

Zoek de overeenkomsten tussen de misdrijven.

Ik moest de gemeenschappelijke noemer vinden. Hoe hij zijn slachtoffers kende. Hoe hij zo veel van hen wist.

Raleigh en ik verdeelden de mogelijkheden onder elkaar. Hij nam de mensen die de reizen van de Brandts en de DeGeorges hadden uitgestippeld: reisbureaus, autoverhuurbedrijven, hotels. Ik nam de organisatiebureaus voor de festiviteiten. Uiteindelijk zouden we een overeenkomst tussen de misdrijven vinden.

'Als we niet snel vooruitgang boeken,' bromde Raleigh, 'hebben een heleboel priesters en rabbi's in deze stad een tijdje weinig te doen. Waar is deze maniak op uit?'

Ik zei het niet, maar ik dacht dat ik het wist. Hij was uit op geluk, dromen, verwachtingen. Hij probeerde te vernietigen wat ons allemaal op de been hield: hoop.

42

Die avond nam Claire Washburn een kop thee mee naar haar slaapkamer, ze deed zacht de deur dicht en begon weer te huilen. 'Verdomme, Lindsay,' mompelde ze. 'Je had me toch in vertrouwen kunnen nemen?'

Ze moest even alleen zijn. De hele avond was ze humeurig en afwezig geweest. En dat was niets voor haar. Op maandag, een vrije avond voor het symfonieorkest, kookte Edmund altijd. Het was een van hun tradities, een familieavond: pa in de keuken, jongens aan het opruimen. Vanavond had hij hun lievelingskostje gekookt: kip met kappertjes en azijn. Maar alles was fout gegaan en dat was haar schuld.

Eén gedachte liet haar maar niet los. Ze was arts, een arts die alleen met de dood te maken had. Ze had nog nooit een leven gered. Ze was een arts die niet genas.

Ze liep naar haar kast, trok een flanellen pyjama aan, ging naar de badkamer en reinigde zorgvuldig haar gladde bruine gezicht. Ze bekeek zichzelf.

Ze was niet mooi, althans niet zoals de maatschappij ons leert schoonheid te definiëren. Ze was groot, zacht en rond. Haar vormeloze middel liep over in haar heupen. Zelfs haar handen – haar goed getrainde, efficiënte handen die de hele dag haar fijne instrumenten hanteerden – waren mollig.

Ze kwam alleen maar licht over op de dansvloer, zei haar man altijd.

Toch had ze zich altijd gezegend en stralend gevoeld. Omdat ze zich omhoog had gewerkt uit een ruige, voornamelijk zwarte wijk in San Francisco en arts was geworden. Omdat ze bemind werd. Omdat haar was geleerd liefde te geven. Omdat ze alles in haar leven had wat ze ooit had gewild.

Het leek niet eerlijk. Lindsay was degene die het leven aanpakte, en nu sijpelde het uit haar weg. Ze kon er zelfs niet op een professionele manier over nadenken, als een arts die de onvermijdelijkheid van ziekte met klinische afstandelijkheid beziet. Als vriendin deed het haar pijn.

De arts die niet kon genezen.

Nadat hij samen met de jongens de afwas had gedaan,

kwam Edmund binnen. Hij ging naast haar op het bed zitten.

'Je bent ziek, poezenbeest,' zei hij terwijl hij met een hand haar schouder kneedde. 'Als jij voor negenen je bed in kruipt, weet ik dat je ziek wordt.'

Ze schudde haar hoofd. 'Ik ben niet ziek, Edmund.'

'Wat zit je dan dwars? Die idiote zaak?'

Claire hief een hand op. 'Het gaat om Lindsay. Ik ben gisteren met haar teruggereden uit Napa. Ze vertelde me zoiets vreselijks. Ze is heel ziek. Ze heeft een zeldzame bloedziekte, een vorm van bloedarmoede. Het heet Negli's aplastische anemie.'

'Is dat ernstig, die Negli's bloedarmoede?'

Claire knikte, haar ogen stonden dof. 'Verdomd ernstig.'

'O, mijn god,' mompelde Edmund. 'Arme Lindsay.' Hij pakte haar hand en ze bleven een tijdje verbijsterd en zwijgend zitten.

Uiteindelijk begon Claire te praten. 'Ik ben arts. Ik zie elke dag de dood. Ik ken de oorzaken en symptomen, de hele geneeskunde van voren naar achteren. Maar ik kan niemand genezen.'

'Je heelt ons voortdurend,' zei Edmund. 'Je heelt mij elke dag van mijn leven. Maar er zijn momenten dat zelfs al jouw liefde en zelfs jouw verbazingwekkende verstand niets kunnen uitrichten.'

Ze nestelde zich in zijn sterke armen en glimlachte. 'Je bent behoorlijk slim voor iemand die slagwerk speelt. Maar wat kunnen we dan in godsnaam doen?'

'Alleen maar dit,' zei hij, en hij sloeg zijn armen om haar heen.

Hij hield Claire een hele tijd stevig vast, en ze wist dat hij haar de mooiste vrouw ter wereld vond. Dat hielp.

43

De volgende middag ving ik voor het eerst een glimp op van het gezicht van de moordenaar.
Chris Raleigh praatte met de mensen die de reis van de slachtoffers hadden verzorgd. Ik ging na wie hun bruiloft had georganiseerd.
Twee verschillende bedrijven. Voor de DeGeorges: White Lace. Voor de Brandts: een dure consulente, Miriam Campbell. Dat was de overeenkomst niet.
Ik zat achter mijn bureau toen de telefonist een gesprek doorverbond.
Het was Claire. Ze was net terug uit Napa, waar ze samen met de plaatselijke lijkschouwer de lichamen van de slachtoffers had onderzocht.
Ze klonk opgewonden.
'Kom hierheen,' zei ze. 'Snel.'
'Je hebt een verband gevonden. Becky DeGeorge is seksueel misbruikt?'
'Lindsay, we hebben te maken met een ongelooflijk zieke kerel.'
'Ik weet nu zeker dat ze aan het vrijen waren toen ze werden vermoord,' zei Claire enkele minuten later toen ik haar in haar lab trof. 'De zaadsporen die in Rebecca DeGeorge werden aangetroffen, komen overeen met die welke ik van haar echtgenoot heb geschraapt. En de hoek van de verwondingen bevestigt mijn vermoedens. Zij werd van achteren neergeschoten. Rebecca's bloed zat op de kleren van haar man. Ze zat schrijlings bovenop hem... Maar dat is niet de reden dat ik wilde dat je kwam.'
Ze vestigde haar grote ogen op me, en ik begreep dat het iets belangrijks was.

'Het leek me beter om het stil te houden,' zei ze. 'Alleen de patholoog uit Napa en ik weten het.'
'Weten wat, Claire? Zeg het dan in godsnaam.'
In het lab zag ik een microscoop op een tafel staan en een van die luchtdichte petrischaaltjes die ik me herinnerde van de biologielessen op de middelbare school.
'Net zoals bij de eerste slachtoffers,' zei ze opgewonden, 'was er sprake van additionele seksuele beroering van het lijk. Alleen was het deze keer niet zo duidelijk. De schaamlippen waren normaal, zoals je zou verwachten postcoïtaal, en er waren geen inwendige verwondingen zoals bij de eerste bruid. Toll zag het niet… maar ik zocht naar tekenen die wezen op aanranding. En, ja hoor, daar zat het, in de vagina.'
Ze pakte het petrischaaltje en haalde voorzichtig met een pincet het dekseltje eraf. Haar ogen lichtten op omdat het zo belangrijk was.
Uit het doorzichtige schaaltje haalde ze een enkele rode haar van een centimeter lang.
'Is hij niet van de echtgenoot?'
Claire schudde haar hoofd. 'Kijk zelf maar.'
Ze zette de microscoop aan. Ik boog me eroverheen en zag tegen de glinsterende witte achtergrond van de lens twee haren: de eerste was dun, glanzend en zwartbruin; de andere donker, krullend en sikkelvormig.
'Je kijkt naar twee stukjes van Michael DeGeorge,' legde ze uit. 'De lange komt van zijn hoofd. De andere uit de schaamstreek.'
Daarna legde ze de haar uit het petrischaaltje op een ander glazen plaatje en schoof dat onder de microscoop, naast het andere. Mijn hart begon sneller te kloppen. Ik meende dat ik wist waar ze heen wilde.
Deze haar was roodbruin van kleur en twee keer zo dik als

de haren van DeGeorge. Er zaten minuscule vezeltjes om de schacht gedraaid. Hij was duidelijk van iemand anders.
'Het is geen hoofd- en geen schaamhaar. Hij komt uit een baard,' verklaarde Claire, terwijl ze over mijn schouder meekeek.
Ik kwam overeind en keek haar geschokt aan.
Het gezichtshaar van de moordenaar was in de vagina van Becky DeGeorge terechtgekomen.
'Post mortem,' zei ze, om het plaatje compleet te maken.

44

Zoals Claire al zei: we puzzelden onze moordenaar stukje voor stukje in elkaar. Zijn lengte, zijn gezicht, zijn fetisjen. De manier waarop hij de moorden pleegde.
Nu moest ik erachter zien te komen hoe hij zijn slachtoffers op het spoor kwam.
Raleigh en ik zetten alles op alles om het reis- en bruiloftgebeuren uit te zoeken. Er waren vijftien rechercheurs voor ons op pad om gegevens na te trekken. Nu we een gezichtskenmerk hadden, namen we nog een keer contact op met de bruiloftsgasten om te vragen of ze een man met een baard hadden zien rondlopen.
Ik had er alle vertrouwen in dat een van de onderdelen van dit steeds uitgebreider wordende onderzoek resultaten zou opleveren. Een van de gasten had waarschijnlijk wel iemand gezien. We zouden een gemeenschappelijke reisagent ontdekken, een lek ergens. Of Jacobi zou tijdens zijn zoektochten iets op het spoor komen.
De volgende ochtend meldde Hartwig zich. 'Sparrow Ridge Vineyards... is eigendom van een groep die hier bekendstaat als Black Hawk Partners. Een advocaat hier uit de

omgeving, Ed Lester, zet dergelijke onroerendgoedmaatschappijen op.'

'Weet je waar hij dit weekend was?'

'Ja, dat heb ik nagetrokken. In Portland. Hij heeft daar de marathon gelopen. Ik heb hem gesproken toen hij terugkwam op zijn bureau. Hij is absoluut in Portland geweest.'

Ik was er nog steeds van overtuigd dat degene die de lichamen daar had gedumpt niet toevallig op de afgelegen wijnmakerij was gestuit. Die plek betekende iets voor de moordenaar. 'Is die wijngaard zijn eigendom?'

'Nee. Black Hawk zet de vennootschappen op. Ze werven kapitaal van buiten, van jongens bij jullie uit de buurt die goed in hun slappe was zitten. Mensen die een belang in de wijnhandel willen hebben. Lester treedt op als de beherend vennoot.'

'En met wie is hij in dit geval een vennootschap aangegaan?'

'Dat weet ik niet. Investeerders.'

Ik haaldc dicp adem en probeerde mijn geduld te bewaren. 'Welke investeerders?'

'Meestal investeerders die anoniem willen blijven. Moet u luisteren, rechercheur, ik weet waar u heen wilt, maar deze vent doet alleen zaken met vooraanstaande mensen. Iedereen had die plek kunnen vinden, neem dat maar van mij aan. Makelaars, iemand die er eens was gaan kijken, mensen uit de buurt. Ik moet als u straks weer weg bent, ook nog met deze mensen kunnen omgaan.'

Ik klemde de hoorn onder mijn kin en draaide mijn stoel naar het raam. 'Dit is een onderzoek naar een meervoudige moord, hoofdinspecteur, de ergste die ik ooit heb gezien. De plaats waar de lijken lagen, ligt vijf kilometer van de hoofdweg aan een verlaten zandpad. Iedereen die in het donker met twee lijken rondrijdt, had ze al eerder kunnen dumpen. Degene die dit heeft gedaan, wist dat de wijnmakerij daar was. Dat kan niet anders. En ik denk niet dat het iemand uit de omgeving is. Ik denk niet dat iemand de aandacht zou willen vestigen op een plek zo dicht bij zijn huis. Bel me als u weet wie Lesters vennoten zijn.' Ik verbrak de verbinding voordat Hartwig nog iets kon zeggen.

Mijn optimisme begon een beetje te tanen.

Raleigh vond niets bij de reisagenten. De Brandts hadden geboekt bij Travel Ventures, een bureau dat reizen verzorgde voor de hogere kringen. De DeGeorges hadden gebruikgemaakt van Journeytime, uit Los Altos.

We lieten de personeelsgegevens van beide firma's doorspitten. Er was geen verband tussen de twee: geen gezamenlijke arrangementen, niet één reisagent die voor de beide firma's had gewerkt. Het was mogelijk dat iemand in hun systemen had ingebroken, zei de directeur van Journeytime. Maar zo iemand vinden was vrijwel onmogelijk.

Mijn onderzoek verliep even teleurstellend. Ik had de dossiers van beide organisatiebureaus. Graveurs, musici, fotografen, cateringbedrijven, bloemisten. Niets kwam overeen. De Brandts en de DeGeorges hadden in twee gescheiden werelden geleefd. Over de manier waarop de moordenaar zijn slachtoffers uitkoos, werd ik niets wijzer.

45

Ik riep Claire en Cindy bij elkaar voor een tweede bijeenkomst. Deze keer heerste er beslist een andere sfeer. Er werd niet gelachen en gedold. Er waren geen feestelijke margarita's. Er waren weer twee mensen dood. We hadden geen verdachten, alleen een zaak die steeds gruwelijker werd. Sporen die al snel doodliepen. Er werd een enorme

druk op ons allemaal uitgeoefend.
Claire kwam als eerste. Ze omhelsde me en vroeg hoe ik me voelde.
'Ik weet het niet,' bekende ik. Ik had drie behandelingen gehad.
Soms voelde ik me sterk. Op andere momenten, vooral 's middags, voelde ik me een schim van mezelf. 'Medved zei dat hij volgende week mijn aantal rode bloedlichaampjes weer zal laten bepalen.'
Cindy kwam als tweede. Ze droeg een haltertopje onder een geruit mannenoverhemd en een spijkerbroek met borduursels. Ze zag er heel knap en grootsteeds uit. Ik had haar niet meer gesproken sinds maandag, toen ik haar toestemming had gegeven om het verhaal over de tweede moord te publiceren. Ook al had ze haar verhaal een dag voor zich gehouden, toch had ze nog de primeur gehad.
'Ik denk dat het mijn beurt is om te trakteren,' verklaarde ze. Ze wierp ons een nieuw visitekaartje met het helderrode logo van de *Chronicle* toe. Ik las het kaartje: CINDY THOMAS, MISDAADVERSLAGGEVER, STADSREDACTIE.
We dronken op haar succes, feliciteerden haar en daarna plaagden we haar een beetje, zodat ze niet naast haar schoenen zou gaan lopen. Waar heb je anders vrienden voor?
Ik vertelde hun dat de reisagenten en organisatiebureaus niets hadden opgeleverd. 'Een paar dingen zitten me echt dwars,' zei ik. 'Het vuurwapen... Lustmoordenaars werken meestal volgens een vaste methode. De methode maakt deel uit van de seksuele kick.'
'Het is een vreemde combinatie,' viel Claire me bij. 'Hij gaat zo doordacht te werk als hij zijn misdrijven voorbereidt. Hij lijkt alles te weten. Waar ze trouwen, het kamernummer, het schema van hun huwelijksreis. Hoe hij weg moet komen. Maar wanneer hij de moord pleegt, is hij bijna buiten

zinnen. Het is niet genoeg om ze alleen te doden. Hij moet ze onteren.'
Ik knikte. 'Dat is de sleutel. Hij slaat toe op bruiloften, die hebben iets onverteerbaars voor hem. Maar ik denk dat hij geobsedeerd is door de bruiden. Beide bruidegoms werden snel van kant gemaakt. Alsof ze er eigenlijk niet toe deden. Maar de bruiden... daar gaat voor hem de aantrekkingskracht van uit. Dus waar zou deze vent naartoe gaan,' vroeg ik hardop, 'om mogelijke slachtoffers op te sporen? Als jullie een bruid wilden vermoorden, waar zouden jullie haar dan zoeken?'
'Ze moeten een ring kiezen,' opperde Claire. 'Een juwelier.'
'Of het stadhuis,' zei Cindy. 'Ze moeten in ondertrouw gaan.'
Ik keek haar aan en grinnikte. 'Dat zou mooi zijn, als er een ambtenaar achter zat.'
'Postbeambte,' zeiden Claire en Cindy tegelijk.
'Fotografen,' zei Claire.
Ik zag het al voor me: een verknipte schoft die zich achter zijn lens verschool. Het waren allemaal mogelijkheden. Er waren alleen tijd en mankracht voor nodig om ze na te gaan voordat de moordenaar weer toesloeg.
'Van bruidjes en zo weet ik niet echt veel,' zei ik tegen Claire. 'Daarom ben jij hier.'
'Wat is er gebeurd met dat gedoe over drie pientere meiden?' Ze lachte. 'En dat ik zo'n vooraanstaande lijkschouwer ben?'
Er klonk een gefrustreerd gelach rond de tafel. We namen allemaal nog een slokje bier. Onze club van slimme meiden. Wat een grap. Verboden voor mannen.
'Waar zit die verdomde overeenkomst?' vroeg ik. 'Hij wil dat we hem vinden. Daarom laat hij sporen achter. Hij wil dat we ontdekken wat de overeenkomst is.'

Iedereen zweeg en was in gedachten verzonken.
'Ik voel het gewoon,' ging ik verder. 'De plechtigheid, het feest, die hebben iets wat hem in een toestand van razernij brengt. Iets wat hij moet uitroeien. Hoop, onschuld? De mannen vermoordt hij direct. Maar de bruiden? Hoe vindt hij de bruiden?'
'Als hij in zo'n verknipte droomwereld leeft,' zei Cindy, hardop denkend, 'zal hij naar een plek gaan waar de illusie het sterkst, het levendigst is. Misschien voedt hij zijn haat door ze bijvoorbeeld ergens onopgemerkt te observeren.'
Toen keek Claire ons aan met een fonkeling in haar ogen. 'Weet je wat ik net dacht? Ik zou naar de winkel gaan waar ze hun trouwjapon kopen. Daar zou ik de slachtoffers uitkiezen.'

46

Toen ik de volgende ochtend op mijn werk kwam, lag er een fax van Hartwig met de vennoten van Sparrow Ridge. Ik gaf hem aan Jacobi om uit te zoeken. Daarna belde ik de contactpersonen van de organisatiebureaus, White Lace en Miriam Campbell.
Ik had geen hoge verwachtingen. Tot nu toe waren alle sporen doodgelopen. Tot mijn schrik bevestigden beide organisatrices het.
Melanie Brandt en Becky DeGeorge hadden hun japon in dezelfde winkel gekocht.
De bruidsboetiek in Saks.
Het was de eerste tastbare overeenkomst tussen de twee zaken. Misschien leidde het tot niets, maar ik voelde aan mijn water dat dit waardevolle informatie was.
Tegen de tijd dat de winkel om tien uur openging, was ik bij Saks. De bruidsboetiek zat op de tweede verdieping, wegge-

stopt in een hoekje naast de afdeling geschenken en porselein.
Ik sprak Maryanne Perkins aan toen ze op haar werk verscheen met een kop dampend hete koffie. De cheffin van de afdeling was een stijlvolle, minzame vrouw van een jaar of vijftig, echt het type dat al twintig jaar lang met bruiden werkt. Ze liet iemand voor haar invallen en ging met mij naar een rommelig achterkamertje vol tijdschriftfoto's van bruiden.
'Ik was er kapot van toen ik het hoorde,' zei ze. Ze schudde haar hoofd en zag asgrauw. 'Melanie was hier twee weken geleden nog.' Ze keek me somber aan. 'Ze was zo mooi... Ik beschouw mijn bruidjes bijna als mijn eigen kinderen, rechercheur. Het is net of ik een van mijn eigen dochters heb verloren.'
'Eén?' Ik richtte mijn blik op haar. 'Hebt u het niet gehoord?'
'Wat?'
Ik vertelde Maryanne Perkins over Becky DeGeorge.
Haar gezicht vertrok van afgrijzen. Haar groene ogen puilden uit; de tranen sprongen erin. Ze keek dwars door me heen alsof ze naar de muur zat te staren. 'O, mijn god...' Ze slaakte een hartverscheurende zucht. 'Mijn man en ik zijn een paar dagen in ons huisje in Modesto geweest. Ze was net... O, mijn god... Wat is er in godsnaam aan de hand?'
Onmiddellijk stortte ik een reeks vragen over haar uit. Wie wist er van hun klanten? Andere verkoopsters? Directeuren? De moordenaar werd geacht een man te zijn. Werkten er mannen op de afdeling?
Elk van deze vragen ontlokte een ongelovig negatief antwoord aan Maryanne Perkins. De verkoopsters werkten allemaal al minstens acht jaar op de afdeling. Geen mannen.

Net als bij onze club.
Ze leunde achterover in haar stoel en probeerde zich alle bijzonderheden te herinneren. 'We stonden haar te bewonderen. Becky... ze was prachtig. Het was net of ze nog nooit zo naar zichzelf had gekeken, maar toen ze zichzelf in die japon zag, werd het ineens duidelijk. Haar moeder had haar een broche gegeven – parels, diamanten – en ik liep snel naar achteren voor bloemen. Toen zag ik iemand. Hij stond daar.' Ze wees. 'Hij stond in Becky's richting te kijken. Ik weet nog dat ik dacht: zie je wel, hij vindt je ook mooi. Nu herinner ik het me weer.'
Haastig noteerde ik het signalement: achter in de veertig, misschien jonger. 'Ik heb hem niet echt goed gezien,' zei de cheffin van de bruidsboetiek. 'Hij had een baard.'
Ik wist zeker dat hij het was! Claire bleek gelijk te hebben. Saks was waarschijnlijk de plek waar hij zijn slachtoffers vond, waar hij hen op het spoor kwam.
Ik probeerde nog meer uit haar te krijgen. 'Hoe zou iemand bijzonderheden over iemands bruiloft te weten kunnen komen? Data? Locatie? Waar de huwelijksreis naartoe gaat?'
'We vragen die dingen,' zei Maryanne Perkins, 'wanneer de meisjes een jurk komen uitzoeken. Sommige gegevens hebben we nodig, zoals data, deadlines. En het geeft ons een idee van wat voor soort iemand de bruid is.'
'Wie had toegang tot deze informatie?'
Ze schudde haar hoofd. 'Alleen wij... mijn assistentes. Het is een kleine afdeling. Soms geven we informatie door aan de afdeling geschenken en porselein.'
Ik had het gevoel dat ik eindelijk in de buurt kwam. Mijn hart bonkte in mijn borst. 'Ik wil een kopie hebben van alles wat u over Melanie Brandt en Becky DeGeorge hebt en van iedere klant met wie u op dit moment zakendoet.' Hij pikte zijn potentiële slachtoffers er hier tussenuit, nietwaar? De

kans was groot dat hij terug zou komen. Iemand op de lijst van de winkel zou de volgende kandidaat kunnen zijn.
Ik zag de mond van mevrouw Perkins openvallen. Ze keek alsof ze iets afschuwelijks zag. 'Er is nog iets wat u moet weten.'
'Wat dan?'
'Ongeveer een maand geleden ontdekten we toen we de inventaris opmaakten dat ons dossier over de bruiden weg was.'

47

Zodra ik terug was in het Paleis deed ik twee dingen: ik belde Claire en Cindy en vertelde hun wat ik in Saks te weten was gekomen en daarna ging ik op zoek naar Chris Raleigh.
Ik bracht Chris van alles op de hoogte en we besloten een vrouwelijke rechercheur van Zedenmisdrijven in de bruidsboetiek te stationeren. Ik stuurde een tekenaar naar Maryanne Perkins in Saks.
Daarna vertelde Chris mij iets belangrijks. Roth en Mercer hadden onze dossiers van de zaak overgedragen aan de FBI.
Ik voelde een stekende pijn in mijn borst. Ik rende naar de wc, deed de deur achter me dicht en drukte mijn rug tegen de koude, gebarsten tegeltjes. Godvergeten, kloterige, manipulerende mannen. Godvergeten Roth en Mercer!
Ik keek naar mijn gezicht in de spiegel. Mijn wangen waren rood. Mijn huid gloeide.
De FBI. Dit was mijn zaak... en die van Claire en van Cindy en van Raleigh. Hij betekende meer voor me dan alle zaken waaraan ik ooit had gewerkt.

Opeens werden mijn benen slap. Negli's? De arts had gezegd dat ik aanvallen van misselijkheid en duizeligheid zou krijgen. Mijn vierde transfusie in Moffett op de afdeling Hematologie stond gepland om halfzes.

Ik werd heen en weer geslingerd tussen woede en angst. Ik begon net vorderingen te maken met deze zaak. Ik hoefde geen buitenstaanders met grijze kostuums en dasspelden om me heen die zelf een onhandig, lomp alternatief onderzoek uitvoerden.

Ik knipperde met mijn ogen. Mijn wangen, die zo-even nog brandden van woede, zagen nu bleek en levenloos. Mijn ogen waren waterig en grauw. De kleur leek uit mijn hele lichaam te zijn gezogen.

Ik keek naar mezelf totdat er binnen in me een bekende stem tot leven kwam. Kom op. Verman je. Je gaat winnen; je wint altijd.

Ik plensde koud water in mijn gezicht en hield langzaam op met zweten.

Je mag je één keer zo laten gaan. Ik ademde uit met een flauw glimlachje. Als je het in het vervolg maar laat.

Langzamerhand keerde de vertrouwde schittering terug in mijn ogen en kregen mijn wangen weer hun normale kleur. Het was tien voor halfvijf. Ik moest om vijf uur in Moffett zijn en zou morgen aan de namen van Saks beginnen.

Nadat ik een beetje make-up had opgedaan, ging ik terug naar mijn bureau.

Tot mijn ergernis kwam Raleigh naar me toe. 'Nu kun je hun schade zien te beperken,' zei ik onnodig bits tegen hem, doelend op de FBI.

'Ik wist het niet,' zei hij. 'Toen ik het hoorde, heb ik het je direct verteld.'

'Ja.' Ik knikte. 'Dat weet ik.'

Raleigh ging tegenover me op de rand van mijn bureau zit-

ten. 'Er is iets aan de hand, hè? Wil je zeggen wat er is? Alsjeblieft.' Hoe wist hij dat? Misschien was hij een veel betere rechercheur dan ik dacht.
Bijna wilde ik het hem vertellen. Mijn god, ik wilde dat het bekend werd.
Toen deed Raleigh iets volkomen onverwachts.
Hij wierp me een van die vriendelijke glimlachjes toe waar ik niet tegen opgewassen was. Hij trok me uit mijn stoel en omhelsde me.
Ik was zo overdonderd dat ik niet eens tegenstribbelde. Ik was als was in zijn armen. Het was niet echt seksueel, maar er was nog nooit eerder zo'n heftig verlangen door me heen gegolfd.
Raleigh hield me vast totdat het hunkerende gevoel langzaam was weggeëbd. Zomaar, midden op de afdeling. Ik wist niet wat ik moest doen, maar ik wilde me niet lostrekken. Noch dat hij me losliet.
'Ik zou hiervoor een klacht tegen je kunnen indienen,' mompelde ik ten slotte tegen zijn schouder.
Hij verroerde zich niet. 'Wil je een pen daarvoor?'
Langzaam trok ik mezelf los. Elke zenuw in mijn lichaam voelde aan alsof hij tot het uiterste gespannen was geweest.
'Dank je,' mompelde ik.
'Je leek jezelf niet,' zei hij zacht. 'De dienst zit er bijna op. Wil je erover praten onder een kop koffie? Alleen koffie, Lindsay, verder niets.'
Ik keek op mijn horloge en zag opeens dat het bijna vijf uur was. Ik moest naar Moffett.
Ik keek hem aan met een gezicht dat hopelijk uitdrukte: vraag me nog eens, maar zei: 'Nee, ik kan niet. Ik moet weg.'

48

De knappe, glimlachende receptioniste knikte beleefd om aan te geven dat de volgende persoon in de rij aan de beurt was. 'Welkom in het Lakefront Hilton, meneer.'

Phillip Campbell stapte naar de balie toe. Hij zag haar naam, Kaylin. Kaylin met de heldere ogen en de dikke bos haar. Hij glimlachte terug. Flirtte onopvallend. Hij overhandigde haar een briefje met de bevestiging.

'Voor het eerst bij ons, meneer Campbell?' vroeg de receptioniste kirrend.

Hij glimlachte, vertelde haar dat dat klopte.

Toen ze de reservering intikte, volgde hij haar bewegingen en streek bedachtzaam over de harde haren van zijn baard. Hij wilde dat ze hem opmerkte. Zijn gezicht onthield. Misschien iets van wat hij zei.

Wanneer er op een dag een ijverige FBI-agent langskwam met een tekening of een foto, wilde hij dat dit kirrende eekhoorntje terugdacht en zich dit moment angstaanjagend scherp herinnerde. Hij wilde dat ze alles zou onthouden.

Zoals hij dat ook had gewild bij de verkoopster van de bruidsboetiek in Saks.

'Bent u hier voor een bezoek aan het museum, meneer Campbell?' vroeg Kaylin, al tikkend.

'Voor het huwelijk van de Voskuhls,' zei hij uit zichzelf.

'Dat zegt iedereen.' Ze glimlachte.

Hij luisterde naar het getik van haar perzikkleurige nagels op de toetsen. 'Ik geef u een van onze luxekamers met een mooi uitzicht,' zei ze, terwijl ze hem een sleutel overhandigde. Ze glimlachte. 'Veel plezier op de bruiloft. Ik hoop dat u het hier naar uw zin zult hebben.'

'Dat zal wel lukken,' zei Campbell vriendelijk. Voordat hij

zich omdraaide, keek hij haar in haar ogen en zei: 'Over bruiloften gesproken, mooie ring hebt u.'
Boven trok hij de gordijnen open en, zoals beloofd, had hij een prachtig uitzicht.
Op Cleveland, in Ohio.

49

Ik zag hem... Die schoft. Wat deed hij hier?
In een grote, zich voort haastende menigte, op Lower Market. Niet meer dan een vluchtige beweging in de mensenmassa die zich een weg naar de veerboot baande.
Het bloed stolde in mijn aderen toen ik hem zag.
Hij droeg een blauw overhemd zonder stropdas, bruin corduroy colbert. Hij zag eruit als een professor van de universiteit. Normaal gesproken zou ik hem voorbijgelopen zijn zonder hem te zien. Hij was dun, uitgemergeld, in elk opzicht volkomen onopvallend, op één ding na.
De roodbruine baard.
Zijn hoofd danste telkens boven de mensen uit. Ik volgde hem, maar kon niet dichter bij hem komen.
'Politie!' riep ik boven het lawaai uit.
Mijn schreeuw vervloog in de haastige, onverschillige massa mensen. Ik zou hem elk moment kunnen kwijtraken.
Ik kende zijn naam niet; ik kende alleen zijn slachtoffers. Melanie Brandt. Rebecca DeGeorge.
Plotseling bleef hij staan. Hij ging tegen de stroom in en kwam recht op me af.
Zijn gezicht leek te worden verlicht en af te steken tegen een donkere achtergrond zoals een van die middeleeuwse Russische iconen. Te midden van de drukte ontmoetten onze ogen elkaar.

Even was er een helder, gefascineerd moment van herkenning.
Hij wist dat ik het was. Dat ik achter hem aan zat.
Toen vluchtte hij tot mijn grote schrik; de zwerm mensen slokte hem op.
'Blijf staan,' schreeuwde ik. 'Of ik schiet!'
Het koude zweet brak me uit. Ik trok mijn pistool.
'Ga liggen,' schreeuwde ik, maar de forensen drongen verder in hun haast, met hem in hun midden. Ik zou hem kwijtraken.
De moordenaar ontkwam.
Ik hief het pistool, concentreerde me op het beeld van zijn rode baard.
Hij draaide zich om, met de minachtende grijns van iemand die me in alle opzichten te slim af was geweest.
Ik haalde diep adem, richtte.
In slowmotion draaiden alle andere hoofden in de menigte zich ook naar me om.
Ik deed een stap achteruit. Vol afgrijzen liet ik het wapen zakken.
Elk gezicht had zo'n zelfde rode baard.

Ik had gedroomd. Ik werd wakker aan de keukentafel en keek met knipperende ogen naar de ronddraaiende kringen in mijn glas chardonnay. Er heerste een vertrouwde rust in mijn appartement. Geen haastige menigtes, geen vluchtende mensen. Alleen Lieve Martha, languit op haar kleedje.
Een pan kokend water stond te stomen op het fornuis. Mijn lievelingssaus was klaar: ricotta, courgettes en basilicum. Er stond een cd op van Tori Amos.
Een uur geleden staken er nog slangetjes en infusen in me. Mijn hart had meegeklopt met het metronoomachtige ritme van het regelmatige piepje van een bewakingsapparaat.
Verdomme, ik wilde mijn oude leven terug. Mijn oude fijne

dromen. Ik wilde Jacobi's sarcasme, Sam Roths misprijzen, hardlopen op de Marina Green. Ik wilde kinderen... zelfs als dat betekende dat ik weer zou moeten trouwen.
Opeens ging de bel beneden. Wie kon dat nou zijn? Ik liep naar de intercom en zei: 'Wie is daar?'
'Ik dacht dat jij ergens heen moest?' antwoordde een stem. Het was Raleigh.

50

'Wat doe jij hier?' riep ik verbaasd terug.
Ik was blij, maar stond opeens te trillen van de zenuwen. Mijn haar zat in een staartje, ik had een oud T-shirt van Berkeley aan waar ik soms in sliep en was doodmoe en gespannen door de transfusie. Het was een rommel in huis.
'Mag ik bovenkomen?' zei Raleigh.
'Is dit zakelijk of privé?' vroeg ik. 'We hoeven toch niet terug naar Napa, hè?'
'Vanavond niet.' Ik hoorde hem lachen. 'Ik heb mezelf meegebracht.'
Dat begreep ik niet helemaal, maar ik deed de deur open. Ik rende terug naar de keuken, zette het gas onder de pasta laag en gooide in het voorbijgaan een paar kussens van de vloer op de bank en verplaatste een stapel tijdschriften naar een stoel in de keuken.
Ik deed een beetje lip-gloss op en schudde mijn haar los toen de deurbel ging.
Raleigh droeg een overhemd zonder stropdas en een wijde kakibroek. Hij had een fles wijn bij zich. Kunde. Heel lekker. Hij wierp me een verontschuldigende glimlach toe. 'Ik hoop dat je het niet erg vindt dat ik zo kom binnenvallen.'

‘Niemand komt hier binnenvallen. Ik laat je binnen,’ zei ik. ‘Wat doe je hier?’
Hij lachte. ‘Ik was in de buurt.’
‘In de buurt? Je woont aan de andere kant van de baai.’
Hij knikte en liet zijn smoes zonder veel tegenstand varen. ‘Ik wilde alleen zeker weten dat het goed met je ging. Je was helemaal jezelf niet op het bureau.’
‘Dat is aardig van je, Raleigh,’ zei ik, en ik keek in zijn ogen. ‘En? Gaat het goed met je?’
‘Ja, hoor. Ik was alleen een beetje overdonderd. Roth. Dat gedoe met de FBI. Het gaat prima met me. Heus.’
‘Gelukkig,’ zei hij. ‘Er ruikt iets heel lekker.’
‘Ik was net iets aan het klaarmaken.’ Ik zweeg even om na te denken over wat ik vervolgens wilde zeggen. ‘Heb je al gegeten?’
Hij schudde zijn hoofd. ‘Nee, nee. Ik wil me niet opdringen.’
‘Daarom heb je zeker die wijn meegebracht?’
Zijn glimlach was onweerstaanbaar. ‘Als jij niet thuis zou zijn geweest, was ik naar mijn vaste plekje op de hoek van Second en Brannan gegaan.’
Ik glimlachte ook en hield eindelijk de deur voor hem open. Raleigh kwam mijn appartement in. Hij keek rond en knikte alsof hij onder de indruk was toen hij het aardewerk, een zwart-met-gouden satijnen honkbaljasje van Willie Mays en mijn terras met het uitzicht op de baai zag. Hij hield de fles omhoog.
‘Er staat er al een open op de aanrecht,’ zei ik. ‘Schenk een glas voor jezelf in. Dan kijk ik even naar het eten.’
Ik ging naar de keuken en herinnerde mezelf eraan dat ik net naar de polikliniek was geweest voor een ernstige ziekte en dat we toch collega’s waren. Met een niet te onderdrukken gevoel van opwinding pakte ik een extra bord.

'Nummer vierentwintig van de Giants?' riep hij naar me. 'Is dit jasje echt?'
'Willie Mays. Mijn vader heeft het me gegeven voor mijn tiende verjaardag. Hij wilde eigenlijk een zoon. Ik heb het al die jaren bewaard.'
Hij kwam naar de keuken en ging op een kruk bij de aanrecht zitten. Terwijl ik in de pan roerde, schonk hij een glas wijn voor zichzelf in. 'Kook je altijd zo uitgebreid voor jezelf?'
'Oude gewoonte,' zei ik. 'Toen ik klein was, kwam mijn moeder vaak laat thuis. Ik had een zes jaar jongere zus. Soms kwam mijn moeder pas om acht uur van haar werk. Zolang als ik me kan herinneren, moest ik 's avonds het eten klaarmaken.'
'Waar was je vader?'
'Bij ons weggegaan,' zei ik terwijl ik een vinaigrette voor de sla maakte van wat mosterd, druivenpitolie, balsamicoazijn en citroen. 'Toen ik dertien was.'
'Dus je moeder heeft je opgevoed?'
'Zo zou je het kunnen zeggen. Soms heb ik het gevoel dat ik mezelf heb opgevoed.'
'Totdat je trouwde.'
'Ja, en toen heb ik hem ook min of meer opgevoed.' Ik glimlachte. 'Je bent behoorlijk nieuwsgierig, Raleigh.'
'Politiemensen zijn meestal nieuwsgierig. Wist je dat niet?'
'Ja. Echte politiemensen.'
Raleigh deed alsof ik hem had beledigd. 'Kan ik je ergens mee helpen?' bood hij aan.
'Je mag raspen,' zei ik grinnikend. Ik schoof een stuk parmezaanse kaas en een ijzeren rasp naar hem toe.
We zaten naast elkaar, terwijl hij raspte, te wachten tot de pasta gaar was. Lieve Martha kwam de keuken in gewandeld en liet zich door Raleigh aanhalen.

'Je was echt jezelf niet vanmiddag,' zei hij, terwijl hij Martha over haar kop aaide. 'Meestal knipper je niet eens met je ogen als Roth weer eens bezig is. Het was net of er iets aan de hand was.'
'Er is niets aan de hand,' loog ik. 'Nu niet tenminste. Als je dat wilde weten.'
Ik leunde tegen de aanrecht en keek naar hem. Hij was mijn partner, maar meer nog was hij een persoon van wie ik dacht dat ik hem kon vertrouwen. Het was al een aantal jaren geleden dat ik een man echt had vertrouwd. Misschien, op een ander moment... dacht ik.
Tori Amos' stem klonk door de keuken.
'Wil je dansen?' vroeg Raleigh opeens.
Ik keek hem oprecht verbaasd aan. 'Ik dans niet, ik kook.'
'Je danst niet, je kookt?' herhaalde Raleigh met gefronste wenkbrauwen.
'Ja. Je weet wat ze over koken zeggen.'
Hij keek om zich heen. 'Volgens mij werkt het niet. Misschien moet je het eens met dansen proberen.'
De muziek was zacht en zwoel en hoe ik het ook probeerde te ontkennen, eigenlijk verlangde ik er gewoon naar om te worden vastgehouden.
Zonder dat ik ja zei, pakte mijn partner me al bij de hand en trok me bij de aanrecht vandaan. Ik wilde me lostrekken, maar een zacht, capitulerend stemmetje binnenin me zei: geef er maar aan toe, Lindsay. Het is goed. Je weet dat je hem kunt vertrouwen.
Dus gaf ik eraan toe en liet me vasthouden door Chris Raleigh. Ik vond het fijn in zijn armen.
Eerst stonden we daar maar een beetje stijfjes te schuifelen. Toen liet ik in weerwil van mezelf mijn hoofd op zijn schouder zakken en kreeg ik het gevoel dat niets me kon deren, voorlopig niet althans.

'Dit betekent helemaal niets, hoor,' mompelde ik.
Ik liet mezelf wegvoeren naar een heel fijne plek, waar ik liefde en hoop voelde en waar dromen nog steeds binnen bereik lagen.
'Om eerlijk te zijn,' zei ik tegen Raleigh, 'ben ik blij dat je bent langsgekomen.'
'Ik ook.'
Toen trok hij me dicht tegen zich aan. Er schoot een tintelend gevoel langs mijn ruggengraat, een gevoel dat ik bijna niet meer herkende.
'Je hebt ze, hè, Raleigh?' zei ik.
'Wat, Lindsay?'
Zachte handen.

51

Kathy en James Voskuhl gingen voor in de eerste dans... en om met de traditie te breken was het een rocknummer.
Het krachtige ritme van *La Bamba* dreunde door het felverlichte atrium van de Rock and Roll Hall of Fame in Cleveland.
'Kom op, iedereen!' schreeuwde de bruidegom. 'Rock-'n-roll! Dansen!'
Hippe jonge meisjes met geverfd haar in glanzende groene en rode baljurken in de stijl van de jaren zestig zwierden rond op de dansvloer. Hun partners droegen retro-overhemden van zijde, zoals Travolta. De bruid en bruidegom, die zich hadden omgekleed in feestkleding, deden mee, dansten met hun dijen tegen elkaar, schreeuwden met hun armen in de lucht.
Het verpestte bijna alles, dacht Phillip Campbell.
Hij had haar in het wit willen hebben.

En daar was ze: zweterig haar met rode plukken, een amandelvormige bril, een strakke groene jurk.
Deze keer ben je te ver gegaan, Kathy.
Veertig tafels, elk met de afbeelding van een of andere rock-'n-roll-ster als tafelstuk, vulden het atrium van het museum. Op een opzichtige banier die van het glazen dak naar beneden hing, stond: JAMES EN KATHY.
Na een luid crescendo kwam het nummer ten einde. Zwetende bruiloftsgasten wandelden terug naar hun tafel, probeerden op adem te komen en woven zichzelf koelte toe. Obers in zwarte vesten liepen druk heen en weer door de zaal en vulden wijnglazen.
De bruid ging naar een gelukkig paar in formele kledij en omhelsde hen. Pa en ma. Phillip Campbell kon zijn ogen niet van haar af houden. Hij zag dat haar vader haar liefdevol aankeek met een blik die zoveel zei als: we hebben veel meegemaakt, lieverd, maar nu komt alles goed. Nu ben je lid van de club, trustfondsen en braderieën, kleinkinderen met zachte haartjes.
De bruidegom kwam aanlopen en fluisterde iets in Kathy's oor. Ze kneep even in zijn arm en wierp hem een glimlach toe die zowel liefdevol als koket was. Toen hij wegliep, bleven haar vingertoppen even op zijn arm liggen, alsof ze wilde zeggen: ik kom zo.
Zijn broek ophijsend, liep de bruidegom de grote zaal uit. Hij keek nog een paar keer achterom en Kathy zwaaide.
Campbell besloot achter hem aan te gaan en bleef op veilige afstand. Hij liep door een brede, goedverlichte gang achter het atrium. Halverwege keek James Voskuhl een keer voorzichtig achterom. Toen deed hij een deur open en ging naar binnen. Het herentoilet.
De moordenaar liep verder. Er was niemand anders in de gang. Hij voelde een onbedwingbare drang opkomen.

Zijn vingers gleden in de zak van zijn colbert, raakten het koude uiteinde van het vuurwapen. Hij zette de veiligheidspal om. Hij had geen zeggenschap meer over wat er in zijn hoofd omging.

Ga naar binnen, tartte een stem hem. Doe het.

Hij kwam in een flauw, vaalgeel schijnsel. Niemand bij de urinalen en de wasbakken. De bruidegom zat op een van de toiletten. Een scherpe geur drong in zijn neusgaten: marihuana.

'Ben jij daar, schat?' riep de liefdevolle stem van de bruidegom.

Elke zenuw in Campbells lichaam stond op scherp. Hij mompelde iets nauwelijks verstaanbaars.

'Je moet snel zijn, lieverd,' zei de bruidegom, 'als je ook nog een paar trekjes wilt.'

Phillip Campbell duwde de deur open.

De bruidegom keek verbijsterd op met het puntje van een joint tussen zijn lippen. 'Hé, man, wie ben jij, verdomme?'

'Ik ben degene die nutteloze onderkruipsels als jij vermoordt.' En daarna schoot hij. Slechts één keer.

James Voskuhls hoofd sloeg achterover. Rode spetters besproeiden de tegeltjes. De bruidegom zwaaide even heen en weer en zakte toen voorover in elkaar.

Het schot leek de hele ruimte door elkaar te schudden. Er bleef een cordietdamp hangen die zich vermengde met de rook van de marihuana.

Een vreemde rust daalde over Phillip Campbell neer. Hij was nergens meer bang voor. Hij trok het hoofd van de bruidegom omhoog en zette hem rechtop.

Daarna wachtte hij.

Het geluid van de deur die openging en het feestgedruis in de verte gingen dwars door hem heen.

'Ben je daar, Vosk?' riep een vrouwenstem.

Zij was het. De bruid.

'Wat zit je daar te roken, teer?' Kathy giechelde. Ze liep naar de wasbakken en hij hoorde het geluid van stromend water.

Campbell kon door een kier in het toilethokje kijken. Ze stond bij de wasbak en haalde een kam door haar haar.

Hij kreeg een visioen. Hoe hij dit zou opzetten. Wat de politie zou aantreffen.

Het kostte hem de grootst mogelijke moeite om zichzelf in bedwang te houden, om haar binnen te laten komen.

'Je bewaart wel een paar trekjes voor mij, hè, meneertje?' riep de bruid.

Hij zag hoe ze naar de toiletten toe kwam dansen. Zo dichtbij nu. Zo ongelooflijk heerlijk. Wat een moment.

De uitdrukking op haar gezicht toen ze de deur opentrok had hij voor geen goud willen missen.

De aanblik van James, de rode kwijl die uit zijn mond droop. De schrik toen ze het gezicht van de moordenaar opeens herkende, het recht op haar ogen gerichte vuurwapen zag.

'Ik heb je liever in het wit, Kathy,' was alles wat de moordenaar zei.

Toen haalde hij de trekker over en een verblindend witte flits knalde door de amandelvormige brillenglazen.

52

Ik was maandagochtend vroeg op mijn werk. Ik zag een beetje op tegen het eerste contact met Raleigh na onze dans- en dinerervaring en vroeg me af waar dit allemaal op uit zou draaien, toen een van de rechercheurs van het team, Paul Chin, naar me toe kwam hollen. 'Lindsay, er zit een vrouw in verhoorkamer 4 met wie je volgens mij even moet praten.'

Vanaf het moment dat het signalement van de dader op radio en tv was uitgezonden, hadden zich mensen gemeld die beweerden dat ze hem hadden gezien en die ons nutteloze tips gaven. Chin had onder meer als taak al deze aanwijzingen, hoe onwaarschijnlijk ook, na te trekken.

'Is het een gek of een politiefanaat?' vroeg ik met een sceptisch lachje.

'Volgens mij is deze echt,' zei Chin. 'Ze was op de eerste bruiloft.'

Ik sprong bijna van mijn stoel achter hem aan. Ik zag Raleigh de afdeling op komen. Chris.

Er schoot even een prettig gevoel door me heen. Hij was om een uur of elf weggegaan, nadat we uiteindelijk samen de flessen wijn hadden leeggedronken. We aten, kletsten over ons werk bij de politie en de voor- en nadelen van het getrouwd en vrijgezel zijn.

Het was een fijne avond geweest. Had de druk van de ketel gehaald. Had me zelfs Negli's even doen vergeten.

Wat me een beetje bang maakte, was het trillende gevoel vanbinnen dat het iets meer kon worden. Ik had mezelf er vrijdagavond op betrapt dat ik naar hem stond te kijken toen hij me hielp met de afwas, en dacht: als alles anders was...

Raleigh botste bijna tegen me op met een kop koffie en een krant in zijn handen. 'Hoi.' Hij glimlachte. 'Leuk vest.'

'Chin heeft een goede in 4,' zei ik terwijl ik zijn arm vastpakte. 'Beweert dat ze hem echt heeft gezien. Ga je mee?'

In mijn haast was ik al bij hem weggelopen zonder hem zelfs de kans te geven om ja te zeggen. Hij legde zijn krant op het bureau van onze bureau-assistent en haalde me op de trap in.

In de benauwde verhoorkamer zat een keurig geklede, aantrekkelijke vrouw van een jaar of vijftig. Chin stelde haar aan me voor als Laurie Birnbaum. Ze maakte een gespannen, nerveuze indruk.
Chin ging naast haar zitten. 'Mevrouw Birnbaum, zou u aan de rechercheur willen vertellen wat u zojuist aan mij hebt verteld?'
Ze was bang. 'Het komt door die baard dat ik het me weer herinnerde. Ik had er geen moment meer aan gedacht. Het was zo afschuwelijk.'
'U was aanwezig bij het huwelijk van de Brandts?' vroeg ik haar.
'Ja, op uitnodiging van de familie van de bruid,' antwoordde ze. 'Mijn man werkt op de universiteit bij rector Weil.' Ze nam nerveus een slokje uit een kop koffie. 'Het was maar heel even. Maar ik kreeg kippenvel van hem.'
Chin drukte de opnameknop van een draagbare recorder in.
'Vertelt u verder, alstublieft,' zei ik sussend tegen haar. Weer voelde ik me dicht bij hem, de schoft met de rode baard.
'Ik stond naast hem. Hij had een grijzende rode baard. Een soort sikje. Zoals ze in Los Angeles dragen. Hij zag er ouder uit, een jaar of vijfenveertig, vijftig, maar er was iets met hem. Ik ben niet erg duidelijk, hè?'
'Hebt u met hem gepraat?' vroeg ik, en ik probeerde over te brengen dat zij dit misschien niet elke dag deed maar ik wel. Zelfs de mannelijke rechercheurs gaven toe dat ik de beste van de afdeling was in het verhoren van getuigen. Ze grapten dat het 'iets voor meisjes' was.
'Ik kwam van de dansvloer,' zei ze. 'Ik keek op en daar stond hij. Ik zei zoiets als: "Mooi feest... bruid of bruidegom?" Eerst vond ik hem er wel aardig uitzien. Toen keek hij me nogal boos aan. Ik hield hem voor een van die arro-

gante beleggingsmaatschappijtypes van de kant van de Brandts.'
'Wat zei hij tegen u?' vroeg ik.
Ze wreef over haar voorhoofd, terwijl ze het zich probeerde te herinneren. 'Hij zei, op een heel vreemde manier, dat ze het troffen.'
'Wie troffen het?'
'Melanie en David. Waarschijnlijk zei ik iets in de trant van: "Wat hebben ze het getroffen, hè?" Met elkaar, bedoelde ik. Ze waren zo ongelooflijk mooi. En hij antwoordde: "O, ze treffen het zeker."'
Ze keek op met een verwarde uitdrukking op haar gezicht. 'Hij noemde ze nog iets... uitverkoren.'
'Uitverkoren?'
'Ja. Hij zei: "O, ze treffen het zeker... Je zou zelfs kunnen zeggen dat ze zijn uitverkoren."'
'En volgens u had hij een sik?'
'Dat was juist zo raar. Door die baard leek hij ouder, maar de rest van hem was jong.'
'De rest van hem? Hoe bedoelt u?'
'Zijn gezicht. Zijn stem. Ik weet dat het raar klinkt, maar het was ook maar even, toen ik van de dansvloer kwam.'
We haalden zo veel mogelijk informatie uit haar. Lengte, haarkleur. Wat hij aanhad. Alles bevestigde de weinige details die we al hadden. De moordenaar was een man met een korte, roodbruine baard. Hij had een smoking aangehad, het smokingjasje dat hij in de Mandarin-suite had laten liggen.
Vanbinnen begon ik te gloeien. Ik was ervan overtuigd dat Laurie Birnbaum geloofwaardig was. De baard. De smoking. We kwamen steeds meer over zijn uiterlijk te weten.
'Is er nog iets, iets wat u is opgevallen? Een lichamelijk kenmerk? Een rare tic?'

Ze schudde haar hoofd. 'Het ging allemaal zo snel. Pas toen ik die tekening van hem in de *Chronicle* zag...'

Ik keek naar Chin en gaf hem een seintje dat het tijd was om een tekenaar te laten komen en de details vast te laten leggen. Ik bedankte haar en ging terug naar mijn bureau. We zouden aan de hand van haar informatie een tekening kunnen samenstellen die we samen met die van Maryanne Perkins van Saks konden gebruiken.

Het moordonderzoek was in een nieuwe fase gekomen. Een kritieke fase. Er werd gesurveilleerd bij de bruidsboetiek in Saks. We waren bezig alle mensen op de lijst van de winkel, iedereen die de laatste paar maanden een trouwjurk had besteld, te benaderen.

Mijn hart bonsde. Het gezicht dat ik me had voorgesteld, mijn droom over de man met de rode baard, begon vorm aan te nemen. Ik had het gevoel dat we hem in de tang hadden.

Mijn telefoon ging. 'Boxer,' zei ik, zonder mijn ogen van de lijst met namen van Saks te halen.

'U spreekt met McBride,' zei een diepe, doordringende stem. 'Ik ben van de afdeling Moordzaken in Cleveland.'

53

'Ik zit hier met een moord die sterke overeenkomsten vertoont met de moorden waar u mee te maken hebt gekregen,' legde McBride uit.

'Neergeschoten,' vervolgde McBride, 'allebei. Schotwond precies tussen de ogen.' Hij beschreef de snelle maar groteske dood van Kathy en James Voskuhl, vermoord op hun bruiloft in de Rock and Roll Hall of Fame. Deze keer had de moordenaar niet eens gewacht tot het feest was afgelopen.

'Wat voor soort wapen heeft uw vent in Napa gebruikt?' vroeg McBride.

'Een negen millimeter,' vertelde ik hem.

'Hetzelfde.'

Het duizelde me een beetje. Cleveland?

Binnenin me dreunde een stem. Wat deed Roodbaard in godsnaam in Ohio? We hadden juist een doorbraak, wisten waar hij zijn slachtoffers op het spoor kwam. Wist hij dat? En zo ja, hoe?

De moord in Cleveland was óf gepleegd door iemand die Roodbaard na-aapte, hetgeen heel goed mogelijk was, óf de zaak lag weer helemaal open en kon nu alle kanten op gaan.

'Hebt u daar foto's van de plaats van het delict liggen, McBride?' vroeg ik.

McBride bromde: 'Ja. Die liggen hier voor me. Akelig. Pornografisch.'

'Kunt u me een close-up van hun handen geven?'

'Natuurlijk, maar waarom van hun handen?'

'Wat droegen ze, McBride?'

Ik hoorde hem tussen de foto's zoeken. 'U bedoelt ringen?'

'Goed geraden, rechercheur. Ja.'

Ik hoopte zo dat het niet onze vent was. Cleveland... het zou alles waardoor ik het gevoel kreeg dat we hem op de hielen zaten, onderuithalen. Ging Roodbaard met zijn moordact door het land trekken?

Even later zei McBride precies wat ik niet wilde horen. 'Er zijn geen trouwringen.'

De schoft was aan het zwerven geslagen. Er werd gesurveilleerd op de plek waar hij naar ons idee zou kunnen opduiken en hij zat drieduizend kilometer verderop. Hij had zojuist een stel vermoord tijdens hun receptie in Ohio. Shit, shit, shit.

'U zei dat de lichamen in een expliciet seksuele houding zijn aangetroffen?' vroeg ik McBride vol ontzetting.
De politieman uit Cleveland aarzelde. Ten slotte zei hij: 'De bruidegom werd zittend op de wc doodgeschoten. Daar vonden we hem. Rechtop, benen wijd. De bruid werd ook op het toilet neergeschoten, toen ze binnenkwam. Er zat genoeg van haar hersens op de binnenkant van de deur om daar zeker van te zijn. Maar toen we haar vonden, lag ze met haar gezicht omlaag. Eh... haar gezicht zat tussen zijn benen gepropt.'
Ik was stil en stelde het me voor. Met de dag haatte ik deze wrede, onmenselijke schoft meer.
'U weet wel... zoals bij fellatio,' wist McBride ten slotte uit te brengen. 'Er zijn een paar dingen die mijn rechercheurs graag aan u zouden willen vragen.'
'U kunt ze me zelf vragen. Morgen ben ik bij u.'

54

Om halfzeven de volgende ochtend waren Raleigh en ik op weg naar Cleveland, god betert het. McBride haalde ons op van het vliegveld. Hij was anders dan ik me had voorgesteld. Hij was geen pafferige, middelbare, Ierse katholiek. Hij was scherp, hoekig, een jaar of 38 en zwart.
'U bent jonger dan ik dacht.' Hij lachte naar me.
Ik lachte terug. 'En u bent beslist minder Iers.'
Onderweg naar de stad bracht hij ons op de hoogte van alle feiten. 'De bruidegom komt uit Seattle. Had iets te maken met de muziekindustrie. Werkte met rockbands. Producer... marketingman. De bruid is hier in Ohio opgegroeid. In Shaker Heights. Vader is bedrijfsjurist. Het meisje was leuk om te zien, rood haar, sproeten, bril.'

Hij pakte een bruine envelop van het dashboard en gooide die naar me toe. In de envelop zaten glanzende foto's van 20 bij 26 centimeter van de plaats van het delict: grimmig, expliciet; ze leken een beetje op oude foto's van afrekeningen in de onderwereld. De bruidegom zat in het toilet met een verbaasd gezicht. De bovenkant van zijn hoofd was eraf geschoten. De bruid hing slap over zijn schoot, opgekruld in een plas bloed, van haar en van hem.

De aanblik van het paar vervulde me met een kille angst. Zolang de moordenaar in het noorden van Californië was, had ik het gevoel dat we hem in de hand hadden. Nu was hij losgebroken.

We ondervroegen McBride over de plaats van het misdrijf: hoe hij dacht dat de slachtoffers op het toilet terecht waren gekomen en hoe de beveiliging in de Hall of Fame was.

Elk antwoord dat ik hoorde, overtuigde me er nog meer van dat het onze vent was. Wat deed hij hier in godsnaam?

We gingen bij Lake Shore Boulevard de snelweg af. Hoge gebouwen stonden overal om ons heen. 'Daar staat het,' verklaarde McBride.

Van een afstand zag ik de Rock and Roll Hall of Fame voor ons fonkelen als een grillig geslepen diamant. Een verknipte moordenaar had toegeslagen in het beroemdste gebouw van de stad. Hij was inmiddels misschien alweer in San Francisco. Of in Chicago? New York? Topeka? Maakte plannen voor een volgende afschuwelijke dubbele moord. Of misschien zat hij in een hotelkamer aan de overkant van het plein en zag hij ons aankomen.

Roodbaard kon overal zijn.

55

Het was de derde keer in twee weken dat ik een schokkende moord moest verwerken.

McBride ging ons voor naar de eerste verdieping, door een spookachtig, leeg atrium waar geen mens te bekennen was, naar een herentoilet dat met kruislings gele tape en agenten was afgezet.

'Openbaar toilet,' zei Raleigh tegen me. 'Hij wordt met de dag smeriger.'

Deze keer waren er geen lichamen, geen afgrijselijke ontdekkingen. De slachtoffers waren allang naar het mortuarium overgebracht. In hun plaats waren er macabere contouren van tape en krijt; misselijkmakende zwartwitfoto's van het misdrijf waren op de muur geplakt.

Ik kon zien wat er was gebeurd. Dat de bruidegom eerst was vermoord, dat zijn bloed achter de wc op de muur zat gesmeerd. Dat Roodbaard had gewacht, de bruid had verrast toen ze binnenkwam en daarna Kathy Voskuhl in de provocerende houding tussen de benen van haar man had gemanoeuvreerd. Haar had bezoedeld.

'Hoe zijn ze hier samen midden onder hun bruiloft terechtgekomen?' vroeg Raleigh.

McBride wees naar een foto aan de muur. 'We hebben het restant van een joint naast James Voskuhl gevonden. We denken dat hij hierheen is gegaan om high te worden. Ik vermoed dat de bruid daarom ook naar de wc kwam.'

'Maar niemand heeft iets gezien? Ze hebben de receptie niet in het gezelschap van iemand anders verlaten?'

McBride schudde zijn hoofd.

Ik voelde dezelfde smeulende woede die ik twee keer eerder had gevoeld. Ik haatte deze moordenaar. Deze verwoester van dromen. Met elke daad haatte ik hem meer. De schoft tartte ons. Elke moord was een verklaring. Elke moord een grotere vernedering.

'Hoe was de beveiliging die avond?' vroeg ik.

McBride haalde zijn schouders op. 'Alle uitgangen behalve de hoofduitgang waren dicht. Er zat een bewaker in de hal. Alle bruiloftsgasten kwamen tegelijk. Er liepen een paar bewakers door het gebouw, maar meestal blijven ze bij dit soort gelegenheden liever een beetje uit het zicht.'

'Ik zag overal camera's hangen,' merkte Raleigh op. 'Ze moeten opnames hebben.'

'Dat hoopte ik nou ook,' zei McBride. 'Ik zal u voorstellen aan Sharp, hoofd Beveiliging. We kunnen het er direct over hebben.'

Andrew Sharp was een keurige, pezige man met een vierkante kin en smalle, kleurloze lippen. Hij zag er bang uit. Hij had een vrij gemakkelijk baantje gehad, maar nu zaten de politie en de FBI hem ineens op de huid.

Dat hij alles ook nog eens moest uitleggen aan twee politiemensen uit San Francisco maakte het er niet beter op. Hij nam ons mee naar zijn kamer, haalde een Marlboro Light uit een pakje en keek naar Raleigh. 'Ik heb over acht minuten een vergadering met de directeur.'

We namen niet eens de moeite om te gaan zitten. Ik vroeg: 'Hebben uw bewakers vreemde personen gezien?'

'Driehonderd gasten, mevrouw. Allemaal verzameld in het atrium. Mijn mensen bemoeien zich er meestal niet mee. Ze zorgen er alleen voor dat er geen dronken lui te dicht bij de geëxposeerde stukken komen.'

'En hoe is hij weggekomen dan?'

Sharp draaide rond in zijn stoel en wees naar een vergroting van de plattegrond van het museum. 'Of via de hoofdingang, hier, waar u bent binnengekomen, of via de uitgang bij de veranda aan de achterkant die we open hadden gelaten. Die leidt naar de Lake Walk. 's Zomers is daar een café. Meestal is het dicht, maar de familie wilde het open hebben.'

'Twee schoten afgevuurd,' zei ik. 'En niemand heeft iets gehoord?'

'Het was een vooraanstaand gezelschap, was ons verteld. Denkt u dat die allerlei bewakers om zich heen willen hebben? We houden een stuk of drie mensen achter de hand om ervoor te zorgen dat er geen al te enthousiaste gasten door afgesloten gedeeltes van het gebouw gaan dwalen. Zou ik bewakers moeten laten patrouilleren in de gangen bij de toiletten? Wat moet je daar dan pikken, wc-papier?'

'Beveiligingscamera's?' vroeg Raleigh.

Sharp zuchtte. 'De tentoonstellingsruimtes zijn natuurlijk beveiligd met camera's. De hoofduitgangen... één overzichtscamera in het atrium. Maar niets in de gang waar de schietpartij plaatsvond. Niets op de plee. De politie zit op dit moment trouwens met enkele familieleden de opnames te bekijken. Het zou een stuk eenvoudiger zijn als we wisten wie we zochten.'

Ik haalde een kopie van een ruwe schets uit mijn koffertje. Er was een mager gezicht met een vooruitstekende kin, achterovergekamd haar en een licht gearceerde sik op te zien. 'Waarom beginnen we niet met hem?'

56

McBride moest terug naar het bureau voor een persconferentie. Ik moest uitzoeken waarom de moordenaar naar Cleveland was gekomen en wat het verband was met onze moorden in San Francisco, zo dat er al was. De volgende stap was met de ouders van de bruid praten.

Shaker Heights was een dure buitenwijk voor de betere kringen, op het hoogtepunt van de midzomerbloei. In elke straat voerden groene grasvelden naar elegante huizen omgeven door bomen. Een van McBrides mannen bracht me erheen, terwijl Raleigh terugging naar het Lakefront Hilton om met de familie van de bruidegom te praten.
Het huis van de Koguts was een warm roodstenen gebouw in Normandische stijl onder een baldakijn van hoge eiken. Ik werd ontvangen door de oudere zus van de bruid, die zichzelf voorstelde als Hillary Bloom. Ze liet me plaatsnemen in een gezellige, met foto's gevulde studeerkamer: boeken, grootbeeld-tv, foto's van hen tweeën als kind, trouwerijen. 'Kathy was altijd de rebel van de familie,' verklaarde Hillary. 'Een vrije geest. Het heeft een tijdje geduurd voor ze zichzelf had gevonden, maar ze begon net een beetje rustiger te worden. Ze had een goede baan, publiciteitsagent voor een bedrijf in Seattle. Daar heeft ze James ontmoet. Ze begon net bij te draaien.'
'Bij te draaien, waarvan?' vroeg ik.
'Zoals ik al zei... ze was een vrije geest. Zo was Kathy.'
Haar ouders, Hugh en Christine Kogut, kwamen de kamer binnen. Ik was getuige van de wezenloosheid en verbijstering van mensen wier leven plotseling in puin lag.
'Ze had telkens een ander vriendje,' gaf haar moeder na enige tijd toe. 'Maar ze genoot ook van het leven.'
'Ze was gewoon jong,' zei haar vader. 'Misschien hebben we haar te veel verwend. Ze had altijd de drang om nieuwe dingen te proberen.'
Op de foto's van haar – het piekerige rode haar en de uitdagende ogen – zag ik dezelfde levensvreugde die de moordenaar duidelijk in zijn eerste twee slachtoffers had gezien. Ik werd er verdrietig en moe van.
'U weet waarom ik hier ben?' vroeg ik ten slotte.

De vader knikte. 'Om vast te stellen of het misschien iets te maken heeft met die andere verschrikkelijke misdrijven in het westen.'
'Kunt u me dan zeggen of Kathy banden met San Francisco had?'
De harde waarheid tekende zich af op hun gezichten.
'Na de universiteit heeft ze er een paar jaar gewoond,' zei haar moeder.
'Ze heeft aan de universiteit van Los Angeles gestudeerd,' zei haar vader. 'Daarna is ze nog een jaar of wat in Los Angeles gebleven. Om te proberen of ze werk bij een van de studio's kon krijgen. Ze begon als uitzendkracht bij Fox. Toen kreeg ze die baan als publiciteitsagent in San Francisco, schrijven over muziek. Het was een heel snel leven. Feestjes, promoties, en ongetwijfeld veel ergere dingen. We waren er niet blij mee, maar Kathy vond het de kans van haar leven.'
Ze had in San Francisco gewoond. Ik vroeg of ze ooit van Melanie Weil of Rebecca Passeneau hadden gehoord.
Ze schudden hun hoofd.
'En relaties die op een vervelende manier zijn geëindigd? Iemand die bezeten van haar was en haar misschien uit jaloezie iets zou willen aandoen?'
'Kathy's relaties hadden altijd iets roekeloos,' zei Hillary scherp.
'Ik heb haar gewaarschuwd.' Haar moeder schudde haar hoofd. 'Ze wilde alles altijd volgens haar eigen regels doen.'
'Had ze het wel eens over iemand in het bijzonder uit de tijd dat ze in San Francisco woonde?'
Iedereen keek naar Hillary. 'Nee. Niemand speciaal.'
'Helemaal niemand? Ze heeft er een tijdje gewoond. Heeft ze na haar vertrek met niemand contact gehouden?'
'Ik meen me te herinneren dat ze zei dat ze er nog wel eens heen ging,' zei haar vader. 'Voor zaken.'

'Oude gewoonten zijn moeilijk af te leren,' sneerde Hillary met een verbeten trek om haar mond.
Er moest een verband zijn. Een contact uit de jaren dat ze er had gewoond. Iemand was helemaal hiernaartoe gekomen om ervoor te zorgen dat ze stierf.
'Waren er nog mensen uit San Francisco uitgenodigd voor de bruiloft?' vroeg ik.
'Er was één vriendin,' zei haar vader.
'Merrill,' zei haar moeder. 'Merrill Cole. Shortley inmiddels. Ik geloof dat ze in het Hilton logeert, als ze er nog is.'
Ik haalde de schets tevoorschijn van de moordenaar, zoals we nu dachten dat hij eruitzag. 'Ik weet dat het moeilijk is, maar kent u deze man? Iemand die Kathy kende? Hebt u zo iemand op de bruiloft gezien?'
Eén voor één schudden de Koguts hun hoofd.
Ik stond op om weg te gaan. Ik zei tegen hen dat ze contact met me moesten opnemen zodra hun iets te binnen schoot, hoe klein en onbetekenend ook. Hillary liep met me mee naar de voordeur.
'Er is nog iets,' zei ik. Ik wist dat het een gok was. 'Heeft Kathy haar trouwjurk toevallig in San Francisco gekocht?'
Hillary keek me uitdrukkingloos aan en schudde haar hoofd. 'Nee, bij een speciale winkel in Seattle.'
Toen ik dat hoorde, zonk de moed me eerst in de schoenen. Maar daarna begreep ik opeens dat dit een verband was waar ik naar zocht. De eerste twee moorden waren gepleegd door iemand die zijn slachtoffers van een afstand volgde. Daarom vond hij hen bij Saks. Hij spoorde hen op. Maar dit slachtoffer, Kathy, was op een andere manier uitgekozen.
Ik was ervan overtuigd dat de persoon die dit had gedaan, haar had gekend.

57

Ik reed rechtstreeks naar het Hilton op Lake Shore Boulevard en kon Merrill Shortley nog net onderscheppen voordat ze naar het vliegveld vertrok. Ze bleek een stijlvolle vrouw van een jaar of 27 met opgestoken halflang, kastanjebruin haar te zijn.

'We zijn met een paar mensen de hele nacht opgebleven,' zei ze om zich te verontschuldigen voor haar slaperige gezicht. 'Ik zou wel willen blijven, maar wie weet wanneer ze het lichaam vrijgeven. Ik heb een kind van een jaar.'

'De Koguts hebben me verteld dat je in San Francisco woont.'

Ze ging tegenover me op de rand van het bed zitten. 'In Los Altos. Ik ben er twee jaar geleden komen wonen, toen ik trouwde.'

'Ik moet alles over Kathy Kogut in San Francisco weten,' legde ik uit. 'Vriendjes. Afgebroken relaties. Iemand die misschien reden had om dit te doen.'

'Denk je dat ze die gek kende?' Haar gezicht stond emotieloos.

'Misschien, Merrill. Jij kunt ons helpen om dat te bepalen. Wil je dat doen?'

'Kathy had telkens een ander vriendje,' zei Merrill na een korte stilte. 'Ze was nogal gemakkelijk in die dingen.'

'Bedoel je dat ze promiscue was?'

'Als je het zo wilt opvatten. Ze viel in de smaak bij mannen. Het was een heel intense tijd toen. Muziek, film. Alternatief gedoe. Ze probeerde alles.'

Ik begon een beeld te krijgen. 'Hoorden drugs daar ook bij?'

'Zoals ik al zei, ze probeerde alles. Ja, Kathy gebruikte af en toe drugs.'

Ondanks haar fijne trekken had Merrill het harde gezicht

van iemand die uit de goot was gekropen en zichzelf had omgetoverd tot een keurig moedertje.
'Kun je iemand bedenken die haar misschien kwaad wilde doen? Iemand die iets te geobsedeerd was? Jaloers wellicht toen ze vertrok?'
Merrill dacht even na en schudde haar hoofd. 'Ik geloof het niet.'
'Waren jullie dik met elkaar?'
Ze knikte. Tegelijkertijd kwam er een waakzame blik in haar ogen.
'Waarom is ze vertrokken?'
'Ze kreeg een fantastische baan. Waarschijnlijk had ze het gevoel dat ze eindelijk carrière ging maken. Haar vader en moeder hadden dat altijd al gewild. Shaker Heights en zo. Hoor eens, ik moet dat vliegtuig echt halen.'
'Hoe groot is de kans dat Kathy voor iets vluchtte?'
'Als je leeft zoals wij leefden, ben je altijd voor iets op de vlucht.' Merrill Shortley haalde haar schouders op en keek verveeld.
Merrills houding, haar afstandelijkheid, ergerde me. Ze omgaf zichzelf nog steeds met het cynische aura van een losbandig verleden. En ik had het vermoeden dat ze iets verzweeg. 'Dus wat heb jij gedaan, Merrill? Ben je getrouwd met de drugskoning van Silicon Valley?'
Ze schudde haar hoofd. Ten slotte glimlachte ze flauwtjes. 'Beleggingsadviseur.'
Ik leunde naar voren. 'En je herinnert je niemand in het bijzonder? Iemand met wie ze contact heeft gehouden? Voor wie ze bang was?'
'Ik heb überhaupt moeite om me iemand uit die jaren te herinneren,' zei Merrill Shortley.
'Het was je vriendin,' zei ik, mijn stem verheffend. 'Zal ik je laten zien hoe ze er nu uitziet?'

Merrill stond op, liep naar de kaptafel en begon toiletspullen en make-up in een leren tas te stoppen. Op een gegeven moment hield ze daarmee op en ving ze een glimp van zichzelf op in de spiegel. Toen draaide ze haar hoofd om en keek me aan. 'Misschien die ene vent waar Kathy mee omging. Hoge piet. Ouder. Ze zei dat ik hem wel kende, maar ze wilde zijn naam niet noemen. Ik geloof dat ze hem via haar werk had ontmoet. Voorzover ik weet, was hij getrouwd. Ik weet niet hoe het afgelopen is. Of wie er een einde aan heeft gemaakt. En ook niet of het eigenlijk wel afgelopen was.'
Mijn adrenaline begon te stromen. 'Wie is het, Merrill? Hij heeft misschien je vriendin vermoord.'
Ze schudde haar hoofd.
'Heb je deze man ooit ontmoet?'
Weer schudde ze haar hoofd.
Ik liet niet los.
'Je bent de enige vriendin uit die tijd die ze uitnodigt op haar bruiloft en je hebt hem nooit ontmoet? Je weet zelfs zijn naam niet?'
Ze wierp me een koele glimlach toe. 'Ze nam hem in bescherming. Ze vertelde me niet alles. Erewoord, rechercheur. Ik nam aan dat het een bekend persoon was.'
'Heb je haar de laatste paar jaar vaak gezien?'
Merrill schudde weer haar hoofd. Ze gedroeg zich echt als een verwend kreng. Nouveau riche in Silicon Valley.
'Haar vader heeft me verteld dat ze nog steeds naar San Francisco ging. Voor zaken.'
Merrill haalde haar schouders op. 'Dat weet ik niet. Ik moet weg.'
Ik rukte mijn koffertje open en haalde er een van de foto's van de plaats van het delict uit die McBride me had gegeven, de foto waarop Kathy met wijdopen ogen als een in elkaar gezakt bloederig hoopje voor haar man lag.

'Iemand die ze kende, heeft dit gedaan. Wil je dat je bij het vliegtuig wordt opgewacht en als belangrijke getuige in een politiecel wordt gegooid? Je kunt de advocaat van je man erbij halen, maar het zou hem toch twee dagen kosten om je eruit te krijgen. Hoe zouden die fijne beleggers in Silicon Valley op dat nieuws reageren? Ik weet zeker dat ik het in de *Chronicle* zou kunnen krijgen.'

Merrill draaide zich met trillende kin van me af. 'Ik weet niet wie het was. Alleen dat hij ouder was, getrouwd, een of andere hufter. Pervers, en op een vervelende manier. Kathy zei dat hij seksspelletjes met haar deed. Maar ze heeft nooit gezegd wie het was. Daar hield ze haar mond over. De rest zult u zelf moeten uitzoeken.'

'Ze bleef omgaan met deze man, nietwaar?' Ik begon er lijn in te ontdekken. 'Ook nadat ze naar Seattle was verhuisd. Ook nadat ze haar aanstaande echtgenoot had ontmoet.'

Ze glimlachte nauwelijks zichtbaar naar me. 'Goed geraden, rechercheur. Tot het einde toe.'

'Tot het einde toe?'

Merrill Shortley pakte de telefoon. 'U spreekt met kamer 402. Ik ga zo weg. Ik heb haast.'

Ze stond op, hing een Prada-tas aan haar schouder en een duur uitziende regenjas over haar arm. Daarna keek ze me aan en zei droog: 'Tot het bittere einde.'

58

'Geen wonder dat de bruid niet in het wit was,' zei Raleigh met gefronst voorhoofd toen ik hem vertelde over mijn gesprek met Merrill Shortley.

McBride had een tafeltje voor ons gereserveerd in Nonni's,

een Italiaans restaurant aan het meer, vlak bij ons hotel. Raleighs gesprek met de ouders van de bruidegom had niets bijzonders opgeleverd. James Voskuhl was een ambitieuze musicus geweest die zich aan de rand van het muziekwereldje in Seattle had bewogen en het ten slotte voor elkaar had weten te krijgen dat hij een paar nieuwe popgroepen mocht vertegenwoordigen. Hij had, voorzover bekend, geen banden met San Francisco.
'De moordenaar kende Kathy,' zei ik. 'Hoe had hij haar anders hier kunnen vinden? Ze hadden een relatie.'
'Tot het einde toe?' zei hij nadenkend.
'Tot het bittere einde,' antwoordde ik. 'Dus zelfs misschien hier, in Cleveland. Dit waren geen koormeisjes. Merrill zei dat die man ouder was, getrouwd, pervers, schofterig. Dat past bij de manier waarop de slachtoffers zijn vermoord. Een van haar kennissen uit San Francisco moet Roodbaard hebben gezien. Iemand weet het. Merrill beweert dat Kathy haar minnaar afschermde, waarschijnlijk omdat hij beroemd was.'
'Denk je dat deze Merrill Shortley nog meer weet?'
'Zou kunnen. Of de familie. Ik kreeg het gevoel dat ze iets achterhielden.'
Hij had een chianti uit 1997 besteld en toen de wijn kwam, hief hij zijn glas. 'Op David en Melanie, Michael en Becky, James en Kathy.'
'Laten we op ze drinken als we deze vervelende schoft gepakt hebben,' zei ik.
Het was het eerste moment dat we alleen waren in Cleveland en opeens was ik nerveus. Er lag nog een hele avond voor ons en ook al stuurden we het gesprek telkens in de richting van de zaak en grapten we dat dit 'geen uitje' was, toch was er die aantrekkingskracht, die bassnaar die in me ploinkte en zei dat dit niet het goede moment was om iets

met iemand te beginnen, zelfs niet met de knappe en charmante Chris Raleigh.

Waarom had ik me dan omgekleed in een lichtblauwe trui en mooie lange broek, en de chambray blouse en kakibroek die ik de hele dag had gedragen niet aangehouden?

We bestelden. Ik nam *osso bucco*, spinazie en een salade; Raleigh *vitello al limone*.

'Misschien was het iemand van haar werk?' zei Raleigh. 'Of die te maken had met haar werk?'

'Ik heb tegen Jacobi gezegd dat hij het bedrijf in Seattle waar ze werkte, moest natrekken. Haar vader zei dat ze nog steeds voor zaken naar San Francisco ging. Ik wil weten of dat echt zo is.'

'En als het niet zo is?'

'Dan probeerde zij iets geheim te houden, of haar familie verzwijgt iets.'

Hij nam een slokje wijn. 'Waarom zou ze dat huwelijk doorzetten als ze nog steeds met die man omging?'

Ik haalde mijn schouders op. 'Ze zeiden allemaal dat Kathy eindelijk een beetje rustiger werd. Ik zou wel eens willen weten hoe ze vroeger was, als ze dat bedoelen met rustiger worden.'

Ik dacht erover om nog een poging te wagen bij Hillary, de zus. Ik herinnerde me iets wat ze had gezegd. Oude gewoonten zijn moeilijk af te leren. Ik dacht toen dat ze het over drugs, feestjes had. Bedoelde ze Roodbaard?

'McBride zei dat we morgenochtend waarschijnlijk een paar opnames in het museum kunnen bekijken.'

'Die vent is daar geweest, Raleigh,' zei ik vol overtuiging. 'Hij is er die avond geweest. Kathy kende haar moordenaar. We moeten er alleen achter zien te komen wie hij is.'

Raleigh schonk nog een beetje wijn in mijn glas. 'We zijn nu partners, hè, Lindsay?'

'Natuurlijk,' zei ik, een beetje verbaasd over deze vraag. 'Je hebt toch wel gemerkt dat ik je vertrouw?'
'Ik bedoel, we hebben drie dubbele moorden meegemaakt, we willen ze kost wat kost oplossen, ik heb je gedekt tegenover Mercer. Ik heb je zelfs die avond bij jou thuis met de afwas geholpen.'
'Ja, en?' Ik glimlachte. Maar zijn gezicht stond ernstig. Ik probeerde erachter te komen waar hij heen wilde.
'Wat denk je? Zou het niet eens tijd worden dat je me Chris ging noemen?'

59

Na het eten wandelden Chris en ik onder de bomen langs de oever van het meer naar ons hotel. Een koel windje streek langs mijn gezicht.
We zeiden niet veel. Diezelfde nerveuze onrust tintelde op mijn huid.
Zo nu en dan raakten onze armen elkaar. Hij had zijn colbert uitgetrokken en zijn schouders en armen zagen er stevig uit. Niet dat ik op dat soort onbenulligheden lette.
'Het is nog vroeg,' zei hij.
'Halfzes bij ons,' antwoordde ik. 'Ik zou Roth nog te pakken kunnen krijgen. Misschien moet ik hem op de hoogte brengen.'
Raleigh grinnikte. 'Je hebt Jacobi al gebeld. Ik wed dat hij al in Roths kamer stond voor hij de telefoon had neergelegd.'
Onder het wandelden was het net of er een ondraaglijke kracht me dichterbij trok en me dan weer wegduwde.
'Hoe dan ook,' zei ik, 'ik heb nu eens een keer geen zin om te bellen.'

'Waar heb je dan zin in?' vroeg Raleigh.
'Waarom lopen we niet gewoon een stukje?'
'De Indians spelen vanavond. Zullen we stiekem naar binnen glippen? Ze zullen nu wel aan de vijfde inning bezig zijn.'
'We zijn van de politie, Raleigh.'
'Ja, het zou niet netjes zijn. Wil je dansen dan?'
'Nee,' zei ik nog beslister. 'Ik wil niet dansen.' Elk woord leek te zijn geladen met een verborgen, elektriserende boodschap. 'Weet je wat het met mij is?' Ik keek hem aan. 'Het kost me moeite om niet te vergeten dat ik je Chris moet noemen.'
'En weet je wat het met mij is?' antwoordde hij terwijl hij me in mijn ogen keek. 'Het kost me moeite om net te doen alsof er niets aan de hand is.'
'Ik weet het,' mompelde ik ademloos. 'Maar het kan gewoon niet.'
Het klonk heel stom, maar hoezeer ik ook naar hem verlangde, de twijfel die me tegenhield, was groter.
'Ik weet het... maar het kan gewoon niet. Wat betekent dat?'
'Het betekent dat ik ook dingen voel. En dat ik eigenlijk aan die gevoelens wil toegeven. Maar op dit moment weet ik gewoon niet of ik dat kan. Het is ingewikkeld, Chris.'
Elke zenuw in mijn lijf stond op scherp.
We wandelden weer verder en door de wind van het meer werd het zweet dat zich in mijn nek had verzameld opeens koud.
'Bedoel je dat het ingewikkeld is omdat we collega's zijn?'
'Ook,' loog ik. Ik had al een paar keer eerder iets met iemand van mijn werk gehad.
'Ook... en wat verder nog?' zei Raleigh.
Honderden verlangens binnenin me schreeuwden dat ik moest zwichten. Wat er door mijn hoofd ging, was idioot.

Ik wilde dat hij me aanraakte; en ik wilde het niet. We waren alleen bij het meer. Als hij me op dat moment in zijn armen had genomen, als hij zijn hoofd had gebogen en me had gekust, weet ik niet wat ik zou hebben gedaan.
'Ik wil het wel,' zei ik terwijl mijn hand de zijne zocht en ik hem recht in zijn diepblauwe ogen keek.
'Je verzwijgt iets voor me,' zei hij.
Het kostte me de grootste moeite om het hem niet te vertellen. Ik weet niet waarom ik het niet deed. Diep in mijn hart wilde ik dat hij me begeerde en dat hij bleef denken dat ik sterk was. Ik kon de warmte van zijn lichaam voelen en ik dacht dat hij de wankelende vastberadenheid in het mijne kon voelen. 'Het kan nu gewoon niet,' zei ik zacht.
'Je weet dat ik niet altijd je partner zal zijn, Lindsay.'
'Dat weet ik. En misschien zal ik niet altijd nee kunnen zeggen.'
Ik weet niet of ik teleurgesteld of opgelucht was toen ik ons hotel zag opdoemen. Ik wilde eigenlijk naar mijn kamer rennen, de ramen opengooien cn gewoon de avondlucht inademen.
Ik was blij dat ik die beslissing niet hoefde te nemen, toen Raleigh me verraste.
Hij boog zich opeens naar me toe en drukte zijn lippen op de mijne. De kus was heel zacht, alsof hij me teder vroeg: mag dit wel?
Ik liet de kus voortduren. Zachte handen... zachte lippen.
Het was niet dat ik me niet had voorgesteld dat dit zou gebeuren. Het was precies zoals ik me had voorgesteld. Ik wilde alles zelf in de hand houden, maar daar was het, zomaar opeens, en ik zwichtte. Maar net toen ik mezelf aan hem begon te geven, haalde de angst me in, de angst voor de onontkoombare waarheid.
Ik liet mijn hoofd zakken en maakte me langzaam los.

'Dat was fijn. Vond ik, tenminste,' zei Raleigh met zijn voorhoofd tegen het mijne.
Ik knikte, maar zei: 'Het kan niet, Chris.'
'Waarom laat je je nooit eens gaan, Lindsay?' vroeg hij.
Ik wilde zeggen: omdat ik niet eerlijk tegen je ben.
Maar ik beperkte me tot een leugen, hoewel ik dat deed met het grootste verlangen dat ik in jaren had gevoeld. 'Ik wil Roodbaard te grazen nemen. Meer niet,' antwoordde ik.

60

De volgende ochtend liet rechercheur McBride een boodschap voor ons achter met het verzoek om hem bij Sharp in de Hall of Fame te treffen.
Er was iets gezien op de film.
In een schaars gemeubileerde vergaderkamer zaten het hoofd Beveiliging van het museum, McBride en verschillende medewerkers van de afdeling Moordzaken van de politie van Cleveland voor een breedbeeld-tv op een walnoothouten kast.
'Aanvankelijk,' begon Sharp gewichtig, 'gingen we met de familie op goed geluk door de band heen en stopten we bij iedereen die ze niet onmiddellijk herkenden. Door uw tekening,' hij keek naar mij, 'konden we gerichter gaan zoeken.'
Hij richtte een afstandsbediening op het beeldscherm en drukte op een knop. 'De eerste opnames die u zult zien, zijn van de hoofdingang.'
Het scherm lichtte op: de gebruikelijke bewakingsopnames in zwart-wit. Ze waren heel vreemd en raar. Verschillende opzichtig geklede gasten schenen tegelijk te arriveren, velen van hen waren verkleed als beroemde rockmuzikanten. Een was Elton John. Zijn vriendin had getoupeerd haar, geverfd

in allerlei lichte en donkere kleuren, à la Cindy Lauper. Ik herkende een Chuck Berry, een Michael Jackson, een paar Madonna's, Elvis Presley's en Elvis Costello's.

Er werd snel doorgespoeld en toen leken het wel afzonderlijke, bewerkte stilstaande beelden. Een ouder stel arriveerde, gekleed in traditionele avondkleding. Achter hen, bijna tegen hen aan, liep een man die de camera duidelijk ontweek en zijn hoofd omdraaide.

'Daar!' zei Sharp.

Ik zag hem! Mijn hart ging als een idioot tekeer in mijn borst. Die vervloekte Roodbaard!

Het was een afschuwelijke, korrelige opname. De man, die doorhad dat de camera filmde, liep snel door. Misschien was hij er eerder geweest om te kijken waar beveiligingscamera's hingen. Misschien was hij gewoon zo slim dat hij wist te voorkomen dat zijn gezicht werd gefilmd. Hoe dan ook, hij mengde zich tussen de mensen en verdween.

Er vormde zich een knoop van woede in mijn borst. 'Kunt u terugspoelen en inzoomen?' zei ik tegen Sharp. 'Ik wil zijn gezicht zien.'

Hij richtte de afstandsbediening en het beeld werd uitvergroot.

Ik stond op. Ik keek naar een opname van het deels afgewende gezicht van de moordenaar.

Geen ogen, geen duidelijke trekken. Alleen een schimmig profiel. Een vooruitstekende kin. En de contouren van een sik.

Ik twijfelde er geen moment aan dat dit de moordenaar was. Ik wist zijn naam niet. Ik kon zijn gezicht nauwelijks zien. Maar het vage beeld dat ik eerst met Claire in gedachten had samengesteld, zag ik nu voor me.

'Kunt u het niet duidelijker krijgen?' drong Raleigh aan.

Een lid van de technische staf van het museum antwoordde:

'We zouden de beeldkwaliteit misschien kunnen verbeteren. Maar dit staat op de onbewerkte film.'
'Verderop zien we hem nog een keer,' zei Sharp.
Hij spoelde door en stopte bij een overzichtsopname van het atrium, de receptie. Ze konden inzoomen op dezelfde man in smoking die net buiten het gewoel om zich heen stond te kijken. Toen het beeld werd uitvergroot, werd het korrelig en onscherp.
'Hij kijkt met opzet niet in de richting van de camera,' fluisterde ik tegen Raleigh. 'Hij weet waar ze hangen.'
'We hebben beide families deze opnames laten zien,' zei Sharp. 'Niemand kan hem plaatsen. Niemand kan ons vertellen wie hij is. Er is natuurlijk een kans dat hij het niet is. Maar gezien uw tekening...'
'Hij is het,' zei ik vol overtuiging. Mijn ogen boorden zich in het korrelige beeldscherm. Ik wist ook zeker dat we naar Kathy Voskuhls mysterieuze minnaar keken.

61

Hillary wist het. Ik was er vrijwel zeker van. Maar dat ze zoiets gerelateerd aan de dood van haar zus achterhield, kon ik me niet voorstellen. Oude gewoonten zijn moeilijk af te leren, had ze gezegd.
Ik wilde haar nog een keer spreken en belde haar ouderlijk huis in Shaker Heights.
'Ik heb kans gezien om met Merrill Shortley te praten,' zei ik tegen haar, 'maar een paar dingen zijn me nog niet helemaal duidelijk.'
'U beseft toch wel dat dit een heel moeilijke tijd voor mijn familie is, rechercheur?' antwoordde Hillary. 'We hebben u verteld wat we wisten.'

Ik wilde haar niet te zwaar onder druk zetten. Ze had haar zus op een afschuwelijke manier verloren. Het huis van haar ouders was vol rouwende mensen en verdriet. En ze was helemaal niet verplicht om met me te praten.

'Merrill heeft me een paar dingen over Kathy verteld. Haar manier van leven...'

'Dat hebben we u allemaal al verteld,' antwoordde ze afwerend. 'Maar we hebben u ook verteld dat ze rustiger werd toen ze James had leren kennen.'

'Daar wilde ik het met u over hebben. Merrill meende dat ze nog steeds contact had met iemand in San Francisco.'

'Ik dacht dat we u hadden verteld dat Kathy met heel veel mannen omging.'

'Deze relatie duurde heel lang. Hij was ouder. Getrouwd. Een of andere hoge piet. Waarschijnlijk beroemd.'

'Ik was niet mijn zusjes babysitter,' zei Hillary klaaglijk.

'Ik moet een naam hebben, mevrouw Bloom. Deze man zou haar moordenaar kunnen zijn.'

'Ik snap niet wat u bedoelt. Ik heb u al verteld wat ik weet. Mijn zus nam me niet echt in vertrouwen. We leidden heel verschillende levens. Ik ben ervan overtuigd dat u uw conclusies al hebt getrokken... met veel dingen was ik het helemaal niet eens.'

'U hebt de eerste keer dat we elkaar spraken iets tegen me gezegd: "Oude gewoonten zijn moeilijk af te leren." Op wat voor soort gewoonten doelde u?'

'Ik weet echt niet waar u het over hebt. De politie van Cleveland behandelt deze zaak, rechercheur. Kunnen we hen niet gewoon hun werk laten doen?'

'Ik probeer u te helpen, mevrouw Bloom. Waarom vertrok Kathy uit San Francisco? Volgens mij weet u dat. Werd ze door iemand misbruikt? Had Kathy problemen?'

Hillary klonk bang. 'Ik waardeer het dat u probeert te helpen, maar ik ga nu ophangen.'

'Het komt toch boven tafel, Hillary. Dat gebeurt altijd. Een adresboekje. Haar telefoonrekening. Het gaat niet alleen om Kathy. Er zijn er nog vier, in Californië. Ze hadden dezelfde hoge verwachtingen van het leven als uw zus. Ze verdienden het net zo goed.'

Er klonk een snik door in haar stem. 'Ik heb geen idee waar u het over hebt.'

Ik voelde dat ik nog één kans had. 'Zal ik u eens een akelige waarheid over moord vertellen? Als ik als rechercheur Moordzaken één ding heb geleerd, dan is het dat de grenzen niet vastliggen. Gisteren was u een onschuldig slachtoffer, maar nu zit u er middenin. Deze moordenaar zal opnieuw toeslaan en u zult er de rest van uw leven spijt van hebben dat u me niet verteld hebt wat u nu voor me verzwijgt.'

Er viel een geladen stilte op de lijn. Ik wist wat die betekende. Het was de strijd in het geweten van Hillary Bloom. Ik hoorde een klik. Ze had opgehangen.

62

Onze retourvlucht naar San Francisco vertrok om vier uur 's middags. Ik vond het vreselijk, echt vreselijk om zonder een naam te vertrekken. Vooral omdat ik het gevoel had dat we er heel dichtbij waren.

Een beroemd persoon.

Pervers.

Waarom namen ze hem in bescherming?

Hoe dan ook, we hadden in twee dagen veel bereikt. Het was me duidelijk dat alle drie de moorden door dezelfde persoon waren gepleegd. We hadden een sterke aanwijzing dat hij thuishoorde in San Francisco, een mogelijke identiteit, een bevestigd signalement. Het spoor was hier al warm en zou nog warmer worden wanneer we weer thuis waren. Beide onderzoeken zouden ter plekke worden voortgezet. Cleveland zou de politie in Seattle vragen het huis van de bruid te doorzoeken. Misschien zou iets tussen haar persoonlijke bezittingen, een adresboekje, een e-mail op haar computer, onthullen wie haar minnaar uit San Francisco was.

Terwijl we zaten te wachten tot we aan boord van het vliegtuig konden, belde ik mijn voicemail. Er was een bericht van Cindy en een van Claire; ze informeerden allebei naar mijn reis, naar onze zaak. Berichten van verslaggevers die commentaar op het misdrijf in Cleveland vroegen.

Toen hoorde ik de schorre stem van Merrill Shortley. Ze had haar telefoonnummer in Californië ingesproken.

Ik toetste het nummer in zo snel als ik kon. Een huishoudster nam op en ik kon een baby horen huilen.

Toen Merrill aan de lijn kwam, hoorde ik dat haar ijzige laagje vernis een beetje was gebarsten. 'Ik bedacht ineens,' begon ze, 'dat ik gisteren iets ben vergeten te vertellen.'

'O? Dat is fijn om te horen.'

'Die vent over wie ik u heb verteld? Die kerel met wie Kathy in San Francisco omging? Het is echt waar dat ik zijn naam nooit heb gehoord.'

'Goed, ik begrijp het.'

'Maar er waren een paar dingen... ik heb gezegd dat hij haar niet goed behandelde. Hij hield van heftige seksspelletjes. Attributen, scenario's. Misschien zelfs een beetje filmen. Het punt was dat Kathy ook van die spelletjes hield...'

Het bleef lang stil voordat Merrill verderging. 'Volgens mij zette hij haar onder druk, dwong hij haar meer te doen dan ze eigenlijk wilde. Ik herinner me plekken op haar gezicht, blauwe plekken op haar benen. Vooral haar geest was gebroken. Niemand van ons kwam toen met een echte Tom Cruise thuis, maar er was een tijd dat Kathy echt bang was. Hij had haar in zijn macht.'

Ik begon te begrijpen waar dit naartoe ging. 'Dus daarom is ze verhuisd?' zei ik.

Ik kon Merrill Shortley aan de andere kant van de lijn horen zuchten. 'Ja, dat klopt.'

'Maar waarom bleef ze hem dan zien toen ze in Seattle woonde? U zei dat ze tot op het allerlaatst met hem bleef omgaan.'

'Ik heb nooit beweerd,' antwoordde Merrill Shortley, 'dat Kathy wist wat goed voor haar was.'

Nu zag ik de onontkoombare tragiek van het leven van Kathy Kogut. Ik was ervan overtuigd dat ze uit San Francisco was gevlucht om aan de greep van deze man te ontkomen. Maar ze kon zich niet losmaken.

Gold dat ook voor de andere vermoorde bruiden?

'Ik moet een naam hebben, mevrouw Shortley. Het zou heel goed kunnen dat deze man uw vriendin heeft vermoord. Er zijn er nog vier. Hoe langer hij vrij rondloopt, des te groter de kans is dat hij nog een keer toeslaat.'

'Ik heb u al gezegd dat ik zijn naam niet weet, rechercheur.'

Ik verhief mijn stem boven de herrie in de terminal uit. 'Iemand moet het weten, Merrill. Je kende haar al jaren; jullie hebben samen de beest uitgehangen.'

Merrill aarzelde. 'Op haar manier was Kathy loyaal. Ze zei dat zijn naam heel bekend was. Een of andere beroemdheid. Ze nam hem in bescherming. Of misschien beschermde ze zichzelf.'

Mijn gedachten gingen naar de film- en muziekindustrie. Ze zat in een slecht wereldje. Ze zat er tot over haar oren in en zoals zo veel mensen die het gevoel hebben dat ze in de val zitten, vluchtte ze. Ze kon alleen niet ver genoeg weg komen.

'Ze moet u toch iets hebben verteld,' drong ik aan. 'Wat hij deed? Waar hij woonde? Waar ze elkaar ontmoetten? Jullie waren net zussen voor elkaar.' Verdorven zussen?
'Ik zweer het, rechercheur. Ik heb me suf gepiekerd.'
'Maar iemand moet het weten. Wie? Kom op.'
Ik hoorde Merrill Shortley even vreugdeloos lachen. 'Vraag het maar aan haar zus.'
Voordat we aan boord gingen, belde ik McBride en ik liet een gedetailleerd bericht achter op zijn voicemail. Kathy's minnaar was waarschijnlijk een beroemd persoon. Hij was de reden dat ze uit San Francisco was vertrokken. Het profiel paste bij de stijl van onze moordenaar. Haar zus Hillary wist waarschijnlijk de naam van de moordenaar.
In het vliegtuig kon ik er alleen maar aan denken dat we vorderingen maakten. Raleigh zat naast me. Toen het vliegtuig opsteeg, leunde ik tegen zijn arm en gaf toe aan een gevoel van totale uitputting.
Al mijn lichamelijke problemen leken mijlenver weg. Ik dacht aan iets wat ik tegen Claire had gezegd. Ik had haar verteld dat ik de moed om door te gaan putte uit het feit dat ik deze schoft wilde pakken. De man met de rode baard in mijn droom die was ontkomen.
'We krijgen hem te pakken,' zei ik tegen Raleigh. 'We kunnen hem niet nog een bruid en bruidegom laten vermoorden.'

63

Om acht uur de volgende ochtend zat ik achter mijn bureau.
Ik kon met dit onderzoek een paar wegen in slaan. Hillary Bloom was de makkelijkste weg, ervan uitgaande dat zij

ons een naam kon geven, zoals Merrill had gesuggereerd. Het was duidelijk dat ze op een vreemde manier haar familie wilde behoeden voor nog meer verdriet en probeerde te voorkomen dat Kathy publiekelijk zou worden gebrandmerkt als een vrouw die haar toekomstige echtgenoot tot op het moment van hun jawoord bedroog.

Vroeg of laat zou er een naam boven water komen. Via haar, of in Seattle.

Voordat ik iets anders deed, belde ik Medveds praktijk om te zeggen dat de bloedtransfusie van vijf uur vandaag, die ik had afgezegd, alsnog kon doorgaan. De assistente zei, nadat ze me even had laten wachten, dat de dokter me zelf wilde spreken.

Misschien was het goed nieuws. Ik voelde me ook echt een beetje sterker. Misschien begonnen de behandelingen vruchten af te werpen.

Het was moeilijk om verder te gaan waar ik was gebleven in San Francisco. De beste sporen lagen nu in Cleveland. Ik las een paar rapporten over het bewijsmateriaal dat Jacobi probeerde te achterhalen en riep om tien uur het team bij elkaar voor een bespreking.

In feite waren de beste aanwijzingen – de haar en de bruidsboetiek in Saks – uit mijn gesprekken met Claire en Cindy gekomen. Ik kon de verleiding niet weerstaan en belde Claire even voor twaalven.

‘Vertel me het laatste nieuws eens,’ zei ze opgewonden. ‘Ik dacht dat we partners waren.’

‘Dat ben ik ook van plan,’ antwoordde ik. ‘Bel jij Cindy, dan gaan we samen lunchen.’

64

We leunden alle drie tegen een stenen muurtje in City Hall Park en aten ons broodje-gezond dat we bij een bakker in de buurt hadden gekocht.

'Je had gelijk,' zei ik tegen Claire. Ik gaf haar een kopie van de foto van de beveiligingsvideo waarop te zien was hoe Roodbaard bij de bruiloft in Cleveland naar binnen sloop. Ze bestudeerde hem met een zeer geconcentreerde blik in haar ogen en keek pas op toen de bevestiging van haar aanvankelijke veronderstelling een vreemd scheef glimlachje op haar gezicht had gebracht. 'Ik beoordeel alleen wat de schoft heeft achtergelaten.'

'Vast,' zei ik met een knipoog. 'Maar ik durf te wedden dat Righetti het over het hoofd zou hebben gezien.'

'Dat is waar,' gaf ze toe met een tevreden brede grijns.

Het was een heldere, winderige dag laat in juni; het rook heerlijk buiten door een stevig briesje van de Stille Oceaan. Kantoorlui lagen te zonnen; secretaresses zaten in groepjes met elkaar te kletsen.

Ik vertelde wat ik in Cleveland te weten was gekomen. Ik vermeldde niet wat er bij het meer tussen Chris Raleigh en mij was voorgevallen.

Toen ik eindigde met Merrill Shortleys schokkende onthulling zei Cindy: 'Je had misschien beter daar kunnen blijven, Lindsay.'

Ik schudde mijn hoofd. 'Nee, het is mijn zaak niet. Ik was daar alleen als adviseur. Nu ben ik het intermedium tussen drie districten.'

'Denk je dat Merrill Shortley nog meer te vertellen heeft?' vroeg Claire.

'Ik geloof het niet. Als ze iets wist, zou ze het me hebben verteld, denk ik.'

'De bruid moet nog meer vriendinnen hebben gehad,' zei Cindy. 'Ze was publiciteitsagent. Als die kerel beroemd is, heeft ze hem misschien via haar werk ontmoet.'
Ik knikte. 'Dat laat ik al door iemand uitzoeken. We hebben ook aan de politie van Seattle gevraagd of ze haar appartement willen doorzoeken.'
'Waar werkte ze toen ze hier woonde?' vroeg Claire.
'Een of ander bedrijf dat Bright Star Media heet. Kennelijk had ze connecties in het plaatselijke muziekwereldje.'
Cindy nam een slokje ijsthee. 'Zal ik daar eens achteraan gaan?'
'Zoals je in het Hyatt hebt gedaan, bedoel je?' zei ik.
Ze grinnikte. 'Nee, meer zoals in Napa. Kom op... ik ben journalist. Ik werk de hele dag met mensen die erin getraind zijn om informatie over anderen boven water te halen.'
Ik nam een hap van mijn broodje. 'Goed,' zei ik ten slotte, 'ga je gang.'
'Kan ik ondertussen de dingen die we al weten, publiceren?' informeerde Cindy.
Veel ervan was geheim. Als het bekend werd, zouden alle vingers naar mij wijzen. 'Je mag schrijven dat er in Cleveland een vergelijkbaar soort moord is gepleegd. Hoe we de lichamen aantroffen. De achtergrond van de bruid hier. Maar Merrill Shortley wordt niet genoemd.' Ik hoopte dat de moordenaar daardoor het gevoel zou krijgen dat we hem op de hielen zaten. Hopelijk zou hij dan nog een keer goed nadenken voordat hij weer een moord pleegde.
Cindy liep naar een ijscokarretje dat vlakbij stond, om een ijsje te kopen. Claire maakte gebruik van de gelegenheid en vroeg: 'Hoe voel je je? Goed?'
Ik slaakte een diepe zucht en haalde mijn schouders op. 'Misselijk, duizelig. De arts had al gezegd dat ik dat kon verwachten. Ik krijg vanmiddag weer een transfusie. Dok-

ter Medved zei dat hij er zou zijn.' Ik zag dat Cindy terugkwam.
'Kijk eens,' verkondigde Cindy opgewekt. Ze had drie ijsjes bij zich.
Claire greep naar haar borst en deed alsof ze een hartstilstand kreeg. 'Ik heb net zoveel behoefte aan ijs als Texas aan een warme wind in augustus.'
'Ik ook.' Ik lachte. Maar het was mango-ijs en gezien de ziekte die binnenin me woedde, leek het me verspilde moeite om het af te slaan.
Claire nam dat van haar uiteindelijk ook aan. 'Wat je ons dus duidelijk niet hebt verteld,' zei ze op lijzige toon, 'is wat er tussen jou en meneer Chris Raleigh is voorgevallen in Ohio.'
'Omdat er niets te vertellen valt,' zei ik, en ik haalde mijn schouders op.
'Eén ding verbaast me altijd weer bij politiemensen' – Cindy lachte – 'je zou toch denken dat ze goed konden liegen.'
'Schrijf jij tegenwoordig voor de roddelbladen?' vroeg ik.
Ik voelde dat ik bloosde. De nieuwsgierige blikken van Claire en Cindy boorden zich in me en maakten het duidelijk dat er geen ontkomen aan was.
Ik zette mijn knie op het randje van de muur en ging in kleermakerszit zitten. Daarna vertelde ik hun hoe de zaken ervoor stonden: de lange, langzame dans in mijn appartement, waarop Claire zei: 'Jij danst niet, meisje. Jij kookt.' Ik beschreef het onrustige gevoel toen ik naast hem in het vliegtuig zat; de nerveuze wandeling langs het meer; mijn eigen twijfels, aarzeling; de innerlijke conflicten die me tegenhielden.
'Eigenlijk kostte het me de grootste moeite om hem niet midden op Lakefront Walk de kleren van het lijf te rukken.' Ik lachte omdat het wel raar zou klinken.

'Meid, waarom heb je het niet gedaan?' zei Claire verbaasd. 'Dat had je misschien goed gedaan.'
'Ik weet het niet,' zei ik hoofdschuddend.
Maar ik wist het wel. En hoewel ze zich er met een grapje van af probeerde te maken, wist Claire het ook. Ze kneep in mijn hand. Cindy stond er een beetje verloren bij, omdat ze niet wist wat er aan de hand was.
Claire grapte: 'Ik zou er tien kilo zwaarder voor willen worden om Cheery's gezicht te zien als jullie tweeën waren opgepakt omdat jullie in het bos lagen te vozen.'
'Twee politiemensen uit San Francisco,' verkondigde Cindy op de toon van een nieuwslezer, 'die in Cleveland op zoek waren naar de bruid- en bruidegommoordenaar, zijn *au naturel* in de bosjes bij het meer in Cleveland aangetroffen.'
We stikten alle drie van het lachen en het was een heerlijk gevoel.
Cindy haalde haar schouders op. 'Dat zou ik toch echt moeten publiceren, Lindsay.'
'Van nu af aan,' zei Claire giechelend, 'wordt het volgens mij behoorlijk warm in die surveillancewagen.'
'Ik geloof niet dat dat Chris' stijl is,' verdedigde ik hem. 'Je vergeet dat die man van *Scheepsberichten* houdt.'
'O... het is Chris tegenwoordig, hè?' kirde Claire. 'En daar zou ik maar niet zo zeker van zijn. Edmund bespeelt drie instrumenten, kent alles van Bartók tot Keith Jarrett, maar hij heeft zich op een paar heel onverwachte plaatsen een echte man getoond.'
'Waar zoal?' lachte ik, bijna stikkend van verbazing.
Ze schudde koket haar hoofd. 'Ik wil gewoon voorkomen dat jij denkt dat, omdat een man zich met een zekere waardigheid gedraagt, er enige waardigheid overblijft als het daarom gaat.'

'Kom op,' spoorde ik haar aan, 'jij bent erover begonnen. Laat horen.'
'Laat ik zeggen dat er niet alleen een paar anonieme slachtoffers stijf op onze onderzoekstafels hebben gelegen.'
Ik liet mijn ijsje bijna op de grond vallen. 'Dat meen je niet. Jij? En Edmund?'
Claires schouders schudden op en neer van plezier. 'En nu ik toch al zover ben gegaan... We hebben het ook een keer in een parterreloge in het concertgebouw gedaan. Na een repetitie natuurlijk.'
'Waar zijn jullie mee bezig? Zetten jullie overal je sporen uit als een stel krolse katten?' riep ik uit.
Claires ronde gezicht glom van plezier. 'Ach, weet je, het is lang geleden. Maar nu ik eraan denk, die keer in mijn kamer tijdens de kerstborrel van het gerechtelijk lab... dat is nog niet zo lang geleden.'
'Als we toch allemaal onze ziel blootleggen,' merkte Cindy op, 'toen ik pas bij de *Chronicle* was, had ik iets met een van de jongens van de Agenda. We zagen elkaar altijd beneden in de bibliotheek. Ergens achterin, bij de afdeling Onroerend goed. Daar kwam toch nooit iemand.'
Cindy keek verlegen, maar Claire giechelde goedkeurend.
Ik was stomverbaasd. Ik maakte kennis met de verborgen, onderdrukte kant van iemand die ik al tien jaar kende. Maar ik begon me ook een beetje te schamen. Ik had geen mooie verhalen.
'En,' zei Claire met een blik op mij. 'Wat heeft rechercheur Boxer ons voor geheimen te vertellen?'
Ik probeerde me één enkel moment te herinneren dat ik iets volslagen idioots had gedaan. Ik bedoel maar: ik beschouwde mezelf niet als een geremd persoon waar het seks betrof. Maar toch, hoe diep ik ook in mijn geheugen groef, mijn hartstocht kwam altijd tussen de lakens terecht.

Ik haalde mijn schouders op. Ik stond met lege handen.
'Nou, dan zou ik maar eens gauw beginnen als ik jou was,' zei Claire met een vermanend vingertje. 'Als ik mijn laatste adem uitblaas, zal ik niet aan al die mooie titels en die congressen denken waar ik een lezing heb gehouden. Je krijgt in je leven maar een paar keer de kans om je helemaal te laten gaan, dus die kun je maar beter grijpen als ze zich voordoen.'
Er ging een rilling van spijt door me heen. Op dat moment wist ik niet wat ik liever wilde: ook een wild verhaal... of de echte naam van Roodbaard. Ik denk dat ik ze allebei wilde.

65

Een paar uur later zat ik op de afdeling Hematologie in de Moffett-polikliniek.
'Dokter Medved wil u even spreken voordat we beginnen,' zei Sara, de zuster die me altijd de transfusies gaf.
Ik was nerveus toen ze een infuus voor mijn behandeling uitpakte. De waarheid was dat ik me goed had gevoeld. Niet veel pijn en misselijkheid, afgezien van het incident op het damestoilet afgelopen week.
Dokter Medved kwam binnen met een status onder zijn arm. Zijn gezicht stond vriendelijk, maar er viel niets uit op te maken.
Ik glimlachte bleekjes. 'Alleen goed nieuws?'
Hij ging tegenover me op de rand van een tafel zitten. 'Hoe voel je je, Lindsay?'
'Ik voelde me de vorige keer dat ik bij u was al niet zo slecht.'
'Moe?'
'Een beetje. Zoals je je voelt aan het einde van de dag.'

'Aanvallen van misselijkheid? Onpasselijkheid?'
Ik gaf toe dat ik een paar keer zomaar had overgegeven.
Hij maakte een snelle aantekening in de status.
Hij bladerde enkele van de verslagen in de status door. 'Ik zie dat we tot nu toe vier transfusies met erytrocytenconcentraat hebben gehad...'
Mijn hart ging steeds sneller kloppen naarmate hij er langer over deed. Ten slotte legde hij de status neer en keek me recht aan.
'Het aantal rode bloedlichaampjes is helaas nog verder gedaald, Lindsay. Kijk, hier kun je het zien, in deze grafiek.'
Medved overhandigde me een vel papier.
Voorover leunend, haalde hij een pen uit zijn borstzak. Op het papier stond een computergrafiek.
Hij volgde de lijn met zijn pen. De lijn liep gestaag omlaag. Shit.
Ik voelde de lucht uit mijn longen suizen van teleurstelling.
'Ik ga achteruit,' zei ik.
'Om eerlijk te zijn,' gaf de arts toe, 'is het niet de trend waarop we hadden gehoopt.'
Ik had de mogelijkheid genegeerd dat dit zou gebeuren, mezelf op de zaak gestort in de overtuiging dat de getallen beter zouden worden. Ik had deze mening gestoeld op het begrijpelijke vertrouwen dat ik te jong en te energiek was om echt ziek te zijn. Ik had werk te doen, belangrijk werk, een leven te leven.
Ik was stervende. O, god.
'Wat gaat er nu gebeuren?' wist ik uit te brengen. Het was niet meer dan gefluister.
'Ik wil doorgaan met de behandelingen,' antwoordde dokter Medved. 'Ik wil het aantal zelfs opvoeren. Soms duurt het even voor ze aanslaan.'
'De proef op de som,' grapte ik somber.

Hij knikte. 'Van nu af aan wil ik dat je drie keer per week komt. En ik ga de dosis met dertig procent verhogen.' Hij ging staan. 'Op zichzelf is er geen directe reden tot paniek,' verklaarde hij op een iets opgewektere toon. 'Je kunt blijven werken... als je je daar tenminste toe in staat voelt.'
'Ik moet werken,' zei ik tegen hem.

66

Ik reed naar huis met een waas voor mijn ogen. Het ene moment moest ik alles op alles zetten om deze verdomde zaak op te lossen en het volgende moment vocht ik voor mijn leven. Ik wilde een naam hebben. Dat wilde ik nu meer dan ooit. En ik wilde mijn leven terug. Ik wilde een poging mogen doen om alles te krijgen: geluk, succes, iemand om het mee te delen, een kind. En nu ik Raleigh had leren kennen, wist ik dat de kans bestond dat ik deze dingen kon krijgen. Als ik het kon volhouden. Als ik goede cellen mijn lichaam in kon dwingen.
Ik ging mijn appartement binnen. Lieve Martha sprong enthousiast tegen me op, dus nam ik haar mee voor een korte wandeling. Maar daarna hing ik maar een beetje rond, heen en weer geslingerd tussen het voornemen om me dapper door deze ellende heen te slaan en het verdriet omdat ik dat niet kon. Ik overwoog zelfs om iets te eten te maken. Ik dacht dat ik daar kalmer van zou worden.
Ik haalde een ui tevoorschijn en sneed in het wilde weg twee plakken af. Toen realiseerde ik me hoe idioot het allemaal was.
Ik moest met iemand praten. Ik wilde schreeuwen: dit verdien ik niet, verdomme. En deze keer wilde ik dat iemand het hoorde.

Ik dacht aan Chris, zijn troostende armen om me heen, zijn ogen, zijn glimlach. Ik wilde dat ik het hem kon vertellen. Hij zou ogenblikkelijk komen. Ik zou mijn hoofd op zijn schouder kunnen leggen.

Ik belde Claire. Ze hoorde het al aan mijn eerste bibberende geluidje. Ze begreep dat er iets goed mis was.

'Ik ben bang,' kon ik nog net uitbrengen.

We praatten een uur door de telefoon. Ik praatte.

Ik kletste maar door tegen Claire. Ik was verstijfd van angst door de dreigende nabijheid van het volgende stadium van Negli's. Ik zei tegen Claire dat het pakken van die schoft me de wil gaf om door te vechten. Daardoor was ik niet alleen maar iemand die ziek was. Ik had een doel.

'Is dat nu anders voor je geworden, Lindsay?' vroeg ze zacht.

'Nee, ik wil hem te pakken krijgen, nu meer dan ooit.'

'Dan gaan we dat doen. Jij, Cindy en ik. We zijn er om je te helpen vechten. Je kunt op ons rekenen, Lindsay. Maar probeer het deze ene keer nu eens niet alleen te doen.'

Na een uur had ze me redelijk gekalmeerd, zodat we elkaar welterusten konden wensen.

Ik ging op de bank liggen. Martha en ik kropen samen onder een deken en keken naar de film *Dave*. Een van mijn lievelingsfilms. Wanneer Sigourney Weaver aan het einde Kevin Kline opzoekt op zijn nieuwe campagnebureau moet ik altijd huilen.

Ik viel in slaap, hopend dat mijn eigen leven ook goed zou aflopen.

67

De volgende ochtend ging ik er harder tegenaan dan ooit tevoren. Ik geloofde nog steeds dat we dicht bij een naam voor Roodbaard waren, dat het misschien slechts een kwestie van uren was.

Ik belde Roths contactpersoon bij de politie van Seattle, een zekere Jim Heekin. Heekin zei dat ze bezig waren om de bezittingen van de bruid uit te zoeken. Als er iets werd gevonden, zou hij het me meteen laten weten.

We kregen een reactie terug van Infortech, het bedrijf in Seattle waar Kathy Voskuhl had gewerkt. In de drie jaar dat ze bij het bedrijf was geweest, waren door haar geen onkostendeclaraties voor zakenreizen naar San Francisco ingediend. Ze werkte voor kleine klanten in Seattle. Ze was net als accountmanager begonnen. Als ze regelmatig naar San Francisco ging, dan deed ze dat op eigen houtje.

Ten slotte belde ik McBride. De Koguts hielden nog steeds vol dat ze verder niets wisten. Maar gisteren had hij de vader gesproken en die leek op het punt te staan om te gaan praten. Het was triest dat een wanhopige poging om de eer van hun dochter hoog te houden hen ervan weerhield hun gezond verstand te gebruiken.

Omdat ik een vrouw was, opperde McBride, zou een laatste poging van mijn kant hen misschien op andere gedachten kunnen brengen. Ik belde Christine Kogut, de moeder van de bruid.

Toen ze aan de lijn kwam, klonk haar stem anders: gereserveerd maar vrijer, alsof ze inmiddels iets rustiger geworden was. Hopelijk was ze dat.

'De moordenaar van uw dochter loopt vrij rond,' zei ik. Ik kon me niet meer inhouden. 'De familie van twee andere bruidsparen is in diepe rouw gedompeld. Volgens mij weet u wie Kathy lastigviel. Helpt u me alstublieft om hem achter de tralies te krijgen.'

Ik hoorde haar diep ademhalen. Toen ze begon te praten, trilde haar stem van verdriet en loskomende schaamte. 'Je voedt een kind op, rechercheur, je denkt dat ze altijd bij je zal horen. Je houdt zo veel van haar en je denkt dat er altijd dat stukje zal zijn dat nooit weg zal gaan.'

'Ik weet het,' zei ik. Ik voelde dat ze twijfelde. Ze wist zijn naam toch wel?

'Ze was zo'n mooi kind... iedereen hield van haar. Een vrije geest. We dachten dat een andere vrije geest op een dag het soort mens van haar zou maken dat ze had moeten worden. We cultiveerden het bij onze kinderen. Mijn man beweert dat we Kathy altijd te veel hebben verwend. Misschien is het allemaal deels onze schuld.'

Ik zei geen woord. Ik wist hoe het voelde wanneer je eindelijk opbiechtte wat je diep in je hart verborgen hield. Ik wilde haar niet opjagen.

'Hebt u kinderen, rechercheur?'

'Nog niet,' zei ik tegen haar.

'Het is zo moeilijk te geloven, jóúw kind, de oorzaak van zo veel verdriet. We hebben haar gesmeekt om ermee op te houden. We hebben haar zelfs een andere baan bezorgd. Haar zelf verhuisd. We dachten: als ze maar bij hem uit de buurt is.'

Ik zweeg en liet haar haar eigen tempo bepalen.

'Ze was ziek, zoals een verslaafde ziek is, rechercheur. Ze kon er niet mee ophouden. Maar wat ik niet begrijp, is waarom hij haar zo'n pijn wilde doen. Alles wat zuiver aan haar was, heeft hij kapotgemaakt. Waarom wilde hij Kathy kwaad doen?'

Zeg me hoe hij heet. Wie is hij?

'Ze was gebiologeerd door wie hij was. Het was alsof ze

geen controle over zichzelf had als het om deze man ging. Ze heeft ons tot op het allerlaatste moment te schande gemaakt. Maar zelfs nu' – haar stem daalde – 'vraag ik me nog steeds af hoe het mogelijk is dat iemand die van mijn dochter hield haar kon vermoorden. Ik kan het gewoon niet geloven. Dat is een van de redenen waarom ik het u niet wilde vertellen.'

'Vertel het me nu dan,' zei ik.

'Ik geloof dat ze hem bij de première van een van zijn films heeft ontmoet. Hij vertelde haar dat hij aan een gezicht als het hare dacht toen hij een van zijn karakters verzon. Zijn heldin.'

En toen vertelde mevrouw Kogut me de naam.

Ik zat als verlamd in mijn stoel.

Ik kende de naam. Herkende hem. Hij was inderdaad beroemd, Roodbaard.

68

Ik bleef stil achter mijn bureau zitten, terwijl allerlei feiten snel achter elkaar door mijn hoofd schoten. Veel begon er op zijn plaats te vallen. Hij was een van de mensen met een klein aandeel in Sparrow Ridge Vineyards, waar het tweede bruidspaar was gedumpt. Hij was in San Francisco vier jaar met Kathy Kogut omgegaan. Wilde haar niet loslaten. Hij was ouder. Getrouwd.

Beroemd.

Op zichzelf bewees de naam van de verdachte niets. Hij had alleen de laatste bruid gekend en had indirect iets te maken met de plaats van het tweede misdrijf.

Maar uitgaande van de beschrijvingen van Merrill Shortley en Christine Kogut had hij het brute temperament en wellicht een motief voor deze wrede moorden. Mijn overtuiging dat hij Roodbaard was, werd met de minuut sterker.

Ik trok Raleigh aan zijn jasje. 'Wat is er?' vroeg hij. 'Waar is de brand?'

'Ik ga hier een vuurtje stoken. Let op.'

Ik trok hem mee naar de kamer van Roth.

'Ik heb een naam,' verklaarde ik triomfantelijk.

Ze keken me aan met grote ogen van verbazing.

'Nicholas Jenks.'

'De schrijver?' bracht Raleigh verbluft uit.

Ik knikte. 'Hij was de minnaar van Kathy Kogut hier in San Francisco. Haar moeder heeft het eindelijk opgebiecht.' Ik nam de niet zo toevallige relatie tussen hem en ten minste drie van de slachtoffers met hen door.

'Maar die vent is... beroemd,' barstte Roth uit. 'Hij heeft films gemaakt, kassuccessen.'

'Dat is het nu juist. Merrill Shortley zei dat het iemand was die Kathy probeerde af te schermen. Er is duidelijk een connectie, Sam.'

'Eentje? Die vent stikt van de connecties,' schreeuwde Roth. 'Jenks en zijn vrouw worden uitgenodigd voor alle belangrijke bijeenkomsten. Ik heb een foto van hem en de burgemeester gezien. Heeft hij niet meegedaan aan die actie om de Giants hier te houden?'

De mogelijke gevaren en risico's drukten de sfeer in Cheery's kamer.

'Je had moeten horen hoe de Koguts hem beschreven, Sam,' zei ik, 'als een beest. Een roofdier. Volgens mij zal blijken dat hij met alle drie de meisjes iets heeft gehad.'

'Ik denk dat Lindsay gelijk heeft, Sam,' zei Chris.

We zagen aan Roths gezicht dat hij de feiten langzaam voor zichzelf op een rijtje zette. Nicholas Jenks was beroemd.

Een nationale bekendheid. Ongrijpbaar. De hoofdinspecteur trok een gezicht alsof hij een bedorven mossel had doorgeslikt.
'Je hebt helemaal geen bewijzen,' luidde uiteindelijk zijn reactie. 'Helemaal niets. Je hebt nog niet eens indirecte bewijzen.'
'Zijn naam is opgedoken in verband met vier doden. We zouden hem met de feiten kunnen confronteren, zoals ik bij ieder ander zou doen. We zouden met de openbaar aanklager kunnen gaan praten.'
Roth stak een hand op. Nicholas Jenks was een prominente figuur in San Francisco. Het was gevaarlijk hem aan te klagen wegens moord. We mochten ons niet vergissen. Ik wist niet wat Cheery dacht. Uiteindelijk zag ik aan zijn hals dat hij zich enigszins ontspande; het was niet meer dan even slikken, maar in Roths taal was dat groen licht. 'Ga maar met de officier van justitie praten,' stemde hij in. 'Bel Jill Bernhardt.'
Hij richtte zich tot Raleigh. 'Dit mag niet naar buiten totdat we concrete bewijzen hebben.'
Helaas was hulpofficier Jill Bernhardt in de rechtszaal. Haar secretaresse zei dat ze daar niet voor het einde van de dag uit zou komen. Wat een pech. Ik kende Jill een beetje en ik vond haar aardig. Ze was een harde en bijzonder ad rem. Ze had zelfs een geweten.
Raleigh en ik haalden koffie en overlegden wat ons nu te doen stond. Roth had gelijk. Voor een arrestatiebevel hadden we veel te weinig. Een confrontatie kon gevaarlijk zijn. Bij een vent als deze moest je zeker van je zaak zijn. Hij zou terugvechten.
Warren Jacobi kwam binnenschuifelen met een zelfvoldane verwaande grijns op zijn gezicht. 'Het regent zeker champagne vandaag,' mompelde hij.

Ik vatte het op als een van zijn sardonische grapjes over Raleigh en mij.
'Wekenlang kan ik er geen hoogte van krijgen.' Hij ging zitten en boog zijn hoofd naar Raleigh toe. 'Hoogte... champagne... dat klopt wel, hè, commandant?'
'Volgens mij wel,' zei Raleigh.
Jacobi vervolgde: 'Nou, gisteren komt Jennings aanzetten met drie bedrijven die een paar dozen van die bubbeltjes hebben verkocht. Een van de kopers is een accountant in San Mateo. Het rare is dat hij een strafblad heeft. Blijkt dat hij twee jaar in Lampoc heeft gezeten voor aandelenfraude. Beetje vergezocht, hè? Seriemoordenaar, aandelenfraude...'
'Misschien heeft die man iets tegen mensen die samen belastingaangifte doen,' zei ik, en ik lachte naar Jacobi.
Hij trok een lelijk gezicht. 'De tweede is manager bij 3Com, die een voorraadje aanlegt voor een feest voor haar veertigste verjaardag. Die Clos du Mesnil is een echt collectorsitem. Het is Frans, heb ik me laten vertellen.'
Ik keek hem even aan, in de hoop dat hij snel terzake zou komen.
'Maar de derde, nou, dat bedoel ik dus met regenen... groot veilinghuis, Butterfield and Butterfield. Heeft drie jaar geleden twee kisten van de negenentachtig verkocht. Ging weg voor vijfentwintighonderd per kist, plus veilingkosten. Privé-verzamelaar. Eerst wilden ze zijn naam niet geven. Maar we hebben een beetje aangedrongen. Blijkt dat hij een hoge pief is. Mijn vrouw is toevallig fan van hem. Heeft al zijn boeken gelezen.'
Raleigh en ik verstijfden. 'Van wie, Warren?' drong ik aan.
'Ik dacht zo, als ik er nou achteraan ga, ben ik straks de held als ik een gesigneerd exemplaar mee naar huis breng. Hebben jullie toevallig *Lion's Share* van Nicholas Jenks gelezen?'

69

Het was alsof ik een stomp in mijn maag kreeg toen Jacobi dat zei. Tegelijkertijd nam zijn opmerking mijn laatste twijfels weg.
Kathy Kogut, Sparrow Ridge, de Clos du Mesnil-champagne. Jenks was nu met alle drie de moorden in verband gebracht.
Hij was Roodbaard.
Ik wilde direct naar Jenks toe, maar ik wist dat dat niet kon. Ik wilde vlak voor hem staan, in zijn verwaande ogen kijken en hem laten weten dat ik het wist.
Tegelijkertijd kreeg ik een beklemmend gevoel op mijn borst. Ik wist niet wat het was: een aanval van misselijkheid, Negli's, of mijn opgekropte woede die eindelijk loskwam. Wat het ook was, ik wist dat ik naar buiten moest. 'Ik ga weg,' zei ik tegen Raleigh. Ik was bang.
Hij keek stomverbaasd en verbluft toen ik wegrende.
'Hé, heb ik iets verkeerds gezegd?' hoorde ik Jacobi roepen.
Ik pakte mijn jas en tas en rende de stoep af de straat op. Mijn bloed kolkte in mijn lijf als een boze demon. Het koude zweet was me uitgebroken.
Buiten was het koel en ik begon snel de straat uit te lopen. Ik had geen idee waar ik naartoe ging. Ik voelde me net een buitenlandse toerist die voor het eerst door de stad dwaalde. Al snel waren er mensen, winkels, voorbijgangers die niets van me wisten. Ik wilde alles een paar minuten vergeten. Starbucks, Kinko's, Empress Travel. Bekende namen flitsten voorbij.
Ik had het gevoel dat ik maar door één onweerstaanbaar verlangen werd voortgedreven. Ik wilde hem in de ogen kijken.
Op Post kwam ik voor een Borders-boekwinkel terecht. Ik

ging naar binnen.
Het was een grote, ruime winkel, met kleurig promotiemateriaal en planken vol met de nieuwste boeken. Ik vroeg niets. Ik keek alleen maar. Op een tafel voor me zag ik wat ik zocht.
Lion's Share. Zo'n vijftig exemplaren, dik, helderblauw, sommige opgestapeld, andere rechtop gezet.
Lion's Share. Van Nicholas Jenks.
Mijn hart barstte bijna. Ik had het gevoel dat ik het gelijk ontegenzeglijk aan mijn kant had. Dat ik een taak, een doel had. Dit was de reden dat ik rechercheur was. Dit moment.
Ik pakte een exemplaar van Jenks' boek en keek naar de achterflap.
Ik keek naar de moordenaar van de bruiden en bruidegoms. Ik wist het zeker.
Het waren de lijnen van Nicolas Jenks' gezicht, scherp als de rand van een steen, die het me vertelden. De grijze ogen, koud en steriel, overheersend.
En nog iets.
De grijs doorspikkelde rode baard.

Boek 3

Roodbaard

70

Jill Bernhardt, de harde, gewiekste hulpofficier van justitie die de moordzaak had gekregen, schopte haar schoenen uit en trok één been onder zich op de leren stoel achter haar bureau. Ze keek me recht aan met haar scherpe blauwe ogen.

'Even voor de goede orde. Jij denkt dat de bruid- en bruidegommoordenaar Nick Jenks is?' vroeg ze.

'Ik weet het zeker,' zei ik.

Jill was donker, ontwapenend aantrekkelijk. Krullend gitzwart haar omlijstte een smal, ovalen gezicht. Ze was succesvol, 34 en een rijzende ster bij het Openbaar Ministerie waar Bennett Sinclair de leiding had.

Het enige wat je van Jill hoefde te weten, was dat ze in haar derde jaar als hulpofficier het proces tegen advocaat La Frade had gedaan, waarin de oud-collega van de burgemeester terechtstond wegens het misbruiken van macht en invloed ten behoeve van legale bedrijven van georganiseerde criminelen. Niemand, ook Bennett Sinclair zelf niet, wilde zijn of haar carrière torpederen door de strijd aan te gaan met de machtige fondsenwerver. Jill pakte hem, stuurde hem voor twintig jaar naar de gevangenis en werd bevorderd naar de kamer naast Big Ben zelf.

Een voor een legden Raleigh en ik de gegevens die wezen op Nicholas Jenks' betrokkenheid bij de drie dubbele moorden op tafel: champagne; zijn aandeel in Sparrow Ridge Vineyards; zijn explosieve relatie met de derde bruid, Kathy Voskuhl.

Jill begon te lachen. 'Als je die vent wilt oppakken omdat hij iemands leven heeft verpest, ga je gang. Probeer het eens bij de *Examiner*. Hier, ben ik bang, willen ze dat we met bewijzen komen.'

Ik zei: 'Maar we hebben hem in verband gebracht met drie dubbele moorden, Jill.'
Haar lippen weken uiteen in een sceptisch glimlachje dat zei: sorry, volgende keer beter. 'Dat verband met die champagne zou misschien standhouden als je kon bewijzen dat hij in het hotel is geweest. En dat kun je niet. Dat hij een van de vennoten is van die onroerendgoedmaatschappij, daar kan ik niets mee. Er is niets wat hem rechtstreeks met een van de misdrijven in verband brengt. Een vent als Nicholas Jenks, bekend, goede connecties... daar uit je geen ongefundeerde beschuldigingen tegen.'
Met een zucht schoof ze een torenhoge stapel instructies opzij. 'Willen jullie de grote vissen vangen, jongens? Zorg dan eerst dat je een sterkere hengel krijgt.'
Mijn mond viel open bij het horen van haar reactie op onze zaak. 'Dit is niet bepaald mijn eerste moordzaak, Jill.'
Haar wilskrachtige kin stak vastbesloten vooruit.
'En dit is niet bepaald mijn eerste voorpaginazaak.' Toen glimlachte ze een beetje vriendelijker. 'Sorry,' zei ze. 'Dat is een van Bennetts favoriete uitdrukkingen. Ik breng waarschijnlijk te veel tijd tussen de haaien door.'
'We hebben het wel over een meervoudige moordenaar,' zei Raleigh, die steeds gefrustreerder begon te kijken.
Jill bleef onverbiddelijk en keek ons aan met een blik die zei: bewijs het maar. Ik had twee keer eerder met haar aan een moordzaak gewerkt en wist hoe onvermoeibaar en goed voorbereid ze was wanneer ze een zaak voor de rechter bracht. Eén keer had ze me tijdens een proces waar ik als getuige optrad, uitgenodigd om mee te gaan fietsen op een hometrainer in de sportschool. Ik gaf het na dertig vreselijke minuten zwetend op, maar Jill ging de volle drie kwartier in een waanzinnig tempo aan één stuk door. Twee jaar na haar studie op Stanford was ze getrouwd met een veelbelo-

vende jonge vennoot van een van de grootste participatie-maatschappijen in de stad. Passeerde een heel leger ambitieuze aanklagers en werd de rechterhand van de officier van justitie. In een stad vol succesvolle mensen was Jill het soort meisje bij wie alles lukte.

Ik overhandigde haar de foto van de beveiligingscamera uit de Hall of Fame en daarna de foto van Nicholas Jenks.

Ze bekeek ze en haalde haar schouders op. 'Weet je wat een getuige-deskundige van de tegenpartij hiermee zou doen? Het stelt helemaal niets voor. Als de politie in Cleveland denkt dat ze hiermee een veroordeling kunnen krijgen, ga je gang.'

'Ik wil hem niet kwijtraken aan Cleveland,' zei ik.

'Kom dan bij me terug met iets waarmee ik naar Big Ben kan.'

'Wat dacht je van een huiszoeking en inbeslagneming?' stelde Raleigh voor. 'Misschien kunnen we bewijzen dat de champagnefles afkomstig is uit de partij die hij heeft gekocht.'

'Ik zou met een rechter kunnen overleggen,' mijmerde Jill. 'Er is vast wel iemand bij de rechtbank die vindt dat Jenks de structuur van de literaire vorm inmiddels zo ver omlaag heeft gehaald dat hij ervoor wil gaan. Maar volgens mij begaan jullie een grote fout.'

'Hoezo?'

'Een of ander onverbeterlijk heroïnehoertje kun je op verdenking oppakken. Maar als je Nicholas Jenks oppakt, kun je hem maar beter direct aanklagen. Als je hem erop attent maakt dat je achter hem aan zit, ben je meer tijd kwijt aan het van je lijf houden van zijn advocaten en de pers dan aan de zaak zelf. Als hij het is, krijg je maar één kans om de dingen boven water te krijgen die je nodig hebt voor een veroordeling, meer niet. En voorlopig heb je nog niet genoeg.'

‘Claire heeft een haar in haar lab van de tweede moord, de DeGeorges,’ zei ik. ‘We kunnen Jenks dwingen ons een haar uit zijn baard te geven.’

Ze schudde haar hoofd. ‘Met de bewijzen die je hebt, is hij niet verplicht daaraan mee te werken. Om nog maar te zwijgen van wat het je zou kunnen kosten als je je vergist.’

‘Bedoel je door ons op één verdachte te concentreren?’

‘Ik had het over politiek. Je kent de regels van het spel, Lindsay.’

Ze richtte haar felblauwe ogen recht op mij. Ik zag de koppen waarin de pers zich tegen ons keerde al voor me. Zoals bij de missers met O.J. Simpson en Jon Benet Ramsey. In beide gevallen leek het of de politiemensen ook terechtstonden, net zo goed als de verdachten.

Jill stond op, streek haar marineblauwe rok glad en leunde tegen haar bureau. ‘Moet je horen. Als die vent schuldig is, zou ik hem net zo graag in mootjes willen hakken als jullie. Maar het enige waarmee jullie komen, is een ongelukkige voorkeur voor een bepaalde champagne en een ooggetuige met drie wodka-tonics in haar kraag. Cleveland heeft tenminste nog een eerdere relatie met een van de slachtoffers en daarmee mogelijk een motief, maar op dit moment heeft geen enkel district genoeg om hem te vervolgen.

Ik zit met twee van de meest publiciteitsgeile mensen uit deze stad, die alles wat ik doe in de gaten houden,’ gaf Jill eindelijk toe. ‘Denk je dat de officier van justitie en de burgemeester dit aan een rechter willen voorleggen?’ Toen keek ze me stoïcijns aan. ‘Wat is de lakmoesproef in dit geval? Weet je zeker dat hij het is, Lindsay?’

Er was een verband tussen hem en alle drie de zaken. De wanhopige stem van Christine Kogut klonk helder in mijn hoofd. Ik knikte vol overtuiging naar Jill. ‘Hij is de moordenaar.’

Ze stond op en ging naar de andere kant van haar bureau. Met een scheef lachje zei ze: 'Ik zet het je betaald, hoor, als ik hierdoor de kans verspeel om vóór mijn veertigste mijn memoires gedrukt te krijgen.'

Door het sarcasme heen zag ik in Jill Bernhardts ogen een blik oplichten, dezelfde vastberaden blik die ik had gezien toen ze aan het fietsen was. Hij trof me als een wolk traangas.

'Goed, Lindsay, we gaan een succes maken van deze zaak.'

Ik wist niet wat Jills drijfveer was. Macht? De wil om goed te doen? Een of andere manische drang om beter te presteren dan anderen? Wat het ook was, het verschilde volgens mij niet zo veel van wat er altijd in mij had gegloeid.

Maar terwijl ik naar haar luisterde toen ze gedecideerd uiteenzette wat we nodig hadden voor een aanklacht, maakte een verleidelijke gedachte zich van me meester.

Ik dacht erover een ontmoeting te regelen tussen haar, Claire en Cindy.

71

Aan een ouderwets stalen bureau in de vuile gangen van de bibliotheek in de kelder van de *Chronicle* zat Cindy Thomas microfiches met vier jaar oude artikelen te bekijken. Het was laat. Al na achten. Alleen aan het werk in de onderbuik van het gebouw voelde ze zich net een eenzame egyptoloog die het stof van lang verborgen gebleven tabletten met hiërogliefen krabde. Ze wist nu waarom de bibliotheek altijd 'de Tombes' werd genoemd.

Maar ze had het idee dat ze iets op het spoor was. Het stof viel van geheimen af en binnenkort zou iets waardevols haar duidelijk worden.

Februari... maart 1996. De film schoot bliksemsnel voorbij.
Een beroemd persoon, had de vriendin van de bruid uit Cleveland gezegd. Cindy duwde de film verder. Zo werden verhalen verdiend. Lange dagen en hard werken.
Eerder die dag had ze Bright Star Media gebeld, het bedrijf waar Kathy Kogut in San Francisco voor had gewerkt. Ze hadden die dag pas het bericht gekregen dat hun voormalig medewerkster was overleden. Cindy informeerde of Bright Star ooit de publiciteit voor een speelfilm had verzorgd. Ze was teleurgesteld toen ze te horen kreeg dat het bedrijf niet voor de filmindustrie werkte. The Capitol, vertelde men haar. Het concertgebouw. Dat waren Kathy's klanten.
Cindy liet de moed niet zakken en voerde de naam Bright Star in in de databank van de *Chronicle*. Alle onderwerpen van artikelen, namen, bedrijven, kritieken uit de afgelopen tien jaar waren daarin opgeslagen. Tot haar grote vreugde leverde de databank haar een paar goede mogelijkheden op.
Het was inspannend werk, en ontmoedigend. De artikelen besloegen een periode van meer dan vijf jaar. Dat kwam overeen met de tijd dat Kathy in San Francisco was. Elk artikel stond op een andere microfiche.
Ze moest er telkens weer voor naar het archief. Nieuwe dingen opvragen. Drie per keer. Na vier keer overhandigde de bibliothecaris die avonddienst had haar het klembord met de woorden: 'Alsjeblieft, Thomas. Ga je gang. Werk je maar kapot.'
Het was kwart over tien – ze had al meer dan twee uur nog geen piepje van iemand anders gehoord – toen ze eindelijk op iets interessants stuitte.
Het was gedateerd 10 februari 1995. In het kunstkatern.
NIEUWE FILM LEVERT HIT OP VOOR LOKALE BAND SIERRA.

Cindy's ogen vlogen over de tekst en schoten naar alles wat opviel: plannen voor hun album, een tour langs acht steden. Citaten van de zanger.
'Sierra zal het nummer morgen in The Capitol ten gehore brengen bij de première van de film *Crossed Wire*.'
Haar hart stond stil. Ze schoof de microfiche door naar het kunstkatern van de volgende dag.
Ze verslond het artikel bijna in één adem: '... nam The Capitol over. Chris Wilcox, de hoofdrolspeler, was er.' Een foto met een aantrekkelijke actrice. 'Bright Star... andere beroemdheden uit de muziekwereld aanwezig.'
Haar ogen gleden over de drie persfoto's bij het artikel. In piepkleine lettertjes onder elke foto stond de naam van de fotograaf: 'Foto van Sal Esposito. Eigendom van de *Chronicle*.'
Foto... Cindy sprong op van haar stoel achter het bureau met de microficheprojector en liep snel tussen de stoffige, drie meter hoge rekken met gebundelde, vergeelde edities door naar achteren. Aan de andere kant van de Tombes lag het fotografiemortuarium van de *Chronicle*. Rij na rij met ongebruikte opnames.
Ze was hier nog nooit geweest... wist niet hoe het was opgezet.
Griezelige plek, vooral zo laat op de avond.
In een flits begreep ze dat de paden op chronologische volgorde lagen. Ze volgde de bordjes aan het einde van elk pad totdat ze februari 1995 vond. Ze liet haar ogen langs de buitenkant van de op elkaar gestapelde plastic dozen met de datum 10 februari gaan.
Toen ze hem zag, bleek hij op de hoogste plank te staan. Waar anders? Ze ging op haar tenen op de laagste plank staan en pakte de doos.
Op de stoffige vloer bladerde Cindy in hoog tempo door de

met elastiekjes dichtgebonden mappen. Als in een droom kwam ze bij een map waarop in grote zwarte letters stond: PREMIÈRE *CROSSED WIRE* – ESPOSITO. Dat was 'm.
In de map zaten vier contactafdrukken en enkele glanzende zwart-witopnames. Iemand, waarschijnlijk de verslaggever, had met pen de namen van alle personen op elke foto geschreven.
Haar blik verstarde toen ze bij de foto kwam waarop ze had gehoopt. Vier mensen die gearmd hun glas hieven naar de camera.
Ze herkende het gezicht van Kathy Kogut van de foto's die Lindsay mee terug had gebracht. Rood, krullend haar. Modieuze bril.
En naast haar, lachend naar de camera, zag Cindy nog iemand die ze kende. Het benam haar de adem. Haar vingers trilden toen ze besefte dat ze de hiërogliefen eindelijk had ontcijferd.
Het was de kortgeknipte, bruinrode baard. Het fijne, samenzweerderige lachje, alsof hij wist waar dit allemaal op een dag toe zou leiden.
Naast Kathy Kogut stond de schrijver Nicholas Jenks.

72

Ik was heel verbaasd toen Cindy om halftwaalf bij mij aan de deur verscheen. Met grote ogen van opwinding en trots stootte ze uit: 'Ik weet wie de minnaar van Kathy Kogut was.'
'Nicholas Jenks,' antwoordde ik. 'Kom binnen, Cindy. Af, Martha.' Ze stond aan mijn Giants-nachthemd te trekken.
'O, god,' kreunde ze luid. 'Ik was zo door het dolle. Ik dacht dat ik het had ontdekt.'

Ze had het ook ontdekt. Ze had McBride én Seattle verslagen. Twee korpsen met ervaren rechercheurs, en de FBI ook nog. Ik keek haar vol oprechte bewondering aan. 'Hoe?'
Te rusteloos om te gaan zitten beende Cindy door mijn woonkamer, terwijl ze uiteenzette hoe ze haar verbazingwekkende ontdekking had gedaan. Ze vouwde een kopie van de persfoto van Jenks en Kathy Kogut tijdens de première van de film open. Ik zag haar om de bank heen lopen, terwijl ze zichzelf probeerde bij te houden: Bright Star... Sierra... *Crossed Wire*... Ze was opgewonden. 'Ik ben een goede journalist, Lindsay,' zei ze.
'Dat weet ik.' Ik glimlachte naar haar. 'Maar je mag er alleen niet over schrijven.'
Cindy bleef staan. Daar had ze nog niet aan gedacht en nu drong het pas tot haar door.
'O, god,' kreunde ze. 'Dat is net als onder de douche staan met Brad Pitt maar er niet aan mogen komen.' Ze keek me aan, half lachend, half alsof er spijkers door haar hart werden gedreven.
'Cindy,' – ik sloeg mijn armen om haar heen en omhelsde haar – 'je zou niet eens geweten hebben dat je naar hem op zoek moest gaan als ik je niet over Cleveland had verteld.'
Ik ging naar de keuken. 'Wil je thee?' riep ik.
Ze liet zich op de bank vallen en slaakte nog een keer een jammerkreet. 'Ik wil bier. Nee, geen bier. Whisky.'
Ik wees naar mijn kleine bar bij het terras. Even later gingen we zitten. Ik met mijn Nocturnal Seasonings, zij met een stevig glas Wild Turkey, Martha tevreden aan onze voeten.
'Ik ben trots op je, Cindy,' zei ik tegen haar. 'Je hebt de naam gevonden. Je had hem eerder dan twee politiekorpsen. Als dit voorbij is, zal ik ervoor zorgen dat je naam speciaal wordt genoemd in de pers.'

'Ik ben de pers,' riep Cindy uit, en ze glimlachte geforceerd. 'En wat bedoel je met "als dit voorbij is"? Je hebt hem.'

'Nog niet helemaal.' Ik schudde mijn hoofd. Ik legde uit dat alles wat we hadden, zelfs de dingen die zij niet wist – de wijngaard, de champagne – indirecte bewijzen waren. We konden hem zelfs niet dwingen een haar af te staan.

'Wat moeten we dan doen?'

'Concrete bewijzen verzamelen die Nicholas Jenks in verband brengen met het eerste misdrijf.'

Plotseling begon ze te smeken. 'Ik moet dit publiceren, Lindsay.'

'Nee,' hield ik staande. 'Niemand weet ervan. Alleen Roth en Raleigh. En nog iemand...'

'Wie?' Cindy knipperde met haar ogen.

'Jill Bernhardt.'

'De hulpofficier van justitie? Het Openbaar Ministerie is net een vergiet dat over de Stille Oceaan probeert te varen. Het is zo lek als een mandje.'

'Jill niet,' beloofde ik. 'Die zal dit niet laten uitlekken.'

'Hoe weet je dat zo zeker?'

'Omdat Jill Bernhardt deze vent net zo graag wil pakken als wij,' zei ik vol overtuiging.

'En dat is alles?' kreunde Cindy.

Ik nam een troostende slok thee en onze ogen ontmoetten elkaar. 'En omdat ik haar heb gevraagd of ze bij onze club wil komen.'

73

De volgende dag troffen we elkaar na ons werk in Susie's om iets te drinken; het was Jills kennismaking met onze club.

Ik kon me de hele dag nergens anders op concentreren dan op de gedachte dat ik Jenks wilde confronteren met wat we wisten en hem wilde opbrengen. Ik wilde alles versnellen, een confrontatie. Ik wilde hem laten weten dat we hem te pakken hadden. Verdomde Roodbaard.

Terwijl we op onze bestelling zaten te wachten, bracht ik iedereen op de hoogte van een paar nieuwe ontwikkelingen. Een huiszoeking bij Kathy Kogut in Seattle had de naam en het telefoonnummer van Jenks in het adresboekje van de overleden bruid opgeleverd. Navraag bij Northwest Bell had bevestigd dat ze hem de laatste maand drie keer had gebeld, één keer zelfs drie dagen voor de bruiloft in Cleveland. Het bevestigde wat Merrill Shortley ons had verteld.

'Tot op het allerlaatste moment,' zei Claire. 'Eng, hoor. Zij allebei eigenlijk.'

We hadden de foto van Jenks samen met vijf andere foto's aan Maryanne Perkins van Saks voorgelegd. We moesten nodig iets hebben wat hem met het eerste misdrijf in verband bracht. Ze bleef een paar seconden naar zijn gezicht kijken. 'Hij is het,' verklaarde ze. Daarna zweeg ze een tijdje. 'Maar het is wel moeilijk. Het ging zo snel. En hij stond zo ver weg.'

De gedachte dat zij door een advocaat van de verdediging zou worden ondervraagd gaf me de kriebels. Het verbaasde me niet dat Jill het met me eens was.

Na één margarita was zij al naadloos in onze groep opgegaan.

Claire had haar een paar keer ontmoet wanneer ze getuigde bij een rechtszaak. Ze hadden respect voor elkaar gekregen omdat ze allebei in een door mannen gedomineerde werkomgeving carrière hadden gemaakt.

We stelden Jill vragen over haarzelf en ze vertelde ons dat ze rechten had gestudeerd op Stanford en dat haar vader be-

drijfsjurist was in Dallas. Geen belangstelling voor het bedrijfsleven. Dat was voor haar echtgenoot, Steve, die een beleggingsfonds voor Bank America beheerde.
Ze woonden in Burlingame – welvarend, exclusief – gingen regelmatig klimmen in de woestijn bij Moab. Geen kinderen. 'Dat kan er nu gewoon niet bij,' zei ze.
Jill leek het snelle, succesvolle leven bij uitstek te leiden. Tegelijkertijd leek er iets te ontbreken. Misschien was ze moe van het vele werk, het hoge tempo van haar carrière.
Toen onze drankjes kwamen, dronken Claire en ik op Cindy omdat ze op zo'n ingenieuze manier in zo'n korte tijd met Jenks' naam op de proppen was gekomen. En twee politiekorpsen vóór was geweest.
Claire hief haar glas naar haar. 'Je bent niet slecht, voor een beginneling natuurlijk. Maar je bent nog niet de beste.' Ze glimlachte naar me.
'Ik vraag me één ding af,' zei Jill, de tafel rondkijkend. 'Ik weet dat ik me aardig staande kan houden tijdens dineetjes en zo... maar dat is niet de reden dat jullie me erbij hebben gevraagd, hè? Alle partijen zijn hier kennelijk vertegenwoordigd: de pers, de politie, het gerechtelijk lab. Wat voor club is dit eigenlijk?'
Ik gaf antwoord, aangezien ik degene was die haar had uitgenodigd. 'Vrouwen. Die carrière maken. Wetshandhaving.'
'Ja, met watjes van bazen,' vulde Cindy aan.
'Nou, dan voldoe ik aan de criteria,' zei Jill. 'En het kan ook geen kwaad dat jullie allemaal op de een of andere manier te maken hebben met de bruid- en bruidegomzaak.'
Ik hield mijn adem in. Jill zou onze club zo kunnen opblazen, maar ze was gekomen. 'We hebben min of meer samengewerkt,' gaf ik toe. 'Buiten de officiële kanalen om.'
Onder een margarita legde ik uit hoe we elkaar hadden leren kennen. Hoe we met deze zaak te maken hadden gekre-

gen, hem zelfstandig probeerden op te lossen en elkaar vertelden wat we wisten. Hoe het een soort vriendschap was geworden. Hoe het allemaal gewoon een beetje verder was gegaan.

Jill trok haar wenkbrauwen op. 'Ik neem aan dat jullie alles ook voor het officiële onderzoek gebruiken?'

'Natuurlijk,' verklaarde ik. 'Nou ja, zo ongeveer.' Ik vertelde haar dat Cindy alleen die dingen mocht publiceren die op korte termijn tijdens een persconferentie bekend zouden worden gemaakt. Hoe opwindend het was om alle bureaucratie te omzeilen en de zaak vooruit te helpen.

'Ik weet dat het een ander geval wordt als er wetskwesties om de hoek komen kijken,' zei ik. 'En als je je er niet prettig bij voelt...'

We zaten daar allemaal in onzekerheid te wachten op haar antwoord. Loretta kwam en we bestelden nog een rondje. We zaten nog steeds in onzekerheid... te wachten op Jill.

'Als ik jullie nu eens laat weten wanneer ik me er niet meer prettig bij voel,' zei Jill. Ze sperde haar blauwe ogen open. 'Ondertussen hebben we nog heel wat ondersteunend bewijs nodig als we hier een rechtszaak van willen maken.'

We slaakten alle drie een zucht van opluchting en hieven de bijna lege glazen op naar ons nieuwe lid.

'En heeft dit clubje ook een naam?' informeerde Jill.

We keken elkaar aan, haalden onze schouders op, schudden ons hoofd. 'We zijn een soort moordclub,' zei ik.

'Lindsay heeft ons aangesteld als hulprechercheur.' Claire grinnikte.

'De margarita-macht,' opperde Jill. 'Dat heeft potentie.'

'De puike pruimen.' Claire giechelde.

'Ooit hebben wij het voor het zeggen,' zei Cindy. *'The Women's Murder Club,'* zei ze gevat met een tevreden grijns.

'Dat zijn we. Dat wordt het.'
'Let maar niet op mij als ik begin te bulderen,' zei Jill.
We keken de tafel rond. We waren vrolijke, aantrekkelijke vrouwen die niet met zich lieten sollen. We zouden het voor het zeggen krijgen... ooit.
De serveerster bracht onze drankjes. We hieven vier glazen op naar elkaar. 'Op ons.'

74

Ik reed naar huis met een voldaan gevoel omdat ik Jill bij de club had gehaald, maar het duurde niet lang of de gedachte dat ik nog steeds niet eerlijk was tegen mijn vriendinnen kwam bovendrijven.
Mijn pieper ging af.
'Wat ben je aan het doen?' vroeg Raleigh toen ik hem terugbelde.
'Ik was op weg naar huis. Afgepeigerd.'
'Heb je nog puf om even met me te praten? Ik zit in Mahoney's.' Mahoney's was een donkere, drukke bar vlak bij het Paleis waar het meestal wemelde van de politiemensen die geen dienst hadden.
'Ik heb al gegeten,' vertelde ik hem.
'Kom toch maar,' zei Raleigh. 'Het gaat over de zaak.'
Ik was er maar een paar minuten vandaan. Mahoney's zat op Brannan. Op weg naar Potrero moest ik er toch langs.
Ik kwam tot de ontdekking dat ik weer een beetje nerveus was. Ik was bang dat we alles niet meer volgens het boekje deden. Volgens het boekje begonnen partners niet een relatie. Noch mensen wier leven wegebde. Als ik de zaken op hun beloop liet, kon er van alles gebeuren. Dit was geen vluchtige affaire voor één nacht die we de volgende dag

konden wegredeneren. Hoezeer ik ook naar hem verlangde, ik hield me in. Bang om alles uit te laten komen. Om mezelf te laten gaan. Om hem erbij te betrekken.

Ik was opgelucht toen ik zag dat Raleigh voor de bar op me stond te wachten. Hij kwam naar mijn auto toe lopen. Ik kon het niet helpen, maar het viel me op dat hij er, zoals altijd, goed uitzag.

'Fijn dat je me niet naar binnen hebt laten komen,' zei ik.

Hij leunde op de rand van mijn open raampje. 'Ik heb Nicholas Jenks nagetrokken,' zei hij.

'En?'

'Hij is achtenveertig. Heeft rechten gestudeerd, maar zijn studie niet afgemaakt. Begon in zijn eerste jaar al romans te schrijven. Heeft twee boeken geschreven die niets hebben gedaan. Daarna die verknipte thriller, *Crossed Wire*, een bestseller.

Er is iets wat je moet weten. Zo'n zeven jaar geleden werden er een paar agenten naar zijn huis geroepen vanwege een echtelijke twist.'

'Wie heeft er gebeld?'

'Zijn vrouw. Zijn eerste vrouw.' Raleigh leunde nog verder naar voren. 'Ik heb het rapport opgevraagd. De eerste agent ter plaatse beschreef haar als behoorlijk in elkaar geslagen. Blauwe plekken over haar hele armen. Grote blauwe plek in haar gezicht.'

Een gedachte schoot door mijn hoofd, Merrill Shortley over Kathy's vriend: hij hield van heftige seksspelletjes.

'Heeft zijn vrouw een aanklacht ingediend?' vroeg ik.

Chris schudde zijn hoofd. 'Verder ging het niet. Nooit een aanklacht ingediend. Sindsdien heeft hij bakken geld verdiend. Zes gigantische bestsellers. Films, scenario's. En een nieuwe vrouw.'

'Dat betekent dat er ergens een ex-vrouw is die misschien

wel wil praten.'
Hij had een voldane uitdrukking op zijn gezicht. 'Mag ik je nu dan op een etentje trakteren, Lindsay?'
Een warme druppel zweet gleed langzaam over mijn hals omlaag. Ik wist niet of ik moest uitstappen of blijven zitten. Ik dacht: als ik uitstap... 'Chris, ik heb al gegeten. Ik had een afspraakje.'
'Jacobi.' Hij grinnikte. Hij kon me altijd vermurwen met die glimlach van hem.
'Nee, vrouwengedoe, een clubje. We zien elkaar eens per maand. Bespreken ons leven. Je weet wel, problemen met kindermeisjes, privé-trainers, landhuizen, relaties, dat soort dingen.'
'Vrouwen bij die ik ken?' Raleigh trok zijn wenkbrauwen op.
'Misschien stel ik je ooit wel aan hen voor.'
We bleven maar talmen en mijn bloed klopte langzaam in mijn borst. Het haar op Raleighs onderarm streek zacht langs het mijne. Hier werd ik gek van. Ik moest iets zeggen.
'Waarom heb je me hierheen laten komen, Chris?'
'Vanwege Jenks,' antwoordde hij. 'Ik heb je niet alles verteld. We hebben bij het bureau Vuurwapenregistratie gecontroleerd of hij in het bezit is van wapens.' Hij keek me aan met een glinstering in zijn ogen. 'Hij heeft verschillende geregistreerde wapens. Een Browning tweeëntwintig kaliber jachtgeweer, een Renfield dertig-dertig. Een Remington veertig-punt-vijf.'
Hij zat me te plagen. Ik wist dat hij iets belangrijks had gevonden.
'Er is ook nog een Glock Special. Uit 1990. Negen millimeter.'
Een voldaan gevoel schoot door me heen.
Chris fronste zijn wenkbrauwen. 'Hij heeft zo'n zelfde wa-

pen als we zoeken, Lindsay. We moeten dat pistool vinden.'

Ik maakte een vuist en liet hem triomfantelijk op die van Raleigh neerkomen. Mijn hersens draaiden op volle toeren. Sparrow Ridge, de telefoontjes, nu een Glock Special. Het waren alleen nog indirecte bewijzen, maar alle puzzelstukjes begonnen op hun plaats te vallen.

'Wat doe je morgen, Raleigh?' vroeg ik met een glimlach.

'Ik heb geen plannen. Hoezo?'

'Ik geloof dat het tijd wordt dat we eens met die vent gaan praten.'

75

Hoog op de rotsen boven de Golden Gate Bridge lag El Camino del Mar 20, een gepleisterd huis in Spaanse stijl met een ijzeren hek voor de bruinrode oprit.

Hier woonde Roodbaard, alias Nicholas Jenks.

Jenks' huis was laag, statig, omgeven door sierlijk geknipte heggen en felgekleurde, bloeiende azalea's. In de bocht van de oprijlaan voor het huis stond een groot ijzeren beeld: Botero's Madonna en kind.

'Het gaat zeker goed in de boekenbranche.' Raleigh floot even toen we naar de voordeur liepen. We hadden via Jenks' secretaresse een afspraak voor twaalf uur gemaakt. Ik was door Sam Roth gewaarschuwd dat ik hem niet te zwaar onder druk mocht zetten.

Een vriendelijke huishoudster deed de deur voor ons open en nam ons mee naar een ruime serre, terwijl ze ons vertelde dat meneer Jenks zo beneden zou komen. De weelderige kamer met dik jacquardbehang, oosterse stoelen, een mahoniehouten salontafel en planken met aandenkens en foto's leek rechtstreeks uit een designtijdschrift te komen.

Hij kwam uit op een patio van veldsteen met uitzicht op de Stille Oceaan.
Ik woonde mijn hele leven al in San Francisco, maar ik had nooit geweten dat je elke avond kon thuiskomen in een huis met zo'n prachtig uitzicht.
Terwijl we wachtten, bekeek ik de foto's die op een zijtafel stonden uitgestald. Jenks met een reeks zeer bekende mensen: Michael Douglas, de topman van Disney, Bill Walsh van de 49'ers. Andere foto's met een aantrekkelijke vrouw, zijn tweede vrouw, nam ik aan – lachend, rossig blond haar – op verschillende exotische locaties: stranden, een eiland in de Middellandse Zee.
In een zilveren lijstje zat een foto van tien bij vijftien centimeter van hen tweeën midden in een enorme verlichte koepel, de koepel van het Palace of Fine Arts. Het was een trouwfoto.
Op dat moment kwam Nicholas Jenks binnen. Ik herkende hem direct van zijn foto's.
Hij was ieler dan ik me had voorgesteld; verzorgd, goedgebouwd, niet langer dan een meter vijfenzeventig, gekleed in een wit smokingoverhemd met open boord en een versleten spijkerbroek. Mijn ogen werden onmiddellijk naar de grijs wordende bruinrode baard getrokken.
Roodbaard, fijn je eindelijk te ontmoeten.
'Sorry dat ik niet eerder tijd had, rechercheurs,' zei hij met een ontspannen glimlach, 'maar ik word nu eenmaal chagrijnig als ik mijn aantal pagina's 's ochtends niet haal.' Hij stak zijn hand uit en zag de foto die ik nog steeds vast had. 'Lijkt wel wat op de set van *Marriage of Figaro*, vindt u niet? Ik zou zelf voor een kleine burgerlijke plechtigheid hebben gekozen, maar Chessy zei dat als ze me in een smoking kon krijgen, ze nooit zou twijfelen aan mijn liefde voor haar.'
Ik had er geen behoefte aan om door deze man te worden

ingepalmd, maar hij was knap en hij nam direct het heft in handen. Ik begreep wel wat sommige vrouwen aantrekkelijk aan hem vonden. Hij wenkte ons naar de bank.
'We wilden u graag een paar vragen stellen,' zei ik.
'Over de moorden op de bruidsparen, neem ik aan. Mijn secretaresse heeft het me verteld. Waanzinnig... verschrikkelijk. Deze ongelooflijk wanhopige daden schreeuwen toch om aandacht.'
'Voor de slachtoffers,' zei ik, terwijl ik de trouwfoto op tafel terugzette.
'Iedereen denkt altijd aan het vreselijke lot van de slachtoffers,' zei Jenks. 'Maar wat er in het hoofd van de moordenaar omgaat, dat brengt geld in het laatje. De meeste mensen denken dat het bij deze daden alleen om wraak gaat. De ziekste vorm van wraak... Of zelfs onderwerping, zoals bij de meeste verkrachtingen. Maar dat geloof ik niet.'
'Wat is uw theorie, meneer Jenks?' vroeg Chris. Hij deed het voorkomen alsof hij een fan was.
Jenks hield een kan ijsthee omhoog. 'Iets drinken? Ik weet dat het warm is vandaag, hoewel ik sinds acht uur opgesloten heb gezeten in de studeerkamer.'
We schudden ons hoofd. Ik haalde een archiefmap uit mijn tas en legde hem op mijn schoot. Ik dacht aan Cheery's waarschuwing: 'Hou het oppervlakkig. Jenks is een beroemdheid. Jij niet.'
Nicholas Jenks schonk een groot glas thee voor zichzelf in en ging verder. 'Uit wat ik heb gelezen, heb ik begrepen dat deze moorden kennelijk een vorm van verkrachting zijn, een verkrachting van de onschuld. De moordenaar handelt op een manier die niemand kan vergeven. Rond de heiligste gebeurtenis in onze maatschappij. In mijn ogen zijn deze moorden de ultieme daad van verlossing.'
'Helaas, meneer Jenks,' zei ik, zonder in te gaan op zijn

kletspraat, 'zijn we hier niet om uw mening als schrijver te vragen. Ik heb enkele vragen met betrekking tot deze moorden die we u graag willen voorleggen.'

Jenks leunde naar achteren in zijn stoel. Hij keek verbaasd. 'Wat klinkt dat akelig formeel.'

'Dat mag u zelf bepalen,' zei ik. Ik haalde een draagbare taperecorder uit mijn tas. 'Hebt u er bezwaar tegen als ik deze aanzet?'

Hij keek me aan en zijn ogen schoten achterdochtig heen en weer. Toen wuifde hij met zijn hand alsof het hem niet uitmaakte.

'Waar ik mee zou willen beginnen, meneer Jenks... Beschikt u over bepaalde kennis met betrekking tot een van deze misdrijven buiten wat u in de kranten hebt gelezen?'

'Kennis?' Jenks haalde diep adem en dacht voor de vorm even na. Daarna schudde hij zijn hoofd. 'Nee. Geen enkele.'

'U hebt gelezen dat er een derde moord is gepleegd? Vorige week. In Cleveland.'

'Dat heb ik gelezen. Ik lees elke dag een stuk of zes kranten.'

'En hebt u ook gelezen wie de slachtoffers waren?'

'Uit Seattle, toch? Een van hen, herinner ik me, was een concertorganisator of zo.'

'De bruidegom.' Ik knikte. 'James Voskuhl. De bruid heeft feitelijk een tijdje hier in de stad gewoond. Haar meisjesnaam was Kathy Kogut. Zegt een van die namen u iets?'

'Nee. Zou dat moeten?'

'Dus u hebt hen geen van beiden ooit ontmoet? De enige reden dat u zich voor deze zaak interesseerde, was net zoals voor ieder ander... ziekelijke nieuwsgierigheid?'

Hij richtte zijn blik op mij. 'Dat klopt. Ziekelijke nieuwsgierigheid, daar leef ik van.'

Ik sloeg mijn archiefmap open en haalde de bovenste foto eruit. Hij speelde met ons, net zoals hij met ons had ge-

speeld door sporen achter te laten die allemaal doodliepen.
Ik schoof de foto naar de andere kant van de tafel. 'Misschien kan dit uw geheugen opfrissen,' zei ik. 'Dat is Kathy Kogut, de bruid die een paar avonden geleden werd vermoord. De man naast haar bent u volgens mij.'

76

Langzaam pakte Roodbaard de foto van de tafel en keek ernaar. 'Dat ben ik inderdaad,' merkte hij op. 'Maar de dame, hoe mooi ook, herken ik niet. Waar is deze foto genomen, als ik vragen mag?'
'Bij de première van *Crossed Wire* in San Francisco.'
'Ah,' zuchtte hij, alsof dat alles verklaarde.
Ik zag dat hij koortsachtig nadacht over een goed antwoord. Hij was beslist slim en geen slecht acteur.
'Ik ontmoet veel mensen bij dat soort gelegenheden. Daarom probeer ik ze ook te vermijden. U zegt dat dat het meisje was dat in Cleveland is vermoord?'
'We hoopten dat dit iemand was die u zich misschien nog herinnerde,' antwoordde ik.
Jenks schudde zijn hoofd. 'Te veel fans, niet veel zin om ze te ontmoeten, zelfs de knappe niet, rechercheur.'
'De prijs van de roem, neem ik aan...' Ik nam de foto terug, bleef er even mee in mijn handen zitten en schoof hem toen weer onder zijn neus.
'Toch wil ik even terugkomen op deze fan in het bijzonder. Ik ben benieuwd waarom ze u niet is opgevallen. Tussen al die andere fans.' Ik haalde een kopie van een telefoonrekening van North West uit mijn map en gaf deze aan hem. Op de rekening was een aantal gesprekken gemarkeerd. 'Is dit

uw privé-nummer?'
Jenks hield de kopie van de rekening in zijn hand. Zijn blik werd donker. 'Dat klopt.'
'Ze heeft u gebeld, meneer Jenks. Drie keer in de afgelopen weken nog. Eén keer... hier, ik heb het voor u omcirkeld, twaalf minuten vorige week. Drie dagen voordat ze trouwde en werd vermoord.'
Jenks knipperde met zijn ogen. Daarna pakte hij de foto weer van tafel. Nu kreeg zijn gezicht een andere uitdrukking: somber, verontschuldigend. 'Om eerlijk te zijn, rechercheur,' hij zuchtte een keer en zei: 'Ik vond het zo verschrikkelijk toen ik hoorde wat er was gebeurd. Ze leek de laatste maand zo opgewekt, zo vol leven. Het was verkeerd van me om u te misleiden. Het was dom van me. Ik heb Kathy gekend. Ik heb haar ontmoet op de avond dat deze foto is genomen. Soms zijn mijn fans nogal gevoelig. En aantrekkelijk. Bij tijd en wijle ben ik, tot mijn grote verdriet, ook nogal gevoelig.'
Ik wilde over de tafel heen springen en Nicholas Jenks' gevoelige hoofd van zijn romp rukken. Ik was ervan overtuigd dat hij verantwoordelijk was voor zes wrede moorden. Nu dreef hij de spot met ons en met de slachtoffers. De vuile schoft.
'Dus u geeft toe,' kwam Raleigh tussenbeide, 'dat u een relatie met deze vrouw hebt gehad?'
'Niet zoals u insinueert,' antwoordde Jenks. 'Kathy was een vrouw die hoopte dat ze haar eigen vage artistieke aspiraties zou kunnen realiseren door om te gaan met iemand die scheppend bezig was. Ze wilde zelf ook schrijven. Het is niet bepaald hersenchirurgie, maar als het zo verdomde eenvoudig was, zouden we allemaal wel een boek bovenaan de bestsellerlijst hebben, denkt u niet?'
We gaven geen van beiden antwoord.

'We hebben elkaar in de loop van een paar jaar enkele keren gesproken en ontmoet. Verder is het nooit gegaan. Dat is de waarheid.'
'Een soort mentorschap van uw kant?' opperde Raleigh.
'Ja, dat klopt. Dat is het goede woord.'
'Hebt u toevallig' – ik leunde naar voren en kon mijn toon niet meer onder controle houden – 'afgelopen zaterdag in Cleveland, op de avond dat Kathy werd vermoord, ook voor mentor gespeeld?'
Jenks' gezicht werd hard. 'Dat is belachelijk. Ongehoord, om zoiets te zeggen.'
Ik keek nog één keer in mijn map en pakte deze keer een afdruk van de foto van de beveiligingscamera waarop de moordenaar aankwam in de Hall of Fame. 'Dit is een foto van een beveiligingscamera, genomen op de avond dat ze werd vermoord. Bent u dat, meneer Jenks?'
Jenks knipperde niet eens. 'Dat zou kunnen, rechercheur, áls ik er was geweest. Hetgeen absoluut niet het geval is.'
'Waar was u afgelopen zaterdagavond?'
'Om misverstanden te voorkomen,' zei hij ijzig. 'Wilt u zeggen dat ik verdacht word van deze misdrijven?'
'Kathy Kogut heeft met mensen gepraat, meneer Jenks.' Ik keek hem recht aan. 'Met haar zus. Met haar vrienden. We weten hoe u haar behandelde. We weten dat ze uit de Bay Area vertrok omdat ze aan uw invloed wilde ontsnappen. We weten dat er tot op de dag van haar huwelijk iets tussen u speelde.'
Mijn ogen lieten Jenks geen moment los. Er was niets in de kamer, alleen hij en ik.
'Ik ben niet in Cleveland geweest,' zei hij. 'Ik was die avond hier.'
Ik legde hem alle bewijzen voor. Van de fles Clos du Mesnil die in het Hyatt was achtergelaten tot zijn aandeel in de on-

roerendgoedmaatschappij die eigenaar was van Sparrow Ridge Vineyards en het feit dat twee van de moorden waren gepleegd met een 9mm-pistool en geregistreerd stond dat hij zo'n wapen in zijn bezit had.

Hij lachte me uit. 'Ik hoop dat u uw veronderstelling niet hierop baseert. Ik heb die champagne een hele tijd geleden gekocht.' Hij haalde zijn schouders op. 'Ik weet niet eens meer waar hij is.'

'U kunt hem wel vinden, neem ik aan?' vroeg Raleigh, die vervolgens uitlegde dat het een teken van respect was dat we hem vroegen om de champagne vrijwillig aan de politie over te dragen.

'Zou u er bezwaar tegen hebben om ons een haarmonster van uw baard te geven?' vroeg ik.

'Wát!' Hij keek me aan met een minachtende blik in zijn ogen, de blik die Melanie Brandt wellicht had gezien toen hij haar aanviel, stelde ik me voor. Die Kathy Kogut zag toen hij het pistool op haar hoofd richtte.

'Ik geloof,' zei Nicholas Jenks uiteindelijk, 'dat dit gesprek ten einde is.' Hij stak zijn polsen naar voren. 'Tenzij u van plan bent om me mee te nemen, wil ik nu graag gaan lunchen.'

Ik knikte. 'We zullen alles moeten natrekken. Waar u was. En uw wapen.'

'Natuurlijk,' zei Jenks terwijl hij opstond. 'En als u daarbij mijn medewerking nodig hebt, dient u dan gerust een verzoek in bij mijn advocaat.'

Ik verzamelde de foto's en stopte ze terug in de map. Raleigh en ik stonden op.

Op dat moment kwam de aantrekkelijke rossig blonde vrouw van de foto's de kamer binnen.

Ze was ontegenzeglijk knap, met vriendelijke, zeegroene ogen, een bleke huid en lang, loshangend haar. Ze had een

slank balletdanserlichaam en was gekleed in een knielange legging en een Nike T-shirt.
'Chessy!' riep Jenks uit. 'Deze mensen zijn van de politie van San Francisco. Rechercheur, mijn vrouw.'
'Sorry, Nicky,' verontschuldigde Chessy Jenks zich. 'Susan komt zo. Ik wist niet dat je bezoek had.'
'Ze gaan net weg.'
We knikten stijfjes en liepen in de richting van de deur. 'Als u zou willen opzoeken waar we het net over hadden,' zei ik tegen hem, 'zullen we iemand sturen om het op te halen.'
Hij keek dwars door me heen.
Ik vond het vreselijk dat ik moest vertrekken zonder hem te arresteren en dat ik hem met fluwelen handschoentjes had moeten aanpakken. Maar we waren nog een paar stappen van een arrestatie verwijderd.
'Zo,' zei Chessy Jenks lachend, 'is mijn man dan toch moorddadig geworden?' Ze liep naar Jenks toe en pakte hem plagerig bij zijn arm. 'Ik heb altijd al gezegd dat het er een keer van moest komen met die griezelige karakters waar hij over schrijft.'
Zou het kunnen dat ze het wist, vroeg ik me af. Ze leefde met hem, sliep met hem. Ze moest weten wat er in zijn hoofd omging. Dat kon toch niet anders?
'Ik hoop waarachtig van niet, mevrouw Jenks,' was alles wat ik zei.

77

'Wat bedoelde ze daarmee?' vroeg Chessy Jenks verbaasd aan haar man nadat de rechercheurs het huis hadden verlaten.
Jenks duwde haar van zich af en beende naar de grote open-

slaande deuren die uitzicht gaven op de Stille Oceaan.
'Idioten,' mompelde hij. 'Amateurs. Wie denken ze wel dat ze voor zich hebben?'
Hij voelde een prikkelend, gloeiend gevoel over zijn schouders en rug schieten. Ze waren stom, klein van geest. Daarom waren ze bij de politie. Als ze hersens hadden, deden ze wel wat hij deed. Hoog boven de Stille Oceaan wonen.
'Daarom graven ze vuilstortplaatsen af,' antwoordde hij afwezig. 'Dan hebben ze een plek waar politiemensen zich thuis kunnen voelen.'
Chessy pakte de trouwfoto van de salontafel en zette hem terug waar hij hoorde. 'Wat heb je nu weer gedaan, Nick?'
Waarom dwong ze hem hier altijd toe? Waarom moest ze altijd alles weten?
Ze kwam naar hem toe en keek hem aan met dat mooie, geduldige gezicht.
Zoals altijd werd het hem opeens zwart voor zijn ogen.
Hij besefte niet eens dat hij haar had geslagen.
Zijn hand deed gewoon opeens pijn en Chessy lag op de grond; het bamboetafeltje waar de foto's op stonden, was omgevallen en zij hield een hand voor haar mond.
Hij schreeuwde: 'Weet je niet wanneer je bij me uit de buurt moet blijven? Wat mis je nog, een gebruiksaanwijzing?'
'Nick,' zei Chessy. 'Niet hier... niet nu.'
'Wat niet hier?' schreeuwde hij. Hij wist dat hij stond te schreeuwen en zijn zelfbeheersing verloor. Dat het personeel het zou kunnen horen.
'Toe, Nick,' zei Chessy terwijl ze overeind ging zitten. 'Susan komt zo. We gaan lunchen.'
Het idee dat Chessy dacht dat ze hem daar gewoon kon gaan zitten vermanen maakte hem pas echt kwaad. Zag ze dan niet wie ze in werkelijkheid was? Gewoon een blondje met sproeten dat hij uit een verzameling vee had gekozen en

in een godsgeschenk voor de detailhandel had veranderd.
Hij greep haar bij haar arm en bracht zijn neus heel dicht bij haar mooie, doodsbange ogen. 'Zeg het!' De arm die hij vast had, trilde. Uit haar neus liep een beetje snot. 'Jezus, Nick...'
Daar hield hij van, dat ze bang was voor hem, ook al liet ze het in het openbaar nooit merken.
'Ik zei: zeg het, Chessy.' Hij draaide haar arm op haar rug. Ze haalde nu zwaar adem en zweette onder haar T-shirt. Haar kleine tietjes staken erdoor. Toen ze op haar eigen zielige manier weerstand bood en boos naar hem terugkeek, draaide hij harder en drukte zijn vingers in haar arm. Hij duwde haar in de richting van de slaapkamer. Ze struikelde met hem mee op haar blote voeten.
In de slaapkamer trapte hij de deur dicht.
Wie dacht die politievrouw wel dat ze was? Zomaar hier binnenkomen... hem beschuldigen. In haar goedkope Gap-kleren. Wat een godvergeten brutale trut.
Hij sleepte Chessy de garderobekast in. De hare. Het was er donker. Alleen het donker en haar snikken en de alom aanwezige geur van haar parfum. Hij duwde haar naar voren tegen de muur en drukte zich tegen haar billen aan.
Hij trok Chessy's legging en haar slipje in één ruk omlaag.
'Alsjeblieft,' huilde ze. 'Nicky?'
Hij vond het bekende plekje waar haar kleine billen uiteenweken. Hij was heel stijf en hij duwde zichzelf diep naar binnen.
Hij stootte hard en diep. 'Zeg het,' hijgde hij. 'Je weet hoe je het kunt laten ophouden. Zeg het.'
'Woef...,' mompelde ze ten slotte met een klein stemmetje.
Nu vond ze het heerlijk, zoals altijd. Het was niet erg; het was lekker. Uiteindelijk wilden ze het allemaal en vonden ze het allemaal heerlijk. Hij koos ze altijd zo goed uit.

'Woef,' jammerde ze. 'Woef, woef. Is dat wat je wilt, Nick?'
Ja, dat was deels wat hij nodig had. Het was het enige wat hij van Chessy verwachtte.
'Je vindt het heerlijk, Chessy,' fluisterde hij terug. 'Daarom ben je hier.'

78

We lieten Jenks nauwlettend in de gaten houden door een team van drie surveillancewagens. Als hij een poging waagde om zich van het wapen te ontdoen, zouden we het weten. Als hij stappen ondernam om weer een moord te plegen, zouden we hem hopelijk kunnen tegenhouden. Hoe slim hij ook was, ik zag niet in hoe hij nu nog een bruidspaar zou kunnen vermoorden.
Ik wilde iemand spreken die hem kende, die misschien bereid was om te praten. Raleigh had het over een ex-vrouw gehad, over een gewelddadig verleden tussen hen. Ik moest haar spreken.
Het was niet moeilijk om Joanna Jenks, nu Joanna Wade, op te sporen. In het politiearchief stond haar meisjesnaam vermeld op de klacht die ze jaren geleden tegen haar man had ingediend wegens huiselijk geweld. En Joanna Wade woonde momenteel in Filbert Street 1115 op Russian Hill.
Het was een aardig, kalkstenen huis op het steilste deel van de heuvel. Ik belde aan en vertelde wie ik was tegen de werkster die opendeed. Ze zei tegen me dat mevrouw Wade niet thuis was. 'Aan het trainen,' zei ze. 'In Gold's Gym. Op Union.'
Ik vond de sportschool om de hoek tussen een Starbucks en een Alfredson's-winkel. Bij de receptie vertelde een medewerkster met een paardenstaart me enthousaist dat Joanna

in zaal C was. Toen ik vroeg hoe Joanna Wade eruitzag, lachte de medewerkster. 'Blond en superfit.'

Ik liep naar binnen en zag door een groot raam voor toeschouwers dat er in zaal C tae-bo werd gegeven. Ongeveer acht zwetende vrouwen in lycra en sportbeha's schopten op harde muziek hun benen uit zoals bij karate. Ik wist dat tae-bo de nieuwste rage op fitnessgebied was, de grootste vetverbrander. Al deze vrouwen zagen eruit alsof ze een tegenstribbelende verdachte tegen een muur konden drukken, daarna eerder op het bureau konden zijn dan de surveillancewagen en nog adem over zouden hebben.

De enige blondine stond vooraan. In vorm, gespierd, hard aan het werk en nauwelijks zwetend. Zij gaf les.

Ik bleef kijken totdat ze klaar was en het merendeel van de leerlingen de zaal uit was gekomen. Ze veegde met een handdoek het zweet van haar gezicht.

'Geweldige training,' zei ik, toen ze mijn kant op kwam.

'De beste in de Bay Area. Wilt u zich laten inschrijven?'

'Misschien. Eerst wilde ik eigenlijk een paar vragen stellen.'

'Vraag maar aan Diane bij de receptie. Ze kan u alles vertellen.'

'Ik had het niet over tae-bo.' Ik liet haar mijn penning zien. 'Ik had het over Nicholas Jenks.'

Joanna keek me strak aan terwijl ze met haar blonde paardenstaart wapperde om haar nek af te koelen. 'Wat heeft hij uitgehaald? Hebben ze hem betrapt toen hij bij Stacey's een van zijn boeken probeerde te stelen?'

'Kunnen we praten?' vroeg ik.

Ze haalde haar schouders op en nam me mee naar een kleedkamer waar niemand was. 'Wat zou ik over Nick kunnen vertellen dat u niet op een van zijn omslagen kunt lezen?'

'Ik weet dat het al een paar jaar geleden is,' zei ik, 'maar u

hebt een keer een aanklacht tegen hem ingediend wegens huiselijk geweld.'
'Zeg, ik weet niet of jullie administratie is bijgewerkt, maar ik heb die aanklacht toen weer ingetrokken.'
Ik zag dat het angstige moment voor haar weer helemaal tot leven kwam. 'Moet u luisteren,' zei ik oprecht, 'niemand probeert oude wonden open te rijten, mevrouw Wade. Ik wil alleen maar wat informatie over uw ex-man.'
'Weer met zijn oude streken bezig?'
Ik zag dat ze me opnam. Was ik een bondgenoot of een vijand? Toen slaakte ze een gelaten zucht en keek me recht aan.
'Als u hier bent vanwege Chessy, ik had haar kunnen waarschuwen. Als hij me niet op zo'n afschuwelijke manier had laten vallen. Hoe zei hij het ook alweer: "Ik schrijf door haar, Jo. Ze inspireert me." Hebt u zijn boeken wel eens gelezen, rechercheur?' vroeg ze. 'Zij hoefde hem niet te inspireren door een baantje te nemen, terwijl hij de hort op ging om zichzelf te vinden. Zij hoefde zijn manuscripten niet te lezen, zijn woedeaanvallen niet te doorstaan wanneer hij werd afgewezen, hem niet elke avond te vertellen dat ze in hem geloofde. Weet u waar hij haar heeft ontmoet? Bij de schmink bij *Entertainment Tonight*.'
'Ik wil graag weten, mevrouw Wade,' zei ik, 'hoe gewelddadig Nicholas Jenks is.'
Ze zweeg en keek de andere kant op. Toen ze haar hoofd weer terugdraaide, stonden haar ogen vol tranen.
'Weet u, u komt na al die tijd hier binnen en laat me het allemaal opnieuw beleven. Wat wilt u dat ik zeg? Dat zijn moeder niet van hem hield? Dat hij een verknipte, gevaarlijke man is? Leven met Nick... dat is zo moeilijk. Hij kropt iets op en alleen god weet wanneer het eruit komt. Ik vroeg mezelf altijd af: waarom? Wat heb ik gedaan? Ik was nog maar

een kind.' In haar ogen glinsterden tranen.
'Het spijt me.' Ik had echt medelijden met haar. Met de beide dames Jenks. Ik kon me niet eens voorstellen hoe het was om me er opeens bewust van te worden dat ik met iemand als Jenks was getrouwd.
'Ik moet het helaas vragen,' zei ik. 'Hoe groot acht u de kans dat uw ex-man niet is veranderd? Dat hij misschien zelfs agressiever is geworden?'
Ze keek verbaasd. 'Is alles goed met Chessy, rechercheur?'
'Ja, met Chessy wel.' Ik knikte, maar liet duidelijk merken dat ik het idee had dat er anderen waren met wie het wellicht niet goed ging.
Ze verwachtte kennelijk dat ik haar een knipoog zou geven. Toen ik dat niet deed, lachte ze treurig. 'Dus we hebben het over iets veel ergers dan een boek uit Stacey's boekwinkel jatten?'
Ik knikte nogmaals. Van vrouw tot vrouw nu zei ik: 'Ik moet u een cruciale vraag stellen, mevrouw Wade.'

79

De vraag die ik aan Joanna Wade stelde, luidde: is Nicholas Jenks in staat om een moord te plegen?
Ik kon haar de reden niet vertellen, maar dat maakte niet uit. Joanna was een snelle denker. Ik zag de schrik in haar ogen. Nadat ze was gekalmeerd, zag ik aan haar dat ze een zorgvuldige afweging maakte.
Ten slotte keek ze me aan en vroeg me nogmaals: 'Hebt u zijn boeken gelezen, rechercheur?'
'Eén, *Fatal Charm*. Nogal gewelddadig.'
'Hij leeft met die karakters, rechercheur. Ik denk wel eens dat hij vergeet dat het fictie is.'

Ik zag de zelfkritiek in haar ogen. Ik boog me naar haar toe. 'Ik wil u niet kwetsen. Maar ik moet het weten.'

'Zou hij iemand kunnen doden? Is hij in staat een moord te plegen? Ik weet dat hij een ander mens volledig naar beneden kan halen. Dat is moord, nietwaar? Hij is wat je noemt een seksuele sadist. Zijn vader sloeg zijn moeder in de kast van hun slaapkamer bij wijze van afrodisiacum. Hij geilt op zwakheid. Ja, de beroemde Nicholas Jenks heeft me vernederd. Maar weet u wat het ergste is, het allerergste? Hij heeft míj verlaten, rechercheur. Ik ben niet bij hem weggegaan.'

Joanna leunde naar achteren en wierp me een soort meelevende glimlach toe. 'Ik heb Chessy een paar keer ontmoet. Bij lunches, liefdadigheidsbijeenkomsten. We hebben elkaar wel eens gesproken. Hij is niet veranderd. Ze weet dat ik precies weet wat zij meemaakt. Maar het is iets wat we niet kunnen delen. Ik zie de angst. Ik weet hoe het is. Als ze in de spiegel kijkt, herkent ze de persoon die ze vroeger was niet meer.'

Mijn bloed kookte. Door de harde buitenkant ving ik een glimp op van de vrouw die Joanna Wade was geweest: jong, afhankelijk, in de war.

Ik raakte haar hand aan. Ik had mijn antwoord. Ik sloeg mijn blocnote dicht en stond op het punt om weg te gaan, toen Joanna me verraste.

'Ik dacht dat hij het was. Niet echt. Maar ik dacht aan Nick toen ik over die verschrikkelijke moorden hoorde. Ik dacht aan zijn boek en ik zei tegen mezelf: hij zou het kunnen zijn.'

Ik hield Joanna tegen. 'Welk boek?'

'Dat eerste wat hij heeft geschreven, *Always a Bridesmaid*. Ik dacht dat u daarom bij me langskwam, dat u daarom aan hem dacht in verband met die moorden.'

Ik keek haar verbijsterd aan. 'Waar hebt u het over?'
'Ik weet er niet veel meer van. Hij had het geschreven voordat wij elkaar leerden kennen. Ik had het geluk dat ik het tweede ongepubliceerde boek mocht meemaken, dat hij, naar ik me heb laten vertellen, nog niet zo lang geleden voor twee miljoen heeft verkocht. Maar dit boek was ik tot voor kort helemaal vergeten. Het ging over een student rechten die zijn vrouw met zijn beste vriend betrapt. Hij vermoordt ze allebei en draait vervolgens helemaal door.'
'Hoe bedoelt u?' vroeg ik. Wat ze toen zei, deed me naar adem happen.
'Hij gaat willekeurig bruiden en bruidegoms vermoorden. Ongeveer zoals nu is gebeurd.'

80

Dat was het stukje van de puzzel dat ik nodig had. Als Jenks deze misdrijven had verzonnen, ze in een of ander vroeg werk had beschreven, vormde dat het bewijs dat hij ervan wist. Veel sterker dan de indirecte bewijzen. Met al het andere dat we hadden, zou ik hem zonder meer kunnen arresteren.
'Waar kan ik dat boek vinden?' vroeg ik.
'Het was niet zo goed,' antwoordde Joanna Wade. 'Het is nooit uitgegeven.'
Elke zenuw in mijn lijf was tot het uiterste gespannen. 'Hebt u nog een exemplaar?'
'Geloof me, als ik er een had gehad, had ik het jaren geleden al verbrand. Nick had een agent, ene Greg Marks. Die heeft hij aan de kant gezet toen hij succes kreeg. Als íémand het heeft, dan is hij het.'
Ik belde Greg Marks vanuit de auto. Ik was helemaal in

mijn nopjes. Ik genoot hiervan.
De telefoniste verbond me door, en nadat de telefoon vier keer was overgegaan, kreeg ik een antwoordapparaat: 'U bent verbonden met Greg Marks Associates...' Ik kromp ineen van teleurstelling. Verdomme!
Met tegenzin sprak ik het nummer van mijn pieper in. 'Er is veel haast bij,' zei ik. Ik wilde hem net vertellen waarom ik belde toen een stem het antwoordapparaat onderbrak: 'Met Greg Marks.'
Ik legde uit dat ik hem onmiddellijk moest spreken. Zijn kantoor was niet zo ver; ik kon er over tien minuten zijn.
'Ik heb om kwart over zes een afspraak op Market,' antwoordde de agent. 'Maar als u hier voor...'
'Blijf waar u bent,' zei ik tegen hem. 'Dit is een zaak van de politie en het is belangrijk. Als u weggaat, laat ik u arresteren.'
Greg Marks hield kantoor aan huis op de tweede verdieping van een gebouw van bruinrode zandsteen in Pacific Heights met uitzicht op een deel van de brug. Hij begroette me terughoudend en achterdochtig. Hij was klein, kalend, en chic gekleed in een zijden overhemd dat tot bovenaan was dichtgeknoopt.
'U hebt helaas een onderwerp gekozen dat bij mij niet zo geliefd is, rechercheur. Nicholas Jenks is zeker al zes jaar geen cliënt meer van me. Hij is bij me weggegaan op de dag dat *Crossed Wire* op de bestsellerlijst van de *Chronicle* binnenkwam.'
'Hebt u nog contact met hem?' Ik wilde er zeker van zijn dat de dingen die ik hem vroeg, Jenks niet ter ore zouden komen.
'Waarom? Om hem eraan te herinneren hoe ik hem gesteund heb in de jaren dat hij nauwelijks een zelfstandig naamwoord van een bijvoeglijk naamwoord kon onder-

scheiden? Hoe hij me midden in de nacht uit mijn bed belde met zijn idiote telefoontjes en hoe ik dat gigantische ego heb gestreeld?'

'Ik ben hier vanwege iets wat Jenks lang geleden heeft geschreven,' onderbrak ik hem. 'Vóór de grote successen. Ik heb zijn ex-vrouw gesproken.'

'Joanna?' riep Marks verbaasd uit.

'Ze zei dat hij een boek had geschreven dat nooit is uitgegeven. Het heet volgens haar *Always a Bridesmaid*.'

De agent knikte. 'Het was een onevenwichtige eerste poging. Geen sterk verhaal. Om eerlijk te zijn, heb ik het zelfs nooit naar een uitgever gestuurd.'

'Hebt u een exemplaar?'

'Nadat ik de laatste bladzij had omgeslagen, heb ik het direct naar hem teruggestuurd. Maar ik denk dat Jenks er wel een heeft. Hij vond het een voorbeeld van *master suspense*.'

'Ik wilde het liever buiten hem om zien te krijgen,' zei ik, zonder kenbaar te maken waarom ik erin geïnteresseerd was.

Ik leunde naar voren. 'Hoe krijg ik een exemplaar van die roman in handen zonder rechtstreeks naar Jenks te gaan?'

'Heeft Joanna het niet meer?' Marks wreef met een vinger over zijn slaap. 'Jenks was altijd doodsbenauwd dat iemand iets van hem zou pikken. Misschien heeft hij het auteursrecht gedeponeerd. Dat zou u kunnen nagaan.'

Dat moest ik aan iemand anders vragen.

Dat moest ik aan de meiden vragen.

'Wilt u iets echt engs over Jenks horen?' zei de agent toen.

'Vertelt u maar.'

'Het is een idee voor een boek dat hij altijd nog eens wilde schrijven. Het gaat over een auteur die bezeten is, een van die dingen waar Stephen King zo goed in is. Om een beter boek, een fantastisch boek, te kunnen schrijven, gaat hij echt mensen vermoorden om te zien hoe dat is. Welkom in de afgrijselijke gedachtewereld van Nicholas Jenks.'

81

Hierom was ik rechercheur Moordzaken geworden. Ik reed snel terug naar het bureau en pijnigde mijn hersens met de vraag hoe ik de hand op dat verdwenen boek kon leggen, toen de volgende bom insloeg.

Het was McBride.

'Misschien moet u even gaan zitten,' zei hij, alsof hij op het punt stond om mij de genadeslag toe te brengen. 'Nicholas Jenks was hier in Cleveland. De avond van de moord. Die vuile rotzak was hier.'

Jenks had recht in mijn gezicht gelogen. Hij had zelfs niet met zijn ogen geknipperd.

Het was nu duidelijk: hij was tóch de onbekende man in de Hall of Fame. Hij had geen alibi.

McBride vertelde dat zijn mensen de plaatselijke hotels af waren gegaan, hadden ontdekt dat Jenks in het Westin had gelogeerd en, verbazingwekkend genoeg, onder zijn eigen naam een kamer had geboekt. Een receptioniste die daar die avond had gewerkt, herinnerde hem zich. Ze wist het direct toen ze Jenks zag; ze was een fan.

Ik overwoog snel wat de consequenties hiervan waren. Meer had McBride niet nodig. Ze hadden een relatie met het slachtoffer, een getuige die Jenks mogelijk ter plaatse had gezien. Nu was gebleken dat Jenks in de stad was geweest. Hij had zelfs gelogen tijdens een verhoor.

'Morgen ga ik naar de officier van justitie voor een arrestatiebevel,' kondigde McBride aan. 'Zodra ik het heb, wil ik dat u Nicholas Jenks arresteert.'

De waarheid kwam hard aan. We konden hem kwijtraken aan Cleveland. Alle bewijzen, al die juiste vermoedens zouden ons niet helpen. Nu zouden we er alleen misschien bij een tweede proces een tweede veroordeling tot levenslang aan kunnen vastknopen. De Brandts en de Weils, de DeGeorges en de Passeneaus zouden er kapot van zijn. Mercer zou ontploffen.

Ik stond voor een volkomen demoraliserende keuze: Jenks oppakken en hem voor McBride vasthouden, of zelf tot actie overgaan, hoewel we een allesbehalve waterdichte zaak hadden.

Ik moest dit met mijn meerderen bespreken, zei het stemmetje in mijn hoofd.

Maar het stemmetje in mijn hart zei dat ik het met de club moest bespreken.

82

Ik had hen binnen een uur bij elkaar.

'Cleveland is klaar voor een aanklacht,' zei ik tegen hen. Toen verraste ik hen met het verhaal over het boek *Always a Bridesmaid*.

'Dat moet je in handen zien te krijgen,' verklaarde Jill. 'Het is de schakel tussen alle drie de misdrijven. En omdat het niet gepubliceerd is, komt het in feite neer op voorkennis van de moorden. Misschien gaat het in het verhaal wel hetzelfde als het in het echt is gegaan. Als jij dat boek weet te vinden, Lindsay, krijgen we Jenks achter de tralies. Voorgoed!'

'Hoe? Joanna Wade had het over een voormalige agent en ik ben bij hem geweest. Helemaal niks. Hij zei dat ik het eens bij het auteursrechtenbureau moest proberen. Waar zit dat?'

Cindy schudde haar hoofd. 'In Washington, geloof ik.'
'Dat kost dagen, zo niet meer. Zoveel tijd hebben we niet.'
Ik richtte me tot Jill. 'Misschien wordt het tijd voor een huiszoekingsbevel. Om bij Jenks binnen te stormen. We moeten het wapen en het boek hebben. Nu.'
'Als we dat doen,' zei Jill zenuwachtig, 'verknallen we misschien het hele onderzoek.'
'Wil je hem dan kwijtraken, Jill?'
'Weet iemand hier al van?' vroeg ze.
Ik schudde mijn hoofd. 'Alleen het eerste team, jullie dus. Maar als Mercer erachter komt, zal hij erbovenop duiken met alles wat hij heeft. Camera's, microfoons, de FBI in de coulissen.'
'Als we ons vergissen, doet Jenks ons een proces aan,' zei Jill. 'Daar wil ik niet eens aan denken.'
'En staat Cleveland direct klaar,' zei Claire. 'Dan staan we mooi voor gek.'
Uiteindelijk zuchtte Jill. 'Goed dan... ik ben het met je eens, Lindsay. Als je geen andere manier kunt bedenken.'
Ik keek hen alle drie aan om er zeker van te zijn dat iedereen ermee instemde. Opeens riep Cindy uit: 'Kun je me nog vierentwintig uur geven?'
Ik keek naar haar. 'Dat weet ik niet. Hoezo?'
'Tot morgen. En ik moet het sofinummer van Jenks hebben.'
Ik schudde mijn hoofd. 'Je hebt gehoord wat ik over McBride zei. Waarvoor trouwens?'
Ze had diezelfde blik in haar ogen als de avond dat ze mijn appartement binnenstormde met de foto van Jenks en Kathy Kogut, de derde bruid. 'Geef me nou maar tot morgenochtend de tijd.'
Toen stond ze op en vertrok.

83

De volgende ochtend duwde Cindy bedeesd de glazen deuren naar het kantoor van het Schrijversgilde van San Francisco open. Dit gaf ongeveer hetzelfde gevoel als die dag in het Grand Hyatt. Bij de balie keek een vrouw van middelbare leeftijd naar haar op. 'Kan ik je helpen?'

Cindy haalde diep adem. 'Ik ben op zoek naar een manuscript. Het is een tijdje geleden geschreven.'

Het woord 'auteursrecht' had haar op het idee gebracht. Ze had op de universiteit korte verhalen geschreven. Ze waren nauwelijks goed genoeg om ze in het literaire tijdschrift van de universiteit te krijgen, maar haar moeder had erop aangedrongen dat ze het auteursrecht zou deponeren. Toen ze het uitzocht, bleek dat dat maanden duurde en veel te duur was. Maar een vriend die al iets had gepubliceerd, vertelde haar een andere manier om documenten lokaal te laten registreren. Hij zei dat alle schrijvers dat deden. Als Nicholas Jenks zichzelf in zijn jonge jaren had willen beschermen, had hij misschien dezelfde weg bewandeld.

'Het gaat over de familie,' zei Cindy tegen de vrouw. 'Mijn broer heeft een familiegeschiedenis geschreven, over drie generaties. We hebben er geen kopie van.'

De vrouw schudde haar hoofd. 'Dit is geen bibliotheek, lieverd. Ik ben bang dat alles wat we hier hebben, niet voor derden toegankelijk is. Als je het wilt inkijken, zul je je broer moeten laten komen.'

'Dat kan niet,' zei Cindy ernstig. 'Nick is dood.'

De vrouw ontdooide een beetje en keek haar iets minder streng aan. 'Dat spijt me voor je.'

'Zijn vrouw heeft gezegd dat ze geen exemplaar kan vinden. Ik wil het zo graag aan mijn vader geven voor zijn zestigste verjaardag.' Ze schaamde zich en voelde zich belachelijk

omdat ze keihard stond te liegen, maar ze moest dat boek hebben. Daar hing alles van af.
'Er is een procedure voor dit soort dingen,' antwoordde de vrouw. 'Overlijdensakte. Bewijs dat je een bloedverwant bent. Een notaris zal je wel kunnen helpen. Ik kan je hier echt niet zomaar binnenlaten.'
Cindy dacht koortsachtig na. Dit was niet bepaald Microsoft. Als ze in het Grand Hyatt op de plaats van een delict kon komen, Lindsay kon volgen naar het tweede misdrijf, dan moest ze dit toch ook voor elkaar kunnen krijgen. Iedereen rekende op haar.
'Er moet toch een manier zijn dat u me even kunt laten kijken. Alstublieft?'
'Jammer genoeg niet, meid. Niet zonder de benodigde papieren. Waarom denk je trouwens dat het bij ons is geregistreerd?'
'Mijn schoonzus weet zeker dat het hier is.'
'Nou ja, ik kan niet zomaar geregistreerde documenten uit handen geven omdat iemand denkt dat het hier is,' zei ze beslist.
'Misschien wilt u het opzoeken,' stelde Cindy voor. 'Om te zien of het hier echt is.'
De standvastige verdedigster van de vrije pers gaf eindelijk toe. 'Dat zou ik wel kunnen doen. Je zei dat het al een paar jaar oud was?'
Cindy voelde een stoot adrenaline door haar lichaam stromen. 'Ja.'
'En de naam?'
'Ik geloof dat het *Always a Bridesmaid* heette.' Er liep al een rilling over haar rug als ze de woorden uitsprak.
'Ik bedoelde de naam van de schrijver.'
'Jenks,' zei Cindy, en ze hield haar adem in. 'Nicholas Jenks.'

De vrouw keek haar onderzoekend aan. 'De detective-schrijver?'
Cindy schudde haar hoofd en deed alsof ze lachte. 'De verzekeringsagent,' zei ze zo kalm mogelijk.
De vrouw keek haar bevreemd aan, maar tikte toch de naam in. 'Kun je bewijzen dat je familie bent?'
Cindy overhandigde haar een velletje papier met het sofinummer van Jenks erop. 'Dit moet op zijn registratie staan.'
'Dat is niet genoeg,' zei de vrouw.
Cindy rommelde in haar rugtas. Ze voelde dat de kans haar door de vingers glipte. 'Vertel me ten minste of het hier ligt. Dan kom ik later wel terug met alle papieren die u wilt hebben.'
'Jenks,' mompelde de vrouw sceptisch. 'Kennelijk was je broer productiever dan je dacht. Hij heeft hier drie manuscripten laten registreren.'
Cindy wilde bijna gaan gillen. 'Ik ben alleen op zoek naar *Always a Bridesmaid*.'
Het duurde naar haar idee een eeuwigheid, maar uiteindelijk werd de blik op het gezicht van de vrouw minder hard en afwijzend. 'Ik weet niet waarom ik dit doe, maar als je je verhaal kunt bewijzen... dat manuscript schijnt hier inderdaad te zijn.'
Cindy kon wel juichen. Het manuscript was het laatste stukje dat ze nodig hadden om een moordzaak op te lossen en Jenks achter de tralies te krijgen.
Nu moest ze het alleen nog uit het depot zien te halen.

84

'Ik heb het gevonden!' riep Cindy door de telefoon ademloos uit. '*Always a Bridesmaid*!'

Ik gaf een harde klap op mijn bureau van blijdschap. Dit betekende dat we iets konden ondernemen. 'En wat staat erin, Cindy?'

'Ik heb het gevonden,' verduidelijkte Cindy. 'Ik heb het nog niet in handen.'

Ze vertelde me over het Schrijversgilde. Het boek was er, maar het zou nog enige moeite kosten om het in handen te krijgen.

Het kostte nog geen twee uur en het begon met een opgewonden telefoontje naar Jill. Ze liet een rechter uit de raadkamer halen en we kregen ons rechterlijk bevel waarin het Schrijversgilde werd verordend Jenks' manuscript *Always a Bridesmaid* over te dragen.

Daarna reden Jill en ik naar het gilde, waar we met Cindy hadden afgesproken. Onderweg pleegde ik nog één telefoontje. Naar Claire. Ik vond dat we er allemaal bij moesten zijn.

Twintig minuten later troffen Jill en ik Cindy en Claire voor een grauw gebouw op Greary, waar het Schrijversgilde was gevestigd. Samen gingen we met de lift naar de zevende verdieping.

'Daar ben ik weer,' verklaarde Cindy tegen de vrouw achter de balie, die verbaasd opkeek. 'En ik heb mijn papieren meegebracht.'

Ze nam ons achterdochtig op. 'Wie zijn dat, nichtjes?'

Ik liet de vrouw mijn penning zien en toonde ook het officieel gewaarmerkte huiszoekingsbevel.

'Wat is er toch met dat boek?' zei de vrouw verbijsterd. Ze mocht hier duidelijk niet zelf over beslissen en liep naar

achteren om een meerdere te halen, die het rechterlijk bevel doorlas.
'We bewaren ze meestal maar acht jaar,' zei hij een beetje onzeker. Daarna verdween hij.
We zaten met z'n vieren in de kale ontvangstruimte als een familie die zenuwachtig op de geboorte van een baby wacht. Als het er nu niet meer was?
Ten slotte kwam de man terug met een stoffig bundeltje in bruin papier. 'Helemaal achter in het archief,' verklaarde hij met een zelfvoldane glimlach.
Iets verderop in de straat was een broodjeszaak. We kozen een tafeltje achterin. Ik liet het manuscript op het tafeltje vallen en haalde het bruine pakpapier eraf.
Ik las de titel op het omslag: *Always a Bridesmaid.* Roman van Nicholas Jenks.
Nerveus sloeg ik het open en ik las de eerste bladzij.
De verteller haalde in de gevangenis herinneringen op aan zijn misdaden. Hij heette Phillip Campbell.
'Wat is het ergste,' luidde de eerste zin, 'wat iemand ooit heeft gedaan?'

85

We deelden het boek op in vier stukken. We zaten allemaal zwijgend te bladeren en zochten scènes of details die op de werkelijke misdrijven leken.
Mijn stuk ging over het leven van de man, Phillip Campbell over zijn bijzonder mooie vrouw en hoe hij haar met een andere man betrapte. Hij vermoordde hen allebei... en zijn leven veranderde voorgoed.
'Bingo!' zei Jill opeens. Ze las hardop voor, terwijl ze de stapel papier omboog als een spel kaarten.

Ze beschreef een scène waarin Phillip Campbell – 'met bonzende ademhaling en stemmen in zijn hoofd' – door de gangen van een hotel sloop. Het Grand Hyatt. Een bruid en bruidegom in een suite. Campbell dringt bij hen binnen; hij vermoordt hen zonder erbij na te denken.
'Met een enkele daad,' las Jill voor uit het manuscript, 'had hij de stank van het verraad weggewassen en vervangen door een nieuw, tot dan toe onbekend verlangen. Hij hield van moorden.'
Onze ogen ontmoetten elkaar. Dit was gewoon griezelig. Jenks was gek... maar was hij ook sluw?
Claire kwam daarna. Het was een andere bruiloft. Deze keer voor een kerk. De bruid en bruidegom kwamen het bordes af, er werd rijst gegooid, gejuicht, gefeliciteerd, geapplaudisseerd. Dezelfde man, Phillip Campbell, achter het stuur van een limousine die hen weg zal brengen.
We keken elkaar verbijsterd aan. Zo was de tweede moord gepleegd.
Jill mompelde: 'Allejezus.'
Claire schudde alleen maar haar hoofd. Ze zag er verdrietig en geschokt uit. Ik denk dat dat voor ons allemaal gold. Binnenin me vormde zich een lang onderdrukte schreeuw van voldoening. Het was ons gelukt. We hadden de moorden op de bruidsparen opgelost.
'Ik vraag me af hoe het afloopt,' zei Cindy peinzend, terwijl ze snel naar het einde van het boek bladerde.
'Wat dacht je?' zei Jill. 'Met een arrestatie natuurlijk.'

86

Ik reed met Chris Raleigh naar het huis van Jenks. We spraken nauwelijks. We waren allebei gespannen. Voor het huis werden we opgevangen door Charlie Clapper en zijn jongens van de technische recherche. Zij zouden het huis en het terrein centimeter voor centimeter uitkammen zodra wij Jenks hadden opgepakt.

We belden aan. Elke seconde dat ik moest wachten, bonsde mijn hart harder. De redenen waarom ik bij de politie was gegaan, maalden allemaal door mijn hoofd. Dit was uiteindelijk de reden.

De deur ging open en dezelfde huishoudster ontving ons. Deze keer zette ze grote ogen op toen ze de verzameling politieauto's voor het huis zag staan.

Ik liet haar mijn penning zien. 'We willen meneer Jenks spreken.'

We gingen weer op weg naar de zitkamer waar we Jenks de vorige dag nog hadden gesproken. Chessy Jenks kwam ons stomverbaasd in de gang tegemoet. 'Rechercheur,' zei ze verbijsterd toen ze me herkende. 'Wat is er aan de hand? Wat doen al die politieauto's hier?'

'Het spijt me,' zei ik, haar recht aankijkend. Ik had oprecht medelijden met haar. 'Is uw man thuis?'

'Nick!' riep ze paniekerig, toen ze zich opeens realiseerde waarom we waren gekomen. Daarna rende ze met ons mee en probeerde me tegen te houden, terwijl ze schreeuwde: 'U kunt hier niet zomaar binnenkomen. Dit is óns huis.'

'Alstublieft, mevrouw Jenks,' zei Raleigh sussend.

Ik was te opgewonden om te kunnen blijven staan. Ik wilde Nicholas Jenks zó graag inrekenen dat het pijn deed. Even later kwam hij binnen, van het grasveld achter het huis dat uitkeek over de Stille Oceaan. Hij had een golfclub in zijn hand.

'Ik dacht dat ik tegen u had gezegd dat u contact moest opnemen met mijn advocaat als u nog iets van me nodig had,' zei hij, volkomen onaangedaan.

'Dat mag u hem zelf vertellen,' zei ik. Mijn hart ging als een gek tekeer. 'Nicholas Jenks, u staat onder arrest voor de moord op David en Melanie Brandt, Michael en Rebecca DeGeorge en James en Kathy Voskuhl.'
Ik wilde dat hij elke naam hoorde, zich iedere persoon die hij had vermoord herinnerde. Ik wilde de harteloze onverschilligheid in zijn ogen zien wijken.
'Dit is belachelijk.' Jenks keek me boos aan. Zijn grijze ogen schitterden fel.
'Nick?' schreeuwde zijn vrouw. 'Waar hebben ze het over? Waarom zijn ze hier?'
'Weet u wel wat u doet?' vroeg hij. De aderen in zijn nek zwollen op. 'Ik vroeg u of u wel wist wat u deed?'
Ik gaf geen antwoord, maar wees hem op zijn rechten.
'U begaat op dit moment de grootste fout in uw onbenullige carrière,' zei hij woedend.
'Waar hebben ze het toch over?' Zijn vrouw zag bleek. 'Toe nou, Nick, zeg het dan. Wat is er aan de hand?'
'Hou je mond,' beet Jenks haar toe. Opeens draaide hij zich met een kwaadaardige glans in zijn ogen weer om naar mij. Hij haalde uit met zijn vuist en probeerde me te raken, maar ik schopte zijn voeten onder hem vandaan. Jenks viel over een bijzettafeltje op de grond. Foto's vielen alle kanten op, glas brak. De schrijver kreunde luid van de pijn.
Chessy Jenks gilde en stond als aan de grond genageld. Chris Raleigh deed haar man de handboeien om en trok hem overeind.
'Bel Sherman,' schreeuwde Jenks tegen zijn vrouw. 'Vertel hem waar ik ben, wat er is gebeurd.'
Raleigh en ik duwden Jenks voor ons uit naar onze auto. Hij bleef zich verzetten en ik zag geen enkele reden om zachtzinnig met hem om te springen.
'Hoe luidt uw theorie over de moorden nu?' vroeg ik hem.

87

Nadat de laatste persconferentie was afgelopen, nadat het laatste flitslicht was verbleekt, nadat ik naar mijn idee voor de honderdste keer had opgedist hoe het onderzoek zich steeds verder op Jenks had toegespitst en nadat hoofdcommissaris Mercer stralend in zijn auto met chauffeur was vertrokken, omhelsde ik Claire, Cindy en Jill. Daarna trakteerde ik op een biertje om het te vieren en liep ik terug naar het paleis van justitie.

Het was al na achten en alleen het gebabbel van de nachtploeg verstoorde mijn alleenzijn.

Ik zat achter mijn bureau, in de welverdiende stilte op de afdeling, en probeerde me te herinneren wanneer ik me voor het laatst zo goed had gevoeld.

Morgen zouden we hard aan het werk gaan om de rechtszaak tegen Nicholas Jenks zorgvuldig voor te bereiden: hem ondervragen, meer bewijsmateriaal verzamelen, verslag na verslag schrijven. We hadden hem gepakt, zoals ik al die tijd had gehoopt. Ik had de belofte gehouden die ik in die verschrikkelijke nacht in de Mandarin-suite van het Grand Hyatt aan Melanie had gedaan.

Ik was trots op mezelf. Wat er ook met Negli's gebeurde, ook al zou ik nooit hoofdinspecteur worden, dit kon niemand me meer afnemen.

Ik stond op, liep naar het schoolbord waarop de zaken stonden waaraan we werkten.

Onder ONOPGELOSTE ZAKEN, ergens bijna bovenaan, stond haar naam: MELANIE BRANDT. Ik pakte de wisser en veegde over haar naam en daarna over die van haar man, totdat ze weg waren, totdat de blauwe veeg krijt niet meer te zien was.

'Ik durf te wedden dat dat een heerlijk gevoel geeft,' klonk Raleighs stem achter me.

Ik draaide me om. Daar stond hij, met een tevreden grijns op zijn gezicht.
'Wat doe jij hier?' vroeg ik. 'Zo laat nog.'
'Ik was van plan om Roths bureau op te ruimen, even een wit voetje halen,' zei hij. 'Wat denk je nou, Lindsay? Ik was op zoek naar jou.'
We stonden in een hoek van de afdeling en er was niemand in de buurt. Hij hoefde geen stap te zetten. Ik ging naar hem toe. Er stond niets meer in de weg. Er was geen reden om dit te ontkennen.
Ik kuste hem. Niet zoals ik eerder had gedaan. Niet alleen om Chris te laten weten dat ik geïnteresseerd was. Ik kuste hem zoals ik hem die avond in Cleveland had willen kussen. Ik wilde zijn adem doen stokken. Ik wilde zeggen: vanaf het allereerste moment dat ik je zag, heb ik dit willen doen.
Toen we elkaar ten slotte loslieten, herhaalde hij met een glimlach: 'Ik durf te wedden dat dat een heerlijk gevoel geeft.'
Het gaf inderdaad een heerlijk gevoel. Op dit moment gaf alles me een heerlijk gevoel. En ik had het gevoel dat het onvermijdelijk was geweest.
'Wat zijn je plannen?' zei ik lachend tegen hem.
'Op welke termijn, bedoel je?'
'Nu. Vanavond. De komende paar uur.'
'Ik was van plan om Cheery's bureau op te ruimen en daarna te kijken of ik je moest thuisbrengen.'
'Laat me even mijn tas pakken.'

88

Ik weet niet hoe we bij mijn appartement in Potrero zijn gekomen. Ik weet niet hoe we zijn gereden, hoe Chris en ik het voor elkaar hebben gekregen om met elkaar te praten en wat vanbinnen aan ons trok, te negeren.

Toen we eenmaal in mijn flat waren, was er geen houden meer aan. Ik vloog op Chris af; hij vloog op mij af. We kwamen niet verder dan het kleed in de hal; we kusten, streelden, zochten hijgend naar knopen en ritssluitingen.

Ik was vergeten hoe heerlijk het was om te worden vastgehouden, om te worden begeerd door iemand naar wie ik ook verlangde. Zodra we elkaars blote lijf voelden, waren we zo verstandig om de tijd te nemen. We wilden allebei dat het lang zou duren. Chris had wat ik het hardst nodig had: zachte handen.

Ik vond het heerlijk om hem te kussen, door hem aangeraakt te worden. Ik genoot van zijn tederheid en daarna van zijn opwinding, van het simpele feit dat hij zich net zo druk maakte om mijn genot als dat van hemzelf. Je weet het nooit totdat je het probeert, maar ik vond het heerlijk met Chris. Ik vond het in één woord heerlijk.

Ik weet dat het een beetje een cliché is, maar die avond bedreef ik de liefde alsof dat nooit meer zou gebeuren. Ik voelde Chris' spanning, die me verwarmde, die me elektriseerde, van mijn baarmoeder tot mijn dijen en van mijn vingertoppen tot in mijn tenen. Zijn omhelzing was het enige wat me bij elkaar hield, wat voorkwam dat ik uit elkaar zou vallen. Ik had een onvoorwaardelijk vertrouwen in hem.

Ik hield me niet in. Ik gaf mezelf aan Chris zoals ik me nog nooit aan iemand had gegeven. Niet alleen met mijn lichaam en mijn ziel; dat waren dingen die ik weer kon terugtrekken. Ik gaf hem mijn hoop dat ik mocht blijven leven.

Toen ik het uitschreeuwde, terwijl binnenin me alles sidderde, mijn vingers en tenen verstijfden van genot, fluis-

terde een stemmetje binnenin me iets waarvan ik wist dat het waar was: ik heb hem alles gegeven. Hij heeft het teruggegeven.
Ten slotte rolde Chris van me af. We tintelden allebei, waren nog opgewonden.
'En?' Ik snakte naar adem. 'Wat nu?'
Hij keek me aan en lachte. 'Nu wil ik de slaapkamer zien.'

89

Een koel windje blies in mijn gezicht. O, god, wat een avond. Wat een dag. Wat een adembenemende ervaring.
Ik zat met een plaid om me heen buiten op mijn terras uit te kijken over de zuidkant van de baai. Niets bewoog, alleen de lichtjes van San Leandro in de verte. Het was kwart voor twee.
Chris lag in de slaapkamer te slapen. Hij had wel wat rust verdiend.
Ik kon niet slapen. Mijn lichaam was nog te wakker; het tintelde, als een verre oever met duizend knipperende lampjes.
Ik kon niet anders dan glimlachen toen ik eraan dacht wat een fantastische dag het was geweest. 'Zevenentwintig juni,' zei ik hardop. 'Jou zal ik nooit vergeten.' Eerst vinden we het boek. Daarna arresteren we Jenks. Ik had nooit gedacht dat er nog meer zou kunnen komen.
Maar er kwam meer. Er kwam heel veel meer. Chris en ik hadden die avond nog twee keer de liefde bedreven. De afgelopen drie uur waren een zoete dans van strelen, hijgen en beminnen geweest.
Chris' handen mochten me nooit meer verlaten. Ik wilde nooit meer de warmte van zijn lichaam missen. Het was

een nieuwe, opwindende gewaarwording. Voor het eerst had ik me helemaal laten gaan en dat was heel, heel fijn. Maar nu, in het donker van de nacht, viel een beschuldigend stemmetje me lastig. Ik loog. Ik had niet alles gegeven. Er was die ene onontkoombare waarheid die ik verzweeg. Ik had hem niet over Negli's verteld. Ik wist niet hoe. Terwijl we net zo sterk het gevoel hadden gehad dat we leefden, hoe kon ik hem dan vertellen dat ik misschien dood zou gaan? Dat mijn lichaam, dat even daarvoor nog zo vol leven en hartstocht was geweest, ziek was? Mijn hele leven leek in één dag volkomen te zijn veranderd. Ik wilde vliegen. Ik verdiende het. Ik verdiende het om gelukkig te zijn. Maar hij verdiende de waarheid.

Ik hoorde een geluid achter me. Het was Chris.

'Wat doe jij nou buiten?' vroeg hij. Hij kwam achter me staan en legde zijn handen op mijn nek en schouders.

Ik zat met opgetrokken knieën. De plaid bedekte mijn borsten maar net. 'Het zal moeilijk zijn,' zei ik, terwijl ik met mijn hoofd tegen hem aan leunde, 'om terug te gaan naar hoe alles was.'

'Wie heeft er iets gezegd over teruggaan?'

'Ik bedoel als partners. Jou aan de andere kant van de afdeling te zien zitten. Morgen moeten we Jenks ondervragen. Het wordt een belangrijke dag voor ons allebei.'

Zijn vingers gleden over mijn borsten en daarna over de achterkant van mijn nek. Hij maakte me gek. 'Je hoeft je geen zorgen te maken,' zei hij. 'Als de zaak rond is, ga ik terug. Ik blijf alleen nog voor het verhoor.'

'Chris,' zei ik, terwijl ik vanbinnen koud werd. Ik was aan hem gewend geraakt.

'Ik heb toch gezegd dat we niet altijd partners zouden zijn.' Hij bukte zich en rook aan mijn haar. 'Althans niet dát soort partners.'

'Welk soort blijft er dan over?' mompelde ik. Mijn nek stond in brand waar zijn handen me liefkoosden. O, laat dit ergens toe leiden, smeekte ik inwendig. Laat dit helemaal naar de maan leiden.
Kon ik het hem gewoon vertellen? Het was niet meer dat ik geen manier kon bedenken. Het was gewoon dat ik, nu we zover waren, niet wilde dat er een einde aan zou komen.
Ik liet hem me naar de slaapkamer brengen.
'Dit wordt steeds beter,' fluisterde ik.
'Ja, hè? Ik ben zo benieuwd wat er nu gaat gebeuren.'

90

Ik zat de volgende ochtend net achter mijn bureau en zocht in de *Chronicle* naar het vervolg van Cindy's artikel over Jenks' arrestatie toen mijn telefoon ging.
Het was Charlie Clapper. Het team van de technische recherche was het grootste deel van de nacht bezig geweest om het hele huis van Jenks nauwgezet te doorzoeken.
'Heb je bewijzen voor me, Charlie?' Ik hoopte op een moordwapen, misschien zelfs de ontbrekende ringen. Iets tastbaars dat Jenks' honende arrogantie zou laten wegsmelten.
Het hoofd van de technische recherche slaakte een vermoeide zucht. 'Je moet zelf maar komen kijken.'
Ik pakte mijn tas en de sleutels van onze dienstauto. In de gang liep ik Jacobi tegen het lijf. 'Het gerucht gaat,' bromde hij, 'dat ik niet langer de man van je dromen ben.'
'Je weet dat je nooit moet geloven wat je in de *Star* leest,' zei ik bits.
'Ja, of van de nachtploeg hoort.'
Ik bleef staan. Iemand had Chris en mij gisteravond gezien. In gedachten nam ik het allerlaatste nieuws door dat waar-

schijnlijk van de geruchtenpers van het bureau rolde. Ik wist dat ik bloosde, door mijn boosheid heen.
'Rustig maar,' zei Jacobi. 'Je weet wat er kan gebeuren als je betrokken raakt bij een mooie arrestatie. En het was een mooie arrestatie.'
'Dank je, Warren,' zei ik. Het was een van die zeldzame momenten dat geen van ons iets te verbergen had. Ik knipoogde en liep naar de trap.
'Als je maar niet vergeet,' riep hij me achterna, 'dat ik je op het goede spoor heb gezet met die informatie over de champagne.'
'Ik zal het onthouden. Ik ben je dankbaar. Bedankt, Warren.'
Ik reed over Sixth naar Taylor en California naar Jenks' huis in Sea Cliff. Toen ik eraan kwam, was de straat afgezet door twee politieauto's, die een aantal busjes van de pers op afstand hielden. Ik vond Clapper, die er moe en ongeschoren uitzag en even zat uit te rusten aan de eettafel.
'Heb je een moordwapen voor me?' vroeg ik.
'Alleen deze.' Hij wees naar een stapel wapens in plastic zakken op de grond.
Er waren jachtgeweren, een prachtig Minelli-geweer en een automatische Colt .45. Geen negen millimeter. Ik nam niet de moeite om ze nader te onderzoeken.
'We hebben zijn werkkamer doorzocht,' pufte Clapper. 'Niets over de slachtoffers. Geen knipsels, geen trofeeën.'
'Ik hoopte dat je de ontbrekende ringen had gevonden.'
'Wil je ringen?' zei Clapper. Hij hees zichzelf vermoeid overeind. 'Zijn vrouw heeft ringen. Meer dan genoeg. Van mij mag je ze bekijken. Maar wat we wél hebben gevonden, is dit. Kom mee.'
Op de vloer van de keuken stond een kist wijn, champagne, met een geel etiket met BEWIJS erop. Krug. Clos du Mesnil.

'Dat wisten we al,' zei ik.
Hij bleef me aankijken, alsof ik hem op de een of andere manier had beledigd door hem te wijzen op iets vanzelfsprekends. Toen pakte hij een fles uit de open kist.
'Kijk naar de nummers, Lindsay. Alle flessen zijn genummerd. Kijk hier: vier, twee, drie, vijf, negen. Daardoor drinkt het zeker nog lekkerder weg.' Hij haalde een opgevouwen groene kopie van een formulier waar POLITIE-EIGENDOM op stond uit zijn borstzak. 'Die is uit het Hyatt. Zelfde partij. Zelfde nummer.' Charlie glimlachte.
Het waren dezelfde flessen. Het was een tastbaar bewijs dat Jenks in verband bracht met de plek waar David en Melanie Brandt waren vermoord. Het was geen moordwapen, maar het was belastend, meer dan een indirect bewijs. Ik werd ineens opgewonden en gaf de bleke, dikke man van de technische recherche een high five.
'Hoe dan ook,' zei Charlie bijna verontschuldigend, 'ik zou je niet alleen hiervoor helemaal hiernaartoe hebben laten komen.'
Clapper leidde me door het prachtig ingerichte interieur van het huis naar de grote slaapkamer. De kamer had een groot raam dat uitkeek op de Golden Gate Bridge. Hij nam me mee een ruime garderobekast in. Jenks' kast.
'Herinner je je het bebloede jasje dat we in het hotel vonden?' Achter in de kast ging Charlie voor een groot schoenenrek op zijn hurken zitten. 'Nu is het een setje.'
Clapper stak zijn hand achter het schoenenrek en haalde een verfrommelde plastic tas van Nordstrom tevoorschijn. 'Ik wilde je laten zien hoe we hem aantroffen.'
Uit de tas haalde hij een opgerolde zwarte smokingbroek.
'Ik heb het al uitgezocht. Hij hoort bij het jasje uit het Hyatt. Zelfde merk. Kijk maar aan de binnenkant; zelfde stijlnummer.'

Ik had net zogoed naar een miljoen dollar in baar geld of een ton gestolen cocaïne kunnen staan kijken. Ik kon mijn ogen niet van die broek af houden en stelde me voor hoe Nicholas Jenks nu zou piepen.

Claire had het bij het goede eind gehad. Ze had het van het begin af aan bij het goede eind gehad. Het jasje was niet afkomstig van het slachtoffer. Het was altijd van Jenks geweest.

'Wat denk je, rechercheur?' zei Charlie Clapper grijnzend. 'Kun je de zaak nu rondmaken of niet? O ja,' riep de man van de technische recherche bijna afwezig uit. 'Waar heb ik het gelaten?'

Hij klopte op zijn zakken, zocht in zijn jasje. Ten slotte vond hij een klein plastic zakje.

'Zo uit het elektrische scheerapparaat van die klootzak,' verklaarde Charlie.

In het zakje zaten enkele korte, rode haren.

91

Claire zei: 'Ik verwachtte je al, lieverd.' Ze nam me bij de arm en leidde me terug door het lab naar een kamertje vol chemicaliën. Twee microscopen stonden naast elkaar opgesteld op een granieten werkblad.

'Charlie heeft me verteld wat hij heeft gevonden,' zei ze. 'De champagne. Een bijpassende broek. Je hebt hem, Lindsay.'

'Als jij kunt bewijzen dat deze ook overeenstemmen' – ik hield het plastic zakje omhoog – 'dan krijgt hij de doodstraf.'

'Goed, we gaan eens kijken,' zei ze glimlachend. Ze maakte een gele envelop met het opschrift PRIORITEIT, BEWIJSMATERIAAL open en haalde er zo'n zelfde petrischaaltje uit als ik na de tweede moord had gezien. Er stond met dikke viltstift REBECCA DEGEORGE, LIJK NR. 62340 op de voorkant geschreven. Met een pincet legde ze de ene haar die uit de tweede bruid afkomstig was op een helder glaasje. Toen schoof ze dat onder de microscoop. Ze boog zich eroverheen, stelde hem scherp en overviel me toen met de vraag: 'Hoe voel je je nou, meid?'

'Bedoel je Negli's?'

'Wat zou ik anders bedoelen?' zei ze, in de microscoop turend.

Door alle opwinding rond de arrestatie van Jenks was het de eerste keer in een paar dagen dat ik er echt aan dacht. 'Ik ben vorige week bij Medved geweest. Het aantal rode bloedlichaampjes was weer gedaald.'

Claire keek eindelijk op. 'Dat spijt me, Lindsay.'

Terwijl ik optimistisch probeerde te klinken, vertelde ik haar over mijn behandelingen. De hogere dosis. Het grotere aantal. Ik noemde de mogelijkheid van een beenmergtransplantatie.

Ze wierp me een brede glimlach toe. 'We zullen een manier moeten vinden om die rode bloedlichaampjes van jou eens flink wakker te schudden.'

Ook al was ik in het laboratorium, waarschijnlijk begon ik te blozen.

'Hè?' vroeg Claire. 'Wat verberg je voor me? Wat probeer je te verbergen?'

'Niets.'

'Er is iets aan de hand. Iets tussen jou en meneer Chris Raleigh, waar of niet? Kom op. Ik ben het. Je kunt het mij toch wel vertellen?'

Ik vertelde haar alles. Van de eerste kus op het bureau tot de lange, kwellende rit naar huis en de gepassioneerde ontlading, zomaar op het kleed in de hal.

Claire greep me bij mijn schouders. Haar ogen schitterden even opgewonden als die van mij. 'En?'
'En?' zei ik lachend. 'En... het was fantastisch. Het was... goed.' Ik werd opeens door moedeloosheid overvallen. 'Ik weet alleen niet of het goed is wat ik doe. Als je bedenkt wat er aan de hand is.' Ik aarzelde. 'Ik zou van hem kunnen houden, Claire. Misschien doe ik dat al.'
We keken elkaar aan. Er viel niet veel meer te zeggen.
'Tja.' Claires ogen keerden terug naar haar microscoop. 'Laten we eens kijken wat we hier hebben. Haren van zijn centenbak.'
De drie haren uit Jenks' scheerapparaat werden op een rond glaasje gelegd. Ze schoof het glaasje in een microscoop. De twee microscopen stonden naast elkaar.
Claire keek eerst en boog zich naar voren toen ze zich concentreerde op het glaasje dat ze het laatst onder de microscoop had gelegd. Toen keek ze van het ene glaasje naar het andere. 'Mmm,' zei ze.
Ik hield mijn adem in. 'Wat denk je?' vroeg ik.
'Zeg jij het maar.'
Ik boog me over de microscopen. Ik herkende de eerste haar, de haar afkomstig uit Rebecca DeGeorges vagina, direct. Dik, bruinrood, met een wit vezeltje als een slang om de onderkant gedraaid.
Daarna keek ik naar de haren uit Jenks' scheerapparaat. Er waren er drie, korter, afgeschoren, maar ze hadden allemaal diezelfde bruinrode tint, datzelfde eromheen gedraaide vezeltje.
Ik was geen deskundige, maar ik twijfelde geen moment.
De haren waren identiek.

92

Nicholas Jenks zat in een politiecel op de negende verdieping van het Paleis van Justitie. Hij zou later vandaag worden voorgeleid.

Zijn advocaat, Sherman Leff, was bij hem. Leff gedroeg zich alsof dit allemaal maar een formaliteit was en de weegschaal van Justitia op de schouders van zijn maatkostuum uit Engeland rustte.

Jill Bernhardt vergezelde Raleigh en mij. Jenks had geen idee wat hem te wachten stond. We hadden de champagne, de smokingbroek, de haren uit zijn baard. We hadden hem in de suite met David en Melanie Brandt. Ik stond te popelen om hem al het goede nieuws te vertellen.

Ik ging tegenover Jenks zitten en keek hem recht aan. 'Dit is de hulpofficier van justitie, Jill Bernhardt,' zei ik. 'Zij zal uw zaak behandelen. Ze zal er ook voor zorgen dat u wordt veroordeeld.'

Hij trok een glimlach, dezelfde minzame, arrogante en neerbuigende grijns, alsof hij ons bij hem thuis ontving. Waarom ziet hij er zo zelfverzekerd uit? vroeg ik me af.

'Als u het niet erg vindt,' zei Jill, 'zou ik willen beginnen.'

'U zegt het maar,' zei Sherman Leff. 'Ik heb geen enkel bezwaar.'

Jill haalde diep adem. 'Meneer Jenks, over een uur zult u in staat van beschuldiging worden gesteld wegens de moord met voorbedachten rade op David en Melanie Brandt in het Grand Hyatt-hotel op vijf juni. Bij mijn weten zal een rechtbank in Cleveland kort daarna hetzelfde doen voor de moord op James en Kathy Voskuhl. Op grond van recente bevindingen van de lijkschouwer meen ik dat u mag verwachten dat een rechtbank in Napa Valley ook hiertoe zal overgaan. We beschikken over een grote hoeveelheid bewijsmateriaal dat erop wijst dat u alle drie deze misdrijven hebt gepleegd. We brengen u, en uw raadsman, hiervan op de hoogte in de hoop dat door uw reactie op dit bewijsmateriaal de stad, de families van de overledenen en uw familie de verdere vernedering van een proces kan worden bespaard.'

Nu nam Sherman Leff het woord. 'Dank u wel, mevrouw Bernhardt. Aangezien we hier in een sfeer van voorkomendheid bij elkaar zijn, zou mijn cliënt allereerst zijn diepe spijt willen betuigen voor zijn emotionele uitbarsting tegen rechercheur Boxer bij zijn arrestatie. U zult u kunnen voorstellen dat de onverwachte schok van een dergelijke beschuldiging, zo volslagen belachelijk nadat hij zijn volledige medewerking aan uw verhoor had verleend... in zijn eigen huis. Ik ben ervan overtuigd dat u zult begrijpen dat in zo'n situatie de verkeerde emoties de overhand kunnen krijgen.'

'Het spijt mij echt verschrikkelijk,' zei Jenks. 'Ik begrijp wat voor indruk u hebt gekregen. Mijn terughoudendheid ten aanzien van mijn relatie met een van de overledenen. En nu bent u kennelijk op dat ongelukkige boek gestuit.'

'Waarvoor,' merkte Leff op, 'dat kan ik u nu al vertellen, wij een verzoek zullen indienen om het niet te accepteren als bewijsmateriaal. De confisquatie van dat boek was een onrechtmatige inbreuk op het privé-domein van mijn cliënt.'

'Het gerechtelijk bevel was volkomen gerechtvaardigd,' zei Jill kalm.

'Op welke gronden?'

'Op grond van het feit dat uw cliënt een valse verklaring heeft afgelegd over waar hij was toen Kathy Voskuhl werd vermoord.'

Leff keek haar verbijsterd aan.

'Uw cliënt was wel degelijk in Cleveland, mijnheer,' informeerde ik hem. Daarna zei ik tegen Jenks: 'U had een kamer in het Westin. U bent daar twee nachten geweest, tegelijk met de moord op de Voskuhls. U hebt gezegd dat u thuis was, meneer Jenks. Maar u was daar. En u bent in de Hall of Fame geweest.'

Jenks' glimlach verdween en zijn ogen schoten heen en weer door de kamer. Hij slikte en ik kon de brok door zijn keel naar beneden zien glijden. Hij dacht weer aan zijn alibi's en leugens. Hij keek een beetje verontschuldigend naar Leff.

'Ik ben er geweest,' gaf hij toe. 'Ik heb dat verzwegen. Ik was toevallig in Cleveland voor een voordracht voor een lezersclub. Dat kunt u controleren. De Argosy Bookstore. Ik wist niet hoe ik het moest uitleggen. Omdat ik Kathy kende, leek het me zo belastend. Maar laat ik één ding duidelijk maken. U vergist u over de bruiloft. Ik ben er zelfs niet bij in de buurt geweest.'

Mijn bloed begon te koken. Ik geloofde die vent niet. 'U moest een voordracht houden? Wanneer dan, meneer Jenks?'

'Zaterdagmiddag. Om vier uur. Voor een klein groepje zeer trouwe fans. Argosy was heel aardig voor me toen ik net begon.'

'En daarna?'

'Daarna heb ik gedaan wat ik altijd doe. Ik heb in het hotel zitten schrijven. Ik ben gaan zwemmen, heb vroeg gedineerd. U kunt het aan mijn vrouw vragen. Ik breng de avonden altijd alleen door als ik op reis ben. Het staat zelfs in *People*.'

Ik leunde over de tafel. 'Dus het was allemaal een bizarre samenloop van omstandigheden? Een vrouw met wie u, naar uw eigen zeggen, geen seksuele relatie hebt gehad, wordt op brute wijze vermoord. U bent toevallig in de stad. U liegt toevallig over de relatie en over uw verblijf aldaar. Uw gezicht komt toevallig op de opnames van een beveiligingscamera terecht. Is het zo gegaan, meneer Jenks?'

Leff legde een sussende hand op Jenks' arm.
'Nee!' snauwde zijn cliënt, die duidelijk zijn zelfbeheersing begon te verliezen.
Toen werd hij kalmer en hij veegde het zweet van zijn voorhoofd. 'Ik heb gelogen... voor Chessy. Om mijn huwelijk te redden.' Hij ging rechtop zitten op de houten stoel. Zijn alibi wankelde. 'Ik ben niet volmaakt, rechercheur. Ik maak fouten. Ik heb tegen u gelogen over Kathy. Dat was verkeerd. Het antwoord is ja. Wat u al vermoedde, is waar. We hebben vijf jaar lang met tussenpozen een relatie gehad. We gingen nog steeds met elkaar om... ook toen ze allang een relatie met James had. Het was dwaasheid. Het was de wanhopige kick van een idioot. Maar het was geen moord. Ik heb Kathy niet vermoord. En ik heb de anderen niet vermoord!'
Jenks stond op. Voor het eerst zag hij er bang uit. Het begon duidelijk tot hem door te dringen dat het menens was.
Ik leunde naar voren en zei: 'In de suite in het Hyatt waar de Brandts werden vermoord, werd een fles champagne achtergelaten. Het was zo'n zelfde fles als die uit een partij die u op een veiling bij Butterfield and Butterfield hebt gekocht in november 1996.'
Leff begon te protesteren. 'Dat weten we. Maar het ongelukkige toeval dat mijn cliënt van deze champagne houdt, betekent niet dat hij de dader is. Hij kende de Brandts niet eens. Die champagne kan overal gekocht zijn.'
'Dat kan, ja; ware het niet dat het registratienummer op de fles uit het Hyatt hetzelfde is als die op de rest van de partij die we gisteravond in uw huis hebben gevonden.'
'Dit gaat me toch echt te ver,' zei Jenks boos. 'Dit soort onzin zou niet eens in een van mijn boeken terechtkomen.'
'Hopelijk is dit dan beter.' Ik haalde de plastic tas van Nordstrom met de opgerolde smokingbroek onder de tafel

uit. Ik gooide hem voor iedereen op de tafel. 'Herkent u deze?'
'Een broek. Wat voor spelletje spelen we nu?'
'Deze is gisteravond gevonden. In deze tas. Achter in de garderobekast in uw slaapkamer.'
'En? Wilt u beweren dat hij van mij is? Joseph Abboud. Het zou kunnen. Ik begrijp niet waar u heen wilt.'
'Dat zal ik u zeggen. Deze broek hoort bij het smokingjasje dat in de suite van de Brandts werd aangetroffen. Ze vormen samen een kostuum, meneer Jenks.'
'Een kostuum?'
'Het is de broek die bij het jasje hoort dat u in hun hotelkamer hebt laten liggen. Zelfde merk. Zelfde stijlnummer. Zelfde maat.'
Op zijn gezicht begon zich een groeiende paniek af te tekenen.
'En als dit alles nog steeds onderdoet voor uw gebruikelijke materiaal,' zei ik terwijl ik mijn blik op zijn ogen richtte, 'wat dacht u dan van de haar? De haar die u in Becky DeGeorge hebt achtergelaten? Die kwam overeen met de haren die we uit uw huis hebben gehaald. Het was er een van u. U hebt uw eigen doodvonnis getekend.'
Jill leunde naar voren. 'U gaat de cel in. U gaat de cel in totdat alle mogelijkheden van beroep zijn uitgeput en ze een volle spuit in uw arm komen steken.'
'Dit is belachelijk,' schreeuwde hij. Hij boog zich naar mij toe. De aderen in zijn nek zwollen op en hij schreeuwde me in mijn gezicht: 'Kreng dat je bent. Je probeert me te naaien. Vuile frigide trut. Ik heb niemand vermoord.'
Opeens kwam ik tot de ontdekking dat ik me niet kon bewegen. Dat Jenks door het lint ging, was één ding. Maar er gebeurde nog iets anders. Ik had het gevoel dat ik aan mijn stoel zat vastgenageld.

Ik wist het, maar ik kon me er niet tegen verzetten: Negli's. Uiteindelijk stond ik op en liep naar de deur, maar mijn hoofd tolde en de kamer draaide. Mijn knieën knikten. Niet hier, smeekte ik.

Toen voelde ik dat Raleigh me ondersteunde. 'Lindsay... gaat het?' Hij keek me bezorgd, nietsvermoedend aan. Ik zag Jill ook naast hem staan.

'Gaat het, Lindsay?'

Ik leunde tegen de muur. Het kostte me de grootste moeite om op de been te blijven. 'Het gaat wel,' fluisterde ik, op Raleighs arm leunend.

'Het komt door die schoft. Ik haat hem,' zei ik, en ik liep de verhoorkamer uit. Ik was heel zwak en wankelde. Ik haalde maar net het damestoilet.

Ik voelde me slap, en daarna misselijk, alsof een boze geest zich uit mijn longen probeerde te wringen. Ik sloot mijn ogen en leunde op de wasbak.

Ik hoestte en kreeg een pijnlijk, brandend, stekend gevoel in mijn borst. Toen rilde ik en hoestte nog een keer.

Langzaam zakte de aanval af. Ik haalde diep adem en deed mijn ogen open.

Ik huiverde.

De hele wasbak zat onder het bloed.

93

Vier uur later voelde ik me goed genoeg om in de rechtbank te gaan kijken hoe Nicholas Jenks in staat van beschuldiging werd gesteld wegens moord.

Een roezemoezende menigte bevond zich in de gangen voor de rechtszaal van rechter Stephen Bowen. Fotografen flitsten in het wilde weg met hun camera's; journalisten verdrongen zich om een glimp op te vangen van de norse, geschokte bestsellerauteur.

Raleigh en ik drongen naar voren en gingen achter Jill op de eerste rij zitten. Nu mijn krachten waren teruggekeerd, kwam het tumult in mijn borst tot bedaren. Ik wilde dat Jenks me daar zag.

Ik zag Cindy in het gedeelte voor de pers zitten. En achter in de rechtszaal ontdekte ik rector Weil en zijn vrouw.

Het was voorbij voor het goed en wel was begonnen. Jenks werd binnengebracht. Zijn ogen waren even dood en hol als kraters op de maan. De griffier las de aanklacht voor, de verdachte ging staan. Die schoft verklaarde zichzelf onschuldig. Wat wilden ze aanvoeren? Dat al het bewijsmateriaal onrechtmatig verkregen was?

Leff, normaal gesproken een echte showbink, gedroeg zich bijzonder eerbiedig, ingetogen zelfs tegenover rechter Bowen. Hij hield een vurig pleidooi dat Jenks op borgtocht moest worden vrijgelaten gezien zijn positie binnen de gemeenschap. Bijna brachten de bijzondere prestaties van de moordenaar zelfs mij op andere gedachten.

Jill liet zich echter niet uit het veld slaan. Ze beschreef de brute moorden tot in de kleinste details, ze voerde aan dat de verdachte over de middelen beschikte om te vluchten en dat er niet veel was dat hem hier bond.

Er golfde een triomfantelijk gevoel door me heen toen de rechter met zijn hamer sloeg en op monotone toon zei: ‘Vrijlating tegen borgtocht geweigerd.’

94

We gingen het vieren.
De dag, een dag waarop ik lang had gewacht, was voorbij en ik trof de meiden in Susie's om iets te drinken.
Dit hadden we verdiend. Nicholas Jenks was in staat van beschuldiging gesteld. Geen borgtocht. Geen speciale behandeling van de rechtbank. We hadden het met z'n vieren voor elkaar gekregen.
'Op ons, op vier geweldige vrouwen,' juichte Cindy met haar bierglas in de lucht.
'Niet slecht voor een stel ambtenaren van het zwakke geslacht,' viel Claire haar bij.
'Hoe noemde Jenks me ook alweer?' Ik schudde mijn hoofd en glimlachte. 'Een vuile frigide trut?'
'Ik kan heel goed de frigide trut spelen,' zei Jill grinnikend.
'Op de frigide trutten van deze wereld,' toastte Cindy, 'en de mannen die ons niet kunnen ontdooien.'
'Laat mij er maar buiten,' zei Claire. 'Edmund kan me prima ontdooien.' We lachten allemaal en klonken met onze bierglazen.
'Toch,' zei ik met een diepe zucht, 'zou ik graag een moordwapen hebben. En ik wil hem pakken voor die tweede moord.'
'Als ik met hem klaar ben,' zei Jill nadat ze een slok van haar bier had genomen, 'hoef jij je er niet meer druk over te maken dat je hem ook nog wilt laten zitten voor het tweede misdrijf.'
'Heb je gezien hoe Jill het verzoek om borgtocht van zijn advocaat onderuithaalde?' zei Cindy vol bewondering. 'Zag je hoe hij keek?' Ze maakte een schaar van haar vingers. 'Knip, knip, knip, knip. Recht op zijn ballen af. Toen ze klaar was, stond die man daar in zijn mooie pakkie met

zó'n klein pikkie.'
We lachten allemaal. Cindy's cherubijnenneusje wiebelde heen en weer toen ze 'knip, knip, knip' zei.
'Toch,' zei ik, 'zal er zonder moordwapen nog wel aan zijn motief moeten worden gewerkt.'
'Laat dat motief toch, kind!' riep Claire uit. 'We hebben hem nu toch?'
Jill stemde daarmee in. 'Waarom kan zijn motief niet gewoon zijn dat hij een zieke schoft is? Hij heeft een verleden vol seksueel sadisme. Voorzover we weten heeft hij minstens drie vrouwen gebrutaliseerd. Ik ben ervan overtuigd dat er meer boven water zal komen als de rechtszaak eenmaal begonnen is.
Je hebt die schoft gezien, Lindsay,' ging ze verder. 'Hij is gek. Als zijn volmaakte wereldje wordt verstoord, raakt hij buiten zinnen. Vanochtend zag hij eruit alsof hij op het punt stond om je te wurgen.' Ze grinnikte naar de anderen. 'Lindsay keek hem gewoon heel boos aan, zo van: wil je wel eens maken dat je wegkomt, klootzak.'
Ze wilden hun glas op mij heffen, op de stoere, heldhaftige politievrouw die altijd het etiket zou dragen dat zij degene was die Jenks had gepakt, toen ik opeens besefte dat het me zonder hen nooit zou zijn gelukt. Het waren niet mijn stalen zenuwen die het heft in handen hadden genomen in de verhoorkamer, maar mijn ziekte, die al mijn energie opslokte. Ik had het geheimgehouden, nooit verteld, zelfs niet aan degenen die mijn beste vriendinnen waren geworden.
'Dat had niets met Jenks te maken,' zei ik.
'Het leek er anders wel op.'
'Ik heb het niet over die aanvaring met Jenks. Ik bedoel wat er daarna gebeurde.' Ik zweeg even. 'Toen ik bijna flauwviel. Dat had niets met Jenks te maken.'
Ze glimlachten nog steeds, behalve Claire, maar de ernst

in mijn ogen schudde hen een voor een wakker.
Ik keek de tafel rond en vertelde hun over mijn Pac Man-achtige ziekte die mijn rode bloedlichaampjes opat en dat ik er nu al drie weken tegen vocht. De transfusies met erytrocytenconcentraat. Het aantal rode bloedlichaampjes daalde nog steeds. Ik ging achteruit.
Ik begon sterk, met vaste stem, omdat het nu al een paar weken deel uitmaakte van mijn leven, maar tegen het eind was mijn stem zacht en bang. Ik knipperde met mijn ogen om mijn tranen binnen te houden.
Jill en Cindy schrokken en zaten ongelovig voor zich uit te staren.
Toen strekten drie handen zich naar me uit. Die van Cindy, van Jill en als laatste, de warmste, die van Claire. Lange tijd zei niemand iets. Dat hoefde ook niet.
Ten slotte glimlachte ik en slikte mijn tranen weg. 'Echt weer iets voor iemand van de politie om de feestvreugde te bederven wanneer het net gezellig wordt.'
Het brak de spanning en de stemming werd minder bedrukt.
Ze zeiden niet: 'We zijn er voor je.' Ze zeiden niet tegen me: 'Het komt wel goed.' Dat hoefde ook niet.
'We zouden feestvieren,' zei ik.
Toen hoorde ik de stem van Jill, zomaar opeens, ernstig, alsof ze een bekentenis deed.
'Toen ik klein was, ben ik heel ziek geweest. Ik lag tussen mijn vierde en mijn zevende voortdurend in het ziekenhuis. Het kostte mijn ouders hun huwelijk. Zodra ik beter was, zijn ze uit elkaar gegaan. Dat is, denk ik, de reden dat ik altijd het gevoel heb gehad dat ik sterker en beter moest zijn dan iemand anders. Dat ik altijd moest winnen.
Het begon op de middelbare school,' ging Jill verder.
Ik wist niet precies waar ze het over had.

‘Ik wist niet of ik goed genoeg zou zijn. Daarom heb ik...’ Ze maakte de manchetten van haar blouse los en rolde haar mouwen op tot boven haar ellebogen. ‘Ik heb deze nog nooit aan iemand laten zien, behalve aan Steve.’

Haar armen zaten vol littekens. Ik wist wat het waren: zelfverminkingen. Jill had zichzelf vroeger met een mes bewerkt.

‘Wat ik eigenlijk wilde zeggen, is dat je ertegen moet vechten. Je vecht en je vecht en je vecht... en als je voelt dat het sterker wordt, vecht je nog harder.’

‘Dat probeer ik ook,’ fluisterde ik met verstikte stem. ‘Dat probeer ik echt.’ Nu wist ik wat haar dreef, wat er achter die ijzige blik zat. ‘Maar hoe?’

Jills handen hielden de mijne vast. We hadden allebei tranen in onze ogen.

‘Het is net zoals met Jenks, Lindsay,’ zei ze. ‘Je laat het gewoon niet winnen.’

95

In de koude, krappe cel ijsbeerde Nicholas Jenks onrustig heen en weer.

Hij had het gevoel dat er elk moment midden in zijn borst een staaf dynamiet kon ontploffen. Hij had niets gedaan. Hoe konden ze zijn goede reputatie kapotmaken, hem met die wilde fantasieën bestoken, hem in alle media in diskrediet brengen?

Het was donker en hij had het koud. Het bed in zijn gevangeniscel was niet eens geschikt voor een monnik. Hij had nog steeds de vochtige kleren aan waarin ze hem hadden meegenomen. Hij begon te koken van woede en zijn handen werden nat van het zweet.

Hij zou dat kleine kreng van een rechercheur laten boeten.
Uiteindelijk zou hij haar krijgen. Daar kon ze op rekenen.
Waar was die waardeloze lul van een advocaat mee bezig?
Wanneer zou Leff hem hieruit halen?
Het was net of alle rede uit zijn wereld was gezogen.
Wat gebeurde er toch allemaal?

Dat, dacht Phillip Campbell, zou Nicholas Jenks eigenlijk moeten voelen. Dat zou die schoft in gedachten tegen zichzelf moeten zeggen.
Campbell zat voor de spiegel. Tijd dat je weggaat. Je taak zit er eindelijk op. Het laatste hoofdstuk is geschreven.
Hij dompelde een natte doek in een schaal warm water.
Hij zou de rol nooit meer hoeven spelen.
En hoe voelt het, Nicholas?
Hij trok de spelden uit zijn haar waarmee het zat opgestoken en schudde zijn lokken los.
Hoe voelt het om een slachtoffer, een gevangene te zijn? Om nu zelf eens vernederd en te schande gezet te worden?
Langzaam haalde hij met de doek de donkere make-up van zijn ogen en hij voelde hoe zijn gezicht weer glans kreeg.
Hoe voelt het om hulpeloos en alleen te zijn? Om in een donkere ruimte te worden opgesloten? Om je verraden te voelen?
Phillip Campbell trok een voor een de haren van zijn bruinrode baard uit zijn kin, totdat er een nieuw persoon tevoorschijn kwam.
Niet in staat om in de spiegel de persoon te herkennen die je vroeger was?
Het gezicht werd geboend totdat het schoon en glad was.
De knoopjes van het overhemd, Nicholas' overhemd, werden opengemaakt en weldra kwam vanonder een bodystocking een goed gevormd vrouwenlichaam tot leven: de con-

touren van borsten, mooie benen, dunne, gespierde armen. Daar zat ze, zojuist onthuld, met een heldere gloed in haar ogen.
Dit is kostelijk.
Hoe voelt het, Nicholas, om vreselijk genaaid te worden? Nu de rollen voor één keer zijn omgedraaid?
Ze kon de gedachte dat het terecht en grappig was dat hij uiteindelijk door zijn eigen verknipte geest ten val was gebracht niet onderdrukken. Het was niet alleen grappig; het was absoluut briljant.
Wie lacht er nu, Nick?

Boek 4

De gehele waarheid

96

De avond na de voorgeleiding van Jenks had hoofdcommissaris Mercer de skybox in PacBell van een van zijn rijke vriendjes tot zijn beschikking. Hij nodigde enkelen van ons – mij, Raleigh en Cheery onder anderen – uit voor een wedstrijd van de Giants. Het was een warme zomeravond. Ze speelden tegen de Cards. Mijn vader zou ervan hebben genoten.

Ik wilde eigenlijk niet gaan. Ik wilde niet het gevoel krijgen dat ik tentoongesteld werd als de politievrouw die Jenks had gepakt, maar Mercer stond erop.

En Mark McGwire speelde en zo, dus trok ik een windjack aan en ging mee.

De hele avond wierpen Chris en ik elkaar heimelijk blikken toe. Er hing een bijzonder geladen sfeer in de box, een gloeiende ring rond hem en mij alleen.

De wedstrijd was achtergrondlawaai. In de derde inning sloeg Mighty Mac een bal van Ortiz helemaal uit het zicht. Hij landde bijna in de baai. Het stadion juichte uitzinnig, ook al was het een Card. In de vierde inning trok Barry Bonds met een enorme klap de stand weer gelijk.

Chris en ik konden onze ogen niet van elkaar af houden. We lagen met onze benen op één stoel, als een stel schoolkinderen, en zo nu en dan raakten onze kuiten elkaar. Jeetje, dit was beter dan de wedstrijd.

Ten slotte knipoogde hij naar me. 'Wil je iets drinken?' zei hij.

Hij ging naar de nis met de drank, die iets hoger lag dan het zitgedeelte, en ik liep achter hem aan. De anderen keken niet achterom. Zodra we uit het zicht waren, legde hij zijn handen op mijn dijen en kuste me. Ik had het gevoel dat ik in brand stond. 'Wil je nog blijven?'

'Er is nog bier,' grapte ik.
Zijn hand streek langs de zijkant van mijn borst en ik voelde een rilling. Zachte handen. Mijn ademhaling ging steeds sneller. Ik begon een beetje te zweten in mijn nek.
Chris kuste me nog een keer. Hij trok me dicht tegen zich aan en ik voelde het ritme van een hart tussen ons bonzen. Ik wist niet of het het zijne of het mijne was.
'Kan niet wachten,' zei hij.
'Goed, dan gaan we.'
'Nee.' Hij schudde zijn hoofd. 'Ik bedoelde dat ik niet kan wachten.'
'O, jezus.' Ik zuchtte. Ik kon me niet inhouden. Mijn hele lichaam begon langzaam te koken. Ik keek naar Cheery en Mercer en de twee kerels uit Mill Valley. Dit is waanzin, Lindsay.
Maar de laatste tijd was alles waanzin, ging alles veel te snel.
Het was net alsof alle natuurkrachten in het universum Chris en mij dwongen een afgelegen plekjc te zoeken. Er was een toilet in de skybox, nauwelijks groot genoeg om je make-up bij te werken. Het maakte ons niet uit.
Chris nam me mee naar het toilet, terwijl het publiek in het stadion ergens om juichte. We konden ons er maar net in persen. Ik kon niet geloven dat ik dit hier deed. Hij knoopte mijn blouse open, ik maakte zijn riem los. We stonden met onze dijen stijf tegen elkaar aan geduwd.
Voorzichtig tilde Chris me op. Ik had het gevoel dat er een vallende ster in mijn aderen was geëxplodeerd. Chris stond tegen de wasbak, ik zat in de palm van zijn handen; we zaten in die piepkleine ruimte geperst, maar we bewogen volkomen synchroon met elkaar.
Een gebrul van het publiek galmde van buiten naar binnen. Misschien had McGwire nog een homerun geslagen, mis-

schien had Bonds een honk van hem gestolen, wat maakte het uit. We bleven deinen. Chris en ik. Ik kon niet ademhalen. Mijn lichaam was glad van het zweet. Ik kon niet ophouden. Chris bleef doorgaan, ik greep me stevig vast en even later snakten we allebei naar adem.
Twee heldhaftige politiemensen, dacht ik.
Ik had me nog nooit zo goed, zo vrij, zo opgewonden gevoeld. Chris liet zijn voorhoofd op mijn schouder zakken. Ik kuste zijn wang, zijn nek.
Toen kreeg ik ineens een heel rare gedachte. Ik begon te lachen, een combinatie van gelach en uitgeputte zuchten. We stonden daar klem, doodmoe, een paar meter van mijn baas vandaan. Ik giechelde als een idioot. Dadelijk betrapten ze ons!
'Wat is er zo leuk?' fluisterde Chris.
Ik dacht aan Claire en Cindy. Aan wat we net hadden gedaan.
'Ik geloof dat ik zojuist iets wilds gedaan heb,' zei ik.

97

De volgende dag vroeg Jenks om een nieuw onderhoud. Jill en ik gingen naar de negende verdieping om met hem te praten. We vroegen ons af wat er was.
Deze keer geen kat- en muisspel, en geen geouwehoer. Leff was er, maar hij stond zowaar keurig op toen we binnenkwamen. De bezorgde uitdrukking op zijn gezicht sprak boekdelen.
'Mijn cliënt wil een verklaring afleggen,' kondigde Leff aan zodra we zaten.
Ik dacht: nu komt het. Hij wil een deal sluiten. Hij heeft ingezien hoe belachelijk het is om dit spelletje te spelen.

Maar hij kwam met iets onverwachts.
'Ik word erin geluisd!' verklaarde Jenks woedend.
Het duurde ongeveer een halve seconde voordat Jills blik zich in de mijne boorde.
'Dat zult u me moeten uitleggen,' zei ze. 'Wat is er aan de hand?' Ze keek naar Jenks en daarna naar Leff.
'We kunnen uw cliënt aan alle drie de slachtoffers koppelen; we weten dat hij in Cleveland was ten tijde van de laatste moord; we weten dat hij heeft gelogen over zijn vroegere relatie met Kathy Kogut, een van de laatste slachtoffers; we hebben zijn boek waarin een verbazingwekkend vergelijkbaar crimineel patroon wordt beschreven. En we kunnen bewijzen dat zijn gezichtsharen dezelfde zijn als een haar die in de vagina van een van de andere slachtoffers is gevonden. En hij beweert dat hij erin wordt geluisd?'
'Ik beweer,' zei Jenks met een lijkbleek gezicht, 'dat iemand mij de schuld in de schoenen probeert te schuiven.'
'Moet u luisteren, meneer Jenks,' zei Jill, nog steeds naar Leff kijkend. 'Ik doe dit nu acht jaar. Ik heb tegen honderden criminelen bewijzen verzameld, zelf meer dan vijftig moordenaars achter de tralies gekregen. Ik heb nog nooit zo'n overdonderende hoeveelheid bewijsmateriaal tegen een verdachte gezien. Onze zaak is zo waterdicht dat hij niet eens nat kan worden.'
'Dat besef ik ook wel.' Jenks zuchtte. 'En ook dat ik u alle reden heb gegeven om te twijfelen als ik zeg dat ik onschuldig ben. Ik heb gelogen over mijn verblijf in Cleveland, over mijn relatie met Kathy. In de andere gevallen kan ik niet eens bewijzen waar ik op dat moment was. Maar ik herken een valstrik als ik er een zie. Ik heb meer van die dingen verzonnen dan wie ook. Ik ben er een meester in. En ik verzeker u dat iemand mij erin probeert te luizen.'
Ik schudde ongelovig mijn hoofd. 'Wie dan, meneer Jenks?'

Jenks haalde diep adem. Hij zag er echt bang uit. 'Dat weet ik niet.'

'Iemand haat u zo erg dat hij dit er allemaal voor over heeft?' Jill kon haar lachen niet inhouden. 'Voorzover ik u ken, ben ik geneigd dat te geloven.' Ze richtte zich tot Leff. 'Kijkt u ernaar uit om hem te verdedigen?'

'Laat u hem alstublieft uitpraten, mevrouw Bernhardt,' pleitte de advocaat.

'Moet u luisteren,' zei Jenks. 'Ik weet wat u van me denkt. Ik heb veel op mijn geweten. Egoïsme, wreedheid, overspel. Ik ben driftig; soms kan ik me niet inhouden. En met vrouwen... u kunt er waarschijnlijk wel tien bij elkaar krijgen die u zouden willen helpen om me voor deze moorden veroordeeld te krijgen. Dat kan zo zijn, maar ik heb deze mensen niet vermoord. Geen van hen. Iemand probeert me erin te luizen. Dat is de waarheid. Iemand heeft briljant werk geleverd.'

98

'Geloof jij iets van die onzin?' zei Jill meesmuilend tegen me toen we voor de cel van Jenks op de lift stonden te wachten.

'Ik wil best geloven dat hij er zelf op de een of andere manier van overtuigd is,' antwoordde ik haar.

'Ach, kom nou. Hij zou zich beter ontoerekeningsvatbaar kunnen laten verklaren. Als Nicholas Jenks een lijst met mensen wil samenstellen die hem erin zouden willen luizen, kan hij beginnen met iedereen die hij ooit heeft geneukt.'

Ik lachte en beaamde dat het een lange lijst zou worden. Toen ging de liftdeur open en tot mijn verbazing stapte Chessy Jenks uit de lift. Ze droeg een lange, donkergrijze

zomerjurk. Het viel me direct op hoe knap ze was.
Het was even onbehaaglijk stil toen onze ogen elkaar ontmoetten. Ik had net haar man gearresteerd. De technische recherche had haar hele huis overhoopgehaald. Ze had alle reden om me vol minachting aan te kijken... maar dat deed ze niet.
'Ik kom voor mijn man,' zei ze met een beverig stemmetje.
Ik stelde haar stijfjes voor aan Jill en wees haar daarna de wachtkamer. Ze maakte op dat moment een bijzonder eenzame en verwarde indruk, erger dan ik ooit bij iemand had gezien.
'Sherman zegt dat er veel bewijzen zijn,' zei ze.
Ik knikte beleefd. Ik weet niet waarom ik medelijden met haar had, afgezien dan van het feit dat ze een jonge, kwetsbare vrouw leek die de pech had gehad dat ze verliefd was geworden op een monster.
'Nick heeft dit niet gedaan, rechercheur,' zei Chessy Jenks.
Haar uitbarsting verbaasde me. 'Het is niet meer dan normaal dat een vrouw haar echtgenoot wil verdedigen,' gaf ik toe. 'Als u een concreet alibi hebt...'
Ze schudde haar hoofd. 'Nee, geen alibi. Maar ik ken mijn man.'
De liftdeur was dichtgegaan en Jill en ik stonden weer te wachten. Net zoals in ziekenhuizen zou het een paar minuten duren voor de lift beneden was geweest en weer terugkwam. Chessy Jenks maakte geen aanstalten om door te lopen.
'Mijn echtgenoot is geen gemakkelijk mens. Hij kan heel moeilijk zijn. Ik weet dat hij vijanden heeft gemaakt. Ik weet dat hij u bijna is aangevlogen. Een buitenstaander zal het wel moeilijk kunnen geloven, maar er zijn momenten dat hij heel teder, ongelooflijk vrijgevig en liefdevol kan zijn.'
'Ik wil niet vervelend zijn, mevrouw Jenks,' kwam Jill tus-

senbeide, 'maar onder deze omstandigheden zou u eigenlijk niet met ons moeten praten.'
'Ik heb niets te verbergen,' wierp ze tegen. Daarna keek ze bedrukt. 'Ik weet al wat u weet.'
Ik was met stomheid geslagen. Ik weet al wat u weet?
'Ik heb Joanna gesproken,' ging Chessy Jenks verder. 'Ze vertelde dat u langs was geweest. Ik weet wat ze u over hem heeft verteld. Ze is verbitterd. Daar heeft ze alle reden toe. Maar ze kent Nick niet zoals ik hem ken.'
'U zou het bewijsmateriaal eens moeten bekijken, mevrouw Jenks,' zei ik tegen haar.
Ze schudde haar hoofd. 'Vuurwapens... misschien, rechercheur. Als dat alles was. Maar een mes. Die eerste moord. Dat arme stel aan stukken snijden. Nick durft nog geen vis te fileren.'
Mijn eerste gedachte was dat ze jong en naïef was. Hoe had Jenks het beschreven? Gevoelig... Maar er was iets wat ik vreemd vond. 'U zei dat u en Joanna met elkaar praten?'
'Ja, dat klopt. Veel vaker het laatste jaar. Ze is zelfs bij me thuis geweest. Als Nick weg was natuurlijk. Ik weet dat ze na de scheiding verbitterd was. Ik weet dat hij haar heeft gekwetst. Maar we steunen elkaar zo een beetje.'
'Wist uw man daarvan?' vroeg ik.
Ze glimlachte geforceerd. 'Hij vond het zelfs niet erg. Hij vindt Joanna nog steeds aardig. En, rechercheur, zij is nog steeds verliefd op hem.'
De lift arriveerde en we namen afscheid. Toen de deur dichtging, keek ik naar Jill. Haar ogen waren groot.
'Wat een stel engerds zeg,' zei ze huiverend.

99

Ik wist het zodra dokter Medved de kamer binnenkwam. Ik zag het aan zijn gezicht. Hij hoefde niets te zeggen.
'Ik ben bang dat ik niet erg positief kan zijn, Lindsay,' zei hij en hij keek me aan. 'Het aantal rode bloedlichaampjes blijft dalen. De aanvallen van duizeligheid, de vermoeidheid, bloed in je borst. De ziekte schrijdt voort.'
'Schrijdt voort?'
Medved knikte ernstig. 'Stadium drie.'
De woorden donderden in mijn oren en brachten de angst voor de intensievere behandelingen waar ik tegenop zag, met zich mee. 'Wat is de volgende stap?' vroeg ik zwakjes.
'We kunnen het nog één maand aankijken,' zei dokter Medved. 'Het aantal is nu vierentwintighonderd. Als het blijft dalen, zul je steeds zwakker worden. Dan moet je worden opgenomen.'
Ik kon nauwelijks bevatten wat hij zei; het viel me allemaal zo ruw op mijn dak. Een maand. Dat is te kort. Te snel. Alles ging net zo goed, nu Jenks was gearresteerd. Al het andere, alles wat ik wilde vasthouden, begon ook vorm aan te nemen. Een maand: vier armzalige weken.
Toen ik terugkwam op de afdeling bleven er een paar van mijn collega's naar me staan grijnzen. Er stond een mooi boeket bloemen op mijn bureau. Wilde bloemen.
Ik rook eraan en snoof de zoete, natuurlijke geur op. Ik las het kaartje:

Op een heuvel bij Heavenly waar het vol staat met deze bloemen heb ik een blokhut. Morgen is het vrijdag. Neem een dag vrij. Laten we erheen gaan.

Chris

Het leek me precies wat ik nodig had. De bergen. Chris. Ik zou het hem moeten vertellen, nu de waarheid binnenkort duidelijk zou worden.

Mijn telefoon ging. Het was Chris. 'En?' Ongetwijfeld had iemand op de afdeling, die voor Cupido speelde, hem gewaarschuwd dat ik terug was.

'Ik heb je kaartje nog niet opengemaakt.' Ik beet op mijn lip. 'Er zijn er zo veel die ik eerst moet bekijken.'

Ik hoorde een teleurgestelde zucht en liet hem nog even in het ongewisse. 'Maar voor het geval je wilde vragen of ik een weekendje weg wil: dat zou ik heerlijk vinden. Het lijkt me fantastisch. Zullen we om acht uur vertrekken?'

'Wat sta jij laat op, zeg,' zei hij. 'Ik wilde voor de ochtendspits weg zijn.'

'Ik had het over vanavond.'

Ik had een maand. Ik dacht: berglucht, stromende beken en wilde bloemen, een goede manier om eraan te beginnen.

100

We brachten de volgende twee dagen door alsof we in een mooie droom leefden.

Chris' blokhut was ouderwets en charmant, een roodhouten chalet met een steil schuin dak op Mason Ridge, uitkijkend over Heavenly. We wandelden in het bos met Lieve Martha, namen de kabelbaan naar de top van de bergen, liepen het hele stuk naar beneden. We roosterden zwaardvis op de veranda.

Tussen de bedrijven door vrijden we in zijn behaaglijke grote hemelbed, op de schaapsvacht voor de houtkachel en in de opwindende kou van de douche buiten. We lachten en stoeiden en raakten elkaar aan als tieners en ontdekten

de liefde opnieuw.
Maar ik was geen naïeve puber. Ik wist precies wat er gebeurde. Ik voelde de gestage, onmiskenbare stroom binnenin me stijgen als een rivier die buiten zijn oevers treedt. Ik voelde me machteloos.
Zaterdag beloofde Chris me een dag die ik nooit zou vergeten.
We reden naar Lake Tahoe, naar een schilderachtig haventje aan de kant van Californië. Hij had een platbodem gehuurd, een oude, pruttelende houten schuit. We kochten broodjes en een fles chardonnay en voeren naar het midden van het meer. Het water was kalm en zeegroen, de lucht wolkeloos en helder. De rotsige punten van besneeuwde bergtoppen om het meer zagen eruit als een kroon.
We lieten het anker zakken en een tijdje was het ons eigen wereldje. Chris en ik trokken onze zwemkleding aan. Ik dacht dat we ons zouden ontspannen, van de wijn en de zon genieten, naar het uitzicht kijken, maar Chris had een soort verwachtingsvolle, uitdagende blik in zijn ogen. Hij liet zijn handen door het ijskoude water glijden.
'O nee,' zei ik hoofdschuddend. 'Dat water is misschien tien graden.'
'Ja, maar het is droge kou,' plaagde hij.
'Ja, hoor,' gnuifde ik. 'Ga jij dan. Vang een zalm voor me als je er een voorbij ziet zwemmen.'
Hij kwam op me af met een speelse dreiging in zijn ogen. 'Je kunt er zelf een gaan vangen.'
'Vergeet het maar.' Ik schudde opstandig mijn hoofd. Maar ik moest ook lachen. Terwijl hij naar voren kwam, liep ik steeds verder achteruit, tot ik niet meer verder kon.
Hij sloeg zijn armen om me heen. Ik voelde de tinteling van zijn huid tegen de mijne. 'Het is een soort inwijding,' zei hij.
'Een inwijding. Waarvoor?'

'Een exclusieve club. Iedereen die erbij wil horen, moet erin springen.'
'Dan hoef ik niet bij die club.' Ik lachte en draaide me in zijn sterke armen in allerlei bochten. Zonder veel tegenstand trok hij me op de gestoffeerde bank in de achtersteven van de boot.
'Nee, Chris,' gilde ik toen hij mijn hand vastgreep.
'Je bent echt de pineut,' zei hij terwijl hij aan me trok. Ik gilde: 'Rotzak!' en we tuimelden erin.
Het water was steenkoud, een stimulerend, heerlijk gevoel. We kwamen tegelijk boven en ik schreeuwde tegen hem: 'Krijg de pest, joh!' Toen kuste hij me in het water en opeens voelde ik de kou niet meer. Ik hield me aan hem vast, eerst om warm te worden, maar ook omdat ik hem nooit meer wilde laten gaan. Ik vertrouwde hem zo volledig dat het bijna eng was. Tien graden, maar ik stond in vuur en vlam.
'Nou moet je eens opletten,' zei ik uitdagend, terwijl ik me uit zijn omhelzing losmaakte. Vijftig meter verderop dreef een oranje boei. 'Wie het eerste bij die boei is.' Toen schoot ik weg, hem verbazend met mijn snelheid.
Chris probeerde me bij te houden met regelmatige, krachtige slagen, maar ik zwom hem eruit.
In de buurt van de boei wachtte ik tot hij me had ingehaald. Chris keek stomverbaasd. 'Waar heb jij zo leren zwemmen?'
'De YMCA in San Francisco; districtskampioen van de veertien-, vijftien- en zestienjarigen. Kennelijk ben ik het nog niet verleerd.'
Even later hadden we de boot naar een beschutte, schaduwrijke inham vlak bij de oever gevaren. Chris zette de motor af en hing een canvas zonnescherm om de hut heen, die ons zogenaamd tegen de zon moest beschermen. Met ingehou-

den adem kropen we naar binnen, verborgen voor alles en iedereen.
Ik liet hem langzaam mijn zwempak uittrekken en hij likte druppels water van mijn armen en borsten. Daarna ging ik op mijn knieën zitten en trok zijn zwembroek naar beneden. We hoefden niets te zeggen. Onze lichamen zeiden alles. Ik ging op mijn rug liggen en trok Chris bovenop me.
Ik had me nog nooit zo sterk verbonden gevoeld met iemand, of met een plek. Ik drukte me zwijgend tegen hem aan, terwijl het meer zacht aan weerszijden van ons kabbelde. Ik dacht: als ik het zeg, wordt alles anders.
Daarna bleef ik stil liggen, terwijl er warme rillingen door mijn lichaam schoten. Ik wilde dat hier nooit een einde aan kwam, maar ik wist dat er een einde aan moest komen. De realiteit gooit altijd roet in het eten, nietwaar?

101

Die avond moest ik op een gegeven moment ineens huilen. Ik had spaghetti carbonara gemaakt en we zaten op de veranda te eten in het maanlicht met een fles Pinot Noir. Chris had een celloconcert van Dvořák opgezet, maar uiteindelijk schakelden we over op de Dixie Chicks.
Onder het eten stelde Chris vragen over waar en hoe ik was opgegroeid.
Ik vertelde hem over mijn moeder en dat mijn vader was weggegaan toen ik nog klein was; dat ze twintig jaar als boekhoudster bij een grootwinkelbedrijf had gewerkt. Dat ik min of meer mijn zusje had opgevoed.
'Mam is overleden aan borstkanker toen ze net vijftig was.' De ironie hiervan ontging me zeker niet.
'En je vader? Ik wil alles over je weten.'

Ik nam een slokje wijn en vertelde hem toen dat ik hem sinds mijn dertiende maar twee keer had gezien. Bij de begrafenis van mijn moeder, en op de dag dat ik politieagent werd. 'Hij zat achterin, ver bij iedereen vandaan.' Opeens schoot ik vol door allerlei lang weggestopte gevoelens. 'Wat deed hij daar?' Ik keek op. Mijn ogen waren vochtig. 'Waarom moest hij het zo nodig verpesten?'

'Wilde je hem nooit meer zien?'

Ik gaf geen antwoord. Iets begon vorm aan te nemen in mijn hoofd. Mijn gedachten dwaalden af, doordat ik besefte dat ik waarschijnlijk nog nooit zo gelukkig was geweest als op dit moment, maar dat het allemaal gebaseerd was op een leugen. Ik knipperde met mijn ogen om de tranen tegen te houden die in mijn ogen schoten door de schok van alles wat door mijn hoofd ging. Het lukte niet zo goed. Chris greep mijn hand. 'Het spijt me, Lindsay. Ik had je niet moeten...'

'Dat is het niet,' fluisterde ik, en ik kneep in zijn hand. Ik wist dat de tijd gekomen was om hem echt te vertrouwen, om mezelf eindelijk aan Chris over te leveren. Maar ik was bang. Mijn wangen trilden; mijn ogen probeerden de tranen binnen te houden.

'Ik moet je iets vertellen,' zei ik. 'Dit is heel moeilijk, Chris.' Ik keek hem aan met alle ernst en vertrouwen die mijn bezorgde ogen konden opbrengen. 'Weet je nog dat ik bijna flauwviel toen we met Jenks in de verhoorkamer zaten?'

Chris knikte. Hij begon een beetje bezorgd te kijken. Er kwamen diepe rimpels in zijn voorhoofd.

'Iedereen dacht dat ik gewoon over mijn toeren was, maar dat was het niet. Ik ben ziek, Chris. Binnenkort moet ik misschien worden opgenomen in het ziekenhuis.'

Ik zag zijn blik opeens versomberen. Hij wilde iets zeggen,

maar ik legde mijn vinger op zijn lippen.
'Je moet even naar me luisteren. Goed?'
'Goed. Sorry.'
Ik gooide alles eruit over Negli's. Dat ik niet op de behandeling reageerde. Dat de kansen kleiner werden. Waar Medved me een paar dagen geleden voor had gewaarschuwd. Dat ik in stadium drie zat, ernstig. Dat een beenmergtransplantatie wellicht de volgende stap zou zijn.
Ik huilde niet. Ik vertelde het hem onomwonden, als een politievrouw. Ik wilde hem hoop geven, hem laten zien dat ik vocht, hem laten zien dat ik de sterke persoon was van wie hij naar mijn idee hield.
Toen ik klaar was, greep ik zijn handen en haalde diep adem. 'De waarheid is dat ik binnenkort zou kunnen gaan, Chris.'
Onze handen zaten stevig in elkaar gestrengeld. Onze ogen lieten elkaar geen moment los. We hadden niet dichter bij elkaar kunnen zijn.
Toen legde hij zijn hand zacht op mijn wang en wreef over mijn gezicht. Hij zei geen woord. Hij pakte me gewoon beet, koesterde me in de kracht en zachtheid van zijn handen en trok me naar zich toe.
En dat maakte mij aan het huilen. Hij was een goed mens. Ik zou hem misschien kwijtraken. En ik huilde om alle dingen die we misschien nooit zouden kunnen doen.
Ik huilde en huilde, en bij elke snik drukte hij me steviger tegen zich aan. Hij bleef maar fluisteren: 'Het geeft niet, Lindsay. Het geeft niet. Het geeft niet.'
'Ik had het je eerder moeten vertellen,' zei ik.
'Ik snap waarom je dat niet hebt gedaan. Hoelang weet je het al?'
Ik zei het tegen hem. 'Sinds de dag dat we elkaar hebben ontmoet. Ik schaam me zo.'

'Je hoeft je niet te schamen,' zei hij. 'Hoe kon je nu weten dat je me kon vertrouwen?'
'Ik vertrouwde je al heel snel. Ik vertrouwde mezelf niet.'
'Maar nu wel,' fluisterde Chris.

102

Ik geloof dat we de hele nacht zijn opgebleven. We hebben gelachen, we hebben gehuild. Ik weet niet eens meer hoe ik in bed ben terechtgekomen.
De volgende dag week ik vrijwel niet van zijn zijde. Nu alles zo bedreigend was, alles zo onzeker leek, voelde ik me heel veilig en beschut in zijn armen. Ik wilde er nooit meer uit.
Maar er gebeurde nog iets anders tijdens dat weekend, afgezien van Negli's, afgezien van Chris en mij. Iets ingrijpends dat mijn gevoel van geborgenheid en veiligheid verstoorde.
De kiem van de gedachte werd gelegd door iets wat Jacobi had gezegd.
Een van die achteloze opmerkingen waaraan je niet veel aandacht besteedt, maar die om de een of andere reden in je hoofd worden opgeslagen. Daarna komt hij op de vreemdste momenten weer boven, met meer kracht en logica dan eerst.
Het was zondagavond. Het weekend was voorbij. Chris had me thuisgebracht. Ook al wilde ik liever bij hem blijven, ik moest een tijdje alleen zijn om alles voor mezelf op een rijtje te zetten, om te bedenken wat ik zou gaan doen.
Ik pakte mijn bagage uit, zette thee, kroop op de bank met Lieve Martha. Mijn gedachten dwaalden af naar de moordzaak.

Met Nicholas Jenks was ik nu klaar. Er restten alleen nog de talloze rapporten die moesten worden geschreven. Ook al bleef hij tieren dat hij erin werd geluisd. Dat waren alleen maar meer leugens.

Net op dat moment moest ik opeens weer aan de woorden van Jacobi denken.

'Mooie arrestatie,' had hij dinsdagochtend vroeg gezegd. Hij had die ergerlijke, koppige blik in zijn ogen. 'Als je maar niet vergeet,' had hij me achternageroepen, 'dat ik je op het goede spoor heb gezet met die informatie over de champagne... Waarom zou Jenks die champagne hebben laten liggen, denk je?'

Ik luisterde nauwelijks. Jenks zat in een cel. De zaak was rond. Ik dacht aan de vorige avond en aan Chris. Ik bleef op de trap staan en draaide me naar hem om. 'Ik weet het niet, Warren. Daar hebben we het al over gehad. Misschien had hij haast.'

'Je hebt gelijk.' Hij knikte. 'Daarom heeft hij natuurlijk ook dat jasje niet opgerold en meegenomen.'

Ik keek hem aan met een blik van: waar hebben we het hier nu over? Jenks had een schoon smokingjasje nodig om uit het hotel te kunnen komen. Door de positieve DNA-test met het haar was het trouwens allemaal academisch geworden.

Toen zei hij het: 'Heb je ooit het hele boek gelezen?' vroeg hij.

'Welk boek?'

'Jenks' boek. *Always a Bridesmaid.*'

'Alleen de belangrijke stukken,' antwoordde ik. 'Hoezo?'

Hij zei: 'Nou, ik moet er gewoon de hele tijd aan denken. Zoals ik al zei: mijn vrouw is een fan van hem. Er slingerden een paar kopieën van het manuscript rond en ik heb er een mee naar huis genomen. Het einde was heel interessant.'

Ik keek hem aan en probeerde te bedenken waar dit naartoe ging.
'Het was een valstrik,' zei Jacobi. 'Die Phillip Campbell ontspringt de dans. Hij laat iemand anders voor alles opdraaien.'
Dagen later kwamen Warrens woorden weer bovendrijven. Een valstrik. Hij laat iemand anders voor alles opdraaien. Het was belachelijk, zei ik tegen mezelf, dat ik ook maar één moment aandacht aan dit scenario besteedde en erover nadacht. De zaak was waterdicht.
Valstrik, dacht ik ondanks mezelf weer.
'Ik lijk wel gek,' zei ik hardop. 'Jenks klampt zich vast aan elke strohalm om zich hieruit te draaien.'
Ik stond op, nam het kopje thee mee naar de badkamer en begon mijn gezicht te wassen.
Morgenochtend zou ik Cheery over mijn ziekte vertellen. Ik had nog vakantie staan. Ik zou er niet meer omheen draaien. Nu de zaak was afgerond, was dit goede moment. Nu de zaak was afgerond!
Ik ging naar de slaapkamer en trok de kaartjes van een 'Stukje hemel', een T-shirt dat Chris voor me had gekocht. Ik stapte in bed en Lieve Martha kwam langs voor haar knuffel.
Herinneringen aan het weekend kwamen bij me boven. Ik sloot mijn ogen. Ik popelde om het aan de meiden te vertellen.
Toen schoot er zomaar ineens een gedachte door mijn hoofd. Ik vloog overeind alsof ik een nachtmerrie had gehad. Ik verstijfde. 'O, nee. O, jezus, nee,' fluisterde ik.
Toen Jenks bij hem thuis naar mij was uitgevallen, had hij met zijn linkerhand uitgehaald.
En toen hij me iets te drinken had aangeboden, had hij de kan met zijn linkerhand opgepakt.

Onmogelijk, dacht ik. Dit kan niet waar zijn.
Claire was er zeker van dat de moordenaar van David Brandt rechtshandig was geweest.

103

Jill, Claire en Cindy keken me aan alsof ik gek geworden was.
De woorden waren nog maar net uit mijn mond. 'Als Jenks nou gelijk heeft? Als iemand hem er nu eens in probeert te luizen?'
'Dat is flauwekul!' zei Jill bits. 'Jenks is wanhopig en maar matig intelligent. We hebben hem!'
'Ik kan mijn oren gewoon niet geloven,' riep Cindy uit. 'Jij bent degene die hem heeft gevonden. Jij bent degene die de bewijzen heeft verzameld.'
'Dat weet ik. Ik begrijp dat jullie het raar vinden. Hopelijk is het ook onzin. Maar jullie moeten me even laten uitpraten.'
Ik vertelde hun van Jacobi's opmerking over de roman en mijn ingeving over de linkshandigheid van Jenks.
'Bewijst nog niets,' zei Jill.
'Ik kan niet om de feiten heen, Lindsay,' zei Claire hoofdschuddend. 'We hebben verdomme zijn DNA, op de plaats van het misdrijf.'
'Luister nou even,' protesteerde ik. 'Ik wil die vent ook graag pakken. Maar nu we al deze bewijzen hebben... nou ja, het klopt allemaal zo mooi. Het jasje, de champagne. Jenks heeft in zijn boeken ingewikkelde moorden in elkaar gezet. Waarom zou hij sporen achterlaten?'
'Omdat het een zieke schoft is, Lindsay. Omdat het een arrogante lul is die met alle drie de misdrijven in verband is gebracht.'

Jill knikte. 'Hij is schrijver. Als het op een echte moord aankomt, is hij een amateur. Hij heeft er gewoon een rommeltje van gemaakt.'
'Je hebt zijn reactie gezien, Jill. Dat was niet alleen radeloosheid. Ik heb moordenaars in dodencellen gezien die bleven ontkennen. Dit was anders. Alsof hij het gewoon niet kon geloven.'
Jill stond op en keek met haar ijzige blauwe ogen priemend op me neer. 'Waarom, Lindsay, waarom nu opeens deze totale ommekeer?'
Voor het eerst voelde ik me alleen en ver verwijderd van mensen die ik het allermeest had leren vertrouwen. 'Niemand kan deze man meer haten dan ik,' verklaarde ik. 'Ik heb jacht op hem gemaakt. Ik heb gezien wat hij die vrouwen heeft aangedaan.' Ik richtte me tot Claire. 'Jij zei dat de moordenaar rechtshandig was.'
'Waarschijnlijk rechtshandig,' zei Claire.
'En als hij het mes nou gewoon in zijn andere hand heeft gehouden?' opperde Cindy.
'Cindy, als jij iemand ging vermoorden,' zei ik, 'iemand die groter en sterker was, zou jij hem dan aanvallen met je verkeerde hand?'
'Misschien niet,' merkte Jill op, 'maar je gaat helemaal voorbij aan de feiten. Bewijzen en gezond verstand, Lindsay. Al die dingen die we met moeite hebben verzameld. En jij komt met een serie hypothesen aanzetten. "Jenks houdt de kan met zijn linkerhand vast. Phillip Campbell luist iemand erin aan het einde van het boek." We kunnen bewijzen dat die vent drie moorden heeft gepleegd, Lindsay. Ik heb niets aan je als je twijfelt.' Haar kin trilde. 'Ik heb je nodig als getuige.'
Ik wist niet hoe ik mezelf moest verdedigen. Ik had Jenks net zo graag willen pakken als de anderen. Zelfs nog meer.

Maar nu, terwijl ik zo zeker was geweest, kon ik het niet wegstoppen, de plotselinge twijfel.
Hadden we de goede te pakken?
'We hebben nog steeds geen wapen gevonden,' zei ik tegen Jill.
'We hebben geen wapen nodig, Lindsay. We hebben zijn haar ín een van de slachtoffers gevonden!'
Opeens werden we ons ervan bewust dat mensen aan andere tafeltjes naar ons zaten te kijken. Jill kuchte en ging weer zitten. Claire sloeg haar armen om mij heen.
Ik blies mijn wangen bol, zuchtte diep en zakte achteruit tegen het kussen van de bank.
Ten slotte zei Cindy: 'We hebben heel de tijd achter je gestaan. We gaan je nu niet in de steek laten.'
Jill schudde haar hoofd. 'Willen jullie dat ik hem laat lopen, jongens, terwijl wij de zaak heropenen? Als wij hem niet berechten, dan doet Cleveland het.'
'Ik wil niet dat je hem laat lopen,' zei ik. 'Ik wil alleen honderd procent zekerheid.'
'Die heb ik allang,' zei Jill fel.
Ik keek naar Claire, en zelfs zij had een sceptische blik in haar ogen die ze strak op mij gericht hield. 'Er is een ongelooflijke hoeveelheid fysiek bewijsmateriaal dat het nogal duidelijk maakt.'
'Als dit naar buiten komt,' waarschuwde Jill, 'kan ik mijn carrière wel vergeten. Bennett wil het bloed van die vent op de muren van de rechtszaal zien.'
'Bekijk het eens van deze kant,' zei Cindy giechelend, 'als Lindsay gelijk heeft en jij zet Jenks achter slot en grendel, dan bestuderen ze deze zaak de komende twintig jaar als een voorbeeld van hoe het niét moet.'
Als verdoofd staarden we voor ons uit. Het was alsof we naar de stukjes van een kapotgevallen, onvervangbare vaas

zaten te kijken.
'Goed, als hij het niet is,' zei Claire met een zucht, 'hoe gaan we dan bewijzen wie het wel heeft gedaan?'
Het was alsof we weer helemaal terug bij af waren, helemaal terug bij het eerste misdrijf. Ik voelde me afschuwelijk.
'Wat heeft ons op het spoor van Jenks gezet?' vroeg ik.
'De haar,' zei Claire.
'Nee, dat was het niet. We moesten hem eerst hebben voordat we wisten van wie die haar was.'
'Merrill Shortley,' zei Jill. 'Jenks en Merrill? Zou dat kunnen?'
Ik schudde mijn hoofd. 'We hadden nog iets nodig voordat we hem konden arresteren.'
Cindy zei: '*Always a Bridesmaid.* Zijn eerste vrouw.'
Langzaam knikkend liep ik Susie's uit.

104

De volgende paar dagen nam ik alles wat we over Joanna Wade hadden nog een keer door.
Eerst herlas ik de aanklacht wegens huiselijk geweld die ze tegen Jenks had ingediend. Ik bekeek de foto's van Joanna die op het bureau waren genomen. Haar gezicht was blauw en gezwollen. Ik las het rapport van de agenten over wat ze hadden aangetroffen. 'Een woordenwisseling waarbij veel werd gescholden. Jenks die wild om zich heen sloeg, duidelijk buiten zichzelf van woede. Hij moest overmeesterd worden, verzette zich tegen een arrestatie.'
Het rapport was ondertekend door twee agenten uit Northern: Samuel Delgado en Anthony Fazziola.
De volgende dag ging ik opnieuw op bezoek bij Greg Marks, de vroegere agent van Jenks. Hij was nog verbaas-

der dat ik langskwam toen ik hem vertelde dat ik iets wilde weten over een ander aspect van Jenks' verleden. 'Joanna?' antwoordde hij met een geamuseerde glimlach. 'Weinig mensenkennis, rechercheur, maar nog slechter in het kiezen van het juiste moment.'

Hij legde uit dat hun scheiding nog geen zes maanden voordat *Crossed Wire* het licht zag, was uitgesproken. Hij zei dat er van de gebonden uitgave van dat boek alleen al bijna een miljoen exemplaren waren verkocht. 'Om het al die magere jaren met Nicholas Jenks uit te houden en dan uiteindelijk niet veel meer dan een grijpstuiver te krijgen...' Hij schudde zijn hoofd. 'Ze kreeg een aalmoes vergeleken met wat het geweest zou zijn als ze een jaar later waren gescheiden.'

Wat hij me vertelde, schilderde een ander beeld van de vrouw die ik in de sportschool had ontmoet. Ze leek het allemaal achter zich te hebben gelaten.

'Ze voelde zich gebruikt, weggegooid als oud vuil. Door Joanna kon hij gaan studeren; zij onderhield hem toen hij met schrijven begon. Toen Nick zijn studie rechten eraan gaf, heeft ze zelfs haar oude baantje weer erbij genomen.'

'En later,' vroeg ik, 'bleef ze hem toen haten?'

'Ik geloof dat ze bleef proberen om hem voor de rechter te krijgen. Nadat ze uit elkaar waren gegaan, wilde ze hem voor het gerecht dagen om een deel van zijn toekomstige inkomsten op te eisen. Het niet-nakomen van verplichtingen, contractbreuk. Wat ze maar kon bedenken.'

Ik had medelijden met Joanna Wade. Maar zou het haar tot zo'n wraakactie kunnen drijven? Zou ze om die reden zes mensen vermoorden?

De volgende dag vroeg ik bij de rechtbank een kopie van de echtscheidingspapieren op. Door de gebruikelijke clichés heen kreeg ik de indruk dat het een bijzonder bitter gevecht was geweest. Zij probeerde via de rechter met het oog op

toekomstige inkomsten drie miljoen dollar te krijgen. Ze eindigde met een bedrag van vijfduizend per maand, dat zou oplopen tot tien als Jenks' inkomsten substantieel toenamen.
Ik verbaasde me over de bizarre ommekeer in mijn gedachten.
Joanna was degene die het boek het eerst had genoemd. Die zich bedrogen en afgewezen voelde en een wrok koesterde die veel dieper zat dan ze liet merken. Joanna, de tae-bolerares die sterk genoeg was om een twee keer zo grote man tegen de grond te werken. Die zelfs toegang had tot Jenks' huis.
Ik leek wel gek om zo te denken. Het was meer dan belachelijk... het was onmogelijk.
De moorden waren gepleegd door een man, door Nicholas Jenks.

105

Onder het genot van een hotdog en een pretzel vertelde ik Chris de volgende dag voor het stadhuis wat ik had ontdekt.
De uitdrukking op zijn gezicht was vrijwel dezelfde als bij de meiden een paar dagen eerder: geschrokken, ontzet, ongelovig. Maar hij begon niet te zeuren.
'Ze kan het hebben opgezet,' zei ik. 'Ze wist van het boek. Ze begon erover, omdat ze wilde dat wij het zouden vinden. Ze kende Jenks' smaak: champagne, kleren. Ze wist van zijn aandeel in Sparrow Ridge. Ze had zelfs toegang tot zijn huis.'
'Het klinkt aannemelijk,' zei hij, 'maar die moorden werden gepleegd door een man. Door Jenks, Lindsay. We hebben zelfs filmopnames van hem.'

'Of van iemand die vermomd is als Jenks. Geen enkele getuige die hem heeft gezien, was zeker van zijn zaak. En die filmbeelden zijn niet duidelijk.'

'Lindsay, de DNA-test was positief.'

'Ik heb de agenten gesproken die bij hem thuis zijn geweest toen hij Joanna had geslagen,' ging ik verder. 'Ze zeiden dat Jenks laaiend was, maar dat zij even hard tegen hem tekeerging. Ze moesten háár in bedwang houden toen ze hem naar de auto brachten.'

'Ze heeft de aanklacht ingetrokken, Lindsay. Ze had er genoeg van om te worden misbruikt. Ze heeft misschien niet gekregen wat ze verdiende, maar ze heeft echtscheiding aangevraagd en is een nieuw leven begonnen.'

'Dat is het nu juist, Chris. Zíj heeft de scheiding niet aangevraagd. Jenks is bij háár weggegaan. Ze heeft alles voor hem opgeofferd. Marks beschreef haar als het schoolvoorbeeld van interdependentie.'

Ik zag aan Chris' gezicht dat hij het wel wilde geloven, maar dat hij niet overtuigd was. Ik had een man in de cel en vrijwel onweerlegbare bewijzen tegen hem. En nu stond ik alles onderuit te halen. Wat was er met me aan de hand?

Toen schoot me opeens iets te binnen, iets wat ik lang geleden had opgeslagen. Laurie Birnbaum, de getuige van de bruiloft van de Brandts. Hoe ze de man die ze had gezien, had beschreven: 'Iets raars... Door die baard leek hij ouder, maar de rest aan hem was jong.'

Joanna Wade, de rechtshandige tae-bo-lerares van gemiddeld postuur, was sterk genoeg om een man aan te kunnen die twee keer zo groot was als zij. En de negen millimeter van Jenks. Hij zei dat hij het wapen al jaren niet meer had gezien. In het huis in Montana... Volgens de gegevens had hij het tien jaar geleden gekocht. Toen hij met Joanna getrouwd was.

'Je zou haar moeten zien,' zei ik met nog meer overtuiging. 'Ze is sterk genoeg om ons aan te kunnen. Ze is de enige die van alles wist: wijn, kleren, *Always a Bridesmaid.* Ze beschikte over de middelen om het op te zetten. De opnames, de getuigen, die waren niet doorslaggevend. Als zij het nou eens heeft gedaan, Chris?'

Ik had zijn hand vast – terwijl alle mogelijkheden door mijn hoofd tolden – toen ik opeens een akelig benauwd gevoel op mijn borst kreeg. Ik dacht dat het de schok was van wat ik zojuist had geopperd, maar het overviel me met de snelheid van een aanstormende trein.

Duizeligheid, misselijkheid. Het schoot van mijn maag naar mijn hoofd.

'Lindsay?' zei Chris. Ik voelde dat zijn hand zich om mijn schouder sloot.

'Ik voel me een beetje raar,' mompelde ik. Zweten, een suizing en daarna vreselijk licht in mijn hoofd. Alsof legers door mijn borstkas oprukten en slaags raakten.

'Lindsay?' zei hij weer, deze keer echt bezorgd.

Ik leunde tegen hem aan. Ik had me nog nooit zo raar en angstig gevoeld. Het ene moment had ik helemaal geen kracht meer en het volgende moment was alles weer normaal; helder en dan weer heel licht in mijn hoofd.

Ik zag Chris en dan weer niet.

Ik zag wie de bruiden en bruidegoms had vermoord. En toen verdween het.

Ik voelde dat ik viel.

106

Toen ik langzaam weer bijkwam, ontdekte ik dat ik op een houten parkbank zat in de armen van Chris. Hij hield me stevig vast, terwijl mijn krachten langzaam terugkwamen. Dokter Orenthaler had me gewaarschuwd. Dit was stadium drie. Crisistijd in mijn lichaam.

Ik wist niet wat me de meeste angst inboezemde: aan een chemokuur beginnen en me voorbereiden op een beenmergtransplantatie, of voelen hoe mijn krachten van binnenuit werden opgesoupeerd.

Je mag het niet laten winnen.

'Het gaat wel weer,' zei ik tegen hem met vaster wordende stem. 'Ze hebben me verteld dat ik dit kon verwachten.'

'Je wilt te veel doen, Lindsay. Nu heb je het er weer over dat je een heel nieuw onderzoek wilt starten.'

Ik haalde diep adem en knikte. 'Ik moet gewoon sterk genoeg zijn om dit tot een goed einde te brengen.'

We bleven een tijdje zitten. Ik voelde dat mijn gezicht weer kleur kreeg en dat de kracht in mijn armen en benen terugkwam. Chris hield me vast en knuffelde me teder. We zagen er waarschijnlijk uit als twee geliefden die op een zeer publieke plaats enige privacy probeerden te vinden.

Ten slotte zei hij: 'Geloof je echt dat het waar is wat je zojuist vertelde, Lindsay, over Joanna?'

Het kon nog steeds niets te betekenen hebben. Ze had niet gelogen over haar scheiding van Jenks. Noch over haar huidige relatie met hem en Chessy. Had ze een bittere haat voor me verborgen gehouden? Ze beschikte over de kennis, de middelen.

'Ik geloof dat de moordenaar nog vrij rondloopt,' zei ik.

107

Ik besloot een enorm risico te nemen. Als ik het verknalde, zou het mijn hele zaak naar de knoppen kunnen helpen.
Ik besloot eens te kijken hoe Jenks op mijn vermoedens reageerde.
Ik trof hem in dezelfde bezoekkamer. Hij werd vergezeld door zijn advocaat, Leff. Hij wilde me eigenlijk niet zien, omdat hij ervan overtuigd was dat het geen zin had om nog met de politie te praten. En ik wilde mijn ware bedoelingen niet kenbaar maken en hun uiteindelijk alleen meer argumenten ter verdediging van Jenks in handen spelen als ik me vergiste.
Jenks maakte een sombere, bijna depressieve indruk. Zijn onverstoorbare en keurige verschijning was veranderd in een gespannen, ongeschoren geheel.
'Wat wilt u nu weer?' snauwde hij, me nauwelijks aankijkend.
'Ik wil weten of u al hebt bedacht wie u graag in de gevangenis zou zien,' zei ik.
'U komt het deksel op mijn doodskist spijkeren?' zei hij met een vreugdeloze glimlach.
'Laten we maar zeggen dat ik u, omdat ik nu eenmaal graag mijn plicht doe, nog één laatste kans geef om die kist weer open te wurmen.'
Jenks snoof sceptisch. 'Sherman beweert dat ik binnenkort in Napa voor nog twee moorden zal worden aangeklaagd. Is dat niet fantastisch? Als dit een aanbod is om me te helpen, waag ik maar liever de gok en probeer het zelf te bewijzen.'
'Ik ben hier niet gekomen om u een loer te draaien, meneer Jenks. Ik ben gekomen om naar u te luisteren.'
Leff boog zich naar hem toe en fluisterde iets in zijn oor. Hij

scheen Jenks aan te sporen om te praten.
De gevangene keek op met een blik vol afkeer. 'Er is iemand die zijn best doet om op mij te lijken, die mijn eerste roman kent. Deze persoon wil me ook zien lijden. Is het zo moeilijk om dat te bedenken?'
'Ik zou graag namen horen,' zei ik tegen hem.
'Greg Marks.'
'Uw vroegere agent?'
'Hij heeft het idee dat ik mijn carrière aan hem te danken heb. Dat ik hem miljoenen heb gekost. Sinds ik bij hem weg ben, heeft hij geen enkele cliënt meer die de moeite waard is. En hij is gewelddadig. Marks is lid van een schietvereniging.'
'Hoe zou hij kleding van u in zijn bezit hebben kunnen krijgen? En een monster van uw haar?'
'Dat moet u maar uitzoeken. U bent van de politie.'
'Wist hij dat u in Cleveland zou zijn die avond? Wist hij van u en Kathy Kogut?'
'Nick wil er alleen op wijzen,' kwam Leff tussenbeide, 'dat er andere mogelijkheden zijn... dat iemand anders de dader zou kunnen zijn.'
Ik ging verzitten. 'Wie wist er nog meer van dat boek?'
Jenks schoof onrustig heen en weer op zijn stoel. 'Het was niet iets waar ik mee te koop liep. Een paar oude vrienden. Mijn eerste vrouw, Joanna...'
'Heeft een van hen reden om u erin te willen luizen?'
Jenks slaakte een benauwde zucht. 'Mijn scheiding was, zoals u misschien wel weet, niet wat je noemt tot wederzijds genoegen. Er is ongetwijfeld een tijd geweest dat Joanna het heerlijk zou hebben gevonden om me op een verlaten weggetje tegen te komen terwijl ze daar 120 reed. Maar nu ze weer op de been is, met een nieuw leven, nu ze zelfs Chessy heeft leren kennen... denk ik van niet. Nee. Joanna is het niet. Geloof me.'

Ik negeerde de opmerking en keek hem strak in de ogen. 'U zei dat uw ex-vrouw bij u thuis is geweest.'
'Een of twee keer misschien.'
'Dus *ze* zou bij bepaalde dingen hebben kunnen komen? De wijn misschien? De spullen in uw kast?'
Jenks scheen de mogelijkheid even te overwegen. Daarna vertrok zijn mond tot een minachtende glimlach. 'Onmogelijk. Nee. Joanna is het niet.'
'Hoe kunt u daar zo zeker van zijn?'
Hij keek me aan alsof hij me een vanzelfsprekend feit vertelde. 'Joanna hield van me. Dat doet ze nog steeds. Waarom denkt u, dat ze in de buurt blijft, mijn nieuwe vrouw wil leren kennen? Omdat ze het uitzicht mist? Nee, omdat ze mist wat ik haar gaf. De manier waarop ik van haar hield. Ze is leeg zonder mij.
Wat denkt u?' snoof hij. 'Dat Joanna sinds onze scheiding monsters van mijn haar in een potje heeft bewaard?' Hij zat over zijn baard te aaien, terwijl de overtuiging op zijn gezicht veranderde in een vage mogelijkheid. 'Iemand wil me te grazen nemen... maar Joanna is het niet. Ze was een onbeduidend winkelmeisje toen ik haar ontmoette. Ze kon nog geen Ralph Lauren van een JCPenney onderscheiden. Ik heb haar zelfvertrouwen gegeven. Ik heb mezelf aan haar gewijd, en zij zich aan mij. Ze had veel voor me over, heeft zelfs twee baantjes genomen toen ik besloot te gaan schrijven.'
Het was moeilijk om Jenks niet te beschouwen als de meedogenloze schoft die verantwoordelijk was voor deze afschuwelijke misdrijven, maar ik zette door. 'U hebt gezegd dat de smoking al oud was. U herkende hem zelfs niet. En het wapen, meneer Jenks, de negen millimeter. U hebt gezegd dat u dat al jaren niet meer had gezien. Dat u dacht dat het ergens in uw huis in Montana lag. Durft u met ze-

kerheid te zeggen dat de plannen voor deze misdrijven al niet tijden geleden zijn gemaakt?'
Ik zag dat Jenks een iets andere uitdrukking op zijn gezicht kreeg toen hij van gedachten veranderde en tot de onmogelijke conclusie kwam.
'U zei dat Joanna een baantje erbij nam toen u ging schrijven om u te onderhouden? Wat voor soort werk was dat?'
Jenks staarde omhoog naar het plafond. Toen scheen hij het zich te herinneren.
'Ze werkte bij Saks.'

108

Langzaam maar zeker kreeg ik het gevoel dat ik in het verkeerde vliegtuig op weg naar de verkeerde stad zat.
Alle logica ten spijt raakte ik er steeds meer van overtuigd dat Nicholas Jenks misschien niet de moordenaar was. Mijn god!
Ik moest beslissen wat ik zou gaan doen. De foto van Jenks met handboeien om stond op de voorpagina van zowel *Time* als *Newsweek*. Hij zou de volgende dag in Napa worden voorgeleid voor nog twee moorden. Misschien moest ik gewoon in het verkeerde vliegtuig blijven zitten, de stad uit gaan en nooit meer naar San Francisco terugkeren.
Ik haalde de meiden bij elkaar en legde het mozaïek dat steeds duidelijker begon te worden aan hen voor: de bittere strijd over de echtscheiding; het gevoel van Joanna dat ze was afgedankt; haar directe toegang tot de slachtoffers door haar contacten bij Saks.
'Ze was assistent-bedrijfsleider,' vertelde ik hun. 'Toeval?'
'Breng me bewijzen,' zei Jill. 'Want op dit moment heb ik

alleen bewijzen tegen Nick Jenks. Alle bewijzen die ik nodig heb.'

Ik kon de bezorgdheid en frustratie in haar stem horen. Het hele land volgde deze zaak, volgde al haar acties. We hadden zo ons best gedaan om Mercer en haar baas Sinclair te overtuigen dat Jenks de dader was. En om nu, na dat alles, met een nieuwe theorie en een nieuwe verdachte aan te komen...

'Zorg voor een huiszoekingsbevel,' zei ik tegen Jill. 'Voor Joanna Wades huis. Er moet iets zijn. De vermiste ringen, een wapen, gegevens over de slachtoffers. Het is de enige manier om er ooit achter te komen.'

'Een huiszoekingsbevel, op welke gronden? Vermoedelijk nieuw bewijsmateriaal? Dat kan ik niet doen zonder het onderzoek weer helemaal open te breken. Als we laten merken dat we niet eens zeker van onze zaak zijn, hoe moet ik dan ooit een jury overtuigen?'

'We zouden bij haar vroegere werkgever kunnen informeren,' stelde Cindy voor. 'Kijken of ze bij specifieke informatie over de bruiden kon.'

'Dat is indirect bewijs. Waardeloos,' riep Jill uit. 'Een van mijn buurvrouwen werkt bij Saks. Misschien is zij de moordenaar wel.'

'Je kunt hier niet mee doorgaan,' voerde Cindy aan, 'als we nog steeds twijfels hebben.'

'Jíj twijfelt,' zei Jill. 'Ik heb alles wat ik nodig heb voor een rechttoe rechtaan veroordeling. Voor jou is het alleen een verhaal dat je volgt waarheen het je leidt. Mijn hele carrière staat op het spel.'

Cindy keek stomverbaasd. 'Denk jij dat ik hier alleen voor het verhaal zit? Denk jij dat ik elke aanwijzing voor me heb gehouden, heb zitten kniezen omdat ik niets mocht publiceren, alleen maar om later de rechten van het boek te kunnen binnenhalen?'

‘Toe nou,’ zei Claire, met haar arm op Cindy’s schouder. ‘Laten we nou geen ruziemaken.’

Langzaam werden Jills felle blauwe ogen zachter. Ze keek naar Cindy. ‘Sorry,’ zei ze. ‘Het punt is alleen dat als dit bekend wordt, Leff de jury ontzettend aan het twijfelen kan brengen.’

‘Maar we kunnen het er nu niet bij laten zitten omdat het tactisch gezien niet zo slim is,’ zei Claire. ‘Er zou een moordenaar vrij rond kunnen lopen, een meervoudige moordenaar.’

Ik zei tegen Jill: ‘Zorg voor een huiszoekingsbevel. Kom op, Jill.’

Ik had Jill nog nooit zo van streek gezien. Alles wat ze in haar carrière had bereikt, alles waar ze voor stond, werd zomaar op het spel gezet. Ze schudde haar hoofd. ‘Laten we eerst proberen wat Cindy voorstelde. We beginnen bij Saks, kijken wat we daar over Joanna te weten kunnen komen.’

‘Dank je wel, Jill,’ zei ik. ‘Je bent een bovenste beste.’

Ze zuchtte gelaten. ‘Zoek uit of ze contact had met iemand die bij die namen kon komen. Als jij Joanna in verband brengt met die namen, krijg je van mij wat je hebben wilt. Maar als het je niet lukt, bereid je er dan maar op voor dat we Jenks onder handen gaan nemen.’

Over de tafel heen pakte ik haar hand. Ze kneep in de mijne en we wierpen elkaar nerveus een glimlach toe.

Ten slotte grapte Jill: ‘Persoonlijk hoop ik dat jullie terugkomen met een antwoord op de vraag wat het mooiste voorwerp is in de komende kerstcatalogus.’

Claire lachte hard. ‘Dan zouden we onze tijd tenminste niet helemaal hebben verspild, hè?’

109

De volgende dag, de dag dat Nicholas Jenks zou worden voorgeleid voor de moord op Rebecca en Michael DeGeorge, ging ik op pad om een nieuwe moordenaar op te sporen.

Ik kon Jenks niet laten weten dat we de gangen van Joanna nauwkeurig nagingen. Vanzelfsprekend wilde ik ook niet dat Joanna wist dat we haar als verdachte beschouwden. En ik wilde Mercer en Roth nog niet onder ogen komen.

En dan was het ook nog mijn Medved-dag. Na die aanval in het park met Chris drie dagen geleden had ik bloed laten prikken. Dokter Medved had me zelf teruggebeld en gezegd dat ik langs moest komen. Dat hij me weer wilde zien, maakte me bang. Net als die eerste keer bij dokter Roy.

Die ochtend liet Medved me wachten. Toen hij me eindelijk naar binnen riep, was er nog een arts bij hem, een oudere man met wit haar en borstelige wenkbrauwen. Hij stelde zichzelf voor als dokter Robert Yatto.

Toen ik de nieuwe arts zag, kreeg ik het warm. Hij kon er alleen maar zijn om over de beenmergtransplantatie te praten.

'Dokter Yatto is hoofd Hematologie in Moffett,' zei Medved. 'Ik heb hem gevraagd om je laatste bloedonderzoek te bekijken.'

Yatto glimlachte. 'Hoe voel je je, Lindsay?'

'Soms goed, soms ongelooflijk zwak,' antwoordde ik. Er zat een knoop in mijn maag. Waarom moest ik het nu allemaal nog een keer met een nieuwe arts bespreken?

'Vertel eens over een paar dagen geleden.'

Ik deed mijn best om de aanval van duizeligheid die ik in het park bij het stadhuis had gehad, te beschrijven.

'Nog bloed opgegeven?' vroeg Yatto zakelijk.

'Nee, de laatste tijd niet.'
'Overgegeven?'
'Sinds vorige week niet meer.'
Dokter Yatto stond op en kwam naar de andere kant van het bureau. 'Mag ik even?' vroeg hij terwijl hij mijn gezicht tussen zijn handen nam. Met een gezicht waaruit niets viel af te lezen drukte hij met zijn duimen op mijn wangen, trok mijn oogleden naar beneden, keek naar mijn pupillen, onder mijn oogleden.
'Ik weet dat ik achteruitga,' zei ik.
Yatto liet mijn gezicht los en knikte naar dokter Medved. Toen, voor het eerst sinds ik zijn patiënt was, glimlachte hij. 'Het gaat niet achteruit, Lindsay. Daarom heb ik Bob gevraagd om mee te kijken. Het aantal erytrocyten in je bloed is omhooggesprongen. Tot achtentwintighonderd.'
Ik herhaalde zijn woorden om er zeker van te zijn dat ik hem goed had verstaan. Dat het niet een of andere wensdroom was die door mijn hoofd speelde. 'Maar de aanvallcn dan... dat ik het ineens koud en dan weer warm heb? Een paar dagen geleden had ik het gevoel dat er binnenin me een oorlog woedde.'
'Er woedt ook een oorlog,' zei dokter Yatto. 'Je bent bloedlichaampjes aan het maken. Dat van een paar dagen geleden was niet Negli's. Dat was jijzelf. Zo voelt het wanneer je beter wordt.'
Ik was met stomheid geslagen. Mijn keel was droog. 'Wilt u dat nog eens zeggen?'
'Het werkt, Lindsay,' zei dokter Medved. 'Het aantal rode bloedlichaampjes is alweer gestegen. Ik wilde je het niet vertellen voor het geval er een fout was gemaakt, maar zoals dokter Yatto al zei, je maakt nieuwe cellen aan.'
Ik wist niet of ik moest lachen of huilen. 'Is dat waar? Kan ik ervan op aan?' vroeg ik.

'Het is echt waar,' zei dokter Medved met een knikje.
Ik stond op. Mijn hele lichaam beefde en tintelde van ongeloof. Alle vreugdevolle dingen die ik had weggestopt – een kans op een carrière, hardlopen op Marina Green, een leven met Chris – tuimelden ineens door mijn hoofd. Ik was zo lang bang geweest om eraan te denken. Nu kon ik mijn emoties nauwelijks de baas worden.
Dokter Medved leunde naar voren en zei waarschuwend: 'Je bent niet genezen, Lindsay. We gaan door met de behandelingen, twee keer per week. Maar dit geeft hoop. Meer dan dat, dit is een goed teken.'
'Ik weet niet wat ik moet zeggen.' Mijn lichaam voelde helemaal verdoofd aan. 'Ik weet niet wat ik moet doen.'
'Als ik jou was,' zei dokter Yatto, 'zou ik denken aan dat ene waarvan je dacht dat je het het meest zou missen en dat vandaag gaan doen.'
Ik liep verdwaasd de kamer uit, de lift in, de steriele hal door naar een binnenplaats met bloemen die uitkeek op Golden Gate Park.
De lucht was blauwer dan ik ooit had gezien, de wind die van de baai kwam zoeter en koeler en zuiverder. Ik bleef staan en hoorde alleen de mooie geluiden van mijn eigen ademhaling.
Er kroop iets terug in mijn leven wat weg was geweest, iets waarvan ik nooit had gedacht dat ik het weer zou voelen. Hoop.

110

'Ik moet je iets vertellen,' zei ik aan de telefoon tegen Chris met een hoge stem van opwinding. 'Heb je tijd om te lunchen?'

'Natuurlijk. Reken maar. Waar?' Hij dacht ongetwijfeld dat ik hem op de hoogte wilde brengen van een belangrijke nieuwe ontwikkeling in de zaak.
'Casa Boxer,' zei ik met een glimlach.
'O, is het zo dringend?' Chris lachte in de telefoon. 'Dat is zeker mijn slechte invloed. Hoe laat zal ik komen?'
'Nu.'
Nog geen kwartier later stond hij voor de deur. Ik was onderweg bij de bakker langsgegaan en had een paar verse kaneelbroodjes gehaald. Daarna had ik een fles Piper-Heidsieck opengemaakt die ik nog in de koelkast had liggen.
Nog nooit in de afgelopen zes jaar had ik zomaar midden op de dag mijn werk in de steek gelaten, zeker niet als ik met zo'n grote zaak bezig was. Maar ik voelde me allesbehalve schuldig. Ik bedacht allerlei idiote manieren om het goede nieuws te vertellen.
Ik deed, gewikkeld in een laken, de deur voor hem open. Zijn blauwe ogen werden groot van verbazing.
'Ik wil wel een identiteitsbewijs zien.' Ik grinnikte.
'Heb je gedronken?' vroeg hij.
'Nee, maar dat gaan we wel doen.' Ik trok hem mee de slaapkamer in.
Bij het zien van de champagne schudde hij zijn hoofd. 'Wat wil je me vertellen?'
'Straks,' zei ik. Ik schonk een glas voor hem in en begon de knoopjes van zijn overhemd los te maken. 'Maar het is goed nieuws. Dat beloof ik.'
'Ben je jarig?' zei hij glimlachend.
Ik liet het laken vallen. 'Ik zou dit nooit alleen voor mijn verjaardag doen.'
'Ben ik dan jarig?'
'Geen vragen. Ik vertel het je straks.'

'Je hebt de zaak opgelost,' riep hij uit. 'Het was Joanna. Je hebt iets gevonden en nu is de zaak opgelost.'
Ik legde mijn vinger op zijn lippen. 'Zeg eens dat je van me houdt.'
'Ik hou van je,' zei hij.
'Zeg het nog eens, zoals je in Heavenly deed. Zeg eens dat je me nooit in de steek zult laten.'
Misschien had hij het idee dat het door mijn ziekte kwam, een of andere rare aanval van hysterie, of dat ik gewoon dicht bij hem wilde zijn. Hij omhelsde me. 'Ik zal je niet in de steek laten, Lindsay. Ik ben bij je.'
Ik trok langzaam, heel langzaam zijn overhemd uit en daarna zijn broek. Hij voelde zich waarschijnlijk net een boodschappenjongen die tegen een meevaller aan was gelopen. Hij was zo stijf als wat.
Ik bracht het glas champagne naar zijn lippen en we namen er allebei een slokje uit.
'Goed, ik speel het spelletje wel mee. Dat zal niet zo moeilijk zijn,' zei hij.
Ik trok hem op het bed en het volgende uur deden we dat ene waarvan ik wist dat ik het het meest van alles ter wereld zou missen.
We waren druk bezig toen ik het eerste angstaanjagende gerommel voelde.
Aanvankelijk was het zo raar alsof het bed sneller begon te bewegen dan wij deden; toen kwam er een zwaar, knarsend geluid van alle kanten, alsof we in een echokamer waren; daarna het geluid van brekend glas – mijn keuken, een ingelijste foto die van de muur viel – en toen wist ik het, wisten wij het.
'Het is verdorie een aardbeving,' zei ik.
Ik had er al veel meegemaakt – dat gold voor iedereen die hier woonde – maar het was telkens weer eng en beangsti-

gend. Je wist nooit of het een zware was.
Dat was het gelukkig niet. De kamer beefde; een paar borden braken. Buiten hoorde ik het toeteren van claxons en autoalarminstallaties die afgingen. Het duurde alles bij elkaar misschien twintig seconden; twee, drie, vier trillende aardschokken.
Ik rende naar het raam. De stad was er nog. Er klonk een gerommel alsof een gigantische bultrug onder de grond uit het water sprong.
Toen volgde er een angstaanjagende, onzekere stilte, alsof de hele stad zich in evenwicht probeerde te houden.
Ik hoorde gillende sirenes, het geluid van schreeuwende stemmen op straat.
'Moeten we gaan, denk je?' vroeg ik.
'Waarschijnlijk wel… we zijn van de politie.' Hij raakte me weer aan en opeens tintelde ik overal en we vielen weer in elkaars armen. 'Ach wat, we zijn toch van Moordzaken.'
We kusten elkaar en vlochten ons weer in elkaar tot één verstrengelde vorm. Ik begon te lachen. De wilde dingen, dacht ik. De skybox. Nu een aardbeving. Dat wordt nog een heel lange lijst.
Mijn pieper ging. Ik vloekte, draaide me om en keek naar het schermpje.
Het was het bureau.
'Code één elf,' zei ik tegen Chris.
Een noodoproep.
'Verdomme,' mopperde ik, 'het is maar een aardbeving.'
Ik ging zitten, trok het laken over me heen en belde het bureau met de telefoon naast het bed.
De oproep kwam van Roth. Roth piepte me nooit op. Wat was er aan de hand? Ik werd direct doorgeschakeld naar zijn toestel.
'Waar ben je?' vroeg hij.

'Ik ben een beetje puin aan het ruimen,' zei ik, met een glimlach naar Chris.
'Je moet komen. Je moet direct komen,' blafte hij.
'Wat is er aan de hand, Sam? Heeft het met de aardbeving te maken?'
'Nee,' antwoordde hij. 'Het is veel erger. Nicholas Jenks is ontsnapt.'

111

Vastgeketend aan de bank in het politiebusje onderweg terug van Napa keek Nicholas Jenks naar de onverstoorbare ogen van de agent tegenover hem. Hij zat allerlei plannen te beramen. Hij vroeg zich af hoeveel het zou kosten om zijn vrijheid te kopen.
Een miljoen? Twee miljoen? Wat nam die stommeling tenslotte mee naar huis? Veertigduizend per jaar?
Hij vermoedde dat de agent met de staalharde ogen een onkreukbare politieman was met een onberispelijke staat van dienst. Als hij dit schreef, zou hij zo iemand bij hem in de auto hebben gezet.
Vijf miljoen dan. Hij meesmuilde.
Als hij het schreef. Er zat een ijzige, bittere ironie in die gedachte. Hij hád het geschreven.
Jenks schoof heen en weer in de kluisters: polsen geboeid, bovenlichaam met een riem aan de bank vastgebonden. Een paar minuten daarvoor had hij nog in de roodstenen rechtbank in Santa Rosa gestaan, terwijl de openbaar aanklager in haar mantelpakje van Liz Clairborne hem met de vinger aanwees. Telkens weer beschuldigde ze hem van dingen die alleen een gecultiveerde geest zoals die van hem zou bedenken en doen.

Het enige wat hij kon doen, was haar koel aankijken, terwijl zij hem ervan beschuldigde dat hij een monster was. Hij zou haar graag een keer opsluiten in de juridische bibliotheek en laten zien waar hij echt toe in staat was.

Door het raampje in de achterdeur ving Jenks een glimp op van de lucht en de door de zon verdorde heuvels, en hij probeerde te bepalen waar ze waren. Novato. Net in Marin.

Hij drukte zijn neus tegen de stalen zijkant. Hij moest eruit.

Als hij het zou schrijven, zou er een uitweg zijn.

Hij keek naar de bewaker. Hoe gaat het verhaal dan? Wat ging er nu gebeuren?

'Ben je getrouwd?' vroeg hij.

De politieman keek dwars door hem heen en knikte toen.

'Kinderen?'

'Twee.' Hij knikte weer en er brak zelfs een flauwe glimlach door op zijn gezicht.

Hoe ze de verleiding ook probeerden te weerstaan, ze vonden het altijd fascinerend om met het monster te praten. De vent die de bruidsparen had vermoord. Ze konden het tegen hun vrouw en vrienden vertellen, de zielige zeshonderd per week rechtvaardigen die ze mee naar huis brachten. Hij was een beroemdheid.

'Werkt je vrouw?' informeerde Jenks.

De agent knikte. 'Lerares. Handelsschool. Groep acht.'

Handelsschool, hè? Misschien zou hij een zakelijk voorstel begrijpen.

'Mijn vrouw werkte vroeger ook,' bromde Jenks terug. 'Mijn eerste vrouw. In de detailhandel. Mijn huidige vrouw heeft ook gewerkt, bij de televisie. Nu werkt ze natuurlijk alleen aan haar lijf.'

De opmerking leidde tot gegrinnik. De stijve hark begon te ontdooien.

Jenks zag buiten een punt dat hij herkende. Twintig minu-

ten van de Golden Gate Bridge. Er was niet veel tijd meer. Hij wierp een blik uit het raampje naar de surveillancewagen die achter hen reed. Voor hen reed er ook een. Een bittere berusting kreeg de overhand. Er was geen uitweg. Geen elegante manier om te ontsnappen. Dat was in zijn boeken. Dit was het echte leven. Hij werd genaaid.
Toen maakte het politiebusje zomaar opeens een enorme slingerbeweging. Jenks werd naar voren gegooid in zijn stoel, in de richting van de bewaker tegenover hem. Even vroeg hij zich af wat er gebeurde; toen slingerde het busje weer. Hij hoorde buiten een angstaanjagend gerommel.
Het was verdomme een aardbeving.
Jenks zag dat de politieauto die vooropreed, uitweek om een botsing met een andere auto te voorkomen. Toen schoot hij de weg af.
Een van de agenten gilde: 'Shit,' maar het busje reed door. Jenks keek in paniek om zich heen en probeerde iets stevigs te vinden om zich aan vast te houden. Het busje hotste en botste.
De politieauto achter hen knalde op een plotseling ontstane hobbel in de snelweg en sloeg, tot zijn opperste verbazing, over de kop. De chauffeur van Jenks' busje keek geschokt achterom.
Toen schreeuwde de andere agent voorin opeens dat de chauffeur moest stoppen.
Een grote vrachtwagen was voor hen geschaard. Ze reden er recht op af. Het busje week uit en terwijl het dat deed, kwam de weg weer omhoog. Toen waren ze onbestuurbaar; ze vlogen.
Ik ga hier nog dood, dacht Nicolas Jenks. Ik ga hier dood zonder dat iemand ooit de hele waarheid te weten komt.
Het busje botste tegen de palen van een benzinestation. Het kwam gierend tot stilstand en draaide twee keer rond op

zijn zijkant. De agent tegenover hem werd tegen de metalen wand aan gekwakt. Hij kromp ineen en kreunde, terwijl hij naar Jenks keek.

'Blijf zitten,' zei de agent hijgend.

Wat kon hij anders? Hij zat nog steeds aan de bank vastgeketend.

Toen klonk er een afschuwelijk knarsend geluid en ze keken allebei omhoog. De hoge stalen lichtmast boven het station viel om als een sequoia en smakte boven op hen. Hij sloeg door het portier van het busje en raakte de agent achterin, die waarschijnlijk op slag dood was.

Jenks was ervan overtuigd dat zijn laatste uur geslagen had, al die rook, het gegil, het knarsen van metaal.

Maar dat had het niet. Hij ontsprong de dans. De lichtmast had een gat in de zijkant van de auto geslagen en zijn kluisters compleet uit de bank gerukt. Ook al waren zijn handen en voeten geboeid, hij kon zichzelf vrij schoppen en zich door het gapende gat wurmen.

Mensen renden schreeuwend van paniek in het rond. Automobilisten reden de weg af. Sommigen waren versuft; anderen sprongen uit hun auto om te helpen.

Dit was zijn kans! Als hij nu niet vluchtte, zou hij de rest van zijn leven aan dit moment terugdenken.

Nicholas Jenks kroop versuft en gedesoriënteerd uit het busje. Hij zag nergens politie. Alleen bange mensen die voorbijrenden. Hij hinkte naar buiten en mengde zich in het chaotische tafereel op straat.

Ik ben vrij, jubelde Jenks.

En ik weet wie me erin probeert te luizen. De politie komt daar nooit achter.

112

Het kostte Chris en mij ongeveer drie minuten om onze kleren aan te schieten en op weg te gaan naar het paleis. In alle drukte was ik vergeten hem mijn goede nieuws te vertellen.
Als ramp stelde de aardbeving niet veel voor, tenzij je de laatste vijf weken bezig was geweest om de beruchtste moordenaar van het land op te sporen. Uiteindelijk bleef de schade grotendeels beperkt tot gebroken winkelruiten en verkeersongelukken ten noorden van de stad, maar toen we ons tussen de schreeuwende journalisten in de hal van het paleis door worstelden, ging het grootste nieuws van de aardbeving knetterend als een duizendklapper in het rond: de bruid- en bruidegommoordenaar was vrij.
Nicholas Jenks had kunnen ontsnappen nadat het politiebusje dat hem terugbracht naar de gevangenis bij Novato op zijn zijkant was beland, het resultaat van een reeks verkeersongelukken als gevolg van de aardbeving. De politieman die hem bewaakte, was dodelijk gewond geraakt. Twee anderen die voor in het verongelukte busje zaten, waren in het ziekenhuis opgenomen.
Aan het einde van de gang bij Moordzaken werd een gigantisch commandocentrum ingericht. Roth nam zelf de leiding. Het krioelde er van de politiemensen en natuurlijk van de pers.
Er ging een opsporingsbevel uit en alle agenten aan beide zijden van de brug kregen een beschrijving en een foto van Jenks. Alle uitvalswegen van de stad en tolpoorten op de snelweg werden bewaakt; het verkeer kwam vrijwel tot stilstand. Luchthavens, hotels en autoverhuurbedrijven werden ingelicht.
Omdat wij Nicholas Jenks hadden opgespoord, vormden Raleigh en ik uiteindelijk de spil waar alles om draaide.

Bij opsporingen zoals deze waren de eerste zes uur bepalend. Het belangrijkst was dat we Jenks in het gebied moesten houden waar hij was ontsnapt en ervoor moesten zorgen dat hij met niemand in contact kon komen die hem kon helpen. Hij had geen geld, niemand die hem in huis kon nemen. Jenks kon niet op vrije voeten blijven, tenzij hij veel slimmer was dan ik dacht.
Ik was volkomen van slag door de ontsnapping. De man die ik had opgepakt, was vrij, maar ik zat ook vol twijfels. Zaten we achter de goede man aan?
Iedereen had een theorie over waar hij naartoe zou gaan: de wijnstreek, naar het oosten, Nevada in. Ik had mijn eigen theorie. Ik geloofde niet dat hij naar huis zou gaan. Daar was hij te slim voor en hij zou er niets mee winnen. Ik vroeg Roth of ik Jacobi en Paul Chin mocht lenen omdat ik een vaag vermoeden had.
Ik nam Jacobi apart. 'Je moet me een grote gunst bewijzen, Warren.' Ik vroeg hem bij Joanna Wades appartement op Russian Hill op de uitkijk te gaan staan, en ik vroeg Chin of hij hetzelfde wilde doen bij het huis van Jenks' vroegere agent, Greg Marks.
Als Jenks er werkelijk van overtuigd was dat iemand hem erin probeerde te luizen, waren dat de twee plaatsen waar hij waarschijnlijk naartoe zou gaan.
Jacobi keek me aan alsof ik hem er weer op uit stuurde om de herkomst van een fles champagne na te gaan. Het hele korps rechercheurs trok aanwijzingen na. 'Jezus, Lindsay... waarom?'
Hij moest me vertrouwen. 'Omdat ik het ook raar vond,' zei ik, smekend om zijn steun, 'dat Jenks dat stomme smokingjasje had laten liggen. Hij zou best eens achter Joanna aan kunnen gaan. Geloof me nou.'
Nu Warren en Paul Chin op hun post waren, kon ik niets

anders doen dan de radio bemannen. Zes uur later was er nog steeds geen spoor van Nicholas Jenks.

113

Om een uur of vier zag ik hoe Jill zich tussen de opgewonden mensen voor mijn kamer door drong. Ze zag eruit alsof ze iemand wilde vermoorden, mij waarschijnlijk.

‘Ik ben blij dat je er bent,’ zei ik, terwijl ik haar bij haar arm pakte. ‘Je moet me nu vertrouwen, Jill, alsjeblieft.’

‘Cindy is beneden,’ zei ze. ‘Laten we even praten.’

We knepen ertussenuit en wisten Cindy op te sporen tussen alle journalisten die iedereen die van de tweede verdieping kwam, probeerden aan te klampen. We belden Claire en vijf minuten later zaten we om een tafeltje in een broodjeswinkel even verderop in de straat. Jenks’ ontsnapping had al mijn ideeën in de war gegooid.

‘Geloof je nu nog dat hij onschuldig is?’ vroeg Jill me op de man af.

‘Dat hangt ervan af waar hij weer opduikt.’ Ik vertelde hun dat ik een paar mensen bij het huis van Greg Marks en dat van Joanna Wade had gezet.

‘Nu nog?’ Jill schudde haar hoofd en ze zag eruit alsof ze elk moment in woede kon uitbarsten. ‘Onschuldige mensen vluchten niet voor de politie, Lindsay.’

‘Onschuldige mensen vluchten misschien wel,’ zei ik, ‘als ze niet geloven dat het rechtssysteem rechtvaardig is.’

Claire keek naar ons en slikte zenuwachtig. ‘Volgens mij komen we nu op een heel gevoelig terrein, dames. Er wordt jacht gemaakt op Jenks – ze zouden hem zonder waarschuwing kunnen neerschieten – en tegelijkertijd praten wij over de vraag hoe we een zaak tegen iemand anders rond kunnen krijgen. Als dit bekend wordt, zullen er koppen rollen. Ik kijk op dit moment naar een paar van die mooie koppen.'

'Als je er echt van overtuigd bent, Lindsay, moet je met iemand gaan praten,' las Jill me de les. 'Met Roth Mercer bijvoorbeeld.'

'Mercer is weg. En alle anderen zijn druk op zoek naar Jenks. Wie zou het trouwens geloven? Zoals je al zei, ik heb alleen een hoop hypothesen.'

'Heb je het aan Raleigh verteld?' vroeg Claire.

Ik knikte.

'Wat vindt hij ervan?'

'Op dit moment kan hij niet voorbijgaan aan de haar, en de ontsnapping van Jenks heeft daar geen verandering in gebracht, integendeel.'

'Ik wist wel dat het een prima vent was.' Jill kon eindelijk een flauwe glimlach opbrengen.

Ik keek smekend naar Claire.

'Het is lastig om jouw kijk op de zaak te verdedigen, Lindsay,' zei ze met een zucht. 'Dat gezegd hebbende, je hebt altijd een goede intuïtie gehad.'

'Doe dan een huiszoeking bij Joanna, zoals Lindsay voorstelde,' zei Cindy. Hoe vaker ik haar meemaakte, des te meer hield ik van haar.

Alles wat met verantwoordelijkheden te maken had, was ineens heel pijnlijk geworden. Ik richtte me tot Claire. 'Zou het kunnen dat we iets over het hoofd hebben gezien wat in de richting van Joanna wijst?'

Ze schudde haar hoofd. 'Dat hebben we allemaal al bekeken. Al het bewijsmateriaal wijst naar Nicholas Jenks.'

'Claire, ik heb het over iets wat recht voor ons lag, maar wat we gewoon over het hoofd hebben gezien.'

'Ik wil je heus niet afvallen, Lindsay,' zei Claire, 'maar we hebben alles al doorgenomen. Alles.'

'Er moet iets zijn. Iets wat ons kan vertellen of de moordenaar een man of een vrouw is. Als Joanna het heeft gedaan, is ze niet anders dan alle andere moordenaars die ik heb opgespoord. Ze heeft iets achtergelaten. We hebben het alleen niet gezien. Jenks liet dingen achter – of iemand heeft dat voor hem gedaan – en we hebben hem gevonden.'
'En we zouden nu naar hem op zoek moeten zijn,' drong Jill aan, 'voordat we straks met paar nummer vier zitten.'
Ik voelde me alleen, maar ik kon gewoon niet toegeven. Dat zou niet goed zijn. 'Alsjeblieft,' smeekte ik Claire, 'neem alles nog één keer door. Volgens mij hebben we de verkeerde te pakken.'

114

In het licht van de make-upspiegel zat de moordenaar gebiologeerd naar de zachtblauwe ogen te kijken die zo dadelijk grijs zouden worden.
Allereerst moest het haar worden ingesmeerd, totdat al het blond was verdwenen, en daarna glad achterovergeborsteld, wel honderd keer, totdat het alle glans had verloren.
'Je hebt me ertoe gedwongen,' zei ze tegen het veranderende gezicht. 'Me gedwongen nog één keer tevoorschijn te komen. Ik had het kunnen weten. Je bent dol op spelletjes, hè, Nick?'
Met een make-upsponsje bracht ze de basis aan, een doorzichtige, kleverige balsem die een beetje naar lijm rook. Ze depte hem op haar slapen, langs haar kaaklijn, op het zachte plekje tussen haar bovenlip en haar neus.
Toen bracht ze met een pincet de haren aan. Plukjes bruinrood haar.

Het gezicht was bijna af. Maar de ogen... iedereen kon zien dat het die van haar waren.
Ze liet een paar gekleurde contactlenzen uit het doosje glijden, maakte ze vochtig en trok haar oogleden omhoog om ze in te brengen.
Ze knipperde met haar ogen, zeer tevreden met het resultaat.
Het vertrouwde gezicht was weg. De verandering was compleet. Haar ogen waren nu ijskoud, levenloos en grijs.
De kleur van Nicholas.
Ze was hem.

115

Claires telefoontje haalde me uit een diepe slaap.
'Je moet hierheen komen,' beval haar stem.
Ik keek slaapdronken naar de wekker. Het was tien over vijf. 'Waarheen?' kreunde ik.
'Ik ben op mijn werk. In het lab. De bewaker bij de balie zal je binnenlaten. Je moet nu direct komen.'
Ik hoorde hoe dringend haar stem klonk en het kostte me maar een paar seconden om bij mijn positieven te komen.
'Zit je in het lab?'
'Al sinds halfdrie, slaapkop. Het gaat over Nicholas Jenks. Ik geloof dat ik iets heb gevonden, iets ongelooflijks, Lindsay.'
Op dat tijdstip kostte het me niet meer dan tien minuten om bij het mortuarium te komen. Ik parkeerde op het pleintje voor de ingang van de lijkschouwers, dat was gereserveerd voor dienstauto's en haastte me naar binnen met ongekamde haren en gekleed in een sweater en een spijkerbroek. De bewaker drukte op de knop om de deur te openen en liet

me door. Hij verwachtte me. Claire stond bij de toegangsdeur naar het lab op me te wachten.
'Goed,' zei ik, 'mijn verwachtingen zijn hooggespannen.'
Ze gaf geen antwoord, drukte me alleen zonder me te begroeten of een verklaring te geven tegen de deur van het lab. 'We zijn weer terug in het Hyatt,' begon ze. 'Moord nummer één. David Brandt staat op het punt om de deur open te doen. Jij doet alsof je de bruidegom bent,' zei ze, terwijl ze haar hand op mijn schouder legde en me zachtjes naar de juiste plaats duwde, 'dan ben ik de moordenaar. Ik verras je als je de deur opendoet en steek je neer, met mijn rechterhand, niet dat dat nu nog enig verschil maakt.'
Ze stootte met haar vuist naar het plekje onder mijn linkerborst. 'Jij valt en daar vinden wij je later, op de plaats van het delict.'
Ik knikte om haar te laten weten dat ik het tot nu toe kon volgen.
'En wat treffen we om je heen aan?' vroeg ze met grote ogen.
Ik haalde me de plaats van het misdrijf voor de geest. 'Champagnefles, smokingjasje.'
'Klopt, maar die bedoelde ik niet.'
'Bloed... veel bloed.'
'Warmer. Denk eraan dat hij overleed aan een cardiale, elektromechanische aanval. We hebben eenvoudigweg aangenomen dat hij zich letterlijk dood was geschrokken.'
Ik kwam overeind en keek naar de grond. Toen zag ik het opeens, alsof ik daar naast het lichaam stond.
'Urine.'
'Juist!' riep Claire uit. 'We vinden een kleine hoeveelheid urine. Op zijn schoenen, op de grond. Ongeveer zes kubieke centimeter in totaal heb ik kunnen redden. Het leek logisch dat het afkomstig was van de bruidegom; je plas laten lopen is een natuurlijke reactie bij plotselinge angst, of overlijden.

Maar gisteravond bedacht ik opeens dat er ook in Cleveland sporen van urine waren gevonden. En hier, in het Hyatt. Ik heb het zelfs niet eens laten onderzoeken. Waarom zou ik? Ik heb altijd aangenomen dat het afkomstig was van David Brandt. Maar als jij hier lag, in elkaar gezakt op de grond, en ik was de moordenaar, ik stond hier, en de plas lag hier,' zei ze, naar de vloer om me heen wijzend, 'van wie is die urine dan?'

Onze blikken boorden zich in elkaar. Het was een van die schitterende momenten waarop opeens iets duidelijk wordt.

'Van de moordenaar,' zei ik.

Claire lachte naar haar slimme leerling. 'De annalen van de forensische geneeskunde staan vol met voorbeelden van moordenaars die 'klaarkomen' als ze doden, dus plassen is niet zo vergezocht. Je zenuwen zijn tot het uiterste gespannen. En ik, die goeie, ouwe, dwangmatige sukkel, die altijd alles tot in het kleinste detail wil weten, stop het in een buisje en vries het in, voor het geval dat. En wat het nu allemaal zo mooi maakt, is dat je urine kunt onderzoeken.'

'Onderzoeken? Op wat?'

'Op sekse, Lindsay. Uit urine kun je iemands geslacht afleiden.'

'Jezus, Claire.' Ik was sprakeloos.

Ze nam me mee het lab in naar een tafel met twee microscopen, enkele flessen met chemicaliën en een apparaat dat ik me uit de scheikundelessen op de middelbare school herinnerde: een centrifuge.

'Er zitten geen opvallende geslachtskenmerken in urine, maar er zijn dingen waar je naar kunt kijken. Eerst heb ik een monster uitgedraaid in de centrifuge met deze KOH-kleuring, die we soms gebruiken om onzuiverheden in bloedkweken te isoleren.' Ze gaf aan dat ik in de eerste microscoop moest kijken.

'Zie je wel... die kleine, vezelachtige takjes met groepjes cellen als druiven eraan? *Candida albicans.*'
Ik keek haar wezenloos aan.
'Schimmelcellen, lieverd. Er zitten hoge concentraties schimmelcellen in deze urine. Jongetjes hebben daar geen last van.'
Ik begon te glimlachen, maar voordat ik ook maar iets kon zeggen, trok ze me alweer mee. 'Daarna heb ik het andere monster onder de microscoop gelegd en het drieduizend keer vergroot. Moet je eens kijken.'
Ik boog me over de microscoop en tuurde erin.
'Zie je die donkere, halvemaanvormige cellen rondzwemmen?' vroeg Claire.
'Hmm.'
'Rode bloedlichaampjes. Een heleboel.'
Ik hief mijn hoofd op en keek haar aan.
'Die zouden in de urine van een man niet voorkomen. Niet in deze hoeveelheden. Tenzij hij een bloedende nier heeft, maar voorzover ik weet vertoont geen van onze hoofdpersonen daar enig teken van.'
Ik schudde langzaam mijn hoofd: 'Tenzij de moordenaar menstrueerde.'

116

Ik staarde Claire aan, terwijl ik de feiten langzaam tot me liet doordringen. Nicholas Jenks had al die tijd de waarheid gesproken.
Hij was niet in de kamer geweest toen David en Melanie Brandt die avond werden vermoord. Noch in Napa. Waarschijnlijk zelfs niet in de buurt van de Hall of Fame in Cleveland. Ik had Jenks zó gehaat dat ik niet verder had kunnen kijken dan dat. Geen van ons had verder kunnen

kijken dan het feit dat we wilden dat hij schuldig was.

Al het bewijsmateriaal – de haar, het jasje, de champagne – was één grote truc geweest. Jenks was een meester in het verzinnen van een verrassend slot, maar iemand had de meester een loer gedraaid.

Ik sloeg mijn armen om Claire heen en knuffelde haar. 'Je bent een kanjer.'

'Als je dat maar weet. Ik weet niet wat het bewijst,' zei ze, op mijn rug kloppend, 'maar de persoon die op de plaats van het delict bij die arme jongen stond, was een vrouw. En ik ben er ook van overtuigd dat ze David Brandt met haar rechterhand heeft neergestoken.'

Mijn hoofd tolde. Jenks was op de vlucht; honderden agenten zaten achter hem aan... en hij was onschuldig.

'En?' Claire keek me aan en glimlachte.

'Het is het op één na beste nieuws dat ik de laatste tijd heb gekregen,' zei ik.

'Het op één na beste?'

Ik pakte haar hand en vertelde Claire wat dokter Medved me had meegedeeld. We omhelsden elkaar nog een keer. We deden zelfs een vreugdedansje. Daarna gingen we allebei weer aan het werk.

117

Boven, achter mijn bureau, riep ik Jacobi op via de radio. Arme vent, hij stond nog steeds voor het huis van Joanna Wade op de hoek van Filbert en Hyde. 'Heb je al iets, Warren?'

'Niets wat een douche en een paar uur slaap niet kunnen oplossen.'

'Vertel eens wat er gebeurt.'

'Wat er gebeurt?' declameerde Jacobi, alsof hij met tegenzin zijn logboek doornam. 'Kwart over vier gistermiddag: Wade komt naar buiten, trippelt de straat door naar Gold's Gym. Tien over zes: Wade verschijnt weer, beweegt zich door de straat naar Pasqua Coffee, komt met een plastic tasje naar buiten. Ik vermoed dat het een amandelgebakje is. Gaat de Contempo Casuals-boetiek in, komt zonder iets naar buiten. Ik moet dus wel aannemen dat de nieuwe herfstcollectie nog niet binnen is. Ze gaat naar huis. Licht gaat aan op de tweede verdieping. Ruik ik daar kip? Ik weet het niet, Boxer. Ik heb zo'n honger dat het verbeelding zou kunnen zijn. Licht gaat uit om ongeveer vijf voor halfelf. Sindsdien doet zij wat ik graag zou doen. Waarom heb je me hierheen gestuurd als het eerste het beste groentje, Lindsay?'
'Omdat Nicolas Jenks gaat proberen om bij zijn ex-vrouw te komen. Hij denkt dat zij hem erin probeert te luizen. Ik denk dat hij weet dat Joanna de dader is.'
'Probeer je me op te vrolijken, Boxer? Mijn leven zin te geven?'
'Zou kunnen. Wat dacht je hiervan... ik denk ook dat zij de dader is. Ik wil het direct weten als je Jenks ziet.'
Chris Raleigh verscheen om een uur of acht en wierp verbaasd een blik op mijn slaperige ogen en onverzorgde uiterlijk. 'Je moet 's ochtends eens een borstel proberen.'
'Claire belde me om tien over vijf. Ik zat al om halfzes in het mortuarium.'
Hij keek me bevreemd aan. 'Waarom, in godsnaam?'
'Dat is een beetje moeilijk uit te leggen. Ik wil je voorstellen aan een paar bekenden van me.'
'Bekenden? Om acht uur 's ochtends?'
'Ja. Aan mijn vriendinnen.'
Aan zijn gezicht was te zien dat hij er niets van begreep.

'Heb ik iets gemist?'
'Chris.' Ik greep hem bij zijn arm. 'Ik denk dat we de zaak hebben opgelost.'

118

Een uur later riep ik iedereen bijeen. Hopelijk was het voor de laatste keer.
Er waren getuigen die beweerden dat ze Nicholas Jenks hadden gezien: in Tiburon bij de haven en ten zuiden van Market, verscholen tussen een groep daklozen. Beiden bleken het mis te hebben. Hij was ons te slim af geweest, en hoe langer hij op vrije voeten bleef, des te meer werd er gespeculeerd.
We kwamen bij elkaar in een lege verhoorkamer die soms werd gebruikt door de zedenpolitie. Claire smokkelde Cindy uit de hal mee naar boven en daarna belden we Jill.
'Ik zie dat de eisen naar beneden zijn bijgesteld,' merkte Jill op toen ze binnenkwam en Chris zag.
Raleigh keek ook verbaasd. 'Let maar niet op mij. Ik ben gewoon de mannelijke excuus-Truus.'
'Je kent Claire en Jill Bernhardt van het Openbaar Ministerie, nietwaar?' vroeg ik. 'Cindy herinner je je misschien nog uit Napa. Het team.'
Langzaam keek Chris van het ene gezicht naar het andere, totdat zijn blik op mij bleef rusten. 'Hebben jullie hier onafhankelijk van de eenheid aan gewerkt?'
'Geen vragen nu,' zei Jill, die zichzelf op een houten stoel liet vallen. 'Alleen luisteren.'
In de krappe, kleine kamer richtten alle ogen zich op mij. Ik keek naar Claire. 'Wil jij beginnen?'
Ze knikte, keek onderzoekend de groep rond alsof ze een

voordracht op een medisch congres gaf. 'Op aandringen van Lindsay heb ik gisternacht de drie dossiers nog een keer doorgenomen. Ik was op zoek naar iets wat in de richting van Joanna wees. Aanvankelijk vond ik niets. Ik kwam tot dezelfde conclusie als ik eerder had getrokken: dat uit de hoek van de verwondingen van het eerste slachtoffer viel op te maken dat de moordenaar rechtshandig was. Jenks is linkshandig. Maar het was duidelijk dat dat niet genoeg zou zijn.

Toen dacht ik opeens aan iets waar ik tot dan toe niet veel aandacht aan had besteed. Zowel op de eerste als op de derde plaats van het delict zijn sporen van urine aangetroffen. Op zichzelf beschouwd denk ik dat de lijkschouwer in Cleveland noch ik die op enig moment erg belangrijk hebben gevonden. Maar toen ik me de plaatsen van de delicten nog eens voor de geest haalde, kwam het me voor dat die urine op een vreemde plek lag. Vanochtend vroeg, heel vroeg, ben ik naar het lab gegaan en heb ik een paar proeven gedaan.'

Het was muisstil in de kamer.

'In de urine die we in het Grand Hyatt hebben aangetroffen, zaten grote hoeveelheden schimmelcellen plus atypisch grote hoeveelheden rode bloedlichaampjes. Rode bloedlichaampjes komen in die hoeveelheden in de urine terecht tijdens de menstruatie. Omdat er ook schimmelcellen in de urine zaten, twijfel ik er geen moment aan dat het de urine van een vrouw was. Een vrouw heeft David Brandt vermoord en ik twijfel er ook niet aan dat we tot de conclusie zullen komen dat er ook een vrouw in het toilet in Cleveland was.'

Jill knipperde verbijsterd met haar ogen. Cindy's helrode mond viel open in een ongelovige halve glimlach.

Raleigh schudde alleen maar zijn hoofd.

'Jenks heeft het niet gedaan,' zei ik. 'Het moet Joanna geweest zijn. Hij heeft haar misbruikt en daarna laten zitten voor zijn tweede vrouw, Chessy, net toen hij geld begon te verdienen. Joanna heeft hem twee keer zonder succes voor het gerecht proberen te dagen. Kreeg uiteindelijk een toelage die vele malen lager was dan ze een jaar later zou hebben gekregen. Ze heeft gezien hoe hij beroemd en rijk werd en een nieuw, schijnbaar gelukkig leven begon te leiden.'
Chris keek stomverbaasd. 'Denken jullie echt dat een vrouw hier fysiek toe in staat is? De eerste slachtoffers zijn neergestoken; de tweede werden twintig, dertig meter versleept naar de plek waar ze werden achtergelaten.'
'Je hebt haar niet gezien,' antwoordde ik. 'Ze wist hoe ze Jenks erin kon luizen. Ze kende zijn smaak, wist van zijn investeringen en had toegang tot zijn bezittingen. Ze heeft zelfs bij Saks gewerkt.'
Cindy onderbrak me: 'Ze moet een van de weinige mensen zijn geweest die op de hoogte waren van *Always a Bridesmaid*.'
Ik knikte in de richting van Jill. 'Ze had de middelen, het motief, en ik weet verdomd zeker dat ze ook de behoefte had.'
Er viel een sombere stilte in de kamer.
'En hoe wil je dit nu spelen?' zei Chris ten slotte. 'De halve politiemacht is op zoek naar Jenks.'
'Ik wil Mercer op de hoogte brengen en Jenks zien op te pakken zonder dat iemand hem doodt. Daarna wil ik Joanna ontmaskeren. Telefoontjes, creditcards. Als ze in Cleveland is geweest, moet daar iets van te vinden zijn. Ik denk dat je het nu met me eens zult zijn,' zei ik tegen Jill, 'dat we genoeg hebben om een huiszoekingsbevel te rechtvaardigen.'
Jill knikte, eerst aarzelend, daarna met meer overtuiging.

'Het is gewoon niet te geloven dat we na dit alles nu die schoft moeten verdedigen.'
Opeens werd er luid op het glazen ruitje in de deur geklopt. John Keresty, een rechercheur van de eenheid, kwam ons storen.
'Het gaat om Jenks... Iemand heeft hem gezien. Hij is in Pacific Heights.'

119

Raleigh en ik sprongen vrijwel tegelijk op en renden terug naar het commandocentrum.
Het bleek dat Jenks was gezien in de hal van een klein hotel, El Drisco genaamd. Een piccolo had hem herkend. Hij had geen boeien meer om. Inmiddels liep hij weer op straat, ergens in Pacific Heights.
Waarom daar? Ik liet de mogelijkheden snel de revue passeren. Toen werd het me duidelijk.
Greg Marks woonde in de Heights.
Ik riep Paul Chin op, die nog steeds op de uitkijk stond voor het bruinrode huis van de agent. 'Kijk goed uit, Paul,' zei ik hem. 'Jenks komt waarschijnlijk jouw kant op. Hij is gezien in Pacific Heights.'
Mijn mobieltje ging over. Het was Jacobi. Alles gebeurde ineens tegelijk.
'Boxer, een eenheid is Jenks op het spoor in de Heights, ongeveer anderhalve kilometer hiervandaan. Ik ga erheen.'
'Niet weggaan, Warren,' schreeuwde ik in de telefoon. Ik geloofde nog steeds dat Joanna de moordenaar was. Ik moest haar laten bewaken, vooral nu Jenks op vrije voeten was. 'Blijf op je post.'
'Dit gaat voor,' wierp Jacobi tegen. 'Bovendien gebeurt

hier niets. Ik roep wel een wagen op om me af te lossen.'
'Jacobi!' schreeuwde ik, maar hij had al opgehangen en was op weg naar de Heights. Ik keek naar Chris. 'Warren is weggegaan bij Joanna's huis.'
Opeens riep Karen, onze bureau-assistente, mijn naam: 'Lindsay, telefoon voor je op lijn één.'
'We gaan net weg,' brulde ik terug. Ik had mijn holster omgedaan en de sleutels van mijn auto gepakt. 'Wie is het?'
'Iemand die zegt dat je hem wel zult willen spreken over de zaak Jenks,' zei Karen. 'Hij zegt dat hij Phillip Campbell heet.'

120

Ik verstijfde, keek naar Raleigh en stoof terug naar mijn bureau.
Ik gebaarde naar Karen dat ze het telefoontje moest doorverbinden. Tegelijkertijd siste ik zacht tegen Raleigh: 'Laat het afluisteren.'
Ik wachtte in trance; elke seconde kon beslissend zijn. Mijn adem stokte in mijn keel. Toen nam ik op.
'U weet met wie u spreekt,' verklaarde de arrogante stem van Nicholas Jenks.
'Ja, dat weet ik. Waar bent u?'
'Vergeet het maar, rechercheur. Ik bel u alleen om u te laten weten dat ik niemand heb vermoord. Wat er ook gebeurt, ik ben geen moordenaar.'
'Dat weet ik,' vertelde ik hem.
Hij klonk verbaasd. 'Dat weet u...?'
Ik mocht Jenks niet vertellen wie het was. Niet zolang hij op vrije voeten was. 'Ik zweer het. We kunnen bewijzen dat u het niet hebt gedaan. Vertel me waar u bent.'

'Ik geloof u niet,' verklaarde Jenks. 'Bovendien is het te laat. Ik heb u gezegd dat ik zelf het heft in handen zou nemen. Ik ga deze moorden voor u oplossen.'
Jenks kon elk moment ophangen en dan waren we hem kwijt. Dit was mijn enige kans. 'Jenks, ik kom naar je toe. Waar je maar wilt.'
'Waarom zou ik u willen zien? Ik heb u al genoeg gezien.'
'Omdat ik weet wie het heeft gedaan,' vertelde ik hem.
Wat hij vervolgens zei, deed me schrikken.
'Ik ook.'
En toen hing hij op.

121

Sixth... Market... Taylor... de straten vlogen voorbij; het zwaailicht op het dak van Chris Raleighs auto flitste wild in het rond.
Ellis.
Hyde.
We schoten Larkin op, reden door rood en vlogen daarna over de hobbels toen we over Nob Hill raasden. Het was slechts een kwestie van een paar minuten voordat we in Russian Hill waren.
Joanna woonde op de bovenste verdieping van een herenhuis op de hoek van Filbert en Hyde. We waren er nu niet op uit om haar te ontmaskeren.
Jenks was op pad; hij had zijn aandacht waarschijnlijk op haar gericht. Nu was het een kwestie van nog meer moorden voorkomen.
We remden af, doofden de lichten toen we kriskras door de stille, heuvelachtige straten reden. Het huis was ongeveer een kwartier onbewaakt geweest. Ik wist niet of Joanna bo-

ven was. Noch waar Jenks was.
Chris zette de auto aan de kant. We controleerden onze wapens en besloten wat we zouden doen.
Toen zag ik iets wat mij de adem benam.
Chris zag het ook. 'Jezus, hij is hier.'
Uit een smal steegje twee huizen verderop kwam een man met een baard, gekleed in een wijd sportjack. Hij keek naar beide kanten toen hij de straat in kwam en liep toen door.
Het was Jenks.
Raleigh haalde zijn wapen tevoorschijn en wilde uitstappen. Ik keek nog eens goed, omdat ik mijn ogen niet kon geloven, en hield hem tegen. 'Wacht. Moet je zien, Chris.'
Onze monden vielen open van verbazing. Hij zag er hetzelfde uit: het korte, bruinrode grijzende haar, dezelfde onmiskenbare baard.
Maar het was Jenks niet.
De gedaante was slanker; het haar was glad achterovergekamd, zodat het minder opviel dat het niet kortgeknipt maar lang was.
Dit was een vrouw.
'Dat is Joanna,' zei ik.
'Waar is Jenks dan?' bromde Chris. 'Dit wordt met de minuut bizarder.'
We zagen de gedaante door de straat wegsluipen, terwijl er allerlei mogelijkheden door mijn hoofd schoten. Dit was inderdaad bizar.
'Ik ga achter haar aan,' zei Chris. 'Jij gaat naar boven. Zoek uit of ze het echt is, Lindsay. Ik zal om assistentie vragen. Kom op, Lindsay. Ga nu.'
Het volgende moment stond ik naast de auto en stak ik de straat over naar Joanna's appartement. Chris reed langzaam met de Taurus weg.
Ik drukte in het wilde weg op een paar knoppen, totdat een

vrouwenstem boos reageerde. Ik vertelde wie ik was en een vrouw met grijs haar kwam uit het appartement naast de voordeur. Ze verklaarde dat ze de huisbazin was.
Ik liet haar mijn penning zien en gaf haar opdracht om snel een sleutel op te zoeken. Daarna zei ik haar dat ze haar huis weer in moest gaan.
Ik had mijn wapen in mijn hand en zette de veiligheidspal om. Op mijn gezicht en in mijn nek vormde zich een dun laagje zweet.
Ik kwam bij Joanna's appartement op de tweede verdieping. Mijn hart ging als een gek tekeer. Voorzichtig, Lindsay, zei een stemmetje vanbinnen, en toen kreeg ik een waarschuwende rilling. Zou Nicholas Jenks er zijn?
Ik was tijdens mijn loopbaan bij de politie vaak genoeg in vijandige omgevingen doorgedrongen. Niet erger dan hier.
Ik stak de sleutel in het slot, draaide hem om en toen het slot opensprong, duwde ik met mijn voet tegen de deur.
Hij zwaaide open... en onthulde het lichte, stijlvol ingerichte appartement van Joanna Wade.
'Iemand thuis?' schreeuwde ik.
Niemand gaf antwoord.
Er was niemand in de woonkamer. Hetzelfde gold voor de eetkamer, de keuken. Een koffiekopje in de gootsteen. De *Chronicle* op tafel, opengeslagen bij de Agenda.
Niets wat erop wees dat ik in het huis van een psychopaat was. Dat zat me niet lekker.
Ik liep door. Tijdschriften – *Food and Wine, San Francisco* – op de salontafel. Een paar boeken over yogahoudingen.
In de slaapkamer was het bed niet opgemaakt. Het hele huis ademde een ontspannen, allesbehalve onheilspellende sfeer. Joanna Wade leefde als iedere andere gewone vrouw. Ze las, dronk koffie in de keuken, deed gymoefeningen, betaalde haar rekeningen. Moordenaars waren bezeten van

hun slachtoffers. Hier klopte iets niet.

Ik liep de badkamer in.

'O, verdomme!' De zaak had een laatste, onherroepelijke wending genomen.

Op de vloer lag Joanna Wade, in haar fitnesskleding.

Ze hing tegen het bad en keek naar me, maar niet echt; in werkelijkheid keek ze nog steeds naar haar moordenaar. Haar ogen waren groot en angstig.

Hij had een mes gebruikt. Jenks? En als hij het niet was geweest, wie dan?

'O, jezus,' zei ik hijgend. Het kwam hard aan en ik voelde me draaierig worden.

Ik liep snel naar haar toe, maar kon niets meer doen. Alles was ineens weer anders. Ik boog me over de dode vrouw heen toen een laatste, huiveringwekkende gedachte bij me opkwam: als het Joanna niet was geweest, achter wie zat Chris dan aan?

122

Binnen een paar minuten kwamen er buiten twee blauw-met-witte surveillancewagens gierend tot stilstand. Ik verwees de agenten naar boven, naar het lijk van Joanna, maar mijn gedachten waren bij Chris. En bij degene die hij volgde.

Ik was zo'n tien, misschien twaalf minuten boven in het appartement geweest zonder iets van hem te horen. Ik maakte me zorgen. Hij zat achter een moordenaar aan, en dan nog wel een moordenaar die zojuist Joanna Wade had gedood.

Ik rende naar beneden naar een open surveillancewagen en gaf aan de centrale commandopost door wat er was gebeurd. Ik werd bestookt door twijfels.

Zou het toch Jenks geweest kunnen zijn? Zou Jill toch gelijk hebben? Had hij ons van het begin af aan gemanipuleerd? Had hij de hele zaak opgezet, er zelfs voor gezorgd dat hij in Pacific Heights werd gezien?

Maar als hij het had gedaan, waarom dan? Waarom, nadat ik hem had gezegd dat ik hem geloofde? Waarom zou hij haar nu nog vermoorden? Had ik de dood van Joanna kunnen voorkomen? Wat gebeurde er allemaal? Waar was Chris?

Eindelijk ging mijn mobieltje. Tot mijn grote opluchting was het Chris.

'Waar ben je? Je hebt me de stuipen op het lijf gejaagd. Wil je dat nooit meer doen?'

'Bij de haven. De verdachte zit in een blauwe Saab.'

'Wees voorzichtig, Chris. Het is Joanna niet. Joanna is dood. Ze ligt dood in haar appartement met ik weet niet hoeveel steekwonden.'

'Dóód?' herhaalde hij. Ik kon aan hem horen dat de bizarre toestand langzaam tot hem doordrong. 'Maar wie rijdt er verdomme dan in die Saab voor me?'

'Vertel eens precies waar je bent.'

'Op Chestnut en Scott. De verdachte is net gestopt. De verdachte stapt uit de auto.'

Ergens kwam het me bekend voor. Chestnut en Scott? Wat zat daar? Te midden van het tumult van surveillancewagens die gierend tot stilstand kwamen voor het huis van Joanna en zich meldden, pijnigde ik mijn hersens.

'Hij gaat weg bij de auto, Lindsay. Hij begint te rennen.'

Toen wist ik het. De foto die ik bij Jenks thuis had opgepakt. De mooie en onmiskenbare, door de maan verlichte koepel. Het Palace of Fine Arts.

De plek waar hij was getrouwd.

'Ik geloof dat ik weet waar hij heen gaat!' schreeuwde ik. 'Naar het Palace of Fine Arts.'

123

Ik vertrok in de surveillancewagen en reed de hele weg naar het Presidio met gillende sirene.

Het kostte me niet meer dan zeven minuten om via Lombard en Richardson naar het zuidelijke puntje van het Presidio te scheuren, terwijl het verkeer alle kanten op schoot om me te ontwijken. Voor me doemde de gouden ronde koepel van het Palace of Fine Arts machtig op boven een kalme, glanzende vijver.

Ik zag Chris' blauwe Taurus schuin tegenover het uiterste puntje van het park staan en zette de patrouillewagen er scheef naast. Ik zag nergens agenten.

Waarom was er nog geen assistentie? Wat was er nu weer aan de hand?

Ik zette de veiligheidspal van mijn wapen om en liep het park aan de voet van de enorme ronde koepel in. Ik ging niet staan wachten.

Ik werd opgeschrikt door mensen die mijn kant op kwamen rennen, bij het terrein rondom de koepel vandaan.

'Er wordt geschoten,' schreeuwde een van hen.

Opeens kwam ik in actie. 'Iedereen weg hier! Politie!' schreeuwde ik, terwijl ik hollend tegen de voorbijhaastende mensen opbotste.

'Een idioot met een pistool,' gilde een van hen.

Ik rende langs een massief marmeren colonnade om de vijver heen. Voor me hoorde ik niets. Geen schoten meer.

Met mijn wapen voor me uit sloeg ik hoeken om, totdat ik de grote koepel kon zien. Enorme Corinthische zuilen met barokke heroïsche reliëfs bovenaan staken hoog boven me uit.

Ik kon in de verte stemmen horen, een plagerige vrouwenstem: 'Nu zijn we helemaal alleen, Nick. Is dat niet romantisch?'

En een mannenstem, die van Jenks: 'Moet je jezelf nou zien. Je bent echt zielig. Altijd al geweest.'
De stemmen galmden onder het enorme gewelf van de grote koepel uit.
Waar was Chris? En waar bleef onze assistentie?
De agenten hadden er inmiddels al moeten zijn. Ik hield mijn adem in en luisterde ingespannen of ik al een sirene kon horen.
Bij elke stap die ik zette, hoorde ik mijn eigen voetstappen tegen het dak galmen.
'Wat wil je?' Ik hoorde Jenks' schreeuw van de muren kaatsen. Toen schreeuwde de vrouw terug: 'Ik wil dat je ze je allemaal herinnert. Al die vrouwen die je hebt geneukt.'
Chris was nog steeds nergens te zien. Ik stond stijf van de zenuwen.
Ik besloot langs de zijkant om een rij lage bogen heen te lopen die naar de plek leidden waar de stemmen vandaan kwamen. Ik dook de hoek van de colonnade om.
Toen zag ik Chris.
Hij zat tegen een pilaar aan geleund te kijken naar het tafereel dat zich voor hem ontvouwde.
Ik wilde zeggen: Chris, ga liggen, straks ziet iemand je. Het was een van die gewaarwordingen waarbij mijn ogen sneller waren dan mijn geest.
Toen maakte een afschuwelijke angst zich van me meester en ik werd misselijk van verdriet.
Chris zat niet te kijken en hij probeerde zich ook niet te verbergen.
De voorkant van zijn overhemd zat onder het bloed.
Bijna vergat ik mijn hele politieopleiding. Ik wilde schreeuwen, het uitgillen. Ik moest mijn uiterste best doen om mezelf in de hand te houden.
Twee donkere bloedvlekken doordrenkten het overhemd

van Chris. Mijn benen waren als verlamd. Op de een of andere manier sleepte ik mezelf naar hem toe. Mijn hart bonsde.
Chris' ogen waren afwezig, zijn gezicht was asgrauw. Ik pakte zijn pols en voelde heel zwakjes een hartslag.
'O, Chris, nee.' Ik onderdrukte een snik.
Toen ik sprak, keek hij op en zijn ogen lichtten even op toen hij mij zag. Zijn lippen weken uiteen in een flauwe glimlach. Hij haalde fluitend, zwaar en moeilijk adem.
De tranen schoten me in de ogen. Ik oefende druk uit op de gaten in zijn borst in een poging het bloed tegen te houden.
'O, Chris, hou vol. Hou vol. Ik ga hulp halen.'
Hij wilde mijn arm pakken, probeerde iets te zeggen, maar er kwam slechts een zwak, schor gefluister uit zijn mond.
'Niet praten. Toe.'
Ik rende terug naar de patrouillewagen en prutste aan de radio totdat ik de meldkamer hoorde. 'Agent gewond, agent gewond,' schreeuwde ik. 'Vier-nul-zes, ik herhaal, vier-nul-zes!' De code voor noodgevallen. 'Agent neergeschoten, koepel Palace of Fine Arts. Onmiddellijke assistentie van medisch team en arrestatieteam gevraagd. Nicholas Jenks mogelijk ter plaatse. Tweede agent ter plaatse. Herhaal, vier-nul-zes, noodgeval.'
Zodra de meldkamer de locatie herhaalde en 'Begrepen' zei, liet ik de microfoon vallen en ging het park weer in.
Toen ik bij hem kwam, haalde Chris nog steeds heel zwak adem. Op zijn lippen verscheen een belletje bloed. 'Ik hou van je, Chris,' fluisterde ik, in zijn hand knijpend.
In de koepel voor ons klonken stemmen op. Ik kon ze niet verstaan, maar het waren dezelfde man en vrouw. Toen klonk er een schot.
'Ga nou,' fluisterde Chris. 'Ik red het wel.'
Onze handen raakten elkaar aan.

'Ik dek je,' mompelde hij met een glimlach. Toen duwde hij me weg.
Ik holde met getrokken pistool weg en wierp twee keer een blik achterom. Chris keek me na... gaf me rugdekking.
Ik rende in elkaar gedoken langs de binnenste rij kolommen, helemaal naar de zijkant van de grote koepel. De stemmen galmden nog harder. Mijn ogen waren geconcentreerd.
Ze stonden recht tegenover de zuilengang. Jenks in een eenvoudig wit overhemd. Hij hield een arm vast. Hij bloedde. Hij was geraakt.
En tegenover hem, met een wapen in haar hand en verkleed als man, stond Chessy Jenks.

124

Ze zag eruit als een bizarre kloon van de mooie vrouw die ze was. Haar haar zat op haar hoofd geplakt en was grijs-met-rood geverfd. Op haar gezicht zaten nog resten van de vermomming: bakkebaarden en plukken van een rode baard.
In haar hand had ze een pistool, dat ze recht op hem gericht hield. 'Ik heb een cadeautje voor je, Nick.'
'Een cadeautje?' zei Nick wanhopig. 'Waar heb je het over?'
'Daarom zijn we hier. We gaan onze trouwbeloften vernieuwen.'
Chessy haalde een zakje uit haar jas en gooide het voor zijn voeten. 'Toe maar. Maak maar open.'
Nicholas Jenks knielde stijfjes op de grond en raapte het zakje op. Hij maakte het open en de inhoud viel op zijn hand. Zijn ogen puilden uit van afschuw.
De zes ontbrekende ringen.

'Jezus, Chessy,' zei hij. 'Je bent knettergek. Wat moet ik hier nou mee?' Hij stak een ring omhoog. 'Hierdoor kom je nog op de elektrische stoel.'
'Nee, Nick,' zei Chessy, en ze schudde haar hoofd. 'Je moet ze van me doorslikken. Het bewijsmateriaal voor me verduisteren.'
Jenks' gezicht vertrok van angst. 'Wát moet ik ermee doen?'
'Doorslikken. Elke ring is iemand die jij kapot hebt gemaakt. Iemand van wie jij de schoonheid om zeep hebt geholpen. Ze waren onschuldig. Zoals ik. Kleine meisjes op hun trouwdag. Je hebt ons allemaal vermoord, Nick... mij, Kathy, Joanna. En nu ga je ons iets teruggeven. "Ik geef je deze ring als teken..."'
Jenks keek haar woedend aan en schreeuwde: 'Zo is het wel genoeg, Chessy!'
'Ik zeg wel wanneer het genoeg is. Je houdt toch van spelletjes? Speel dan. Speel nu eens één keer mijn spelletje. Slik ze door!' Ze zwaaide met het wapen. 'En denk maar niet dat ik niet zal schieten, lieverd.'
Jenks pakte een van de ringen en bracht hem naar zijn mond. Zijn hand trilde hevig.
'Dat was Melanie, Nick. Je zou haar leuk hebben gevonden. Atletisch... een skiër... een duiker. Jouw type, hè? Ze heeft zich tot het uiterste verzet. Maar je vindt het niet leuk als we ons verzetten, hè? Jij wilt ons helemaal in je macht hebben.'
Ze zette het wapen op scherp en richtte het op Jenks' hoofd. Jenks stopte de ring in zijn mond. Met een van afschuw vertrokken gezicht slikte hij hem door.
Chessy begon de controle over zichzelf te verliezen. Ze snikte en beefde. Ik vond het niet verstandig om nog langer te wachten.
'Politie,' schreeuwde ik. Ik deed een stap naar voren, hield

mijn .38 met twee handen vast en richtte hem op haar.
Ze draaide zich bliksemsnel naar me om. Ze keek niet eens verbaasd. Daarna draaide ze zich weer om naar Jenks. 'Hij moet worden gestraft.'
'Het is voorbij,' zei ik, terwijl ik voorzichtig op haar af liep. 'Alsjeblieft, Chessy, hou ermee op.'
Alsof ze opeens besefte wat ze was geworden, wat voor afschuwelijke dingen ze had gedaan, keek ze me aan. 'Het spijt me... Ik heb spijt van alles wat er is gebeurd... behalve hiervan!'
Ze schoot, op Jenks.
Ik vuurde ook, op haar.
Chessy's slanke lichaam vloog naar achteren, kwam hard tegen de muur aan en zakte in elkaar. Haar mooie ogen werden groot en haar mond viel open.
Ik keek en zag dat ze Jenks had gemist. Hij stond ongelovig naar haar te kijken. Hij had niet verwacht dat ze het zou kunnen, niet gedacht dat ze hem zó haatte. Hij geloofde nog steeds dat hij Chessy in zijn macht had en waarschijnlijk dat ze van hem hield.
Ik liep snel naar haar toe, maar het was te laat. Haar ogen waren al gebroken en het bloed gutste uit haar borst. Ik hield haar hoofd vast en vond haar verschrikkelijk mooi – zoals Melanie, Rebecca, Kathy – en nu was ze ook dood.
Nicholas Jenks richtte zich tot mij met een zucht van verlichting. 'Ik zei het toch... ik zei toch dat ik onschuldig was.'
Ik keek hem vol walging aan. Acht mensen waren dood. De bruiden en bruidegoms, Joanna, en nu zijn eigen vrouw. Ik zei toch dat ik onschuldig was. Was dat het enige waar hij aan dacht?
Ik haalde uit en raakte hem met mijn vuist vol op zijn

mond. Ik voelde iets breken, terwijl Jenks op zijn knieën viel. 'Die heb je verdiend, Jenks!'

125

Ik rende en ik realiseerde me dat ik niet meer precies wist wat ik deed, waar ik was. Op de een of andere manier bracht mijn gevoel me terug bij de plek waar Chris was neergeschoten. Hij zat nog steeds in dezelfde houding tegen de pilaar. Hij keek alsof hij op mijn terugkomst had zitten wachten.

Ik haastte me naar hem toe en ging zo dicht mogelijk bij hem op mijn knieën zitten. Ik zag dat er eindelijk een arrestatieteam en een medisch team arriveerden. Waarom had dat zo lang geduurd?

'Wat is er gebeurd?' fluisterde Chris. Ik kon hem nauwelijks verstaan.

'Ik heb haar, Chris. Chessy Jenks was de moordenaar.'

Met veel moeite knikte hij. 'Zo ken ik je weer,' fluisterde hij. Toen glimlachte Chris flauwtjes en liet me alleen.

Ik had nooit gedacht, had zelfs niet kúnnen bedenken, dat Chris als eerste zou overlijden. Dat was de ergste en vreselijkste schok. Ik was ziek; ik was degene die rakelings langs de dood was gegaan.

Ik boog mijn hoofd tot vlak bij zijn borst. Er was geen enkele beweging, geen ademhaling, alleen een angstige stilte. Alles leek heel onwerkelijk.

Toen was het medisch team bezig met Chris, deed heroïsche, zinloze dingen en ik zat daar maar, met zijn hand in de mijne.

Ik voelde me uitgehold en leeg en ongelooflijk verdrietig. Ik huilde, maar ik had hem nog iets te vertellen; ik moest nog één ding tegen Chris zeggen.

'Ik heb dokter Medved gesproken, Chris. Hij zei dat ik beter zou worden.'

126

Ik kon het niet opbrengen om een voet op de afdeling te zetten. Ik kreeg een week verlof, besloot daarnaast nog een paar vakantiedagen op te nemen, hing een beetje rond, keek naar video's van oude films, ging naar het ziekenhuis voor mijn behandeling en een paar keer hardlopen bij de haven. Ik kookte zelfs en zat buiten op het terras, uitkijkend over de baai, net zoals ik dat die eerste avond met Chris had gedaan. Op een van die avonden werd ik heel dronken en begon met mijn wapen te spelen. Lieve Martha was degene die me van de richel af hield. Zij, en het feit dat als ik mezelf doodde, ik verraad zou plegen aan Chris' nagedachtenis. Dat kon ik niet doen. Bovendien zouden de meiden het me nooit hebben vergeven.

Er zat een gat in mijn ziel, groter en pijnlijker dan alles wat ik ooit had gevoeld, zelfs door Negli's. Ik voelde een leegte; ik voelde me alleen en nergens mee verbonden. Claire belde me drie keer per dag, maar ik kon gewoon niet lang praten, zelfs niet met haar.

'Het was jouw schuld niet, Lindsay. Je kon er niets aan doen,' zei ze om me te troosten.

'Dat weet ik wel,' antwoordde ik. Maar ik kon mezelf er gewoon niet van overtuigen dat het waar was.

Ik probeerde mezelf vooral voor te houden dat ik nog steeds een doel in mijn leven had. De moorden op de bruidsparen waren opgelost. Nicholas Jenks melkte zijn status van beroemdheid schaamteloos uit op tv. Naar het zich liet aanzien, was mijn Negli's in remissie. Chris was weg. Ik pro-

beerde te bedenken wat ik nu zou gaan doen. Er schoot me niets te binnen wat me erg aantrok.
Toen herinnerde ik me wat ik tegen Claire had gezegd toen ik heel bang was vanwege mijn ziekte. Deze vent pakken was het enige duidelijke doel in mijn leven dat mij de kracht gaf om door te gaan.
Het ging niet alleen om goed en fout. Het ging niet om schuldig en onschuldig. Het ging om waar ik goed in was en wat ik het fijnst vond om te doen.
Vier dagen na de schietpartij ging ik naar Chris' begrafenis. De plechtigheid werd gehouden in een katholieke kerk in Hayward, waar hij vandaan kwam.
Ik nam mijn plaats in tussen de anderen, samen met Roth en Jacobi. Met hoofdcommissaris Mercer, die in uniform was.
Maar mijn hart deed zo verschrikkelijk zeer. Ik wilde bij Chris in de buurt zijn. Ik wilde naast hem staan.
Ik zag dat zijn ex-vrouw en zijn twee zonen moeite hadden om zichzelf goed te houden. Ik dacht eraan dat ik bijna deel was gaan uitmaken van hun leven. En zij wisten het niet.
Een held, prezen ze hem.
Hij was een marketingman, dacht ik glimlachend. En toen begon ik te huilen.
Het was nota bene Jacobi die mijn hand vastpakte. En, je kunt het geloven of niet, ik voelde dat ik me aan die van hem vasthield. Toe maar, scheen hij te zeggen. Huil maar.
Later, op de begraafplaats, ging ik naar Chris' ex-vrouw Marion toe. 'Ik wilde je graag ontmoeten,' zei ik. 'Ik was bij hem toen hij stierf.'
Ze keek me aan met de breekbare moed die alleen een ex-vrouw kan begrijpen.

'Ik weet wie je bent,' zei ze met een meelevende glimlach. 'Chris had me al verteld dat je knap was. En slim.'
Ik glimlachte en pakte haar hand. We knepen allebei hard.
'Hij heeft ook gezegd dat je heel dapper was.'
Ik voelde de tranen in mijn ogen schieten. Toen pakte ze me bij mijn arm en zei wat ik het liefst wilde horen.
'Waarom kom je niet bij ons staan, Lindsay?'
De politie gaf Chris een heldenbegrafenis. Treurige, sombere doedelzakken openden de plechtigheid. Rijen agenten in gala-uniform. Een saluut van 21 schoten.
Toen het afgelopen was en ik terugging naar de auto, vroeg ik mezelf verbijsterd af wat ik nu in vredesnaam moest gaan doen.
Bij de hekken van de begraafplaats zag ik Cindy, Jill en Claire. Ze stonden daar op me te wachten.
Ik liep niet naar hen toe. Ik bleef staan en mijn benen trilden. Ze zagen wel aan me dat ze zelf de eerste stap zouden moeten zetten, omdat het mij allemaal te veel werd.
'Waarom rij je niet met ons mee terug?' vroeg Claire.
Mijn stem brak. Ik kon de woorden nauwelijks uitspreken. 'Ík had het moeten zijn, hij niet,' zei ik tegen hen. Toen omhelsden ze me een voor een.
Ik sloeg mijn armen om hen heen en liet me zo diep mogelijk in hun omhelzing wegzakken. We huilden alle vier. 'Jullie mogen me nooit in de steek laten, jongens.'
'In de steek laten?' zei Jill met grote ogen.
'Dat doen we niet,' beloofde Cindy. 'We zijn een team, weet je nog wel? We blijven altijd bij elkaar.'
Claire pakte mijn arm.
'We houden van je, lieverd,' fluisterde ze.
We wandelden met z'n vieren gearmd de begraafplaats af. Een verkoelend windje blies ons in het gezicht en droogde onze tranen.

Om zes uur die avond was ik terug in de gangen van het paleis van justitie.
Ik moest iets belangrijks doen.
Als je de hal in loopt, valt je meteen een grote marmeren plaquette op met drieënnegentig namen, de namen van eenennegentig mannen en twee vrouwen die het uniform van de politie van San Francisco droegen en in het harnas zijn gestorven. Een steenhouwer was aan het werk aan de plaquette.
Het is bij de politie een ongeschreven wet dat je ze nooit telt. Maar vanavond heb ik dat gedaan. Drieënnegentig, te beginnen met James S. Coonts op 5 oktober 1878, toen San Francisco zijn politiemacht kreeg.
Morgen staat er één meer: Christopher John Raleigh. De burgemeester zal er zijn; Mercer ook. De journalisten die over de korpsen in de binnenstad schrijven. Marion en de jongens. Ze zullen hem herdenken als een held. Ik zal er ook zijn.
Maar vanavond wil ik geen toespraken en plechtigheden. Vanavond wil ik gewoon alleen met hem zijn.
De steenhouwer legt de laatste hand aan zijn naam. Ik wacht, terwijl hij het marmer afstoft, het laatste beetje stof opzuigt. Daarna loop ik ernaartoe en laat mijn hand over het gladde marmer glijden. Over zijn naam.
CHRISTOPHER JOHN RALEIGH.
De steenhouwer kijkt naar me. Hij kan het verdriet in mijn ogen zien opwellen. 'U hebt hem zeker gekend, hè?'
Ik knik, en van ergens diep in mijn hart komt een glimlach tevoorschijn. Ik heb hem gekend.
'Partner,' zeg ik.

Epiloog

De genadeslag

In de loop der jaren heb ik geleerd dat er altijd losse eindjes aan moordonderzoeken zitten en dat er altijd vragen blijven die om een antwoord schreeuwen. Altijd.

Maar deze keer niet.

Op een avond ongeveer een maand nadat we Chris hadden begraven, was ik thuis. Ik had in mijn eentje gegeten, Lieve Martha te eten gegeven en uitgelaten, toen er gebiedend op de deur werd geklopt.

Ik had de deur beneden voor niemand opengedaan, dus keek ik door het kijkgaatje voordat ik opendeed. Ik kon mijn ogen niet geloven. Het was Nicholas Jenks.

Hij droeg een blauwe blazer met een wit overhemd en een donkergrijze pantalon. Hij keek even arrogant en onhebbelijk als altijd.

'Laat je me niet binnen?' vroeg hij, en daarna glimlachte hij alsof hij wilde zeggen: natuurlijk laat je me binnen. De verleiding is te groot, nietwaar?

'Nee, eerlijk gezegd niet,' zei ik tegen hem. Ik liep bij de deur vandaan. 'Maak dat je wegkomt, klootzak.'

Jenks klopte nog een keer en ik bleef stilstaan. 'We hebben elkaar niets te zeggen,' riep ik zo luid dat hij me zou kunnen horen.

'Dat hebben we wel,' riep Jenks terug. 'Je hebt het verknald, rechercheur. Ik ben gekomen om je te vertellen hoe.'

Ik verstijfde, ik voelde de woede in me opvlammen en mijn nek rood worden. Ik liep terug naar de deur, aarzelde even en maakte hem toen met snel kloppend hart open. Je hebt het verknald.

Hij glimlachte, of misschien lachte hij me uit. 'Ik ben in een feeststemming,' zei hij. 'Ik ben een gelukkige kerel! Weet je waarom?'

'Zeker omdat je weer vrijgezel bent.'

'Ja, daarom ook. Maar ook omdat ik zojuist de rechten op

mijn laatste boek heb verkocht. Acht miljoen dollar. En de filmindustrie heeft er vier betaald. Dit boek is non-fictie, Lindsay. Moet je raden waarover het gaat. Toe dan, raad eens.'

Ik wilde Jenks verschrikkelijk graag buiten westen slaan. 'En ik ben de enige met wie je dat nieuws kunt delen? Wat zielig voor je.'

Jenks bleef grijnzen. 'Eigenlijk kwam ik iets anders vertellen. Jij bent de enige met wie ik dat wil delen. Begin je al een beetje nieuwsgierig te worden, Lindsay? Je hebt het echt verknald, schatje.'

Hij deed zo eng en familiair dat ik bang van hem werd. Ik wilde hem dat niet laten merken. Wat bedoelde hij met die opmerking dat ik het had verknald?

'Normaal gesproken zou ik je iets te drinken aanbieden, maar ik kan je niet uitstaan.' Ik grijnsde.

Hij maakte een afwerend gebaar en imiteerde mijn grijns. 'Weet je, ik heb precies hetzelfde met jou. Daarom wilde ik je dit vertellen, Lindsay, alleen jou.' Hij liet zijn stem dalen tot een gefluister. 'Chessy deed wat ik haar opdroeg, tot op het allerlaatste moment. De moorden? We speelden een verschrikkelijk, prachtig spel. Tragische man en vrouw vermoorden gelukkige, onschuldige bruidsparen. We speelden de plot van een boek na. Van mijn boek. Je hebt het verknald, Lindsay. Ik ben de dans ontsprongen. Ik ben vrij. Ik ben zo vrij. En nu ben ik ook nog rijker dan ooit.'

Hij keek me strak aan en toen begon hij te lachen. Het was waarschijnlijk het afschuwelijkste geluid dat ik ooit in mijn leven had gehoord.

'Het is waar. Chessy zou alles doen wat ik haar vroeg. Dat deden ze allemaal; daar koos ik hen op uit. Ik speelde altijd een spelletje waarbij ze moesten blaffen als honden. Ze genoten ervan. Wil je met me spelen, Lindsay? Woef, woef?'

Ik keek hem boos aan. 'Vind je dat niet een beetje zielig? Dat je de oude spelletjes van je vader speelde? Joanna heeft me alles verteld.'
'Ik ging veel verder dan mijn vader zelfs maar durfde dromen. Ik heb het allemaal gedaan, rechercheur, en ik ben ermee weggekomen. Ik heb elke moord bedacht. Krijg je daar geen kippenvel van? Vind jíj jezelf nou niet een beetje zielig?'
Opeens begon Jenks plastic handschoenen aan te trekken die hij uit de zak van zijn blazer haalde. Wat kregen we nou?
'Deze is ook perfect,' zei hij. 'Ik ben hier niet, Lindsay. Ik ben bij die lieve, ongelooflijke leugenaar in Tahoe, heb een prachtig alibi, keurig voor betaald. Perfecte misdrijven, Lindsay. Mijn specialiteit.'
Toen ik me omdraaide om te vluchten, haalde Jenks een mes tevoorschijn. 'Ik wil dit in je voelen gaan, Lindsay. Heel diep. De genadeslag.'
'Help!' schreeuwde ik, maar toen sloeg hij me hard. Ik schrok ervan hoe snel hij zich bewoog en hoe sterk hij was. Ik viel tegen een muur van de woonkamer en raakte bijna buiten westen. Martha keerde zich instinctief tegen hem. Ik had haar nog nooit haar tanden zien ontbloten. Hij viel naar haar uit en haalde haar schouder open. Martha viel om en jankte vreselijk.
'Blijf uit de buurt, Martha!' gilde ik tegen haar.
Jenks tilde me op en gooide me mijn slaapkamer in. Hij deed de deur dicht.
'Er had nog een moord op een bruid en een bruidegom gepleegd moeten worden, terwijl ik in de gevangenis zat. Geleidelijk aan zouden er nieuwe bewijzen boven water komen. Het zou duidelijk worden dat ik onschuldig was, dat iemand me erin had geluisd. Dan zou ik het boek schrijven! Maar Chessy bedacht zich en speelde dubbelspel. Ik heb

nog nooit zoveel respect voor haar gehad, Lindsay. Ik had eindelijk respect voor haar. Eindelijk liet ze een keer zien wat ze waard was!'

Ik kroop bij Jenks uit de buurt, maar hij zag wel dat ik in de slaapkamer nergens heen kon. Ik was bang dat ik een gebroken rib had.

'Je zult me eerst moeten vermoorden,' zei ik met een schorre fluisterstem tegen hem.

Ik kroop stukje bij beetje in de richting van mijn bed, de zijkant naast het raam met uitzicht op de baai. Ik kon bijna geen adem krijgen.

Jenks kwam achter me aan.

'Stop, Jenks!' gilde ik zo hard als ik kon. 'Blijf staan!'

Hij bleef niet staan. Waarom zou hij? Hij zwaaide heen en weer met het mes. Jezus, hij genoot ervan. Hij lachte. Nog een perfecte moord.

Ik stak een hand onder het bed en zocht de holster met de revolver die ik daar had opgeborgen: mijn eigen beveiliging.

Ik had geen tijd om te richten, maar dat was ook niet nodig. Nicholas Jenks bleef verbijsterd met het mes geheven boven zijn linkerschouder staan.

Ik schoot drie keer. Jenks schreeuwde, zijn grijze ogen werden groot van ongeloof en toen viel hij dood boven op me.

'Nou jij weer, hufter,' fluisterde ik.

Ik belde eerst Claire, de lijkschouwer; daarna Cindy, de beste misdaadverslaggever in San Francisco; vervolgens Jill, mijn advocaat.

De meiden kwamen zo snel mogelijk naar me toe.

Dankwoord

Mijn dank gaat uit naar de volgende mensen, die mij enthousiast en vakkundig hebben geholpen bij het schrijven van dit boek.
Dokter Greg Zorman, hoofd Neurochirurgie, Lakeland Hospital, Fort Lauderdale, Florida, die ik tijdens een crisis graag aan mijn zijde zou hebben.
De lieftallige en getalenteerde Fern Galperin, Mary Jordan, Barbara Groszewski en Irene Markocki.